HEYNE

Das Buch

2021: Eine mächtige künstliche Intelligenz wertet in kürzester Zeit die Bilder unzähliger Überwachungskameras in ganz Europa aus. Kriminelle können in Echtzeit bei ihren Bewegungen im öffentlichen Raum verfolgt werden. Ein Segen für die Ermittler, die kriminelle Clans im Auge behalten. Doch was passiert, wenn die Bösen das System manipulieren? Was, wenn sie dich damit verfolgen?

Eine unschuldige Frau wird zur Gejagten – Michael Meisheits explosiver Thriller über die Möglichkeiten und Gefahren der grenzenlosen Überwachung.

Der Autor

Michael Meisheit, 1972 in Köln geboren, studierte an der Filmakademie Baden-Württemberg Drehbuch und ist seit über zwanzig Jahren im deutschen Fernsehgeschäft aktiv. Meisheit lebt mit seiner Familie in Berlin-Kreuzberg.

Lieferbare Titel

Wir sehen dich sterben

MICHAEL MEISHEIT

WATCH

Glaub nicht alles, was du siehst

THRILLER

WILHELM HEYNE VERLAG
MÜNCHEN

MIX
Papier aus verantwortungsvollen Quellen
FSC® C014496
FSC
www.fsc.org

Penguin Random House Verlagsgruppe FSC® N001967

Originalausgabe 07/2021

Redaktion: Lars Zwickies
Printed in Germany
Umschlaggestaltung: Hauptmann & Kompanie Werbeagentur, Zürich,
unter Verwendung von Fotos von © Elena Alferova / Trevillion Images
und © Howard Kingsnorth/Getty Images
Satz: Vornehm Mediengestaltung GmbH, München
Druck und Bindung: GGP Media GmbH, Pößneck

ISBN: 978-3-453-43982-5

www.heyne.de

PROLOG

Es waren alle da. Endlich mal wieder. Hamid blickte glücklich in die Runde. Er zählte vierzehn Personen, inklusive Kinder. Die gesamte engste Familie. Keiner saß im Knast, keiner war untergetaucht, keiner hatte irgendetwas zu erledigen. Alle hatten sich an diesem Novemberabend um den großen Kirschbaumholztisch im Wohnzimmer versammelt, der sich unter dem Gewicht der Speisen bog. In der Mitte thronte Khouzi, das gefüllte Lamm. Darum verteilt standen zahllose Schälchen mit Hummus, Schafskäse, Linsensalat und Oliven. Burger und Spaghetti für die Kleinen. Ein wahres Festessen, des Anlasses würdig.

Gegenüber von Hamid, am anderen Kopfende, saß Baba. Der Löwe mit der grauen Mähne blickte mit wachen Augen auf seine Nachkommenschaft. Alle quatschten wild durcheinander. Irgendjemand hatte den Fernseher angelassen. Musik dröhnte aus den High-End-Boxen. Obwohl es lauter als auf einem Beiruter Basar war, lächelte Baba zufrieden in die Runde. Hinter ihm über der Anrichte hing der tellergroße Wandspiegel mit dem goldenen Rahmen. Der einzige wertvolle Gegenstand, den Hamids Großvater in den Siebzigerjahren aus dem Libanon mitgebracht hatte. Baba und Mama hatten in Deutschland schwere Zeiten durchgemacht, den Spiegel hatten sie jedoch nie verkauft. Sie hatten es auch so schaffen wollen. Wenn Hamid sich umsah, musste er zugeben: Es war ihnen gelungen. Sie konnten nicht nur auf die Zehlendorfer Villa mit dem Fuhrpark vor der Tür stolz sein, sondern auch auf ihre sechs Kinder. Männer und Frauen zwischen zwanzig und dreißig. Attraktiv, stark und erfolgreich. Die Blicke von Vater und ältestem Sohn trafen sich. In Hamids Kopf wurde es ganz still. In seinem Herzen war nur Liebe. Das Band zwischen Baba und ihm, er konnte es sehen. Es war aus Stahl.

Hamid klopfte mit einem Messer an sein Cola-Glas. Er musste es fast zertrümmern, bis das Geplapper seiner Geschwister und Schwägerinnen endlich verstummte.

»Wir haben heute viel über Farid geredet, ihn gefeiert. Das Geburtstagskind, zwanzig Jahre. Ich küsse dich, mein liebster Bruder.«

Amir und Devin protestierten lautstark. Nicht ernsthaft, denn sie wussten, dass Hamid niemanden bevorzugte. Er würde jederzeit für alle seine Brüder sterben. Farid lachte. Sein jüngster Bruder saß auf Hamids rechter Seite in der Mitte zwischen Mama und Sara, dem Nesthäkchen. Farid und Sara, noch so jung, so naiv. Baba und Hamid hatten beschlossen, sie aus den Geschäften herauszuhalten. Sara machte eine Ausbildung zur Friseurin, Farid hatte sogar Abitur. Er sollte der Rechtsanwalt der Familie werden. Ein echter Consigliere.

»Wir haben auch viel über Mama geredet, sie gefeiert.

Weil sie Farid vor zwanzig Jahren das Leben geschenkt hat. Ich küsse dich, Mama.«

Prompt überhäufte sie ihn mit Liebesbekundungen auf Arabisch. Auch die anderen fingen an, sich gegenseitig ihrer Liebe zu versichern. Alia, ihrer aller große Schwester, strahlte Hamid an. Sie teilte seine Liebe für Baba, sie teilte alles mit ihm. Hamid musste wieder an sein Glas klopfen.

»Aber jetzt möchte ich über Baba reden.«

Er deutete über den Tisch. Es wurde still. Sogar die Kleinen hielten die Klappe. Hamid blickte zu seinem Vater. Der Löwe hatte ein Glitzern in den Augen. Wenn Hamid in diese Augen sah, dann wusste er, dass er geliebt wurde.

»Baba, du bist mein …«

Weiter kam er nicht, weil plötzlich das Inferno losbrach. Ein ohrenbetäubendes Krachen hallte aus dem Flur herüber, die massive Holztür war eingerammt worden. Zwei Fenster im Wohnzimmer zerbarsten, genau wie die Terrassentür. Männer schrien. Bewaffnete Vermummte standen plötzlich im heiligsten Zimmer der Familie. Ein ganzes Dutzend. Von draußen flutete Scheinwerferlicht den Raum, hell wie in einem Fußballstadion.

»Polizei! Hände hoch!«

Die Frauen schrien auf, die Kinder weinten. Amir sprang dem ersten Angreifer in schwarzer Kampfmontur entgegen und kassierte dafür einen Schlag mit dem Gewehrgriff. Ein weiterer SEK-Mann hielt Devin sein Gewehr direkt an die Schläfe, was den zweitältesten und kräftigsten Bruder nicht daran hinderte, aufzustehen und die Eindringlinge zu beschimpfen. Mama stand ihm dabei in nichts nach. Sie hatte plötzlich ihren Schuh in der Hand und schlug damit auf einen Bullen mit Sturmhaube und Helm ein. Der SEK-Mann neben Hamid packte sie am Hals wie einen Sack Kartoffeln. Das war zu viel für Baba. Er nahm das Tranchiermesser vom Tisch und rammte es dem Polizisten in die Schulter. Sofort stürzten sich vier Vermummte auf den Patriarchen und rissen ihn zu Boden.

Dadurch befand sich Hamid einen Moment lang nicht im Blickfeld der Polizei. Auch er war instinktiv aufgesprungen, dann aber mit den Händen in der Höhe bewegungslos stehen geblieben. Den Wichsern keinen Grund zum Schießen geben. Darauf warteten sie nur. Doch nun hatten sie einen Fehler begangen. Er nutzte die Ablenkung und rannte los. Durch die offene Tür hinter ihm in die Küche. Er hatte den großen Raum bereits durchschritten, als die Schreie der Polizisten aus dem Wohnzimmer lauter wurden. Seine Familie schrie ebenfalls. Mit Sicherheit versuchten Hamids Brüder, die Beamten festzuhalten. Hamid sprintete um die Ecke, die hintere Treppe nach oben.

Die Verhaftung war nicht das Problem. Die Anwälte würden sie da schon rausholen. Aber wenn die Bullen das Geld in seinem Zimmer fänden, könnte es eng werden. Alia hatte ihm bereits tausendmal gesagt, dass er die Beute eines Raubzugs nicht in die Villa bringen sollte. Aber es war Farids Geburtstag. Auch wenn sein jüngster Bruder bei dem Coup nicht dabei gewesen war, sollte er doch einen Anteil bekommen. Sie hatten zwei Millionen aus dem Geldtransporter mitgenommen. Hunderttausend für Farid. Bar auf die Hand. So war es geplant gewesen.

Hamid kam oben an. Er hörte von unten die schweren Schritte der SEK-Stiefel. Er rannte den Flur entlang zu den Räumen seiner eigenen kleinen Familie. In das Schlafzimmer, das er sich mit Selma teilte. Dort warf er die Tür hinter sich zu. Die Tasche mit dem Geld lag auf dem Babybett. Er griff sie. Der Balkon. So gut wie jeder Raum hatte einen Balkon, darauf hatte er bei der Bauplanung bestanden. Er riss die Tür auf, zwei Schritte, Sprung über die Brüstung, ohne zu zögern. Er landete neben dem Haus auf dem Rasen, stieß sich die Knie. Der Schmerz war auszuhalten. Er sprang auf und rannte weiter in Richtung des Parks hinter ihrem Anwesen. Er zog sein Handy aus der Hosentasche. Hassan musste helfen. Herkommen und ihn holen. Das Licht eines der Scheinwerfer von der Straße traf ihn von hinten. Er sah seinen eigenen Schatten vor sich.

»Stehen bleiben!«

Der Ruf kam nicht von hinten, von den Wagen der Sondereinheiten, sondern von vorn. Von dem Ort, den Hamid ansteuerte. Ein Polizist mit gezogener Waffe stand neben der Garage. In zivilen Klamotten. Hamid kannte den Mann. Er arbeitete für das LKA, machte ihnen schon seit Jahren das Leben schwer. In ihm floss dasselbe Kanakenblut wie in Hamid, doch der Kerl hielt sich für etwas Besseres. Wahrscheinlich ging die Stürmung der Villa auf sein Konto. Warum musste der Pisser ausgerechnet hinter dem Haus lauern?

Hamid drosselte das Tempo, hielt aber nicht an, suchte nach einem Ausweg. Rechts die hohen Büsche, links der Garten mit dem abgedeckten Pool und dem kleinen Spielplatz. Keine Schutzmöglichkeiten. Der Bulle zielte auf ihn. Hamid blieb nichts anderes übrig. Er hob die Hände. Ein Schuss fiel. Hamid blieb die Luft weg. Hatte das Arschloch gerade auf ihn geschossen? Der Schmerz kam. Seine Brust brannte. Er blickte an sich hinab. Blut durchtränkte binnen Sekunden das weiße Hemd. Immer noch keine Luft. Hamid hatte keine Kraft mehr, um auf den Beinen zu bleiben. Er knallte auf die schmerzenden Knie. Die Tasche mit dem Geld und sein Handy fielen auf den Boden. Der Polizist zielte immer noch auf ihn, kam langsam näher. In der Ferne hörte Hamid einen Schrei, der ihm durch Mark und Bein ging. Es war sein Vater.

»Sanitäter!«, schrie der Bulle.

Er war bei Hamid angekommen, kniete sich zu ihm. Hamid wollte ihm ins Gesicht spucken, aber dafür fehlte ihm die Luft. Immerhin konnte er schlagen. Er schwang seinen Arm nach dem Mann, traf ihn jedoch kaum. Danach fehlte ihm noch mehr Luft. Ihm war kalt. Furchtbar kalt. Sein Oberkörper war taub. Nach Atem ringend, drehte er sich um. Er blickte in das Scheinwerferlicht, konnte am Haus lediglich Silhouetten ausmachen. Doch er wusste auch so, dass die massige Gestalt, die von drei Männern kaum gehalten werden konnte, Baba war.

»Hamid!«, schrie er.

Hamid wollte nach ihm rufen. Es ging nicht. Nicht einmal ein Wort brachte er heraus. Nur ein Winseln entfuhr seiner Kehle. Er sank zu Boden. Ihm war so kalt.

»Du Schwein!«, hörte er seinen Vater brüllen. »Das wirst du büßen. Dafür wirst du bezahlen.«

Baba schrie immer und immer wieder. Es waren die letzten Worte, die Hamid hörte.

ZWEI JAHRE SPÄTER

1

Köln
Donnerstag, 9. September

Auf dem Weg ins Krankenhaus hatte Tina zum ersten Mal das Gefühl, dass sie verfolgt wurde. Der schwarze BMW aus Holland hatte auf der anderen Straßenseite gestanden, als sie in Ehrenfeld mit dem störrischen Fiat Panda ihres Mitbewohners losgefahren war. Derselbe BMW mit dem auffälligen gelben Kennzeichen fuhr eine halbe Stunde später auf den Holweider Parkplatz, von dem aus Tina in den grauen Betonklotz gehen wollte, um ihren Vater zu besuchen. Sie hatte sich die Nummer auf dem Kennzeichen nicht gemerkt, aber wie wahrscheinlich war es, dass zwei identische BMW aus Holland in Köln unterwegs waren?

Tina blieb stehen, zückte ihr Handy und tippte sinnlos darauf herum. Dabei behielt sie unauffällig das Fahrzeug im Auge. Nachdem der Wagen drei Reihen entfernt hinter einer großen Linde geparkt hatte, blieben die Autotüren geschlossen, der Motor ausgeschaltet. Drei Minuten, fünf Minuten, zehn Minuten. Irgendwann hörte Tina in ihrem Kopf das Meckern ihrer Mutter, da Tina sowieso schon zu spät losgefahren war. Überflüssig natürlich, denn ihr Vater würde so schnell nirgendwohin gehen, aber Pünktlichkeit war für ihre Mutter ein Prinzip. Ein eisernes. Tina beschloss, dass es vielleicht doch zwei holländische BMW in Köln geben konnte, und in einem davon machte nun jemand ein Nickerchen. Warum sollte man sie auch verfolgen?

In der kardiologischen Abteilung am Bett ihres Vaters musste Tina sich diese Frage erneut stellen. Während eines Monologs ihrer Mutter betrachtete sie auf ihrem Handy die Fotos der letzten Tage. Ein Selfie, das sie zwei Nächte zuvor am Brüsseler Platz gemacht hatte, ließ ihre Nackenhaare in die Höhe schießen. Darauf zu sehen waren ihre Freundin Anna und sie, gut gelaunt, hundert Meter vom Hallmackenreuther entfernt, wo sie zu viele Caipis getrunken hatten. Zu sehen war aber auch der holländische BMW. Am Straßenrand hinter ihnen, das gelbe Kennzeichen reflektierte das Licht der Laterne.

»Alles okay, Chrissy?«, fragte Papa mitten in Mamas Elegie über die Unfähigkeit der Ärzte, die mal wieder keine Spontanheilung zustande brachten.

Tina sah Sorge in den müden blauen Augen ihres Vaters. Er war gerade erst sechzig geworden, wirkte jedoch mit seinen grauen Haaren und dem blassen Gesicht wie ein Greis, der von der gestärkten weißen Bettwäsche verschlungen wurde. Vielleicht war er auch gar nicht ungewöhnlich blass. Vielleicht kam es Tina lediglich so vor, weil sie ihn eigentlich nur mit hochrotem Kopf kannte und er jetzt durch die Medikamente einen normalen Blutdruck hatte. Als die Werte bedrohlich in die Höhe geschossen waren, hatte Mama ihn am Vortag ins Krankenhaus gebracht. Schnell setzte Tina ein Lächeln auf.

»Ja, ja, Paps. Alles okay.«

»Was schaust du dir denn da an?«

»Fotos ... von Anna und mir.«

Papa winkte sie zu sich. Sie setzte sich an den Rand des Bettes und betrachtete das Bild mit ihm gemeinsam. Währenddessen redete ihre Mutter unaufhörlich weiter. Doch Tina und ihr Vater hatten gelernt, auf anderen Frequenzen miteinander zu kommunizieren, sodass Mamas Geplapper wie das Geräusch von Regen auf einem Wellblechdach wirkte.

»Ist doch ein wunderschönes Bild von dir. Das Lächeln, das Herzen schmelzen lässt. Was ist das Problem?«

»Es gibt kein Problem.«

Außer dass irgendein Holländer sie schon seit mindestens vorgestern quer durch die Stadt verfolgte. Warum? Fieberhaft ging Tina im Kopf die Holländer durch, die sie kannte. Sie hatte mal bei einem Segelwochenende am Ijsselmeer etwas mit einem Surfer gehabt. Doch das war eine halbe Ewigkeit her, und der Typ hatte sie nach drei unbeantworteten Anrufen in Ruhe gelassen. War das ein Grund, Jahre später zum Stalker zu werden?

»Du bist immer viel zu kritisch mit deinem Aussehen«, stellte ihr Vater fest. »Du bist eine echte Schönheit. Genau wie deine Mutter früher.«

»Früher?«, empörte sich Mama.

Das war der Punkt, an dem sie ihren Monolog nun doch

unterbrach. Papa lachte und war in den nächsten Minuten damit beschäftigt, seiner Frau zu versichern, dass sie nach wie vor eine Schönheit war. Es stimmte. Auch mit Ende fünfzig war sie dank ihrer langen schwarzen Haare und der funkelnden braunen Augen ein Hingucker. Tina war froh, dass sie beides von ihrer Mutter geerbt hatte. Oder vielmehr, dass sich die Gene ihrer aus der Türkei stammenden Großmutter auch über zwei Generationen und zwei deutsche Männer hinweg durchgesetzt hatten. Ihr Vater hatte lediglich die großen Ohren beigesteuert, die Tina gerne unter wilden Haarkreationen verbarg.

Während ihr Vater seine Frau mit Engelsgeduld beruhigte, konnte Tina ihren Blick nicht von dem BMW nehmen. Auch auf dem Foto erkannte man nicht, wer auf dem Fahrersitz saß. Schemenhaft konnte man Hände am Lenkrad ausmachen. Außerdem eine Lichtreflexion dort, wo sich das Gesicht befand. Nein, kein Gesicht. Bei genauerem Hinsehen erkannte Tina das Objektiv einer Kamera. Der Holländer hatte sie beim Fotografieren fotografiert. Mit einer richtigen Kamera. Wie ein Privatdetektiv. Gab es die überhaupt noch? Und, wenn ja, wer hatte ihr einen auf den Hals gehetzt? Sie schuldete ein paar Leuten Geld, aber nicht annähernd so viel, wie es kosten würde, einen Privatermittler mit teurem BMW tagelang hinter ihr herzuschicken. Oder war es die Polizei? Zivilfahnder? Ihr fiel ein, dass sie mit Anfang zwanzig für einen Freund, der am Anfang einer kurzen, ruhmlosen Karriere als Drogendealer gestanden hatte, ein paarmal Haschisch über die Grenze gebracht hatte. Aus Holland! Aber war das nach mehr als zehn Jahren nicht verjährt?

»Dir geht's doch gut, oder?«

Ihr Vater erforschte Tinas Gesichtsausdruck, während Mama sich darüber ausließ, dass niemand erkannte, wie sehr seine Herzprobleme auch für sie eine Belastung waren. Schließlich hatte man bei ihr gerade erst Diabetes diagnostiziert, und damit war auch nicht zu spaßen.

»Paps, mir geht's super«, betonte Tina und setzte das Lächeln auf, das Herzen schmelzen ließ. »Weißt du doch.«

»Dann ist gut«, antwortete er zufrieden. »Das ist alles, was mir wichtig ist.«

»Na klar«, sagte Tina. »Du, ich muss leider los. Zur Arbeit.«

Sie ignorierte die Beschwerde ihrer Mutter und drückte ihren viel zu schmächtig gewordenen Vater an sich. Bald darauf befand sich Tina auf dem Weg zum Parkplatz. Zum Holländer. Sie würde ihn zur Rede stellen. Egal, ob Stalker, Privatdetektiv oder Zivilfahnder. Der Kerl konnte sich auf etwas gefasst machen, denn auf solche Spielchen hatte sie keine Lust. Wer ein Problem mit ihr hatte, sollte mit ihr reden. Mit zunehmender Wut stampfte sie über das hässliche Linoleum der Flure, vorbei an der schmucklosen Rezeption, durch die automatische Schiebetür nach draußen. Schnurstracks zum Parkplatz. Zum BMW. Nur leider war das Auto nicht mehr da. Der Platz unter der Linde war leer. Tina blickte in alle Richtungen, entdeckte den holländischen Wagen aber nirgendwo. Sie war geradezu enttäuscht. Ihre Empörung verpuffte. Gleichzeitig war sie sicher, dass sie den Wagen wiedersehen würde.

Es dauerte nicht einmal vier Stunden, bis es so weit war. Tina war längst bei der Arbeit. Unterwegs mit Harry. Seit zwei Monaten arbeitete sie als »Blaulichtreporterin«, wie Harry es nannte. Ein Begriff, der sicherlich aus Zeiten stammte, in denen es auch noch Privatdetektive gegeben hatte. Genauso antiquiert kam sie sich vor, wenn sie in dem zugemüllten Opel Kombi des leicht übergewichtigen und nach Irish Moos riechenden Harry saß. Wo sie illegal den Polizeifunk abhörten, um dann loszurasen, wenn sich irgendwo in Köln etwas vermeintlich Berichtenswertes ereignete. Unfälle, Schlägereien, Festnahmen. Harry hieß eigentlich Harald, war um die sechzig und machte diesen Job schon, »seit er denken konnte«. Früher hatte er Fotos gemacht, heute filmte er mit einer kleinen Digitalkamera. Das Geschäft war hart. Weil jeder Idiot ein Handy mit Kamera besaß, war die Konkurrenz groß. Zumal Amateure ihr Material meistens kostenlos an die Redaktionen weitergaben. Harry und Tinas Glück war, dass sie für den Betreiber einer Facebook-Seite arbeiteten, der die schaurigen Berichte digital unter das Volk brachte. Immerhin ein moderner Aspekt von Tinas Arbeit als Blaulichtreporterin. Natürlich war es nicht das, wofür sie fünf Jahre lang Journalismus studiert hatte. Aber bei ihren Jobs in der seriösen Medienwelt hatte sie sich bisher immer zielsicher mit den Falschen angelegt, nämlich mit ihren Chefs. Überbordende Egos, Chauvinisten, Feiglinge. Darauf hatte sie keine Lust mehr. Nach einer schmerzhaften Durststrecke sorgte der neue Job jetzt dafür, dass sie die Miete zahlen konnte. Er hatte ihr sogar eine kleine Fangemeinde eingebracht. Keiner konnte eine Messerstecherei in Köln-Kalk so gut gelaunt anmoderieren wie sie. Niemand hatte weniger Skrupel, wenn es darum ging, einem Unfallbeteiligten ein Mikrofon hinzuhalten. Das hatte Tina zumindest bis zu diesem Tag gedacht.

Als der Funk kurz nach Einbruch der Dunkelheit einen »VU Ex«, also einen Verkehrsunfall mit Exitus, am Konrad-Adenauer-Ufer vermeldete, war Tina in Gedanken noch bei dem BMW. Während Harry durch die Nebenstraßen an sämtlichen Absperrungen vorbeibretterte, rätselte sie, ob sie sich vielleicht durch ihre fragwürdige Berühmtheit einen Stalker eingehandelt hatte. Freundliche oder noch öfter anzügliche Mails erhielt sie über die Redaktion der Facebook-Seite regelmäßig. Die Penisbilder leitete man ihr gar nicht erst weiter. Natürlich stand nirgendwo ihre Adresse, aber die Menschen waren findig, wenn es darum ging, anderen das Leben schwer zu machen. So grübelte Tina noch, während sie in einem Meer aus Blaulicht den Kombi verließ und hinter Harry dahin trottete, wo sich die größte Ansammlung von Rettungskräften befand. Ohne Vorwarnung blickte sie direkt in das, was einmal ein Gesicht gewesen war. Wie ein Reh im Scheinwerferlicht starrte sie auf den blutigen Klumpen aus Haut, Gewebe und Knochen auf dem Fahrersitz eines Kleinwagens. Harry zückte seine Kamera und hielt drauf. Keiner hinderte ihn daran, denn die Rettungskräfte waren damit beschäftigt, die Beifahrerin zu retten, die »nur« den Rand der Metallplatte abbekommen hatte. Das wuchtige Teil hatte sich von der Ladefläche eines vorausfahrenden Lasters gelöst und war durch die Windschutzscheibe des Toyotas geschossen. Noch lebte die Beifahrerin, aber das aus der Höhle getretene Auge gab Tina den Rest. Sie spürte, wie ihr die Falafel hochkamen, die sie sich zwischen Krankenhausbesuch und Arbeitsbeginn reingestopft hatte.

»Stell dich nicht so an«, rief Harry, ohne die Kamera von dem Horror am Rheinufer zu nehmen.

Als Tina sich am nächsten Grünstreifen übergab, sah sie den BMW. Er kam langsam aus der Seitenstraße gerollt, in der auch Harrys Kombi stand, und hielt direkt hinter ihrem Arbeitsfahrzeug. Auf dem Boden kniend, mit einem fürchterlichen Geschmack im Mund und einem heftigen Zittern am ganzen Körper, beobachtete Tina, wie der Motor ausging, die Scheinwerfer erloschen und die Fahrertür sich öffnete. Keine zwanzig Meter von ihr entfernt. Doch kein furchterregender Auftragskiller oder verstörender Stalker kam zum Vorschein, sondern ein Engel. Erst sah Tina nur die eleganten Pumps unter der Fahrertür, dann die ganze Frau: eine groß gewachsene Blondine in ihrem Alter mit einem dunklen Hosenanzug unter dem taillierten Ledermantel. Die makellos schöne Frau schritt entschlossen auf Tina zu. Dabei ignorierte sie das Chaos neben ihnen. Die Schreie der verletzten Beifahrerin, die Rufe der Rettungskräfte, das Blaulicht. Das alles interessierte die Frau nicht. Auch nicht der Falafelbrei, den Tina auf dem Rasen hinterlassen hatte. Die Blondine ging vor Tina in die Hocke und reichte ihr ein Stofftaschentuch.

»Kann ich Ihnen helfen?«, fragte sie mit leicht holländischem Akzent.

2

Köln
Donnerstag, 9. September

Das Kölsch spülte den bitteren Geschmack endgültig weg. Die Bilder des Toten und seiner Beifahrerin blieben. Das Bier tat trotzdem gut. Tina konnte sich nicht mehr genau daran erinnern, wie sie in die Hotelbar gelangt war. Die blonde Frau hatte sie dorthin geführt. Sie hatten das Blaulicht hinter sich gelassen. Den BMW ebenso wie Harrys Kombi. Harry natürlich auch. Während Tina im Arm der Holländerin durch die Gassen gestolpert war, hatte ihr linkes Bein mehr als der restliche Körper gezittert. Zumindest hatte Tina das gedacht, aber es war die Vibration ihres Handys in der Hosentasche gewesen. Das Telefon meldete sich nun erneut, weckte Tina aus ihrer Starre. Sie hatte kein Interesse, den Ruf anzunehmen, Harry irgendetwas zu erklären, mehr über die Unfallopfer zu erfahren. Ihr ganzes Interesse galt der anderen Seite der Essnische mit weinroten Ledersitzen und einem polierten braunen Holztisch. Es galt der blonden Frau.

»Besser?«, fragte die Blondine.

Tina nickte und atmete tief durch.

»Warum verfolgen Sie mich?«, erwiderte Tina.

Die Frau lächelte. Ein schönes Lächeln. Souverän, aber auch mitfühlend.

»Ich wollte Sie gerne kennenlernen. Weil wir Ihnen einen Job anbieten möchten.«

Darauf wäre Tina im Leben nicht gekommen. Ein Freund von ihr war schon von Headhuntern kontaktiert worden, aber die hatten angerufen. Niemand wurde deswegen mehrere Tage lang von einem Fotomodell verfolgt.

»Vielleicht ist jetzt nicht die richtige Zeit, darüber zu reden«, erklärte die Frau mit dem wohltuenden Akzent. »Ich wollte Ihnen wirklich nur helfen.«

»Doch«, entgegnete Tina schnell. »Jetzt ist genau die richtige Zeit. Oder sieht es so aus, als ob ich meinen aktuellen Job liebe?«

Die Frau grinste. Wissend, cool, sexy. Überhaupt fiel Tina mehr und mehr auf, welch anziehende Wirkung sie hatte. Ein kurzer Blick in die mit Geschäftsmännern gefüllte Bar bestätigte Tinas Eindruck. Kaum einer von ihnen schaute nicht zu ihnen herüber. Das blonde sexy Model und die exotische Dunkelhaarige. Für den entsprechenden Porno würden einige Männer garantiert gutes Geld bezahlen.

»Was für eine Art von Arbeit wäre das?«, fragte Tina verunsichert, denn irgendetwas Sexuelles kam für sie nicht infrage.

Die Frau zögerte kurz und nickte dann, als ob sie sich selbst überzeugen musste, dass der Zeitpunkt für das Jobangebot tatsächlich gekommen war.

»Sie müssten für einige Wochen eine Wohnung in London beziehen und dort leben.«

»Und was ist der Job?«

»Das ist der Job.«

Wieder das sexy Grinsen. Dieses Mal wirkte es verheißungsvoll.

»Das ist keine Arbeit«, antwortete Tina, denn die Sache klang nun immer mehr nach Schweinkram.

»Meine Auftraggeber benötigen jemanden, der in dieser Wohnung wohnt. Sie bekommen alles, was man zum Leben braucht, Taschengeld zum Ausgehen und Shoppen. Und als Lohn für die gesamte Zeit fünfzigtausend Euro.«

Tina grinste nun auch. Es war kein freundliches Grinsen. Es war spöttisch, zeigte ihre Enttäuschung.

»Und wer wohnt noch dort und möchte sich nachts an meinem nackten Körper reiben?«

»Niemand. Es hat nichts mit Sex zu tun.«

»Wo ist der Haken?«

»Sie müssen für den gesamten Zeitraum Ihr jetziges Leben hinter sich lassen.«

Wenn man ihr jetziges Leben betrachtete, war das in Tinas Augen eher ein Bonus.

»Keine Anrufe, keine Mails, kein Social Media«, fuhr ihre Anwerberin fort. »Sie dürfen niemanden treffen. Niemandem von der Zeit in London erzählen. Sie dürfen nicht einmal Ihr jetziges Handy behalten. Sie bekommen ein neues.«

Tina wusste nicht, was sie dazu sagen sollte. Das war so ein offensichtlicher Bullshit. Sie hatte in ihrem Leben schon viele schräge Jobs angenommen, auch fragwürdige. Darunter einige, die sie bereut hatte. Doch auf diese Nummer hier würde selbst sie nicht reinfallen.

»Natürlich ist der Hintergrund ein krimineller«, gab die Frau zu. »Aber *Sie* werden nichts Illegales tun. Wenn Sie wollen, können Sie sogar Ihren Lohn versteuern.«

»Was genau ist der Hintergrund? Was bringt es Ihren ›Auftraggebern‹, wenn ich in dieser Wohnung lebe?«

»Je weniger Sie darüber wissen, desto besser.«

Die Bilder kamen zurück. Die Metallplatte im Toyota. Der zerstörte Kopf. Das Auge der Frau. Tina hasste ihren Job. In diesem Moment noch mehr als in den Wochen zuvor. Doch wenn jemand ihr fünfzigtausend Euro fürs Nichtstun geben wollte – plus Spesen und eine teure Wohnung in London –, dann roch das meilenweit nach Ärger. An dessen Ende Tina höchstwahrscheinlich im Gefängnis landen würde. Oder noch Schlimmeres passierte.

»Das ist nichts für mich«, sagte Tina müde.

»Sie denken nicht einmal darüber nach?«, fragte die Holländerin erstaunt.

Tina schüttelte den Kopf und leerte ihr Kölschglas.

»Trotzdem danke. Für die Hilfe vorhin ... und das Bier.«

Sie atmete tief durch und stand auf. Ihr graute davor, Harry zurückrufen zu müssen. Doch das war nun mal ihr echtes Leben. Die Frau sprang ebenfalls auf. Tinas klare Haltung schien ihr Respekt abzunötigen. Sie hatte plötzlich eine Visitenkarte in der Hand und reichte sie Tina.

»Nimm die einfach mal mit«, wechselte sie in eine

vertrauliche Tonlage, als würde sie jetzt als Freundin zu ihr sprechen. »Für ein paar Tage steht das Angebot.«

Tina blickte auf die Karte. Ein sattes Schwarz, auf dem in goldenen Buchstaben »Kim« stand, sowie eine Handynummer mit niederländischer Vorwahl. Sonst nichts. Tina nahm die Karte. Kim zeigte noch einmal ihr sexy Lächeln. Dann ging sie unter den Blicken sämtlicher Männer zum Tresen, um zu bezahlen.

3

Köln
Samstag, 11. September

»Du musst ins Krankenhaus kommen.«

Die enervierende Stimme ihrer Mutter. Gefühlt mitten in der Nacht.

»Weißt du, wie spät es ist?«, rief Tina vorwurfsvoll in ihr Handy.

Sie selbst wusste es nicht. Sie war sofort ans Telefon gegangen, nachdem das Klingeln sie aus dem Schlaf gerissen hatte. Dafür war Tina sogar dankbar, denn sie hatte wieder von dem Auge geträumt. Dem Auge, das neben der aufgebrochenen Augenhöhle baumelte. Draußen war es noch dunkel. Außerdem war Samstag. Mama übertraf sich wieder einmal selbst.

»Er stirbt.«

»Mama, können wir nicht später … Was?«

»Papa hatte heute Nacht einen Infarkt. Er liegt im Koma. Es geht zu Ende, sagt die Ärztin.«

»Das kann nicht sein«, protestierte Tina. »Ihm ging es doch besser.«

Das hatte ihre Mutter ihr am Abend geschrieben. Die

Ärztin war mit der Entwicklung seiner Blutdruckwerte zufrieden gewesen. Tina hatte ihn nicht noch einmal im Krankenhaus besuchen können. Sie musste arbeiten, um Harry und die Redaktion bei Laune zu halten. Man hatte durchaus Verständnis für ihre kleine Flucht vom Unfallort gezeigt. Die Frage, ob sie die Richtige für den Job war, stand trotzdem im Raum. Also hatte sie den Freitagabend mit zahlreichen betrunkenen Autofahrern auf keinen Fall verpassen dürfen. Mama hatte sie sowieso stündlich per SMS mit Berichten versorgt.

»Es war doch alles okay«, insistierte Tina am Telefon.

Ihre Stimme klang wie die ihres fünfjährigen Ichs.

»Du musst ins Krankenhaus kommen«, wiederholte ihre Mutter.

Sie klang hart, vorwurfsvoll, enttäuscht. Alles nichts Neues. Aber da war noch etwas in ihrer Stimme, das Tina nicht von ihr kannte: Angst.

Eine halbe Stunde später betrat Tina die Intensivstation. Sie hatte einfach irgendetwas übergezogen, sich den Autoschlüssel ihres Mitbewohners geschnappt und war durch die menschenleere Stadt gerast, während die Sonne aufging. Papa liebte Sonnenaufgänge. Im Urlaub in den Alpen hatte er sie manchmal ganz frühmorgens geweckt. Sie hatten Mama schlafen lassen und waren im Halbdunkeln auf den Berg gestiegen. Tina erinnerte sich an das Sonnenlicht auf seinem Gesicht. Sein Lächeln. So sah Glück aus.

Jetzt war sein Gesicht fahl. Papa lag auf dem Bett, umgeben von zahlreichen Geräten, die durch Kabel und

Schläuche mit ihm verbunden waren. Aus dem Mund ragte ein Tubus, durch den er beatmet wurde. Über dem Bett hing ein Monitor, der verschiedene Werte und Linien zeigte. Tina nahm Papas Hand und setzte sich an den Rand des Bettes. Seine Augen blieben geschlossen. Egal, wie fest sie die Hand drückte. Tina blickte hilflos zu ihrer Mutter, die von dem Stuhl am Fenster aufgestanden war. Sie hatte kurz die Hände gehoben, um Tina zu umarmen. Doch Tina konnte Papa unmöglich loslassen.

»Es war doch alles okay«, wiederholte Tina.

»Seine Organe versagen nach und nach«, entgegnete Mama.

Der Kloß in Tinas Hals verstärkte sich. Zum ersten Mal drückten sich mit Gewalt Tränen aus ihren Augen. Ein Gefühl, das ihr in den nächsten Stunden vertraut werden sollte. Sie konnte nichts dagegen tun. Sie konnte überhaupt nichts tun. Das Gespräch mit der zuständigen Ärztin war erstaunlich informativ. Eine warmherzige Frau, die sich Zeit nahm. Doch selbst das half nichts. Am Ende stand lediglich erneut die Aussage: »Seine Organe versagen nach und nach.«

Dann saßen sie dort. Mama auf dem Stuhl am Fenster. Tina auf dem Bett mit Papas Hand in ihrer. Sie blickte auf sein Gesicht. Die Züge wirkten friedlich, doch der Tubus verweigerte Tina hartnäckig die Illusion, dass er nur schlief. Die Werte auf dem Überwachungsmonitor sanken. Langsam, aber beständig. Hatte Papa kurz nach ihrer Ankunft noch Blutdruckwerte, über die er sich gefreut hätte, waren sie nach zwei Stunden so lächerlich niedrig, dass man kaum noch von Leben sprechen konnte. Während die Geräte in den Räumen rundherum diverse Töne oder manchmal auch hektisches Piepsen von sich gaben, hörte man an Papas Bett nur das Pumpen der Beatmungsmaschine. Die Alarme waren ausgestellt worden.

Als die Sonne sich so weit vom Horizont hochgearbeitet hatte, dass sie durch das Fenster im dritten Stock auf Papa scheinen konnte, kam die Erkenntnis bei Tina an. Er würde nie wieder lächeln. Tina hatte seine letzten Tage bei Bewusstsein verpasst. Während ihres Besuchs hatte sie ihm kaum zugehört. Sie war Unfällen hinterhergejagt, als er nach ihr gefragt hatte. Nicht einmal angerufen hatte sie, um ihm eine gute Nacht zu wünschen. Sie hatte ihn für selbstverständlich gehalten. Wenn jemand sie auf einer Party gefragt hatte, wie sie mit ihrem Vater klarkam, hatte sie immer so etwas wie »ganz gut« geantwortet. »Nichts Besonderes.« Sie verstanden sich. »Ja, klar.« Nee, nicht klar. Er war der wichtigste Mensch in ihrem Leben. Die einzige Konstante.

Wenn die Werte auf dem Monitor in absehbarer Zeit bei null ankämen, dann bliebe nur noch ein schwarzes Loch. Sie hasste ihren Job, sie lebte in einer miefigen Zweck-WG mit drei deutlich jüngeren Studenten, sie hatte Schulden bei zig Leuten, eine ernsthafte Beziehung wollte niemand mit ihr haben. Erst vor einigen Wochen hatte ihr letzter Freund sie verlassen, weil sie »zu flatterhaft« war, was immer das heißen sollte. Richtig geschmerzt hatte die Trennung sie nicht. Trennungen schmerzten sie nie. Die Trennung von ihrem Vater würde es. Sie würde eine klaffende Wunde aufreißen.

Der Schmerz war noch nicht da, aber Tina sah ihn kommen. Wie einen Tsunami am Horizont.

»Ich möchte, dass du zu mir ziehst.«

Das war das Erste, was ihre Mutter nach Stunden des Schweigens von sich gab. Sie sah ihren eigenen Tsunami auf sich zukommen.

»Die Wohnung ist groß«, fuhr sie fort. »Wir könnten Geld sparen und ...«

»Lass uns später darüber reden.«

Tinas Antwort kam reflexartig. Ein Satz, den sie als Kind regelmäßig von Mama zu hören bekommen hatte. Nie war später darüber geredet worden. Der Satz bedeutete »nein«.

»Gut.«

Mama klang, als ob sie die Retourkutsche nicht erkannte. Oder als ob sie wüsste, dass Tina keine Chance hatte. Nicht umsonst hatte sie das Geld erwähnt. Ja, Tina konnte dank ihres Jobs die Miete zahlen. Aber um wirklich leben zu können, es sich vielleicht auch mal gut gehen zu lassen, brauchte sie die monatlichen Zahlungen von Papa. Die Zahlungen, von denen Mama nichts wusste. Angeblich. Diese würden nun ausbleiben. Papas gute Rente aus seiner Zeit als Ingenieur bei Ford würde nicht nur Tina schmerzhaft fehlen, sondern auch ihrer Mutter. »Wir könnten Geld sparen.« Es war unausweichlich. Mit dreißig Jahren zurück zu Mama. Ohne Papa. In einem Job gefangen, den die meisten ihrer früheren Kommilitonen als Worst Case angesehen hätten. Ihr ganzes Leben steuerte auf den schlimmstmöglichen Fall zu.

Tina bekam erst mit, dass die Ärztin zurückgekehrt war, als diese sich räusperte. Die junge Frau stand mit den Händen hinter dem Rücken und einem mitfühlenden Lächeln auf den Lippen da. Sie erklärte leise, dass nur noch die Geräte Papa am Leben hielten. Das könne man auf diesem Niveau weiter so handhaben, aber es bestünde keinerlei Aussicht auf eine Verbesserung seiner Situation.

»Faktisch ist er tot?«, fragte Tina.

Die Ärztin nickte.

»Dann schalten Sie die Geräte bitte ab«, sagte ihre Mutter mit leerer Stimme. »Er hat sich das so gewünscht.«

Tina wollte protestieren. Schreien. Um Papas Leben kämpfen. Sie tat nichts davon. Nicht, weil sie wusste, dass ihre Mutter recht hatte. Sondern weil Tina nicht mehr da war. Sie rannte vor dem Tsunami davon.

Eine halbe Stunde nachdem die Anzeigen auf dem Monitor erloschen waren, stand Tina allein auf dem Parkplatz des Krankenhauses und blickte in die Sonne. Sie zog ihr Handy aus der Hosentasche. In der glitzernden Hülle steckte die Visitenkarte von Kim. Tina rief sie an.

4

Den Haag
Donnerstag, 14. September

Es passiert etwas!!!

Nael konnte den hektischen Tonfall von Xalvador aus der SMS herauslesen. Er legte das Handy zur Seite und nippte noch einmal an seinem heißen Espresso, den die Kellnerin gerade erst gebracht hatte. Das Handy brummte erneut.

Wann kommst du rein???

Nael seufzte aus tiefem Herzen. So hatte er sich das nicht vorgestellt. Er wollte sich in seinem Lieblingscafé an der Frederik Hendriklaan in Ruhe mithilfe von Espresso und Croissant auf den Tag einstimmen. Aber er wusste, dass Xalvador keine Ruhe geben würde. Am Ende würde der hyperaktive Kollege auch noch anrufen. Sein Englisch mit dem harten spanischen Akzent war schwer zu verstehen, besonders bei seinem Sprechtempo, sodass Telefonate mit dem Leiter der neuen Abteilung eine Zumutung waren.

Bin auf dem Weg, schrieb Nael.

Er trank in Ruhe seinen Espresso, aß sein Croissant.

Schließlich machte er sich auf den Weg über die Straße. Zu dem typisch holländischen Eckhaus aus rotem Backstein mit Erker und Giebeldach, in dem Nael vor einem halben Jahr ein schmuckes Apartment bezogen hatte. Er stieg allerdings nicht die zwei Stockwerke nach oben, sondern holte lediglich sein Fahrrad aus dem Hausflur, wo es neben vier anderen Rädern eingequetscht war. Ein typischer Anblick für diese Stadt: drei Wohnungen, fünf Fahrräder. Er befestigte seine Hosenklammern und schwang sich aufs Rad. Dass er mit siebenundvierzig noch einmal passionierter Radfahrer werden würde, hatte Nael sich auch nicht träumen lassen. Es tat ihm gut. Er war immer schlank gewesen, passend zu seinen dunklen Haaren und feinen Gesichtszügen, aber in den letzten Jahren hatte sich ein Bäuchlein entwickelt, das er mit dem täglichen Radfahren wieder in den Griff bekommen hatte.

Als er in die Prins Mauritslaan einbog, spürte er die Vibration des Handys in seiner Jacketttasche. Als er die vierspurige Straße mit den Tramschienen in der Mitte überquerte und auf der Eisenhowerlaan weiterfuhr, vibrierte es erneut. Nael blickte erst auf das Handy, nachdem er sein Rad im Fahrradschuppen vor dem Europol-Gebäude angeschlossen hatte.

Sie ist am Flughafen!!!, hatte die erste SMS gelautet.

Ziel London!!!, die zweite.

Das war tatsächlich eine interessante Entwicklung, doch Nael ermahnte sich, nicht weiter darüber nachzugrübeln. Er schüttelte einmal mehr über die Ironie des Schicksals den Kopf. Er war zu Europol gegangen, um den ganzen Mist in Berlin hinter sich zu lassen. Doch kaum war er im schönen Den Haag angekommen, hatte man die neue Abteilung eingerichtet, die ausgerechnet seinen Hauptkunden aus Berlin überwachte. Natürlich hatte es nicht lange gedauert, bis Xalvador am deutschen Desk angefragt hatte, ob sich jemand mit Berliner Clan-Kriminalität auskannte. Natürlich hatte das ganze Team unisono in Naels Richtung geblickt.

Als Nael an der Sicherheitsschleuse ankam, folgte die nächste Nachricht: Warum London??? Nael fragte sich, ob auf spanischen Handys eine Taste existierte, die Satzzeichen automatisch verdreifachte. Er hielt seinen Ausweis an den Scanner vor der stählernen Drehtür. Dann die Innenfläche seiner Hand an den Venenscanner. Ein Signal gab ihm die Erlaubnis einzutreten. Nael nickte den bewaffneten Männern vom Sicherheitspersonal zu und betrat die kleine Kabine, deren Innenwand sich von allein weiterdrehte. Er verließ die Schleuse. Das Prozedere erfüllte ihn jedes Mal mit Befriedigung. In keinem Gebäude der Welt fühlte er sich so sicher wie bei Europol, in den vier unterschiedlich hohen quaderförmigen Türmen, die durch ein weitläufiges Erdgeschoss verbunden waren. In den ersten Monaten war er auch ausgesprochen gerne in den grauen Neubau der europäischen Polizeibehörde gegangen. Dass es dort nun ebenfalls nur noch um den Clan ging, nagte jedoch an Nael.

Im Eingangsbereich mit der beeindruckend großen Halle schaute er zu den offenen Treppen hinauf. Sollte er erst im Turm nach oben fahren? Im achten Stock befand sich der deutsche Desk und damit Naels Schreibtisch.

Doch Xalvador hatte dort wahrscheinlich schon alle Kollegen auf der Suche nach ihm verrückt gemacht. Nael ging in dem großen Flur Richtung Haus zwei, wo die neue Abteilung ihren Platz gefunden hatte. Sowohl die Abteilung als auch das bahnbrechende Programm, mit dem dort gearbeitet wurde, hießen WATCH; ein bemühtes Akronym, das für *Widescale Automated Tele Cogniton Hub* stand. Nael hörte Xalvadors Stimme schon von Weitem.

Obwohl sich in dem fensterlosen Raum mit den beigen Wänden zig Monitore und ein halbes Dutzend Mitarbeiter befanden, erblickte der hochgeschossene Spanier mit dem gescheitelten dunklen Haar und dem markanten Kinn Nael in der Sekunde, in der er im Türrahmen erschien.

»Warum London?«, rief er mit seinem spanischen Akzent. »Die Taffas waren noch nie in London.«

Nael nickte den anderen Kolleginnen und Kollegen an ihren Plätzen zu, während er den Raum durchschritt. Auf jeder Seite standen fünf Arbeitsplätze mit dem Rücken zur Wand. Arbeitsplätze, an denen alles vom Feinsten war. Die Computer, die Monitore, die Telefone. Das Beste und Neueste, was der Markt hergab. Doch selbst diese waren mickrig im Vergleich zu dem Arbeitsplatz am Ende des Raums, für den die anderen Schreibtische wie ein Spalier wirkten. Dort hing ein enormer Monitor von der Decke, der auch in einem Fußballstadion hätte Verwendung finden können. Darunter stand ein geschwungener Tisch mit drei kleineren Monitoren, Tastaturen, Tablets und anderen technischen Spielereien. Es hatte etwas von der Kommandobrücke eines Raumschiffs. Direkt daneben stand der Kommandant Xalvador. Er zeigte fuchtelnd auf das Bild über ihm.

»Warum London?«

»Guten Morgen«, sagte Nael mit der gebotenen Höflichkeit.

Dann schaute er hoch zu dem Monitor, auf dem Alia Taffa zu sehen war. Die hübsche Frau Anfang dreißig saß zusammen mit ihrer deutlich jüngeren Schwester Sara an einem Gate des Berliner Flughafens. Sara tippte auf ihrem Handy herum. Alia blickte Kaugummi kauend hinaus auf das Flugfeld. Ihre Louis-Vuitton-Handtasche hatte sie wie zum Schutz auf ihren Schoß vor sich gestellt. Wie man es von ihr kannte, trug sie ein modernes, aber nicht zu freizügiges Kleid und elegante, hochhackige Stiefel. Mit Sicherheit teure Marken. Die langen schwarzen Haare waren perfekt frisiert, wurden von einem Mittelscheitel geteilt und fielen zu beiden Seiten auf ihre Schultern. Dezente Ohrringe, sonst kein Schmuck. Nael hatte sich schon oft darüber amüsiert, dass sie weniger Gold am Leib trug als ihre Brüder.

»Vielleicht macht sie Urlaub«, sagte Nael lapidar.

»Mit ihm?«, fragte Xalvador.

Die Hoffnung in seiner Stimme war nicht zu überhören. Denn natürlich ging es um *ihn*. In der Abteilung nannten sie ihn »Der Unsichtbare«. Er war das Prestigeobjekt, die Hoffnung auf den schnellen Erfolg, um den skeptischen Politikern zu zeigen, wie sinnvoll die Überwachung eines ganzen Kontinents sein konnte. Zwei Jahre zuvor war Mohammed Taffa, das Oberhaupt des Clans, zusammen mit seinen Söhnen Amir und Devin im

Gefängnis gelandet. Der älteste Sohn Hamid war bei der Verhaftung ums Leben gekommen. Doch wer gedacht hatte, dass der gefürchtete Clan nach diesem Schlag seine kriminellen Aktivitäten einstellen würde, der war mehr als enttäuscht worden. Der Clan war aufgeblüht, arbeitete seitdem professioneller und vorsichtiger denn je, expandierte über die deutschen Grenzen hinaus und hatte auch in Sachen Brutalität zugelegt. Immer öfter wurden in der Spree Leichen von konkurrierenden Bandenmitgliedern angeschwemmt. Schließlich hatte man herausgefunden, dass die älteste Tochter Alia mit einem entfernten Cousin aus dem Libanon verheiratet worden war. Der Mann war auf verschlungenen Wegen nach Berlin gekommen und hielt nun die Fäden des Clans in seinen Händen. Leider war der neue Anführer so gut wie unsichtbar. Die Behörden wussten nicht einmal seinen Namen, und sie hatten auch kein Bild von ihm. Von einem mittlerweile verstorbenen Informanten wusste man lediglich, dass der Libanese stets mit einem Tablet in der Hand unterwegs war, sehr modern arbeitete, den Clan ins 21. Jahrhundert geführt hatte. Darüber hinaus war er ein Mysterium. Ein hochkriminelles und sehr erfolgreiches Mysterium, das immer größere Teile des Kokainhandels in Berlin und darüber hinaus unter die Kontrolle des Taffa-Clans brachte. Deswegen hatte Xalvador ihn auserkoren, um zu demonstrieren, wie schnell das umstrittene WATCH so ein Problem lösen konnte. Die Suche nach dem Unsichtbaren hatte maximal drei Tage dauern und die Überlegenheit des Systems gegenüber monatelangen klassischen Recherchen zeigen sollen. Nun beobachtete man Alia aber bereits seit zwei Wochen. Darum lagen Xalvadors Nerven zunehmend blank.

»Ich habe keine Ahnung«, antwortete Nael auf Xalvadors Frage.

»Bei euch dürfen die Frauen so eine Reise doch nicht allein machen, oder?«

Nael spürte den Stich, der ihn schon während seiner ganzen Karriere verfolgte. Ja, er hatte arabische Wurzeln, seine Mutter stammte ebenfalls aus dem Libanon. Aber er hatte mit diesen Verbrechern nichts gemeinsam. Nichts. Die Clans kamen buchstäblich aus einer anderen Welt, sprachen nicht einmal vernünftig Arabisch und traten die Hochkultur im Land seiner Vorfahren mit Füßen. Sie waren als Angehörige der Volksgruppe der Mhallami im Libanon bereits Fremde gewesen, die unterste Schicht der Unterschicht, am Anfang des Jahrhunderts dorthin geflohen aus der Türkei, wo sie genauso wenig ihre Wurzeln hatten. Sie verhielten sich nicht nach Sitten oder Regeln, die Nael vertraut waren. Sie nutzten die Gesetze der Religion, wie es ihnen passte. Gerne, wenn sie damit die Herrschaft der Männer rechtfertigen konnten. Aber den meisten war es völlig gleichgültig, ob ihre Frauen ein Kopftuch trugen oder nach den Suren des Korans lebten. Die Taffas waren nie sonderlich religiös gewesen.

Das alles hatte Nael Xalvador und vielen anderen Polizisten längst erläutert. Und trotzdem wurden ständig Vorurteile und Klischees auf ihn abgeladen. Er lächelte geduldig und sagte nicht zum ersten Mal: »Muss nicht sein.«

Xalvador war unzufrieden mit der Antwort. Er war

überhaupt unzufrieden mit Naels Passivität. Für den Spanier war es eine spannende Schnitzeljagd, den Unsichtbaren zu jagen. Für Nael war es eine ständige Konfrontation mit düsteren Erinnerungen.

»Es sind keine weiteren Araber auf dem Flug«, erklärte Xalvador und zeigte dabei auf einen der Monitore, der die Passagierliste preisgab. »Aber vielleicht trifft sie ihn in London.«

Nael zuckte mit den Schultern. Er brauchte noch einen Kaffee, sein Kopf dröhnte. Auf dem großen Monitor sah man, wie sich Alia erhob. Ihr Kiefer bearbeitete den Kaugummi wie einen Feind. Ihre Schwester blickte überrascht von ihrem Handy auf, steckte es weg und trippelte hinter Alia her zur Abfertigung, wo sich das Personal bereitmachte. Noch war der Flug nicht aufgerufen worden. Alia stellte sich trotzdem direkt vor den Schalter, ihr Ticket in der Hand. Sie wollte keine Zeit verlieren.

»Wann landet der Flug?«, fragte Nael.

»12:05 Uhr«, antwortete Camille.

Die stämmige Belgierin Ende dreißig saß an dem Kontrolltisch. In Naels Wahrnehmung war die dunkelblonde Frau, die Jeans und eine knallgelbe Bluse trug, die Pfiffigste aus Xalvadors Team. Modisch vielleicht nicht auf der Höhe, dafür aber mit einem Doktortitel in Informatik und Psychologie ausgestattet. Xalvador missbrauchte sie viel zu oft als Assistentin.

»Dann komme ich wieder.«

Mit diesen Worten verließ Nael den Überwachungsraum, auch wenn Xalvador stumm protestierte.

Für die Beobachtung von Alia war es ein Glücksfall, dass die junge Frau nach London flog. London war die Welthauptstadt der Überwachungskameras. Kaum ein öffentlicher Quadratzentimeter wurde nicht gefilmt. Das britische Innenministerium hatte sich nach den Wirren des Brexit geradezu aufgedrängt, Europol Zugriff auf so viele britische Kameras wie nur eben möglich zu geben. Jedenfalls in deutlich größerem Umfang als verhaltenere Teilnehmer an dem neuen Projekt, wie zum Beispiel Deutschland. Die Beobachtung der Clan-Tochter würde in London viel besser möglich sein als in den letzten Wochen in Berlin. Erfolglose Wochen. Alia war wahrlich nicht die einzige Person der kriminellen Welt, die beobachtet wurde. Doch Xalvador hatte ausgerechnet sie in seinen Berichten an die EU-Kommission hervorgehoben. Mit der Ansicht, dass es möglich sein würde, durch die Überwachung der Ehefrau irgendwann auch ein Bild von ihrem Mann zu bekommen. Er hatte jedoch keine Ahnung gehabt, wie getrennt die Welten von Frauen und Männern in diesem Clan waren. Besonders, wenn es sich um eine Ehe handelte, die nur zu einem bestimmten Zweck arrangiert worden war. So hatte man bei vielen Shoppingtouren ins KaDeWe, bei Spaziergängen rund um die Villa in Zehlendorf sowie bei Besuchen anderer Frauen des weitverzweigten Clans zuschauen können. Der Unsichtbare war unsichtbar geblieben.

Insofern bot London natürlich Anlass zur Hoffnung. Als Alia mittags am London City Airport das Flugzeug über eine Außentreppe verließ, saß Nael mit seiner vierten Tasse Kaffee des Tages brav auf einem der bequemen

Stühle von WATCH und starrte mit Xalvador und zwei Mitarbeitern seines Teams auf den großen Monitor.

Den Vormittag über war Nael seiner üblichen Arbeit nachgegangen, die er so sehr schätzte. Anders als beim LKA in Berlin bestand sie hier vor allem aus Kommunikation. Nael gehörte zu den deutschen Liaison Officers, die die ersten Ansprechpartner waren, wenn innerhalb von Europa bei länderübergreifenden Ermittlungen Deutschland eine Rolle spielte. Sein aktueller Fall: Eine Bande von rumänischen Geldautomatendieben, die im Rheinland, in Belgien und Frankreich ihr Unwesen trieben, hatte Ermittler aus vier Ländern via Europol zusammengebracht. Man tauschte Daten aus, erarbeitete Strategien, schickte auch mal einen Experten nach Rumänien, wo man über die Unterstützung froh war. Die analytische Arbeit mit dem Blick von oben, das gefiel Nael. Das große Ganze. Er war nie ein klassischer Bulle gewesen, ein Draufgänger, der die nächtlichen Rufe zu Tatorten herbeisehnte. Er war froh, dass er in Den Haag keine Waffe tragen durfte und auch nicht tragen musste, weil die Kriminellen woanders festgenommen wurden. Überführt durch Kombinationsgabe, durch den Blick auf die Informationen aus den unterschiedlichen Ländern, durch Kommunikation mit den »Bullen« von der Front. So stellte er sich die Polizeiarbeit der Zukunft vor. Nicht mehr mit der Waffe unter dem Jackett durch die Straßen von Neukölln fahren, vergeblich Wohnungen im Schutz des SEK durchsuchen, stundenlang in verqualmten Cafés auf mögliche Zeugen warten, die dann doch nicht kamen oder »vergessen« hatten, was sie sagen wollten.

Hier in Den Haag sezierten sie das Verbrechen aus der Ferne.

Wäre es nicht wieder um den verhassten Clan gegangen, dann wäre das WATCH-Programm genau nach Naels Geschmack gewesen. Mit dem Kaffee in der Hand schaute er zu, wie Alia und Sara durch die Flure des kleinsten Londoner Flughafens eilten. Das Bild sprang automatisch von einer Überwachungskamera zur nächsten. Es waren überwiegend weite Kameraeinstellungen, aber man konnte problemlos Details heranzoomen, die dann etwas gröbere Pixel hatten, aber immer noch gut erkennbar waren. Egal, wie klein die modernen Kameras waren: Die Qualität war erstaunlich gut, die Zeiten schemenhafter Schwarz-Weiß-Bilder lange vorüber. Die Frauen gingen an der Passkontrolle vorbei, welche die gescannten Ausweise live auf einen der Monitore bei Europol spielte. Dann zur Gepäckabholung. Die Zuschauer in Den Haag wussten bereits vor den Frauen, wann ihr Gepäck kam, denn es war auf dem Bildschirm mit einem entsprechenden Marker versehen. Die Scans vom Inhalt hatten sie auch schon analysiert. Frauenkleidung, deutlich mehr von Alia als von Sara. Schließlich kamen die beiden zum Ausgang. Xalvador setzte sich aufrecht hin, als ein junger Mann im smarten Trenchcoat über Jeans und edlen Schuhen ihnen zuwinkte und die beiden Frauen auf ihn zusteuerten. Er war nicht älter als dreißig, trug einen gepflegten Bart und sah auffallend gut aus.

»Wer ist das? Kennen wir den? Kann er das sein?«

Nael ergänzte im Kopf jede von Xalvadors Fragen mit drei Fragezeichen. Er ließ ihm für ein paar Sekunden seine Hoffnung, sagte dann aber mit ruhiger Stimme: »Adem El-Amin, der älteste Sohn von Mohammed Taffas Schwester.«

Xalvador seufzte und beruhigte sich wieder. Dabei fand Nael diese Begegnung gar nicht uninteressant. Er kannte Adem. Er hatte ihn einmal nach einem Raubüberfall auf eine Spielothek in Neukölln verhaftet, als Adem noch ein Teenager gewesen war. Doch Nael hatte ihn schon seit Jahren nicht mehr gesehen. Zuletzt hatte es geheißen, dass Adem sein Abitur nachholte und studieren wollte. Dass er sich von der Kriminalität abgewandt hatte. Damit wäre er eine echte Rarität in dieser Familie gewesen. All das erklärte Nael jetzt, weil Xalvador sich wunderte, warum man in Den Haag diesen Zweig des Clans bisher noch nicht kannte.

Derweil führte Adem seine Cousinen zu einem Mercedes-SUV, der vor dem Flughafen im Halteverbot stand. Ein Leihwagen, wie Camille schnell herausfand. In Adems Namen angemietet. Als der Wagen sich auf den Weg in die Innenstadt machte, blieb den Polizisten die Beobachtung jedoch nicht versagt. Anders als in Berlin, wenn Alia dort in ein Auto stieg. Dann war man auf die wenigen mobilen Überwachungseinheiten angewiesen. Und auf etwas Glück, dass Alia irgendwann wieder an einem Ort auftauchte, an dem eine Kamera sie erfassen konnte. Nicht so in London mit seinen zahllosen Verkehrskameras. Hier stellte sich das System bei der Beobachtung auf das Fahrzeug um, und fortan konnten sie wie in einem Spielfilm den genauen Weg des grauen SUV verfolgen. Parallel dazu hatte Camille den Londoner

Stadtplan aufgerufen, über den sich eine kleine rote Markierung schob. Ohne dass das Auto selbst einen Sender trug. Es waren ausschließlich die Kameras, die das alles ermöglichten.

Die technische Seite von WATCH nötigte Nael einmal mehr Respekt ab. Wie genau das System funktionierte, hatte er nicht verstanden. Die »Erklärung für Dummies« des Trainers von der Softwarefirma hatte ihm gereicht. Enorme Server sammelten im Keller des Hauses live die Daten von Millionen Überwachungskameras der teilnehmenden Staaten. Manchmal nur eine begrenzte Auswahl der nationalen Polizei – Bahnhöfe, Flughäfen, staatliche Gebäude. Manchmal, wie im Fall von Großbritannien, weit mehr. Einige europäische Banken, Kaufhäuser, Einzelhändler und Hotelgruppen hatten sich freiwillig angeschlossen. Das Netz war lückenhaft, aber es gab bereits eine erstaunlich große Abdeckung. Noch erstaunlicher war die Arbeit der Software. Eine künstliche Intelligenz, die Gesichter mit einer Treffergenauigkeit von über 99,99 Prozent auch trotz Sonnenbrillen, Frisurenwechsel oder seitlicher Perspektive in Echtzeit finden und den Mitarbeitern melden konnte. Oder aber – wie an diesem Tag – kontinuierlich verfolgte. Dafür brauchte man eine oder besser mehrere gute Originalaufnahmen der Zielperson, anhand derer das System zahllose Vermessungen im Gesicht vornahm. Position und Proportionen von Augen, Nase, Mund und so weiter. Mittels komplexer Berechnungen und maschinellen Lernens konnte das System diese Maße auf alle Entfernungen und Blickwinkel übertragen. War das Profil eines Menschen einmal im

System hinterlegt, konnte dieser sich kaum noch unbeachtet in der Öffentlichkeit bewegen.

Als der SUV nach nur zwanzig Minuten im Stadtteil Wapping unweit der Themse vor einem modernen Neubaukomplex parkte, sprang das Bild auf eine andere Kamera um, die aus nächster Nähe zeigte, wie Adem Alia und Sara die Wagentüren öffnete. Nael fiel auf, dass Alia ihren Cousin eher wie einen Angestellten behandelte als wie einen Blutsverwandten. Kaum Blicke, Berührungen schon gar nicht, kein Dank für die geöffnete Autotür oder das Entladen der Koffer. Ohne auf ihn zu warten, ging sie über den Vorplatz, auf dem stilvolle Holzbänke und quadratisch geschnittene Buchsbäume standen, zum ersten Hochhaus. »Concierge« stand in großen, leuchtenden Buchstaben über dem Eingang. Hinter dem Platz ragten weitere Neubauten in den Himmel. Hellgrauer Beton, große Fensterfronten, viel Glas und Stahl. Mindestens sieben Häuser mit zehn bis zwölf Stockwerken waren fertiggestellt. Richtung Osten sah man die Baukräne, die weitere Luxusgebäude hochzogen, jedes davon mit großen Terrassen, von denen aus man auf die Themse blicken konnte. Eine Kleinstadt für Superreiche entstand.

»London Dock von der St.-Georg-Baugruppe«, referierte Camille, die im Internet die entsprechenden Informationen gefunden hatte. »Eigentumswohnungen im Wert von mehreren Millionen.«

Für eine Weile tippte sie schweigend vor sich hin. Die anderen verfolgten mittels einer Straßenkamera, wie die drei Clan-Mitglieder im ersten Haus mit einer Dame am

Empfang sprachen. Wenig später verschwanden sie in einem der Aufzüge.

»Haben wir im Gebäude keine Kameras?«, rief Xalvador, der es offenbar als Zumutung betrachtete, unter diesen Bedingungen zu arbeiten.

»Ein Privathaus«, sagte der stets müde wirkende Mitarbeiter mit polnischem Akzent, dessen Namen Nael sich nicht merken konnte. »Hätten wir Bilder, würden wir sie sehen.«

»Eine der Wohnungen im achten Stock stand bis letzte Woche zur Vermietung«, teilte Camille mit Blick auf ihren Monitor mit. »Jetzt ist sie erst wieder in drei Monaten frei.«

Der Pole war aufgestanden und holte mit einem Touchpad ein Detail der Kamerabilder näher heran. Das Bild auf dem riesigen Monitor bestand jetzt nur noch aus groben Pixeln. Man konnte trotzdem erkennen, dass die Anzeige neben dem Aufzug bei der Acht zum Stehen kam. Kopfnicken auf allen Seiten. Camille warf Grundriss und Fotos des besagten Apartments auf einen weiteren Bildschirm. Alle blickten konzentriert darauf, als würden sie hoffen, dass im nächsten Moment Alia und ihre Entourage die Bilder betreten würden. Doch die Überwachung endete an diesem Punkt.

Es war der Pole, der die offensichtliche Frage stellte: »Und was sagt uns das jetzt?«

5

Den Haag
Donnerstag, 14. September

Als Nael mit seinem Rad nach Hause fuhr, dämmerte es bereits. Die Beobachtung der belanglosen Ereignisse in London hatte ihn drei Stunden gekostet, die er danach an seinem Schreibtisch im Turm hatte aufholen müssen. Das Joint Investigation Team zu den Geldautomatenräubern brauchte ihn. Doch statt am Nachmittag mit den Kollegen in Deutschland, Frankreich, Belgien und Rumänien zu kommunizieren, hatte er bei WATCH zunächst auf den Eingang des Luxusapartment-Hauses in Wapping gestarrt und dann Alia und Sara beim Shoppen in London zugeschaut. Sie hatten mit Harrods angefangen und dann praktisch jede teure Boutique in Kensington aufgesucht. Adem hatte im Wagen oder vor den Läden gewartet, Einkäufe verstaut und ab und zu für Erfrischungen gesorgt. Irgendwann hatte Nael sich höflich von der Runde verabschiedet, weil er es nicht für nötig hielt, seine Expertise beizusteuern. Xalvador hatte nicht protestiert, versorgte ihn seitdem aber mit SMS über den weiteren öden Verlauf des Tages. Daher wusste Nael, dass die drei Deutsch-Araber nach der Shoppingtour in das Apartment zurückgekehrt waren und sich danach in ein libanesisches Restaurant am Hyde Park begeben hatten, wo sie sich jetzt immer noch aufhielten. Die einzige Erkenntnis für Nael war, dass auch er Hunger hatte. Seine Wahl fiel auf das Wicked Wine am Anna Paulownaplein. Die Weinbar bot ausgesprochen schmackhaftes Sushi an. Dazu ein guter Pouilly Fumé, und der schleppende Tag würde einen schönen Abschluss finden.

Nael war voller Vorfreude auf Essen und Wein, als er vor seinem Haus vom Fahrrad stieg. Doch schon während er seinen Schlüssel aus der Hose kramte, übermannte ihn schlagartig Unbehagen. Er hatte aus dem Augenwinkel an einem der Bäume auf der anderen Straßenseite das Aufglühen einer Zigarette wahrgenommen, danach eine schnelle Wegwerfbewegung. Ein letzter Zug, bevor man sich auf den Weg machte. Auf den Weg zu ihm. Jemand hatte dort auf ihn gewartet. Anspannung erfasste seinen ganzen Körper. Er blickte auf die Haustür vor sich, lauschte hinter sich. Schritte kamen rasch näher. Seine Faust umklammerte den Schlüsselbund, sodass der stabilste Schlüssel zwischen Zeige- und Mittelfinger zur potenziellen Waffe wurde. Doch wenn der Angreifer eine Pistole hatte, würde Nael selbst das nichts nützen. Er hörte die Schritte direkt auf sich zukommen. Die Muskeln in seinem Arm spannten sich an. Drei Meter noch. Zwei Meter. Nael hielt die Luft an, hörte das Atmen des Angreifers. Hoffentlich war es ein Rechtshänder, dann könnte Nael mit seiner eigenen Linken den Arm mit der Waffe packen und gleichzeitig mit dem Schlüssel in seiner anderen Hand auf das Gesicht gehen. Jetzt.

»Mal wieder länger gearbeitet, Herr Kommissar?«, hörte Nael eine rauchige Frauenstimme auf Deutsch fragen.

Der vertraute Klang stoppte seine Schwingbewegung jäh. Gott sei Dank. In der linken Hand hielt er den trainierten Arm seiner Kollegin Eva, die seine andere Hand mit dem Schlüssel zehn Zentimeter vor ihrem Auge ungläubig anblickte.

»Nael! Bleib mal ruhig!«

»Eva!«, fuhr er sie an.

Dann ließ er sie los, schrie mehr, als dass er ausatmete. Sein Fahrrad fiel um. Passanten schauten herüber. Eva legte ihm mitfühlend die Hand auf den Rücken. Nael zitterte.

»Alles okay?«, fragte sie vorsichtig.

»Geht's noch?«, entfuhr es ihm viel zu vorwurfsvoll. »Warum schleichst du dich so an? Du weißt doch, was passiert ist.«

Seine Aggression tat ihm bereits leid, als er das schuldbewusste Gesicht der sonst so coolen Frau sah.

»Sorry, ich ... Das war gar nicht so ... Ich wollte dich überraschen. Scheiße!«

Noch einmal atmete Nael durch. Dann winkte er ab. Er hob sein Rad auf.

»Das war kein Anschleichen«, stammelte Eva. »Ich hab auch schon geklingelt. Ich warte seit 'ner Stunde da drüben und ... Ich hab einfach nicht an den Anschlag gedacht. Sei mir nicht böse.«

»Ich bin dir nicht böse«, entgegnete Nael. »Ich habe mich nur erschrocken.«

»Kommt nicht wieder vor.«

»Was machst du überhaupt hier?«

Eva atmete ebenfalls durch, setzte ein Lächeln auf. Sie wirkte nach wie vor unsicher.

»Ich war bei meiner Familie in Dortmund. Der Achtzigste von meinem alten Herrn. Und ich dachte … Ich dachte, ich schaue mal vorbei. Hab morgen noch frei.«

»Warum rufst du nicht an?«

Nael versuchte, so wenig vorwurfsvoll zu klingen, wie es nur ging. Dennoch blickte die Frau, die das halbe SEK beim Boxen auf die Matte schicken konnte, verlegen auf den Boden.

»Ich hatte Angst, dass du Nein sagst«, murmelte sie.

»Ach, Unsinn.«

»Wirklich?«

Er nickte. Es war die Wahrheit. Es tat gut, sie zu sehen. Nicht nur, weil sie kein weiteres Clan-Mitglied war, das versuchte, ihm das Leben zu nehmen. Sondern auch, weil sie vertraut roch. Weil ihr Lächeln ihn wärmte. Wahrscheinlich hätte er bei einem Anruf tatsächlich Arbeit und Termine vorgeschoben. Doch jetzt, da sie hier war, spürte er, wie sehr er sie vermisst hatte.

»Ja, wirklich.«

»Ich mein nur – du rufst nie zurück. Deine E-Mails sind echt lahm und …«

»Eva, ich freue mich sehr, dich zu sehen.«

Sie lächelte erleichtert. Kurz schauten sie sich schweigend an. Naels Puls war wieder auf ein erträgliches Maß gesunken.

»Okay«, sagte Eva in ihrem coolsten Tonfall. »Wollen wir sofort ficken oder gehen wir erst noch was essen?«

Nael musste lachen. Er hatte Eva wirklich vermisst.

Guten Wein hatte Nael auch zu Hause. Eva fand ihn sofort, als wäre sie in der kleinen Dachgeschosswohnung zu Hause. Nackt tigerte sie zielsicher zur Einbauküche in dem großen Wohnraum mit den schrägen Decken. Nael selbst hätte nicht so leicht vom Sofa aufstehen können, weil ihm seine Hose noch um die Knöchel hing. Zudem war er zittrig, dieses Mal nicht vor Schreck, sondern vom Sex. Während er Evas Po betrachtete, holte sie den Chablis aus dem Kühlschrank. Sie stellte sich auf die Zehenspitzen, um an das Fach mit den guten Weingläsern zu gelangen. Dabei spannten sich die trainierten Muskeln in Beinen und Armen an. Auch wenn sie nur wenig jünger als Nael war, hatte sie einen perfekten Körper.

»Warum kommst du nie nach Berlin?«, fragte sie.

Sie griff den Korkenzieher von der Ablage und machte sich daran, die Flasche zu öffnen. Dabei sprach sie weiter: »Mal am Wochenende oder so. Der Flughafen von Amsterdam ist nur einen Katzensprung von hier entfernt.«

Nael genoss, was soeben geschehen war. Wenn er mit Eva zusammen war, konnte er abtauchen. Nur noch Körper sein. Auch das hatte er vermisst. Es hatte Nächte mit Damen aus einer Weinbar gegeben. Betrunken. Voller Unsicherheit. Keine hatte einen Körper wie Eva. Viel schlimmer noch war, dass man sich wiederbegegnete.

Die Peinlichkeit hatte Nael sich ersparen wollen. Der letzte Sex lag einige Zeit zurück.

»Mh?«, hakte Eva nach.

Sie stand mit dem Rücken zur Arbeitsfläche, hatte die Weinflasche zwischen die nackten Beine geklemmt und zog den Korken heraus.

»Ich komme doch übernächste Woche.«

»Ja, für den Prozess. Ich weiß doch, was dann passiert. Du machst deine Aussage und haust wieder ab.«

Sie drehte sich zur Seite, sodass er ihre kleinen, festen Brüste im Profil sehen konnte. Dabei schenkte sie den Wein in die Gläser auf dem Küchenschrank.

»Mal ein Wochenende oder so«, wiederholte sie.

Nael sagte nichts, schaute einfach nur zu, wie sie mit den gefüllten Gläsern in der Hand zurück zu ihm kam. Das Licht der tief stehenden Sonne fiel auf ihren Körper. Sie reichte ihm ein Glas und setzte sich mit dem anderen neben ihn auf das Sofa. Er spürte ihre Haut an seiner.

»Ich weiß, wir schulden einander nichts. Jeder kann machen, was er will. Blabla. Aber: Es fickt mich einfach niemand so gut wie du.«

Nael musste lachen.

»Ich hab's probiert, Nael. Es geht nicht. Nur du kennst meinen Körper. Das ist eine Menge wert, wenn man beim Sex ab und zu auch mal kommen will.«

Als Eva vor vier Jahren zu ihm in die Abteilung Organisierte Kriminalität beim LKA versetzt worden war, hatte ihn ihre deftige Sprache irritiert. In seinem Umfeld sprach niemand so, schon gar nicht die Frauen. Doch mit der Zeit merkte er, dass die Irritation über ihre Ausdrücke, über ihre direkte Art, ihn anmachte. Ein halbes Jahr nachdem seine Ex Anna mit seiner Tochter Dana nach Freiburg gezogen war, hatte Eva in genau dieser direkten Art gefragt, wen er denn nach der Trennung jetzt ficken würde. Falls niemanden, hätte sie Bock. Ganz unverbindlich natürlich. Aus der darauffolgenden Nacht erwuchs eine gewisse Regelmäßigkeit, die erst mit seiner Versetzung nach Den Haag aufgehört hatte.

»Berlin tut mir nicht gut«, entgegnete Nael.

Er nahm einen tiefen Schluck von dem herrlich kühlen Wein. Weißwein nach dem Sex war für ihn wie für andere die Zigarette danach. Wie die Frucht den trockenen Mund ausfüllte, wie er den Fluss des kühlen Weins in seiner Kehle spürte, wie der Alkohol sich in den Strom seines Blutes mischte und ihm zu Kopf stieg. Das ließ seinen Orgasmus nachhallen.

»Weißt du«, setzte er an. »Den Haag ist wie Wellness. Ich wusste das nicht, als ich der Versetzung zugestimmt habe. Aber diese Stadt ist eine Oase. International, Kultur, Grün, Strand. Gepflegte Weinbars und schicke Restaurants. Alle sprechen perfekt Englisch, alle haben ein spannendes Leben. Ich habe hier noch nie einen Obdachlosen gesehen, keine Bettler, keine Rentner, die in Mülltonnen nach Pfandflaschen suchen. Ich war schon seit drei Tagen hier, als ich zum ersten Mal eine Polizeisirene gehört habe. Und überall Fahrräder. Die Menschen fahren hier Fahrrad. Das Tollste: Sie fahren mit dem Surfboard unter dem Arm barfuß im Neoprenanzug zum Meer. Und tropfnass zurück. Ich weiß, dass die Welt so nicht ist, aber nach den Jahren in Neukölln … Den Haag tut mir gut.«

Nael staunte über sich selbst. So viel am Stück hatte er seit Monaten nicht geredet. Es war wieder einmal Eva, die ihn zum Klingen brachte.

»Und es versucht niemand, dich umzubringen«, ergänzte sie.

»Und es versucht niemand, mich umzubringen.«

Sie lächelte traurig und kuschelte sich an seine Brust, spielte mit den Haaren dort, nippte an ihrem Wein. Für einen Moment hörte man nur die Geräusche von der Straße durch das geöffnete Dachfenster. Stimmengewirr, das Klingeln der Fahrräder, ein Frauenlachen, Musik aus dem Café gegenüber.

»Vielleicht komm dann ich ab und zu mal hierher?«, fragte Eva mehr, als dass sie es sagte.

»Solange du vorher anrufst: sehr gerne.«

Sie lächelte. Er meinte es so.

»Gut«, sagte sie leise. »Wellness kann ich gebrauchen.«

Sie küsste ihn, dann lehnte sie sich zufrieden zurück und trank einen Schluck von ihrem Wein.

»Und was ist das mit London?«, fragte sie unvermittelt.

Nael seufzte. Nach ihrem Überfall hatte er kurz angedeutet, warum er so spät von der Arbeit nach Hause gekommen war. Sie wusste natürlich von Alias Überwachung, ab und zu schrieb er ihr wirklich eine Mail. Schon allein, weil sie in Berlin nach seinem Abgang die Leitung der Abteilung übernommen hatte. Doch das mit London war ihr neu.

»Alia setzt sich für ein paar Monate nach London ab«,

sagte er und spürte den Widerwillen gegen das Thema. »Shoppen, schmutziges Geld ausgeben, das Leben genießen. Allein. Sie hat diesen Unsichtbaren nur auf dem Papier geheiratet. Die ganze Überwachung wird zu nichts führen.«

Eva sagte nichts dazu, doch Nael sah, dass sie die Stirn in Falten legte. Ein untrügliches Zeichen, dass sie Witterung aufgenommen hatte. Als sie zusammen am Tempelhofer Damm gesessen hatten, freute sich Nael darüber. Sie hatte einen guten Instinkt. Jetzt fürchtete er sich davor.

»Die planen was Großes«, sagte sie schließlich, ohne ihn anzuschauen.

»In London?«, fragte er mit leichtem Spott in der Stimme.

»Hassan hat sich an verschiedenen Stellen nach Sprengstoff erkundigt«, erklärte sie.

Hassan Darzi war so etwas wie der Statthalter des Taffa-Clans. Selbst kein Familienmitglied und deswegen nicht zu echter Führung befähigt, war er als Nachbarsjunge und bester Freund des ältesten Sohnes quasi in die Familie aufgenommen worden. Früher war er der Mann fürs Grobe gewesen. Ein humorloser Schrank von einem Mann. Jetzt war er der Einzige, der rund um die »Geschäfte« der Taffas öffentlich in Erscheinung trat, die Soldaten und jugendlichen Helfer des Clans befehligte. Als langer Arm des Unsichtbaren. Dass er sich nach Sprengstoff erkundigte, hieß sicher nichts Gutes. Aber es konnte auch nur Ausdruck einer weiteren Allmachtsfantasie des Clans sein.

»Mehrere Informanten sagen, dass die was Größeres planen«, legte Eva nach.

»Wir haben keine guten Informanten über die Taffas.«

»Das mag sein. Aber sie waren noch nie so gut organisiert wie heute. Gingen noch nie so durchdacht vor. Wenn die Frau des Unsichtbaren nach London zieht, dann passiert das nicht ohne Grund.«

Nael sagte nichts dazu. Er hätte sich am liebsten die Ohren zugehalten. Stattdessen leerte er mit einem weiteren tiefen Schluck sein Glas. Dann stand er auf, zog seine Hose hoch und ging zur Küchenzeile, um sich mehr Wein zu holen.

»Nael, jetzt mal ehrlich: Interessiert dich gar nicht, was Alia in London will?«

Er schenkte sich Wein ein, nahm einen kräftigen Schluck und schüttelte dann den Kopf.

»Nein.«

Es interessierte ihn wirklich nicht.

6

London
Donnerstag, 14. September

Unvermittelt bog die Limousine in die Einfahrt einer Tiefgarage. Tina hatte kaum Zeit, sich die Baustelle anzuschauen, die darüber lag. Viel hätte sie nachts durch die abgedunkelten Scheiben sowieso nicht sehen können.

»Sind wir da?«, fragte sie den jungen Araber, der ihr schräg gegenüber im Fonds des Wagens saß.

Er nickte, ohne sie anzuschauen, blickte seinerseits suchend durch die Scheiben. Sein Bein wippte unkontrolliert. Sie waren an einer wichtigen Station ihrer Reise angekommen. Worum es bei der ganzen Sache ging, hatte auch er Tina nicht verraten. Er hatte vor dem Flughafen Luton in der Limousine auf sie gewartet, während der dunkelhäutige britische Fahrer sie im Ankunftsbereich in Empfang genommen hatte. Mit einem Schild, auf dem »Tina« stand. Wie ihr aufgetragen worden war, hatte sie seit dem Verlassen des Flugzeugs eine Sonnenbrille und eine Baseballkappe getragen. Wie eine Prominente, die nicht erkannt werden wollte. Ihre langen Haare waren zu einem Zopf gebunden. Das Outfit war unauffällig und hochgeschlossen.

Mütze und Brille hatte Tina im Wagen ablegen dürfen. Beides lag nun neben ihr auf dem Ledersitz, genau wie ihr kleiner Rucksack. Nur Handgepäck, das war die Ansage gewesen. Nur das Nötigste. In London würde sie mit allem anderen ausgestattet werden, hatte man ihr mitgeteilt. Was immer das bedeuten sollte. Die Neugierde überwog. Natürlich hatte Tina auch Angst. Aber sie hatte sich selbst die Frage, ob sie das dubiose Unternehmen durchstehen würde, mit einem deutlichen Ja beantwortet. Sie brauchte das Geld. Punkt. Aus. Vielleicht konnte sie sogar als Journalistin etwas von dem Abenteuer mitnehmen, auch wenn sie wiederholt hatte zusagen müssen, dass niemals jemand von dieser Reise erfahren würde.

Sie fuhren mehrere Hundert Meter durch die unendlich groß scheinende Tiefgarage. Ein neuer Bau. Tina hatte das Gefühl, die frische Farbe riechen zu können. Anfangs waren erstaunlich viele Parkplätze frei, dann kamen sie zu den Fahrzeugen der Anwohner. Sehr wohlhabende Anwohner. Hier stand kein Auto, das für weniger als fünfzigtausend Euro zu bekommen war. Mercedes, BMW, Jeep, sogar gelegentliche Ferrari und ein Maserati. Die Limousine steuerte auf einen erleuchteten Eingangsbereich zu. Eine kleine, mit Fliesen gekachelte Lobby. Darin zwei Aufzugtüren. An der Wand stand in schwungvoller Schrift »London Dock«. Rechts und links davon groß »-3«. Der Wagen stoppte.

»Warte!«, befahl der Araber.

Dann stieg er aus. Er zückte sein Handy und telefonierte. Tina hatte Zeit, ihn genauer zu mustern. Während der Fahrt hatte sie Blickkontakt gemieden. Denn jedes Mal, wenn sie zu ihm schaute, ruhte sein forschender Blick auf ihr. Als ob er sie kannte, aber sich nicht erinnern konnte, woher. Tina hatte ihn noch nie gesehen. Da war sie absolut sicher. Sie hätte sich ihn gemerkt. Ein gut aussehender Mann, keine Frage. Selbst wenn sie nicht auf arabische Männer und auch nicht auf Bärte stand, waren seine funkelnden Augen ein echter Hingucker. Auch seine Kleidung war ansprechend. Der taillierte Trenchcoat, die Jeans, das schwarze Hemd und vor allem die Lederschuhe. Ein Mann, der auf sich achtete. Doch seine Augen hatten etwas Brutales, das Tina Sorgen machte. Er blickte sie mit Verachtung an.

Tina konnte aus dem Wagenfond nicht hören, was der Mann am Telefon sagte. Er wirkte konzentriert, nickte viel. Die Sprachfetzen, die herüberwehten, klangen eher deutsch als englisch oder arabisch. Schließlich beendete er das Gespräch. Er steckte das Handy weg. Aber er kam nicht zu ihr, sondern wartete in der Lobby, mit Blick zu den Aufzügen. Wieder sah sie sein Bein wippen. Sie hatte keine Ahnung, mit wem sie es hier zu tun hatte. Erst die Holländerin, dann dieser deutsche Araber. Wie hingen die beiden zusammen? Nachdem Tina vor dem Krankenhaus Kim angerufen und gefragt hatte, ob das Angebot mit dem Job noch stand, hatte die Holländerin kurz um Geduld gebeten. Zehn Minuten später hatte sie zurückgerufen und Freude darüber geäußert, dass Tina doch dabei sein wollte. Der Rest war per SMS gelaufen. Die Reisedaten waren wenige Tage später gekommen, auch das elektronische Ticket mit ihrem vollen Namen

Christina Sieger – den sie Kim nie verraten hatte. Außerdem eine längere Nachricht mit Verhaltensregeln. Die im Grunde aus ein und derselben Vorschrift bestanden: Niemand darf irgendetwas erfahren. Als Tina dann auch noch wie verabredet den ersten Teil des Honorars in Höhe von fünftausend Euro auf ihrem Konto gefunden hatte – dessen Nummer sie selbstredend auch nie an Kim weitergegeben hatte –, war Tina wirklich beeindruckt gewesen. Nur sehr kurz hatte sie überlegt, das Geld einfach zu behalten und zu verschwinden. Aber erstens hätte es nicht gereicht, um sich damit ein neues Leben aufzubauen, und zweitens hatte man ihr eindrucksvoll demonstriert, dass man alles über sie wusste. Man würde sie finden.

Alles war schnell und reibungslos gelaufen. Tinas einziges Problem hatte darin bestanden, wie sie ihrer Mutter ihr plötzliches Verschwinden hätte erklären sollen. Deswegen hatte sie gar nichts gesagt. Es hätte keine überzeugende Begründung dafür gegeben, warum Tina nicht einmal die Beerdigung abwartete. Tina kam sich schäbig vor. Doch sie tat es letztlich auch für ihre Mutter. Das Geld würde ihre Situation erleichtern. Tina hatte Mama einen Brief geschrieben, in dem sie sich entschuldigte, von einer Weltreise berichtete und sie darum bat, sie für eine Weile in Ruhe zu lassen. Natürlich hatte ihre Mutter trotzdem angerufen. Doch das hatte Tina nur bis zum Flughafen Köln/Bonn aushalten müssen. Im Flugzeug hatte sie ihr Handy ausgeschaltet und bei der Ankunft in der Limousine zusammen mit ihrem Reisepass an den Araber übergeben, wie man sie angewiesen hatte. Selbst wenn sie es gewollt hätte: Sie konnte keinen Kontakt zu ihrer Mutter halten.

Tina erschrak, als sich ruckartig die Wagentür öffnete. Sie war in Gedanken versunken, hatte nicht mitbekommen, dass der Araber zu ihr gekommen war.

»Los«, rief er. »Yalla!«

Tina war überrumpelt. Sie wollte aussteigen, erinnerte sich an ihren Rucksack, den sie gerade noch greifen konnte, dann spürte sie schon die Hand des Arabers an ihrem Oberarm. Mit festem Griff zog er sie aus dem Wagen.

»Ey!«, protestierte sie.

Vor dem Wagen riss sie sich los. Dafür erntete sie einen strengen Blick. Der Mann zeigte herrisch zu einem der Aufzüge, dessen Tür offen stand.

»Okay, okay. Warum jetzt so 'n Stress?«

Schließlich gehorchte sie und ging zu dem Aufzug. Der Araber schob sie hinein, folgte ihr und drückte dann mit der anderen Hand auf die Taste für die achte Etage. Mehrfach. Von nebenan hörten sie das Öffnen des zweiten Aufzugs, dann das Geräusch von Schritten auf hohen Absätzen. Während sich ihre eigene Aufzugtür schloss, versuchte Tina, einen Blick auf die Person zu erhaschen, die der Araber vor ihr verbergen wollte. Nur kurz sah sie von hinten das lange schwarze Haar einer schick gekleideten Frau, die mit einer Louis-Vuitton-Tasche am Arm auf die noch wartende Limousine zusteuerte. Dann schloss sich die Tür. Der Araber atmete durch.

»Wer war das?«, fragte Tina, obwohl sie sicher war, dass er nicht darüber reden wollte.

»Niemand.«

»Niemand«, wiederholte sie mit Spott in ihrer Stimme.

Erneut ein böser Blick. Schweigend fuhren sie in den achten Stock.

Als Tina das Apartment betrat, entfuhr ihr ein »Wow«. Die Wohnung war beeindruckend. Hell gestrichen, sparsam mit Designerstücken möbliert, ansprechende Kunst an den Wänden und ein atemberaubender Blick durch bodentiefe Fenster. Man konnte die Themse sehen. In dem geräumigen Wohn- und Esszimmer, das sich an den Flur anschloss, befand sich an der hinteren Wand eine brandneue Küche mit Arbeitsplatten aus dunklem Granit und allerlei Arbeitsgeräten von Kitchen Aid. Vor der Arbeitsplatte mit dem Herd gab es einen Tresen mit Barhockern. Fast so wie bei Papa. Er hatte es geliebt zu kochen, während man bei ihm saß und mit ihm plauderte. Tina war meistens schon satt gewesen, wenn das Essen losgegangen war, nach allem, was sie zwischendurch hatte probieren dürfen.

Der Araber zog erneut an ihr.

»Ins Bad«, zischte er.

Er ging den Flur in die andere Richtung entlang. Auf einer Seite ging ein Badezimmer ab, mit hochwertigen Armaturen und edler Keramik. Tina wollte es betreten, doch sie hörte hinter sich eine Frauenstimme: »Ins andere.«

Tina wirbelte herum und wunderte sich, woher die junge Araberin gekommen war, die plötzlich vor ihr stand. Das Erstaunen war gegenseitig. Die fremde Frau betrachtete Tina wie einen Geist. Sie schaute zu dem Araber, der nichts sagte, sondern mit dem Kopf andeutete, dass alle in das Zimmer am Ende des Flurs gehen sollten.

»Hi! Ich bin Tina.«

Sie wollte versuchen, die beklemmende Situation mit menschlichen Umgangsformen aufzulockern, und reichte der Frau die Hand.

»Dein Schlafzimmer«, ging der Araber dazwischen und zog Tina am Arm weiter. »Klamotten im Schrank gehören dir. Was du jetzt trägst, packst du irgendwo unten rein. Ziehst du erst wieder am Ende an.«

Er hatte auf ein Fach unten im begehbaren Kleiderschrank gedeutet. Darüber hing eine Handvoll Designersachen. Teure Schuhe standen aufgereiht darunter. Neben dem Schrank sah man ein Doppelbett mit seidener Bettwäsche. Es wirkte so neu und unbenutzt wie fast alles in dieser Wohnung. Der schwere Vorhang vor den Fenstern war geschlossen. Tina hatte das Bedürfnis, hinzugehen und nach draußen zu schauen, doch man ließ sie nicht. Die andere Frau deutete durch eine geöffnete Schiebetür in das Badezimmer der Suite, wo vor dem Spiegel über dem Marmorbecken bereits ein Stuhl stand, mit der Lehne zum Waschbecken. Am Stuhl hing eine Tasche, wie Friseure sie trugen. Die junge Frau nahm sie und band sie sich um.

»Wir färben dir jetzt die Haare«, erklärte der Araber.

»Blond wär schön«, witzelte Tina.

Keiner lachte. Der Araber drückte Tina auf den Stuhl, auf den sie sich sowieso gerade setzen wollte. Allmählich regte es Tina auf, dass er immer an ihr zog oder sie schob. Sie kam sich vor wie ein Hund. Die Frau legte Tina ein Handtuch über die Schultern und begann, ihre Haare auszuwaschen. Ohne Shampoo. Das warme Wasser lief an Tinas Kopf herab. Sie schloss die Augen. Entspannung wollte sich trotzdem nicht einstellen.

»Du kannst in der Wohnung machen, was du willst«, redete der Araber weiter. »Außer Anrufe oder Mails nach Hause. Internet ist okay, nichts posten. Raus gehst du nur, wenn ich dabei bin.«

Damit war seine Rolle in dem Spiel geklärt. Er war ihr Bodyguard. Sie hätte es schlechter treffen können, auch wenn seine Umgangsformen zu wünschen übrig ließen. Die junge Frau war fertig mit dem Waschen, hob Tinas Kopf an.

»Wohnt sie auch hier?«, fragte Tina und öffnete die Augen.

»Nein«, sagte der Araber. »Sie geht morgen.«

Dann würden sie also nur zu zweit in der Wohnung sein.

»Okay, wenn wir hier zusammen wohnen …«, bemühte sie sich um einen lockeren Tonfall. »Wär's nicht sinnvoll, dass ich weiß, wie du heißt?«

Der Mann zögerte kurz und sagte dann: »Adem.«

»Adem«, wiederholte Tina den für sie neuen Namen. »Und du?«

Sie wandte sich an die junge Frau, die überrascht aufhörte, Tinas nasse Haare auszukämmen.

»Musst du nicht wissen«, ging Adem dazwischen.

Die Frau wirkte erleichtert und kämmte stumm weiter.

»Und was machen wir die ganze Zeit?«, fragte Tina.

»Worauf du Bock hast. Shoppen, Essen, Sightseeing.«

»Mit dir?«

»Ich bleib im Hintergrund.«

»Treffen wir andere Leute?«

»Nein. Niemanden. Wenn du Freunde hier hast – vergiss es!«

Tina hatte keine Freunde in London. Natürlich lebte Lydia, ihre beste Freundin von früher, in der Metropole; aber mit der hatte Tina es sich dermaßen verscherzt, dass sie niemals Kontakt zu ihr aufnehmen würde. Selbst wenn sie es gedurft hätte.

»Und wenn ich einen Typen abschleppen will?«

Tina wusste nicht, woher die Frage kam. Irgendetwas in ihr wollte offenbar den coolen Araber aus der Reserve locken.

»Du schleppst keine Typen ab«, antwortete er, ohne zu zögern.

»Ich dachte, ich kann machen, was ich will.«

»Wirst ein paar Wochen auskommen, ohne die Beine breitzumachen.«

Wieder sah er sie verachtungsvoll an. Tina schaute zu der namenlosen Friseurin, die ihrem Blick auswich.

Während des Färbens sagte Adem kaum noch etwas. Er verschränkte die Arme vor der Brust, stand einfach nur da und beobachtete aufmerksam jeden Handgriff der Namenlosen. Auch als sie mit dem Schneiden und Frisieren begann und sich am Ende sogar Tinas Augenbrauen vornahm. Tina sah die beiden im Spiegel. Sie sah sich selbst im Spiegel. Und sie sah Papa im Spiegel. Wie er hinter ihr stand und ihre Haare zu einem perfekten Zopf flocht. Kein Vater im Kindergarten und in der Schule hatte das so gut wie er gekonnt. Kein Vater war wie er gewesen.

Es war bereits nach Mitternacht, als das Werk vollbracht war. Adem und die Friseurin standen vor Tina und nickten immer wieder. Sie schienen von ihrer eigenen Arbeit fasziniert zu sein. Tina empfand es als nervig, begafft zu werden, ohne dass man sie wirklich ansah.

»Zufrieden, ja?«, fragte sie. »Sehe ich jetzt aus wie sie?«

»Wie wer?«, kam es mit ungewöhnlicher Schärfe von Adem zurück.

»Wenn ich das wüsste …«

Sie grinste Adem an. Glaubte er wirklich, sie verstand nicht, dass sie hier als Doppelgängerin für jemanden dienen sollte? Hielt er sie für so dumm? Er blickte ihr zum ersten Mal wirklich in die Augen, nicht ihrem Ebenbild. Schließlich zückte er sein Handy.

»Guck in die Kamera«, befahl er.

Tina gehorchte. Er machte mehrere Bilder, auch von ihrem Profil. Schließlich steckte er das Handy wieder weg.

»Okay, Schluss für heute.«

Mit dem Satz ließ er sie in ihrem Luxusbad sitzen. Die Friseurin raffte ihre Sachen zusammen und folgte ihm mit einem zarten »Gute Nacht« in Tinas Richtung.

»Gute Nacht«, antwortete diese.

Die beiden verließen das Zimmer. Tina betrachtete sich im Spiegel. Am Ende war gar nicht so viel passiert. Die

Haare waren dunkler, kürzer, sie hatte einen braven Mittelscheitel. Die schwarzen Augenbrauen waren akkurat gezupft. Sie wirkte südländischer als sonst. Arabisch? Sie wusste es nicht, aber letztlich war es ihr auch egal. Durch das Abfallen der Anspannung spürte sie ihre Müdigkeit. Mit letzter Kraft zog sie ihre Sachen aus, schnappte sich wahllos ein T-Shirt aus dem Schrank und kuschelte sich in die neu riechende Bettwäsche. Tina mochte diesen Geruch. Auch wenn ihre Mutter einen Anfall bekommen hätte, denn alles Neue musste mindestens einmal gewaschen werden, bevor man es benutzte. Mit dem Gedanken daran, dass am nächsten Tag die Beerdigung ihres Vaters sein würde, fiel Tina in einen traumlosen Schlaf.

7

Den Haag
Freitag, 15. September

»Aber die Taffas sind doch auch Muslime«, stellte Xalvador fest.

Nael wurde sehr müde, dabei war es gerade einmal halb zwölf. Es lag nicht daran, dass er eine ausgesprochen lebhafte Nacht mit Eva und etwas zu viel Wein gehabt hatte, sondern einzig und allein an Xalvadors Lagebesprechung.

Der Spanier hatte am Morgen die große Runde im Operational Room im ersten Stock einberufen. Experten aus diversen Abteilungen, die Briten genauso wie Naels Chef Achim vom deutschen Desk. Sogar ein stellvertretender Direktor saß an den Tischreihen in dem fensterlosen Raum, die mit bestem technischem Gerät ausgestattet waren. Denn es gab neue Erkenntnisse. Angeblich bahnbrechend, bedrohlich und auf einem völlig neuen Niveau. Dabei hatte Xalvador am Morgen lediglich die Informationen erhalten, die Eva nachts auf dem Sofa neben Nael bereits preisgegeben hatte: Die Taffas versuchten, größere Mengen Sprengstoff zu besorgen. In

Naels Augen konnte das alles oder – viel wahrscheinlicher – nichts bedeuten. Zu seiner Zeit in Berlin hatten arabische Clans auch schon versucht, Raketenwerfer oder Panzer zu bekommen. Einfach weil sie es »geil« fanden. Doch für Xalvador ergab sich aus der Kombination von Muslimen und Sprengstoff eine eindeutige Lage: Terrorbedrohung.

»Nicht alle Muslime sind Terroristen«, entgegnete Nael mit mühsam aufgebrachter Geduld.

»Natürlich nicht«, umschiffte Xalvador schnell den Rassismusverdacht. »Aber wir reden von Kriminellen, die in den letzten Monaten in einer Berliner Moschee gesehen wurden, welche einer islamistischen Strömung nahesteht.«

Er deutete auf einen der drei Monitore über ihm, auf dem Fotos von verschiedenen Mitgliedern des Taffa-Clans in einer Moschee in Kreuzberg zu sehen waren.

»Sie haben einen neuen Anführer, der aus dem Nahen Osten kommt«, fuhr Xalvador fort. »Wir wissen nichts über seinen Hintergrund. Er ist im Libanon nicht in Erscheinung getreten, dennoch leitet er den Clan mit hoher krimineller Energie, professionell, gewaltsam. Er könnte beim IS ausgebildet worden sein.«

»Könnte«, betonte Nael. »Aber warum klappert Hassan wegen Sprengstoff russische Waffenhändler in Berlin ab? Warum lassen sie sich das Zeug nicht einfach vom IS liefern? Wie gesagt: Die Taffas sind keine Terroristen. Das sind faule, sehr einfach strukturierte und auch nicht besonders intelligente Kriminelle. Sie wollen Geld. Viel Geld, mit möglichst wenig Aufwand.«

»Vielleicht helfen sie den Terroristen nur. Lassen sich dafür bezahlen.«

Das kam von Achim. Der BKA-Mann, der seit drei Jahren den deutschen Desk leitete, hatte in Berlin lange Zeit in der Terrorismusabwehr gearbeitet. Nael wusste nicht genau, was passiert war; aber rund um den Anschlag auf den Weihnachtsmarkt am Breitscheidplatz hatte Achim etwas übersehen, weswegen ihn nun Schuldgefühle plagten. Der bullige Glatzkopf, der immer etwas zu laut sprach, würde das nie zugeben, aber Nael wusste, dass die Toten auf dem Weihnachtsmarkt sein Schwachpunkt waren. Dass er lieber einmal zu viel Terrorismus befürchtete, als noch einmal etwas zu verpassen. So gesehen, hatte Nael keine Chance mehr in der Besprechung. Xalvador nickte bereits heftig, um Achims Einwand zu bestätigen.

»Wir wissen nur noch nicht, wie London zu den Anschlagplänen passt«, stellte er fest, als ob diese angeblichen Pläne nun Fakten wären. »Ist London ein Ziel oder wurde die Frau zur Sicherheit dorthin geschickt, weil in Berlin etwas passieren wird?«

»Letzteres«, rief Achim. »Wir haben Ressourcen in Berlin frei, weil wir Alia nicht mehr überwachen müssen. Lass uns das nutzen und Hassan Darzi unter die Lupe nehmen.«

Genau diesen Ansatz hatte man zu Beginn der Suche nach dem Unsichtbaren verworfen, weil Hassan sich so gut wie nie in Bereichen bewegte, die mit Kameras überwacht wurden. Doch Xalvador fand den Vorschlag plötzlich großartig. Auch die meisten anderen Köpfe in der

Runde nickten. Schnell wurden Pläne geschmiedet, wie man den Statthalter der Taffas im Auge behalten konnte. Nael sagte nichts mehr dazu. Es wäre eine Verschwendung seiner Energie gewesen. Lieber zog er sein Handy aus der Tasche und schaute auf die Nachricht, die er kurz zuvor erhalten hatte.

Spüre dich noch, schrieb Eva.

Nael hatte Mühe, bei der Erinnerung an den Morgen nicht zu lächeln. Sex nach dem Aufwachen und ein schnelles Frühstück im Café gegenüber. Dann war Eva gefahren. Sie hatte nicht mit zu Europol gewollt. Schließlich war sie privat in Den Haag.

»Nael, machste jetzt gar nicht mehr mit?«, blaffte Achim ihn auf Deutsch an.

Achim provozierte gerne, überspielte damit aber in der Regel seine eigene Unsicherheit. Nael legte das Handy zur Seite und lächelte in die Runde.

»Ich würde gerne Alia im Auge behalten«, sagte er auf Englisch. »Wenn das in Ordnung ist.«

»Natürlich«, antwortete Xalvador freudig auf die erste freiwillige Meldung von Nael. »Du kennst die Taffas am besten. Find heraus, was genau sie in London macht. So hatte ich mir das vorgestellt.«

Er strahlte. Endlich kam Schwung in die Sache. Aus Xalvadors Sicht.

Nachdem Nael seine eigentlichen Aufgaben so gut wie möglich abgearbeitet hatte, setzte er sich am Nachmittag in den Raum von WATCH. Er hatte seinen eigenen Monitor vor sich, seinen eigenen Kaffee und auch mehr oder weniger seine Ruhe. Der Rest der Abteilung war auf der anderen Seite des Raumes, unterstützt von Achim, damit beschäftigt, die Überwachung von Hassan zum Laufen zu bekommen. Keiner behelligte Nael. Ihm gefiel das. Wenn es sich schon nicht vermeiden ließ, dass er sich wieder mit den Taffas beschäftigte, dann wollte er wenigstens etwas Sinnvolles tun. Auf seine Weise. Und wenn es nur darum ging, Europol und das BKA davor zu bewahren, sich in kruden Theorien zu verrennen.

In London war an diesem Tag nicht viel Aufregendes passiert. Am Vormittag war Alia zusammen mit Adem und ihrer kleinen Schwester vor dem Gebäude in Wapping erschienen. Sara wurde in ein Taxi gesetzt und mit einer kurzen Umarmung verabschiedet. Dann war Alia Adem zurück ins Gebäude gefolgt. Eine Stunde später hatte er sie ins Zentrum gefahren. Sightseeing: Westminster, Big Ben, Downing Street No. 10 und eine obligatorische Runde mit dem London Eye. Danach waren sie nach Soho gefahren, wo sie sich seitdem auf einer ausgiebigen Shoppingtour befanden. Als ob die Einkäufe am Vortag gar nicht stattgefunden hätten. Was Alia aus den Läden schleppte, interessierte Nael nicht. Er hatte sich stattdessen Camille geschnappt. Sie erklärte ihm, welche weiteren Möglichkeiten er mit WATCH hatte. Er wusste, dass alle Aufzeichnungen für dreißig Tage gespeichert wurden, sodass man auch rückwirkend nach Personen suchen konnte. Nur Aufnahmen, bei denen es nachgewiesenermaßen um Kriminelle ging, konnten auch länger archiviert werden. Die dreißig Tage waren ein großes Zugeständnis an Europol gewesen und hatten so manchen Datenschützer zur Schnappatmung gebracht. Für Nael waren sie ein Segen. Fasziniert saß er vor dem Bildschirm, auf den in Bruchteilen von Sekunden alle Orte aufgelistet wurden, an denen Adem El-Amin in den vergangenen dreißig Tagen ins Netz der Kameras geraten war.

Der Cousin von Alia interessierte Nael besonders. Nicht nur weil er der Einzige in London war, von dem zumindest theoretisch eine Bedrohung ausging, sondern auch wegen der Gerüchte, dass er hatte aussteigen wollen. Gerüchte, die sich zu bestätigen schienen. Dreißig Tage zuvor hatte Adems Leben in Berlin ganz anders ausgesehen. Beim Klicken durch die chronologisch aufgelisteten Aufnahmen fand Nael den jungen Mann an Wochentagen morgens und nachmittags am U-Bahnhof Mehringdamm. In lockerer Kleidung und mit einem kleinen Rucksack wartete er geduldig auf die Bahn, spielte mal mit seinem Handy oder beobachtete die anderen Fahrgäste. Entspannt. Die Uhrzeiten seiner Bahnfahrten passten zum Unterricht an der nahe gelegenen Schule für Erwachsenenbildung. Ein paarmal saß Adem sogar mit Büchern über Algebra oder Englisch für Fortgeschrittene in der Station. Das war eindeutig. Die U-Bahn kam aus Neukölln. Die Überwachungskameras vor einer Sparkasse belegten, dass er dort in der Wohnung der Eltern übernachtete, wo er auch seit zwei Jahren wieder gemeldet war. Einmal sah man ihn gemeinsam mit seinem Vater aus dem Haus kommen, eine freundliche Verabschiedung. Am späten Nachmittag und am Wochenende fand das System ihn stets am Potsdamer Platz. Wieder in der U-Bahn, aber auch im Shoppingcenter, wo er in einem Döner-Imbiss arbeitete. Er wirkte bei seinem Job zwar nicht übermotiviert, aber doch weitaus freundlicher als auf den Bildern aus London. Gerne witzelte er auch mal mit einem Kunden oder eher noch mit einer Kundin. Nael fand schnell heraus, dass der türkische Besitzer des Ladens mit Adem zur Schule gegangen war. Allein schon die Tatsache, dass der junge Mann nicht in einem der unzähligen Läden seiner nahen und fernen Verwandten in Neukölln arbeitete, sprach eine deutliche Sprache: Er hatte mit seiner Vergangenheit gebrochen.

Doch dann hatte sich etwas verändert. Am vergangenen Samstag war Adem noch bei der Arbeit im Imbiss gewesen. Sonntags dann nicht mehr. Er verließ zwar am Vormittag die Wohnung der Eltern, aber tauchte den ganzen Tag lang auf keinem U-Bahnhof auf. Erst am späten Abend kehrte er nach Hause zurück. Am nächsten Tag fuhr er nicht zum Mehringdamm, sondern mit einem kleinen Koffer zum Flughafen. Ziel: London.

In der weit besser überwachten Stadt konnte Nael fast lückenlos nachvollziehen, was Adem getrieben hatte. Zuerst war auch er beim Shopping gewesen. Aus dem bescheidenen, jungen Mann mit Jeans und Hoodie war ein schicker Gangster geworden. Geld schien – anders als vorher – keine Rolle zu spielen. Dennoch sah man keine Begeisterung bei ihm. Wenn sich Adems Gesichtszüge auf den starren Kamerabildern ausmachen ließen, dann waren sie längst nicht mehr so entspannt wie in der Woche zuvor. Eher pflichtbewusst traf er eine Maklerin in der Lobby der London Docks. Am nächsten Tag sah man ihn beim Abholen des Mietwagens. Beim Besteigen des schnittigen grauen SUV in einem Parkhaus gab es einen seltenen Moment der Freude. Adem mochte schicke Autos. Früher hatte er gerne welche geklaut. Für den Rest des Tages schleppte er lustlos Einkäufe und kleinere Möbelstücke in das schicke Apartmentgebäude. Beim Einkaufen größerer Gegenstände folgte er einem festen Prinzip: Er fotografierte das Objekt mit dem Handy und versendete das Foto als Nachricht. Dann wartete er auf Antwort. Diese entschied darüber, ob er kaufte oder nicht. Überhaupt schrieb er an dem Tag zahlreiche Textnachrichten. Sehr wahrscheinlich mit dem Messenger-Dienst Telegram, wodurch eine Überwachung unmöglich war. Telefonate führte Adem im Blickfeld der Kameras kaum. Nach dem Einkaufstag verbrachte er einen weiteren Tag komplett in der Wohnung. Lediglich am Abend ging er kurz nach draußen, um in der Nähe eine Pizza zu essen. Anders als in Berlin sprach er mit niemandem. Er reagierte nicht einmal auf den Flirt der attraktiven Kellnerin. Stattdessen ging er früh nach Hause. Am Vortag war er mittags zum City Airport gefahren, um seine Cousinen abzuholen.

Eins war nach der Sichtung des Materials klar: Adem wollte diesen Job nicht. Sein Missmut wuchs, als Alia ankam. Am ersten Tag hatte er noch respektvoll Abstand gehalten. Als Nael jedoch die Aufzeichnungen des laufenden Tages anschaute, sah er, dass Adem nach der Abreise der kleinen Schwester seinen Frust kaum noch im Zaum halten konnte. Adem konnte den Job nicht hinschmeißen, der Clan ließ das nicht zu, weswegen sich sein Widerstand auf passiv-aggressives Verhalten beschränkte. Er öffnete keine Türen mehr, ging immer drei Meter vor Alia, ignorierte sie, wenn sie ihn ansprach. Aus jeder kleinen Geste – dem Ausschalten des Handys, dem Zuknöpfen des Trenchcoats, dem Schließen des Kofferraums – sprach Verachtung. Nael fühlte sich an seine letzten Monate mit Anna erinnert, in denen ihre Trennung eigentlich schon beschlossen, aber noch nicht ausgesprochen war.

Alia schien Adems Verhalten nach einer Weile auf die Nerven zu gehen. Sie begann, ihn zu provozieren. Beim Mittagessen in einem Fish-and-Chips-Imbiss tat sie so, als ob sie auf die Toilette gehen würde, schlich sich dann aber an Adem vorbei, der im Auto wartete, um ihn zu beobachten. Nach einer Weile wurde er ungeduldig, ging in den Imbiss und suchte auf den Toiletten nach ihr. Sie sprang ihm lachend in den Weg, was ihn zu einer Schimpftirade veranlasste. Doch das hinderte sie nicht daran, später im Kaufhaus Liberty immer schneller durch die Gänge zu eilen, sodass die beiden sich eine absurde Verfolgungsjagd lieferten. Da das exklusive Kaufhaus sehr gut mit Kameras ausgestattet war, konnte Nael aus nächster Nähe sehen, wie Adem Alia mit festem Griff am Arm packte und sehr ernst auf sie einredete. Ihr Blick war reine Provokation. Doch sie fügte sich und zog mit trotzigem Gesichtsausdruck ihre Runden durch die Abteilung für Designerklamotten, bis sie schließlich einen sündhaft teuren Mantel entdeckte, den er nur zögerlich bezahlte. Auch Alia war nicht ganz freiwillig in London.

Adem war mehr ihr Aufpasser als ihr Schutz. Dennoch konnte Nael sich nicht vorstellen, dass sie in Sicherheit gebracht worden war, weil in Berlin ein Anschlag geplant wurde. Die deutsche Hauptstadt war groß und bot den Taffas vertrautes Terrain. Dort konnte man Alia mühelos schützen. Was machten diese beiden jungen Leute also unfreiwillig in London?

Als sie nach der ausgiebigen Shoppingtour wieder in dem Apartmenthaus verschwunden waren, schaute Nael sich die Aufnahmen an, die man in den letzten Wochen von Alia in Berlin gesammelt hatte. Auch wenn dort außer Shopping und Herumfahren nicht viel passiert war, hatte Alia dabei eine ganz andere Ausstrahlung gehabt. Sie wirkte gleichzeitig cooler und ungeduldiger. Sie zeigte keine der kleinen Albernheiten wie in London; es fehlte das Provozierende, das Ziellose. Es musste etwas Entscheidendes in ihrem Leben geschehen sein, weswegen sie ins Ausland verfrachtet worden war. War es eine Bestrafung? War sie von irgendetwas ausgeschlossen worden?

Irgendwann stellte Nael fest, dass er bis auf Camille der Einzige war, der noch vor WATCH saß. An die Verabschiedungen der anderen konnte er sich nur schemenhaft erinnern. Irgendwann hatte Achim ihm von dem geplanten Vorgehen in Berlin berichtet, aber Nael hatte nur mit einem Ohr zugehört. Er hatte seine ganze Aufmerksamkeit und Zeit dem Leben der Clan-Mitglieder gewidmet. Es war bereits nach neun Uhr. Er hatte Hunger und sehnte sich nach einem guten Glas Wein.

Nael stand auf und warf noch einen letzten Blick auf

den Livestream von Alia und Adem. Die Bilder veranlassten ihn dazu, sich wieder in seinen Sitz sinken zu lassen. Alia saß in ihrem neuen Kleid am Fenstertisch des Sushisamba hoch über London. Das schicke Restaurant mit den großen Fensterfronten befand sich im achtunddreißigsten Stock des Salesforce-Towers, einem der höchsten Gebäude der Stadt. Lichtgirlanden in wechselnden Farben hingen von der Decke und tauchten die Gäste aus aller Welt in unwirkliches Licht. Alia hatte eine üppige Sushi-Rolle vor sich, außerdem ein leeres Weinglas. Hinter ihr die Lichter der Großstadt. Doch das Panorama zog weder ihre noch Naels Aufmerksamkeit auf sich. Ihr Körper bebte. Denn sie weinte. Ein regelrechter Heulkrampf hatte sie gepackt, das Make-up zerlief gnadenlos. Sie presste sich überfordert eine Serviette ans Gesicht. Erst mithilfe einer anderen Kamera entdeckte Nael Adem. Er saß im Vorraum an der Bar und trank ein Glas Wasser. Der junge Mann konnte durch den Eingang zu Alia schauen. Ihm war offenbar ebenfalls aufgefallen, dass mit ihr etwas nicht stimmte. Als eine Kellnerin zu ihr ging und sich nach ihrem Wohlbefinden erkundigte, gab Adem sich einen Ruck und eilte in das Restaurant. Er schickte die Kellnerin weg und setzte sich Alia gegenüber. Sie vermied es, ihn anzuschauen. Erst als er ihr ein Taschentuch reichte, blickte sie auf. Die erste freundliche Geste seinerseits an diesem Tag. Auch Alia nahm den Stimmungswechsel wahr. Sie beruhigte sich jedoch nur mit Mühe.

Nael war sicher, dass in Berlin etwas vorgefallen sein musste. Es sah allerdings eher nach einem einschneidenden persönlichen Erlebnis aus als nach kriminellen oder terroristischen Handlungen. Vielleicht war ein naher Verwandter verstorben. Nael machte sich auf einem zweiten Monitor daran, alle ihm bekannten Taffas aus Alias nahem Umfeld ausfindig zu machen. Sie hatten die Bilder der Familienmitglieder längst ins System eingespeist, aber bisher nur selten genutzt. Doch sowohl Alias Mutter als auch ihre engeren Cousinen lebten noch. Auch die Frauen der im Gefängnis sitzenden Brüder und deren Kinder konnte Nael quicklebendig bei einem Besuch im Zoo am selben Nachmittag ausmachen. Selbst Sara war wohlbehalten wieder nach Zehlendorf zurückgekehrt. Und auch wenn Nael unmöglich alle ihre Verwandten kennen konnte, erschien ihm niemand in Berlin zu trauern. Es musste also etwas anderes sein.

Hatte ihr Mann – der Unsichtbare – sie betrogen oder gar verstoßen? Hatte sie ihn betrogen? War das ihre Strafe?

»Soll ich dir auch eine Pizza bestellen?«

Nael erschrak, als Camille ihn ansprach. Sie stand mit dem Handy in der Hand hinter ihm und lächelte müde. Für sie war es nichts Neues, abends im Büro zu essen. Nael hatte nicht einmal gewusst, dass man sich Pizza zu Europol liefern lassen konnte.

»Nein, danke«, sagte er reflexartig.

Camille zuckte mit den Schultern und kehrte zu ihrem Platz zurück. Nael sah, dass Alia in dem Restaurant in London lachte. Adem hatte einen Witz gemacht. Er lächelte sogar. Auch wenn beide bald wieder ernst wurden, war das eine Art von Durchbruch.

»Kann man auch Wein bestellen?«, rief Nael Camille hinterher.

Camille lachte nur.

Die Pizza aßen Camille und Nael gemeinsam vor dem Monitor. Die Belgierin hatte sich überreden lassen, ein Glas Wein mitzutrinken. Für einen simplen Chianti von einem Lieferservice war er sogar erstaunlich gut. Den Haag eben.

»Ist ein bisschen so, als würde man eine Fernsehserie schauen«, murmelte Camille, während sie ihre Pizza kaute.

Dasselbe hatte Nael gedacht, als er sie in die bisherigen Ereignisse des Tages eingeweiht hatte. Die Unterhaltungsindustrie hätte mit Zugriff auf die Streams von Europol Milliarden verdienen können.

»Fehlt nur der Ton«, ergänzte Camille.

Das war tatsächlich bedauerlich. Xalvador hatte schon Experimente mit einer Lippenleserin gemacht, aber die Aufnahmen waren meist zu schlecht dafür. Fahles Licht, zu große Entfernung, ungünstiger Blickwinkel. Und wenn die Zielobjekte nur murmelten oder gar beim Sprechen aßen, sich noch dazu in verschiedenen Sprachen unterhielten, hatte man sowieso keine Chance.

»Manche Episoden ziehen sich auch etwas«, stellte Nael fest.

Camille lachte.

Nach dem Zusammenbruch von Alia war es nur langsam weitergegangen. Adem hatte sich immerhin auch ein Bier bestellt. Das erste Mal, dass Nael ihn Alkohol trinken sah. Die beiden hatten sich unterhalten und einander dabei sichtbar abgetastet. Lauernde Blicke. Unsicherheit. Alia hatte deutlich mehr geredet, soweit das über die an der Decke angebrachte Kamera erkennbar war. Jetzt saßen sie schon seit geraumer Zeit im SUV und fuhren durch die Nacht. Alia wie immer auf dem Rücksitz. Gerade als Nael sich fragte, ob er nicht vielleicht besser nach Hause gehen sollte, parkten sie den Wagen in einer Tiefgarage unter dem Smithfield Market, einem der größten Fleischmärkte Europas. Der natürlich zu nachtschlafender Zeit geschlossen war. Camille wusste, dass sich in der Gegend mehrere Clubs befanden.

Tatsächlich fanden sie die beiden in der Schlange vor dem Fabric wieder. Ein Club, von dem sogar Nael schon gehört hatte. Vor allem aber einer, der über zahllose Überwachungskameras verfügte, auf die sie Zugriff hatten. So sahen Camille und Nael, dass das Pärchen eine Weile lang in der Schlange stand, bis Adem mitbekam, dass man am Einlass nicht nur Fotos von allen Besuchern machte, sondern auch die Ausweise scannte. Ihm gefiel das nicht, aber nachdem Alia einige Male mit jetzt deutlich besserer Laune auf ihn eingeredet hatte, schloss er in der Schlange auf und zückte zwei Ausweise. Seinen und ihren. Er kontrollierte die junge Frau in jeglicher Hinsicht. Ohne ihn konnte sie London nicht verlassen. Ihre Fotos am Einlass und den Scan der Ausweise holte Camille in kürzester Zeit auf einen anderen Monitor. Der Club arbeitete nach Problemen mit Drogendealern eng mit der Polizei zusammen.

In den unterirdischen Räumen war es noch vergleichsweise leer. Der Club hatte gerade erst geöffnet. Dennoch strebte Alia sofort auf die Tanzfläche. Ausgelassen und sicher nicht mehr nüchtern, legte sie los. Adem stand am Rand mit einem Bier in der Hand und schaute ihr zu. Sie winkte ihn zu sich. Er reagierte nicht.

»Wenn ich nicht wüsste, dass sie verwandt sind, würde ich sagen: Die landen heute noch in der Kiste«, sagte Camille.

»Bei diesen Familien heiraten bevorzugt Cousins und Cousinen«, entgegnete Nael.

»Stimmt«, antwortete Camille. »Das kommt mir immer noch komisch vor.«

Das kam der ganzen Welt komisch vor. Auch der einigermaßen gebildeten arabischen Welt. Aber für die kriminellen Clans war es der beste Schutz vor Eindringlingen. Ein geschlossenes System. Trotz zahlreicher Untersuchungen, was die Ehe unter Verwandten für das Risiko von Erbkrankheiten bedeutete.

»Schwerer müsste eigentlich wiegen, dass Alia verheiratet ist«, stellte Nael fest.

Sie benahm sich definitiv nicht so, als würde ihr das etwas ausmachen. Ihren Hüftschwung und ihr spielerisches Locken hätte sie sich niemals in Gegenwart eines männlichen Verwandten erlauben dürfen. Auch wenn sie es nicht ernst meinte, sondern Adem vielleicht nur wieder provozieren wollte, überschritt sie alle Grenzen, selbst für eine in religiöser Hinsicht liberale Familie. Vielleicht hatte ihr Kummer tatsächlich etwas damit zu tun, dass ihr Mann sie verstoßen hatte. Sodass sie eigentlich nicht mehr tiefer fallen konnte. Was würde das für die Ermittlungen bedeuten?

Als Nael diese Überlegungen mit Camille teilte, geschah es. Die Tanzfläche hatte sich gefüllt. Ein junger Mann näherte sich Alia und ging auf ihren sexy Tanz ein. Im Halbdunkeln konnte man ihn nur schwer erkennen. Er war in Alias Alter, etwas übergewichtig, aber deswegen nicht weniger selbstbewusst. Alia war offenbar von seinem Antanzen amüsiert. Auch wenn ihr Blick die meiste Zeit bei Adem blieb, der regungslos am Rand stand. Schwer zu sagen, was die Situation mit ihm machte. Nach allem, was Nael über die jungen Männer des Clans wusste, konnte ihn das Balzen des fremden Tänzers nicht kaltlassen. Dennoch schritt er nicht ein.

Erst als der andere Kerl seine Hand auf Alias Po legte, ging ein Ruck durch Adem. Er stellte sein Glas ab. Alia schob den Tänzer lachend von sich. Er rückte wieder auf. Sie wurde ungehaltener, schob ihn mit deutlicher Geste weg. Im Stroboskoplicht konnte man nur erahnen, dass er etwas zu ihr sagte. Dann versuchte er es erneut. Weder Camille noch Nael hatten mitbekommen, dass sich Adem flink zwischen die beiden geschoben hatte. Obwohl er deutlich schmaler als sein Gegenüber war, wirkte Adem bedrohlich. Den Grapscher störte das nicht. Ein kurzes Wortgefecht folgte. Auch Alia sparte nicht mit Worten. Der Kerl rief etwas in ihre Richtung, und schon hatte er den Handballen von Adem im Gesicht. Direkt von unten gegen die Nase. Mit enormer Kraft. Als sie sich das Ganze später noch einmal in Zeitlupe anschauten, sah man im aufblitzenden Licht das Blut spritzen. Der Mann taumelte zurück und setzte sich auf den Hintern, wobei er sich die höchstwahrscheinlich gebrochene Nase hielt.

Die Tanzenden um ihn herum stoben auseinander. Adem nahm Alia an der Hand und zog sie von der Tanzfläche. Sie beschimpfte den benommenen Mann auf dem Boden. Adem zog sie zielsicher die Treppen hoch Richtung Ausgang. Er ging schnell, aber nicht auffallend schnell. Er wollte keinen weiteren Ärger. Eine Kamera, die ihn von vorne erwischte, zeigte sein entschlossenes Gesicht.

Nael hatte längst zum Telefon gegriffen und suchte im Verzeichnis nach der Nummer des britischen Desks. Wer auch immer dort Nachtschicht hatte, musste ihm helfen.

»Was machst du?«, fragte Camille, die aufgesprungen war.

»Sie dürfen nicht verhaftet werden«, erklärte Nael. »Ich weiß nicht, wohin das führt, aber da tut sich etwas. Wir müssen es laufen lassen.«

8

London
Freitag, 15. September

Tina rannte. Am Ausgang des Clubs hatte einer der bulligen Türsteher versucht, sie aufzuhalten. Er hatte über Funk davon erfahren, was auf der großen Tanzfläche geschehen war. Doch Adem war dem Türsteher geschickt ausgewichen und dann sofort losgerannt. Mit Tina an der Hand. Seit er sie unten im Club ergriffen hatte, hielt er sie fest umklammert. Unmöglich, sich zu lösen. Doch Tina wollte sich gar nicht lösen.

Sie rannten durch die dunklen Straßen von London, Rufe hinter sich, Schritte, die bald nachließen. Adem blieb nicht stehen. Er hatte sie in eine riesige Halle gezogen. Der Fleischmarkt, eine offene Schwingtür, irgendwo wurde noch oder schon wieder gearbeitet. Sie rannten. Und rannten. Es fühlte sich an, als hätten sie eine Bank überfallen. Bonnie und Clyde auf der Flucht. So lebendig hatte Tina sich lange nicht mehr gefühlt.

Der Abend hatte mehrere Wendungen genommen, die Tina nicht erwartet hatte. Nach einem schier endlosen Tag, an dem Adem sich um den Preis des größten Arschlochs der Welt beworben hatte, war er abends aufgetaut. Ausgerechnet als sie komplett die Kontrolle verloren hatte. Das Sushi war der Auslöser gewesen. Die Erinnerung an den Abend, als Papa ihr zuliebe versucht hatte, Sushi zu machen. Weil sie es doch so gerne aß. Er war grandios an den Inside-Out-Rolls gescheitert. Selten hatten sie an einem Abend so viel gelacht. Sogar Mama. Mama, die ihn an diesem Tag allein auf dem Kölner Ostfriedhof zu Grabe getragen hatte.

Am Tag seines Todes war Tina nach dem Krankenhaus fast durchgängig mit der Organisation des Londoner Jobs beschäftigt gewesen. Sie hatte alles von sich geschoben, was mit Papa zu tun hatte. Die gelegentlich auftauchenden dunklen Wolken hatte sie wegdrücken können. Doch dort im Sushisamba hoch über London, vor der genialen Konstruktion aus Reis und Garnelen, war das nicht mehr möglich gewesen. Die zwei hastig auf nüchternen Magen getrunkenen Gläser Wein hatten ihr Übriges getan. Sie hatte sie vor allem getrunken, um sich nicht von Adems verachtungsvollen Blicken herunterziehen zu lassen.

Doch seine Reaktion hatte sie überrascht. Plötzlich hatte er vor dem Häufchen Elend gesessen. Sie mitfühlend angeschaut. Von irgendwoher hatte er ein Taschentuch hervorgezaubert. Und ein paar nette Worte. Er hatte gewusst, dass ihr Vater gestorben war. Er hatte verstanden, dass sie deswegen weinte.

»Vielleicht biste doch nicht so 'ne kalte Bitch.«

Nach all den geringschätzigen Blicken und harschen Worten konnte sie das schon fast als Kompliment auffassen. Adem hatte sogar zugegeben, dass seine Verachtung viel damit zu tun hatte, dass der Tod ihres Vater ihr scheinbar so wenig ausmachte.

»Ich würd' draufgehen, würd' mein Vater sterben.«

»Dann weißt du ja, wie's mir geht.«

Danach hatten sie reden können. Dass Adem dann auch noch einen Drink mit ihr nahm und sich nicht mehr im Hintergrund hielt, hatte dem Ganzen die Krone aufgesetzt. Es war nicht schwer gewesen, ihn danach zu einem Clubbesuch zu überreden.

Auf die Tanzfläche hatte er sich jedoch nicht locken lassen. Tina wollte mit ihm tanzen. Sie wollte, dass er sie anfasste. Als der andere Kerl sie antanzte, ahnte sie bereits, dass Adem das nicht gefallen würde. Aber mit dem Schlag ins Gesicht hatte sie nicht gerechnet. Es hatte so viel Adrenalin in ihren Blutkreislauf gepumpt, dass sie nun trotz der neuen Pumps über das Kopfsteinpflaster hinter der Markthalle raste. Ihr fiel ein, dass sie ihren brandneuen Hermès-Mantel im Fabric zurückgelassen hatte, aber das war ihr egal.

Sie interessierte sich nur noch für Adem. Er war wütend. Auch auf sie. Weil sie den Kerl auf der Tanzfläche provoziert hatte. Adems Wut gefiel ihr. Nicht nur, weil sie ihm gut stand, sondern auch, weil er ihr jetzt zum ersten Mal nah war. Auch sie war wütend. Auf ihn. Auf ihre Auftraggeber und die Geheimnistuerei. Auf die Ungerechtigkeit der Welt, die ihr ihren Vater genommen hatte. Auf sich selbst. Vor allem auf sich selbst. Es tat gut, jemanden mit derselben Energie bei sich zu haben.

Adem hatte irgendwie die Treppen gefunden, die

hinunter in die Tiefgarage führten. Ein uralter Bau, der sich quasi in einer Höhle unter dem Markt befand. Er hielt weiter ihre Hand und zog sie die Stufen hinab. Sie bestanden aus Metallgittern, in denen hohe Absätze leicht stecken bleiben konnten. Doch der Alkohol und das Adrenalin ließen Tina schweben. Allmählich bekam sie allerdings kaum noch Luft.

»Ich glaub, sie sind weg«, stieß sie am Fuß der Treppe hervor.

Adem zog sie weiter in die Tiefgarage, mit starrem Blick nach vorne. Er ließ sie nicht los, gönnte ihr keine Pause. Dabei war weit und breit niemand zu sehen.

»Es ist keiner mehr hinter uns«, rief sie lauter.

Er zog weiter. Sie blieb stehen. Sie wollte, dass er sie anschaute. Als sie sich losriss, tat er es.

»Es ist keiner mehr hinter uns«, wiederholte sie ruhiger und lächelte.

Seine dunkelbraunen Augen funkelten sie wütend an. Auch er war außer Atem.

»Für dich ist das alles ein Spiel, was?«, fuhr er sie an.

»Nein«, antwortete Tina. »Es ist ein Job. Ein Job, den ich aus Verzweiflung angenommen habe. Nicht, weil ich so einen Bock drauf hatte. Aber ich werde mich hier nicht wochenlang von einem Halbstarken rumschubsen lassen, der von seinem beschissenen Leben gelangweilt ist.«

Adem klappte das Kinn herunter. Er preschte bedrohlich auf sie zu. Tinas weiche Beine wurden noch weicher. Doch sie wich nicht zurück.

»Gelangweilt?«, fragte er sie ungläubig.

Sein Kopf dicht vor ihrem. Sein Atem süßlich. Alkohol.

»Was denn? Du bist doch so 'n Arab-Gangster, der zu viel Geld hat.«

Sie zog an seinem teuren Armani-Trenchcoat.

»Keine Ahnung, was für eine Scheiße ihr hier plant. Wofür ich den Lockvogel spiele. Aber das hat sicher nichts mit dem echten Leben zu tun, ›Digga‹.«

Adem lachte. Da war sie wieder, die Verachtung, die er ihr den ganzen Tag über entgegengebracht hatte.

»Du weißt nichts über mich«, zischte er. »Du hast null Ahnung, was …«

Er verstummte wütend, winkte ab. Dann drehte er sich um und ging zum SUV. Das Piepsen des Türöffners erfüllte die Tiefgarage. Tina eilte ihm hinterher. Sie wollte mehr wissen. Tat sie ihm unrecht? Er wollte die Fahrertür öffnen. Sie zwängte sich zwischen ihn und die Tür. Sie war ihm ganz nah. Ihre Hüfte drückte gegen seinen Arm.

»Erzähl mir mehr von dir.«

Er war immer noch außer Atem, starrte sie an. Er roch nach frischem Schweiß, nach Mann.

»Geh zur Seite«, zischte er.

»Oder?«, fragte sie provozierend.

Er sagte nichts, blickte an ihr herab, direkt in ihren Ausschnitt. Dann wieder in ihre Augen. Er war erregt. Man hörte nur noch seinen und ihren Atem.

»Hast du Kondome?«, fragte Tina mit fester Stimme.

Seine Augen blitzten auf. Er reagierte nicht sofort. Dann kam es, das stumme Nicken. Tina öffnete ihre Lippen und beugte sich nach vorne. Er ließ sie auf sich zukommen. Doch plötzlich zog er den Kopf zurück. Er schaute sich suchend um.

»Nicht hier«, flüsterte er.

Wieder packte er ihre Hand. Er zog sie mit sich, blickte zur Decke. Zu den Kameras, die dort hingen. Tina war es egal, ob sie einem Nachtwächter ein paar heiße Bilder liefern würden. Aber Adem suchte einen Platz, der nicht einsehbar war. In einer Ecke hinter einem Lieferwagen fand er ihn. Niemand würde sie dort sehen. Niemand würde sie hier unten hören. Tina ging es gut damit. Sie hatte keine Angst mehr vor ihm. Er konnte nichts mit ihr machen, was sie nicht wollte.

9

London
Freitag, 15. September

Zum ersten Mal mochte Adem London. Die belebten nächtlichen Straßen, die roten Doppeldeckerbusse, das bunte Volk auf den Gehwegen. Schicke Autos hatten sie hier. Weit mehr als in Berlin. Er blickte auf den Sitz neben sich. Tina grinste. Er musste auch grinsen.

Sie hatte ihn die Kontrolle verlieren lassen. Es war der beste Fick seines Lebens gewesen. Ihre Augen voller Begierde. Sie hatte ihn benutzt. Er hatte es geil gefunden. Als er gekommen war, hatte er geschrien. Es war alles echt gewesen. So viel Lust hatte er noch nie bei einer Frau erlebt. Gemeinsam mit einer Frau. Da lief so viel auf so vielen Ebenen.

Vielleicht würde er sie am nächsten Tag wieder verachten, weil sie für das schnelle Geld alles tat. Aber das, was in der Tiefgarage passiert war, würde sie für immer verbinden. Er hatte schon einige Frauen gefickt. Nutten. Für Geld, aus Spaß oder weil sie das Koks nicht bezahlen konnten. Auch »Freundinnen«, die aber damals nur geil auf seine Kohle oder seinen Gangsterstatus gewesen waren. Die sich ihm hingegeben hatten, weil er der »Boss« war. Doch niemals war eine Frau so echt gewesen. Nie hätte er gedacht, dass die pure Lust einer Frau ihn so anmachen würde.

»Wer ist Alia Taffa?«, fragte Tina.

Adem musste lachen.

»Du gehst echt ran.«

»Weißt du doch jetzt.«

Er seufzte. Die absurde Situation holte ihn wieder ein. Der beschissene Job, den er für die Taffas machen musste. Der sinnlose, überhaupt nicht durchdachte Job. Hassan hatte Adem angewiesen, dass das Double nichts wissen durfte. Aber wie sollte das funktionieren? Die Doppelgängerin musste sich doch mit dem passenden Namen vorstellen. Sie musste eine Rolle spielen. Wie sollte das gehen, wenn sie nichts über ihre Rolle wusste? Was, wenn sie von der Polizei kontrolliert wurden? Hassan hatte darauf keine Antworten gehabt. Er hatte weiter darauf bestanden, dass sie nichts über die Hintergründe erfahren durfte. Nur im Notfall. Nur das Wichtigste. Natürlich war die Situation vor dem Club kein Notfall gewesen. Aber früher oder später hätte sie den Ausweis sowieso zu Gesicht bekommen. Den Namen.

»Sie ist meine Cousine«, erklärte er.

Tinas Augenbrauen schossen in die Höhe.

»Okay. Und ich sehe so aus wie sie.«

»Exakt. Es ist absurd.«

Er hatte es kaum glauben können, als sie in Luton zu ihm in den Wagen gestiegen war. Ähnlichkeit hatte er erwartet, ja. Darum ging es ja. Aber spätestens nach dem Frisieren war die Übereinstimmung gruselig geworden.

»Das heißt, du hast gerade deine Cousine gefickt?«, fragte Tina mit dem provozierenden Ton, der ihn schon den ganzen Tag wahnsinnig gemacht hatte.

Wahnsinnig scharf, wie sich nun herausgestellt hatte.

»Halt die Klappe«, rutschte es ihm heraus.

»Oh, sorry. Wunder Punkt?«

Wieder der provozierende Blick. Adem wurmte es, dass sie recht hatte. Dass sie ihn so schnell durchschaut hatte. Bei jedem Stoß gegen die Wand der Tiefgarage hatte er in ihr Gesicht geschaut und Alia gesehen. Sich geholt, was ihm zustand. Sich geholt, was er jede Nacht hätte haben können, wenn er im entscheidenden Moment nicht ein zugekokster Vollidiot gewesen wäre.

»Kein Problem«, erklärte Tina lapidar. »Mir ging's eben auch nicht nur um dich.«

Adem konnte nur spekulieren, was das bedeuten sollte. Er war sicher, dass er keinem Mann aus ihrem Leben ähnlich sah.

»Sie war die Frau in der Tiefgarage gestern?«, fragte Tina.

Adem nickte.

»Und warum der ganze Aufwand?«

»Ich schwöre: Ich hab keine Ahnung.«

Das war die Wahrheit. Auch bei ihm wandte Hassan die bescheuerte Strategie an, dass er so wenig wie möglich wissen sollte. Adem hatte lediglich erfahren, dass Alia von der Polizei beobachtet wurde. Dass dabei Überwachungskameras eine zentrale Rolle spielten. Und dass man diese Kameras mit Tina austrickste. Wie das klappen sollte, weswegen ausgerechnet Alia ins Blickfeld der Polizei geraten war und vor allem, warum das ein Problem war: Adem hatte keinen blassen Schimmer. Die Taffas planten ein fettes Ding und wollten ihre Ruhe. Das war alles, was Hassan gesagt hatte. Adems Aufgabe war es, diese Ruhe zu garantieren. Damit wäre dann auch seine Schuld beglichen. So hatte Hassan es genannt. »Deine Schuld.« Als ob er nicht schon längst bezahlt hätte.

»Weißt du, wie ihr mich gefunden habt?«, fragte Tina.

Adem schüttelte den Kopf. Auch das war ihm ein Rätsel. Die Taffas hatten weder die Technik noch die Ahnung, um so etwas auf die Reihe zu bekommen. Eine fast identische Frau irgendwo in Deutschland zu finden erforderte weit mehr Gehirn, als in der ganzen Familie zu finden war. Doch seit Khan da war, hatten sie sich besser organisiert. Alias Mann hatte dem Laden Zug gegeben. Mehr, als es der alte Taffa je hinbekommen hatte. Sie arbeiteten jetzt auch mit anderen Leuten zusammen. Mit echten Profis. Und die hatten Tina gefunden. Anders konnte es nicht sein.

»Na egal«, sagte Tina. »Machen wir das Beste draus, hm?«

Ihr Grinsen machte ihn wahnsinnig. Er war schon wieder scharf auf sie. Und dieses Mal wirklich nur auf sie.

»Hast du noch mehr Kondome?«, fragte sie.

Sie sah die Geilheit in seinen Augen. Sie konnte ihn lesen.

»Im Apartment«, antwortete er.

Der SUV hielt an einer roten Ampel. Sie ließ sein

Gesicht nicht aus den Augen. Ihre Hand wanderte zwischen seine Beine. Sie freute sich über das, was sie fühlte. Als sie den ersten Knopf seiner Hose öffnete, stoppte er sie.

»Nicht hier«, sagte er.

Er hatte allmählich ein Gespür für die Kameras entwickelt. An großen Kreuzungen waren sie allerdings auch kaum zu übersehen. Tina folgte seinen Blicken. Ihre Hand ruhte dabei zwischen seinen Beinen.

»Es geht um die Kameras«, stellte sie fest.

Adem nickte. Die Ampel sprang auf Grün. Er gab mehr Gas, als notwendig war. Der Wagen schoss los. Tina lachte und nahm ihre Hand zurück, um sich am Armaturenbrett festzuhalten.

»Im Apartment gibt's keine Kameras«, sagte Adem.

Tina strahlte ihn an.

Die nächsten Tage waren ein einziger Rausch. Und vor allem die Nächte. Sie vögelten stundenlang. Bis sie wund waren, und dann noch ein bisschen mehr. Keine Ecke in der Wohnung ließen sie aus. Sie schliefen erschöpft und nackt aufeinander ein, nur um morgens weiterzumachen. Ihr Hunger aufeinander war kaum zu stillen. Sie trafen sich mit exakt derselben Energie. Sie hatten beide eine Leere zu füllen. Die Nächte gaben ihnen die Illusion, dass dies möglich war.

Auch die Tage waren nicht schlecht. Sie machten Sightseeing nach Hassans Anweisungen. Sie gingen shoppen, essen, abends tanzen. Adem achtete penibel darauf, dass keine Kamera etwas zeigte, was auf ihre neue Verbundenheit hinwies. Dass er nach wie vor wie ihr Bodyguard wirkte, auch wenn er sich beim Essen zu ihr setzte. Im Auto saß sie wieder hinten. Niemand sollte erahnen können, was in den Nächten geschah. Letztlich machte es alles noch reizvoller. Den ganzen Tag über luden sie sich auf. Kleine unauffällige Berührungen, ein heißer Kuss im toten Winkel eines Clubs, ein bisschen Fummeln in einer Umkleidekabine, mehr nicht. Sobald die Tür im Apartment in Wapping sich hinter ihnen schloss, rissen sie einander buchstäblich die Kleider vom Leib.

Am vierten Tag hielten sie es nicht mal bis zum Abend aus. Beim Mittagessen in einem Burger-Laden spielte Tina so lange unter dem Tisch an ihm herum, bis Adem vorschlug, eine kleine »Mittagspause« im Apartment einzulegen.

Als Tina nackt neben ihm auf dem Bett lag, schwitzend und immer noch atemlos an die Decke starrte, fragte sie: »Warum dürfen die Bullen eigentlich nicht wissen, was wir miteinander anstellen? Denen wird's doch egal sein.«

»Alia ist verheiratet«, erklärte Adem. »Die könnten das nutzen, um bei den Taffas Stress zu machen.«

»Dir gefällt es nicht, dass sie verheiratet ist.«

»Was?«

Sie hatte ihn schon wieder durchschaut. In den letzten Nächten hatten sie viel gequatscht. Adem hatte von seinem Leben vor London erzählt. Seinem neuen Leben. Der Schule, seinem Ziel, Sozialarbeiter zu werden, um andere Kids vor dem Blödsinn zu bewahren, den er angestellt hatte. Auch von dem Blödsinn hatte er ihr berichtet.

Von seiner Zeit als kleinkrimineller Jugendlicher. Den Einbrüchen, den Autodiebstählen. Von dem Aufstieg zum Dealer und davon, wie er irgendwann sein eigener bester Kunde geworden war. Aber einige Themen waren bei ihren Gesprächen tabu gewesen. Vor allem Alia. Vielleicht hatte er dieses Thema zu auffällig umschifft.

»Du stehst auf sie?«, fragte Tina und drehte sich zu ihm.

Ihre Brust lag auf seinem Arm.

»Ich sollte sie heiraten.«

Niemand außerhalb der Familie wusste das.

»Deine Cousine?«, fragte Tina erstaunt.

»Dass wir heiraten sollten, stand von unserer Geburt an fest. Geht allen so. Viele sind nicht wirklich begeistert. Du kannst dir deine Frau nicht aussuchen. Aber ich war verknallt in Alia. Seit ich ein kleiner Junge war. Sie war meine Prinzessin. Ich hab mich echt drauf gefreut.«

Er erinnerte sich daran, wie sie als Zehnjährige jeden Tag in den Sommerferien miteinander verbracht hatten. Prinzenbad, mit dem Rad durch den Görli, Steinchen werfen an der Spree. Irgendeine Tante hatte mitbekommen, dass sie sich geküsst hatten. Alia hatte es »mal ausprobieren« wollen. Man hielt das für zu früh. Unschicklich. Fortan wurden sie voneinander getrennt. Bis zur Hochzeit. Alias Brüder nahmen Adem mit zu irgendwelchen beschissenen Aktionen. Er wurde zum Mann gemacht. Zum Gangster. Am Anfang gefiel es Adem nicht mal. Doch irgendwann packte es ihn. Er war cool. Er hatte Geld. Die Cops konnten ihm nichts anhaben, weil er nicht mal vierzehn war. Schnell stellte er fest, dass er cleverer war als die anderen aus dem Clan. Dass er mit etwas mehr Skrupellosigkeit größere Effekte erzielen konnte. Dass man ihm folgte, ihn bewunderte, ihm schwerere Aufgaben übertrug. Er ließ nichts aus. Doch bei alldem hatte er immer ein Ziel vor Augen gehabt: die Hochzeit. Bis dahin wollte er der Coolste von allen sein. Genug Geld für ein eigenes Haus und all den Kram haben, den Frauen wollten. Dann würde er sich zur Ruhe setzen. Mit achtzehn. Dummerweise war er mit achtzehn aber ein drogenabhängiges Großmaul, das jeden Tag eine andere Nutte fickte. Und damit auch noch angab. Als Mohammed Taffa Adems Eltern besuchte, dachte Adem tatsächlich noch, dass sie nun endlich die Hochzeit planen wollten. Doch Mohammed erklärte seiner eigenen Schwester lediglich, dass Adem eine Schande für die Familie sei und dass er diesem Kerl seine Tochter nicht geben würde. Seine Mutter brach in Tränen aus, sein Vater saß stocksteif da, und Adem verkniff es sich nicht, dem Clan-Chef zu drohen.

»Wow«, sagte Tina und legte ihr Bein über seins. »Und was hat Alia dazu gesagt?«

Adem stellte erstaunt fest, dass er Tina die ganze Geschichte erzählt hatte. Das hatte er noch nie getan. Nicht einmal innerhalb der Familie war danach über die Sache geredet worden. Man hatte ihn wie einen gefallenen Engel behandelt. Sein Vater war noch religiöser geworden, hatte nur noch den Koran gelesen und versucht, Adem und seine Brüder ebenfalls dafür zu begeistern. Seine Mutter hatte viel geweint. Adem war ausgezogen.

»Ich weiß es nicht. Ich hab nie wieder richtig mit ihr geredet. Auf Familienfesten nur Small Talk. Mehr nicht. Man redet über so etwas nicht. Niemand redet über so etwas.«

»Aber sie hat erst mal auch keinen anderen geheiratet?«

Adem musste grinsen. Tina sprach aus, was auch er jahrelang gedacht hatte. Eigentlich war Alia im besten Alter für eine Ehe gewesen. Sie war die älteste Tochter des Clan-Chefs. Es hätte großartige Möglichkeiten für die Verbindung mit anderen Clans gegeben. Aber sie hatte nicht geheiratet. Gerüchte hatten besagt, dass sie es nicht wollte. Das hatte Adem eine Zeit lang sogar etwas Hoffnung gemacht. Selbst als er ganz unten angekommen war.

»Ja, bis vorletztes Jahr. Bis … Mohammed und seine Söhne wurden verhaftet. Der älteste Sohn wurde dabei von einem Bullen abgeknallt. Später sollte der jüngste Sohn, der Einzige, der nicht in den Knast gewandert ist, Rache dafür üben. Aber er hatte die Hosen voll, als er mit der Waffe dastand. Hat's nicht gepackt. Seitdem sitzt der Kleine in Untersuchungshaft. Keiner der Taffa-Männer war mehr auf freiem Fuß. Deswegen musste Alia heiraten. Einen Cousin aus dem Libanon. Es war nur eine kleine Feier. Alle waren empört, das machst du nicht bei der ältesten Tochter. Aber seit Khan da ist, weht ein anderer Wind. Der Mann ist pure Gewalt. Ich hab ihn getroffen, als ich den Auftrag hier bekommen hab. Er hat mir Angst gemacht. Mir kann keiner sagen, dass Alia glücklich mit dem ist.«

»Hast du mit ihr darüber geredet, als sie in London war?«

»Hörst du mir nicht zu? Über so etwas wird nicht geredet.«

»Du redest doch mit mir.«

»Ja«, sagte Adem. »Aber dafür muss ich dich leider umbringen.«

Tina lachte. Adem zunächst auch. Doch dann wurde er ernster.

»Du darfst echt nie jemandem erzählen, worüber wir hier reden. Das hier ist so wie … wie die Beichte bei euch, weißt du? Das ist heilig. Alles, was hier passiert, in diesem Apartment, alles, was wir reden. Das erfährt nie jemand. Ich mein's ernst.«

»Natürlich«, hauchte Tina. »Das erfährt nie jemand.«

10

Den Haag
Dienstag, 21. September

Während die Kugel ihre Runden drehte, dachte Dimitri schon wieder an die beiden Turteltauben in London. Es amüsierte ihn, dass sie eine Affäre hatten. Die Doppelgängerin, die er für den arabischen Clan gefunden hatte, war natürlich genauso scharf wie die Araberin, von der sie ablenken sollte. Er konnte ihren Babysitter gut verstehen. Auch wenn es vielleicht nicht zu dessen ursprünglichen Aufgaben gehört hatte, sie ranzunehmen. Fast schade, dass es keine Kameras im Apartment der beiden gab, so blöd das auch für Dimitris Projekt gewesen wäre.

Die Kugel hüpfte ein letztes Mal durch den Kessel und landete auf der Siebzehn. Schwarz. Dimitri zuckte nur kurz. Der Croupier zog Dimitris Jetons vom roten Feld herunter. Wieder so ein Tag, an dem es eng wurde. Nach ein paar Gewinnen mit dem niedrigsten Einsatz hing er bei sechs aufeinanderfolgenden schwarzen Zahlen fest. Dimitri musste sechstausendvierhundert Euro auf den Tisch legen. Er griff in die Tasche seines Jacketts, wo er die großen Jetons verborgen hatte, die er sich an jedem

Casinoabend von der Kasse besorgte. In der Hoffnung, dass er sie nicht brauchen würde. Man kannte ihn hier schon. Aber da das Martingale-Spiel nicht verboten war, ließ man ihn gewähren. Bis jetzt hatte das Casino ganz gut an ihm verdient.

Die betrunkene Blondine auf der anderen Seite des Tisches zupfte vor Aufregung am Jackett ihres Begleiters, als Dimitri gleich mehrere Tausender auf Rot legte. Allein ihr Blick war es wert, stur an seinem System festzuhalten. Nach jedem Verlust den Einsatz verdoppeln. Bis zum bitteren Ende. Auch wenn er als Mathematiker nur zu gut wusste, dass die Roulettekugel kein Gedächtnis hatte und die Chance, zu gewinnen, in diesem Moment wieder bei 48,65 Prozent stand. Vor der Serie hatte die Wahrscheinlichkeit, dass siebenmal hintereinander Schwarz kam, nur 0,94 Prozent betragen.

Der Croupier warf die Kugel in den Kessel. Dimitri nahm seine Bacardi-Cola vom Abstelltisch und nippte daran. Gleich konnte es wehtun. Die Kugel hüpfte, kullerte, blieb liegen. Auf der Eins. Rot! Dimitri atmete durch. Er liebte den Kick. Er liebte die Blicke, als der Croupier ihm zwölftausendachthundert Euro über den Tisch zuschob. Das Dumme war nur, dass er vorher sechsmal verloren hatte. Sein Gewinn betrug faktisch nicht mehr als hundert Euro. Aber die Blicke! Dimitri nahm alle Jetons vom Tisch und steckte sie ein. Für den Abend hatte er genug. Einmal kurz am Desaster schnuppern reichte ihm. In der letzten Runde hätte er noch zweimal setzen können, dann wäre das Tischlimit erreicht und damit sein gesamter Einsatz weg gewesen.

Vielleicht war es aber auch WATCH, das ihn nach Hause trieb. Er war in den letzten Tagen fast süchtig danach geworden, mit dem System auf Entdeckungsreise zu gehen. Definitiv eine weniger kostspielige Sucht als Roulette.

Vom Casino in Scheveningen fuhr Dimitri meistens mit dem Rad nach Hause. Gerade an einem solch kühlen Abend kam er dabei gut wieder runter. Ein Stück des Weges führte am Meer entlang, oberhalb der Promenade, an der es tagsüber von Touristen wimmelte. Jetzt erhellten Scheinwerfer den leeren Strand. Die Brandung toste. Er dachte an den Sommer zurück, als er fast jedes Wochenende mit Femke in einer der Strandbars verbracht hatte. Ihr Bauch war noch nicht so dick gewesen, dass er sie am Surfen gehindert hatte. Dimitri stand nicht auf Surfen. Aber sie zu sehen, draußen auf dem Meer, dabei ein Bier zu trinken, den Wind, den Geruch zu genießen – das war schön gewesen.

Als Dimitri durch den Jachthafen fuhr, passierte er das Encore, Femkes Lieblingsrestaurant mit dem ganzen Bling, den Schönen und Reichen. Die beiden waren jedoch schon seit Monaten nicht mehr dort gewesen. Ohne Alkohol machte es Femke nicht mehr so viel Spaß wie früher. Doch diese Zeiten würden zurückkehren. An den luxuriösen Neubauten am Kanal vorbei ging es weiter nach Duindorp. Es war fast Mitternacht. In den Straßen der kleinen Siedlung hinter den Dünen war niemand mehr unterwegs. Erst als Dimitri sein Rad vor dem Haus an der Markensestraat abstellte, sah er einen Nachbarn. Piet aus dem zweiten Stock. Er kam ebenfalls gerade nach Hause, grüßte Dimitri nicht, hielt ihm auch nicht die Tür auf. Der Mann und viel mehr noch seine Ehefrau sahen Dimitri als Eindringling. In ihren Augen war er zwar nicht ganz so eine Katastrophe wie die Nordafrikaner zwei Straßen weiter, aber die Fremdenfeindlichkeit von Duindorp machte auch vor Russen nicht halt. Das ehemalige Fischerdorf war berüchtigt dafür, den rechten Populisten bei jeder Wahl Rekordstimmenanteile zu schenken. Dimitri war es egal. Über Piet konnte er nur lachen. Durch WATCH wusste er, dass der Kerl eine Affäre hatte. Mit einer Marokkanerin. Ausgerechnet. Wahrscheinlich kam er gerade von ihrem Apartment in Schilderswijk, in das Dimitri ihn schon mehrfach auf dem Bildschirm hatte verschwinden sehen.

Leise betrat Dimitri die Wohnung im obersten Stock. Der vertraute Geruch frischer Blumen schlug ihm entgegen. Es verging kein Tag, an dem Femke die zahllosen Vasen nicht mit Farbtupfern füllte. Dabei war die Wohnung sowieso schon ein einziger Malkasten. Kornblumenblaues Sofa auf petrolfarbenem Teppich neben Vorhängen in Ocker. Dimitri hatte vor seiner Ehe nicht gewusst, wie viele Farben es gab. Im Wohnzimmer brannte noch Licht, der Fernseher lief. Femke war davor eingeschlafen. Wahrscheinlich schon vor Stunden. Sie lag quer über dem Sofa, alle viere von sich gestreckt. Mit dem dicken Bauch, der stolz nach oben ragte, konnte sie kaum noch anders schlafen. Vorsichtig hob Dimitri ihre Beine auf das Sofa. Vor der Schwangerschaft hatte er sie an solchen Abenden ins Bett getragen, aber dafür war sie ihm jetzt zu schwer. Er entfaltete die Decke und legte sie behutsam über seine Frau. Dann schaltete er den Fernseher aus. Femke schlief weiter. Er betrachtete ihre dunkelblonden Haare, die sie zu einem Zopf gebunden hatte, die langen Wimpern, die Stupsnase. In der Schwangerschaft kam sie ihm noch schöner vor. Und das nicht nur, weil ihre Brüste enorme Ausmaße angenommen hatten. Sie strahlte permanent. Selbst jetzt im Schlaf.

Im Grunde strahlte sie, seitdem sie die Wohnung zur Besichtigung betreten hatten. Dimitri stellte sich ans Fenster. Dorthin, wo sie damals gestanden hatten. Er konnte im Dunkeln das Meer nur erahnen, aber er wusste, dass man es vom Wohnzimmer und Balkon aus sehen konnte. Das galt für alle Wohnungen auf dieser Etage, auch noch in den Wohnungen darunter. Alle anderen Hausbewohner blickten auf die Dünen. Ganz unten sogar nur auf eine Mauer. Femke war in einer der Wohnungen ganz unten groß geworden. Ihre gesamte Kindheit über hatte es sie bedrückt, dass sie nur die Mauer sah, nicht aber das Meer. Sie wollte das Wasser sehen. Es war solch eine fixe Idee geworden, dass sie alles dafür getan hatte, die Wohnung ganz oben zu bekommen, als diese vor knapp zwei Jahren zum Verkauf angeboten worden war. Für die Wohnung hatte sie sogar Dimitri geheiratet.

Die wunderschöne Blumenverkäuferin, die sich nebenbei Geld als Escortdame verdiente, heiratete den zehn Jahre älteren russischen Programmierer mit Lippen-Gaumen-Spalte und zwielichtigem Hintergrund. Weder sein Äußeres noch seine Vergangenheit hatten sie geschreckt. Er war in sie verknallt gewesen, und er hatte das Geld für die Wohnung gehabt. Mehr war ihr nicht wichtig gewesen. Sie hatten sich auf einer der Partys der Araber kennengelernt. Vom ersten Moment an hatte sie ihn verzaubert. Er war hin und weg von ihrer Schönheit gewesen, aber auch von ihrer positiven Ausstrahlung. Sie hatte ihn süß gefunden, weil er so unsicher und höflich war. Anders als die anderen Kerle hatte er Respekt vor ihr gehabt. Sehr viel Respekt. Wahrscheinlich war das einer der Gründe dafür gewesen, dass sie ihn schließlich fragte, ob er mit ihr zusammen sein wolle. Dimitri glaubte, dass sie ihn mittlerweile wirklich liebte. Nicht nur wegen der Wohnung. Nicht nur, weil er sie geheiratet und geschwängert hatte. Nicht nur, weil er sein Leben als Hacker hinter sich gelassen hatte. Sondern auch, weil sie ihn wirklich mochte.

Dimitri blickte ein letztes Mal in die Ferne zu den Lichtern der großen Tanker, die vor Rotterdam lagen. Dann ging er in sein Arbeitszimmer. Es war der kleinste Raum der Wohnung. Selbst das Baby würde mehr Platz haben, wenn es einmal da war. Doch viel mehr als den Schreibtisch mit seinem Rechner und den drei Monitoren brauchte Dimitri nicht. Dazu ein bisschen technisches Spielzeug und eine gute Internetverbindung, das war es. Er hängte sein Jackett über den ergonomischen Bürostuhl, auf den Femke bestanden hatte, damit Dimitri seine Rückenhaltung verbesserte. Dann setzte er sich auf das unbequeme Ding und tauchte in WATCH ab.

Zuerst schaute Dimitri, ob im Laufe des Abends noch etwas in London passiert war. Doch die zwei Turteltauben waren nach einem kurzen Abendessen in einer Pizzeria schon wieder im Apartment verschwunden, wo es danach sicherlich zur Sache gegangen war. Dabei hatten sie an diesem Tag sogar mittags einen Zwischenstopp in ihren vier Wänden eingelegt. Bestimmt nicht, um dort ein Nickerchen zu machen. Zu dieser späten Stunde fand das System weder die falsche Alia noch Adem irgendwo in London. Vielleicht schliefen sie sogar.

Also schaute Dimitri sich den Abend des deutsch-libanesischen Polizisten an. Wenig überraschend saß der Mann noch in einer Weinbar. Dieses Mal im Bouzy am Mauritskai, wo die Straßenkamera ihn durch das große Fenster finden konnte. Der elegant gekleidete Mann saß an der Bar und hatte ein Glas mit dunklem Rotwein vor sich. Dimitri hatte Nael Bruck bei den WATCH-Schulungen kennengelernt und gleich gemerkt, dass er aufmerksamer als seine Kollegen war. Dass er die Araber aus Berlin kannte. Deswegen behielt er ihn nun schon seit drei Wochen im Auge. Die Zeit hatte gereicht, um ihn als Alkoholiker zu entlarven. Dem Mann war das selbst sicher nicht klar. Er trank ja nur teuren Wein. Und nur abends. Aber wer jeden Abend trank und nach zwei Flaschen Wein noch einigermaßen gerade mit dem Rad durch die Nacht fahren konnte, der war kein Gesellschaftstrinker mehr. Zumal Bruck selten Gesellschaft hatte. Auch an diesem Abend war es lediglich die Barkeeperin, mit der er sich unterhielt. Den Gesten und dem Herumschwenken des Glases nach zu urteilen, ging es mal wieder um Wein. Dimitri schaute sich die Aufnahmen vom Rest des Abends an. Bruck hatte erst um halb zehn Europol verlassen und war dann mit seinem Rad direkt zur Bar gefahren. In den letzten Tagen wurde es immer spät bei ihm, anders als in den Wochen zuvor. Mit Sicherheit bearbeitete er den Fall von Alia Taffa.

Bei Xalvador Lopez gab es ebenfalls keine Überraschungen. Er war pünktlich um acht Uhr zu Hause gewesen, wo sicher schon seine Frau und die Kinder auf ihn gewartet hatten. Seine Familie, mit der der Spanier jede freie Minute verbrachte. Ihm zuzuschauen war langweilig. Dabei war er als Leiter der WATCH-Abteilung natürlich der wichtigste Mann für Dimitri. Doch die spannenden Sachen geschahen innerhalb von Europol. Bezeichnenderweise war das Innere der Behörde von der Überwachung durch WATCH ausgeklammert. Dabei mangelte es auch im Haus nicht an Kameras. Ins System gespeist wurden jedoch nur die auf den Straßen und Wegen, die Europol umgaben. An die hauseigenen Kameras kam Dimitri nicht heran. Auch Veränderungen an den Einstellungen von WATCH konnte er nur theoretisch vornehmen. Er lief dabei stets Gefahr, Spuren zu hinterlassen, die der hauseigene Administrator finden konnte. Noch gefährlicher war es, falls jemand im Gebäude von Europol online war und den ungewünschten Besucher live sah. Dimitri beschränkte sich daher weitgehend darauf, die Software zur Beobachtung zu nutzen. Das bekam niemand mit.

Er unternahm einen Sprung nach Berlin. Die deutsche Kollegin von Bruck, die ihn eines Abends vor seinem Haus fast zu Tode erschreckt hatte, zählte seitdem auch zu Dimitris Objekten. Sie hatte schon spannende Abende gehabt. Einmal hatte sie an einer echten Verfolgungsjagd über den berühmten Kurfürstendamm teilgenommen. Ein anderes Mal hatte sie sich nachts an einer U-Bahn-Station von einer Barbekanntschaft fingern lassen. An diesem Abend saß sie noch spät im Dienstgebäude gegenüber vom Tempelhofer Flughafen. Zumindest war sie bisher nicht herausgekommen. Dass die Polizisten mehr und mehr Überstunden machten, war angesichts der Lage nicht überraschend. Dimitri fragte sich, ob er sie noch intensiver beobachten sollte.

Doch dann schaute er lieber bei Kim vorbei. Sie war nachtaktiv. Tatsächlich fand er sie in einem Sterne-Restaurant in Amsterdam. Sie war dort mit ihrem Kunden vergleichsweise spät hingegangen. Dimitri konnte live miterleben, wie sie zusammen mit dem älteren asiatischen Geschäftsmann das gediegene Restaurant verließ und einige Schritte an den Grachten entlang zum Waldorf Astoria spazierte. Die Asiaten waren – zumindest in der Öffentlichkeit – Frauen gegenüber meist zurückhaltend. Die beiden berührten einander nicht. Aber der Kerl konnte seine Augen kaum von Kims Po abwenden. Dimitri ging es da nicht viel anders. Diese Frau trieb ihn nach wie vor in den Wahnsinn. Mit ihrer Kühle und Souveränität war sie so ganz anders als Femke. Das hatte er gerade erst wieder erlebt, als sie für ihn die Doppelgängerin rekrutiert hatte. Er war mehrfach versucht gewesen, dreitausend Euro auf ihren Lohn draufzulegen, die Bezahlung für eine Nacht mit ihr. Aber mit einer hochschwangeren Frau zu Hause hätte er sich nicht gut dabei gefühlt. Kim nahm den unsicheren Asiaten an der Hand und zog ihn mit einem verheißungsvollen Blick hinter sich her ins Hotel. Dimitri nahm sich erneut vor, sich von Femke einen Dreier mit Kim zum Geburtstag zu wünschen. Was Geileres konnte es in dieser Welt nicht geben. Die beiden Sandkastenfreundinnen hatten das früher öfter gemacht, als Kim Femke gelegentlich für lukrative Jobs eingespannt hatte. Wie bei der Party damals. Im Hotel konnte Dimitri Kim auf dem Weg durch die Lobby und in den Aufzug verfolgen. Plötzlich öffnete sich die Tür zu seinem Arbeitszimmer. Dimitri drückte reflexartig die Escape-Taste, sodass alle Monitore nur noch Code zeigten. Aber da die Monitore mit der Rückseite zur Tür standen, hätte Femke sowieso nichts sehen können.

»Wann kommst du ins Bett?«, fragte sie auf Holländisch.

»Ich muss noch ein wenig arbeiten«, antwortete er.

Sprachen lagen Dimitri. Deutsch hatte er schon in der Schule gelernt. Auf dieser Basis war es kein weiter Weg zu Holländisch gewesen. Femke war begeistert, dass er extra für sie eine weitere Sprache erlernt hatte.

»Okay«, sagte sie und lächelte müde. »Küsschen.«

Dann ging sie mit wackelndem Po ab. Dimitri überlegte kurz, ob er hinterhergehen und sie verführen sollte. Aber wenn sie so müde war, funktionierte das meistens nicht. Außerdem vermutete sie sicherlich, dass er auf seinen Monitoren Pornos schaute, wenn er das Bild hektisch wegklickte. Das turnte sie ab. Er ließ sie trotzdem in dem Glauben. Denn was er wirklich trieb, durfte sie nie erfahren. Schließlich hatte er ihr versprochen, keine illegalen Sachen mehr zu machen.

Es war zu einfach gewesen. Das war der simple Grund. Dimitri hatte wirklich aufhören wollen. Er hatte sich

Femke zuliebe einen echten Job als Programmierer gesucht. Und ausgerechnet seine französische Firma mit Sitz in Den Haag hatte ihm schon nach einem halben Jahr die Projektleitung für WATCH anvertraut. Dimitri hatte im Büro seines Chefs beinahe laut losgelacht. Natürlich: Gesichtserkennung war eins seiner Spezialgebiete. Er hatte in seiner Zeit in Russland schon diverse Sicherheitssysteme überwunden, als Hacker. Dass er nun ausgerechnet für Europol arbeitete, war schon ein Witz. Da Europol darauf bestand, dass das System für die Mitarbeiter auch extern zugänglich sein musste – um bei Ermittlungen flexibel sein zu können –, hatte Dimitri kurzerhand einen Zugang für sich selbst geschaffen. Es war definitiv zu einfach gewesen.

Er hätte es natürlich nur als Spielzeug nutzen können. Als Möglichkeit, um zu schauen, was alte Schulfreunde aus Wladiwostok trieben, oder die wenigen Freundinnen, die er zur Studienzeit gehabt hatte. Oder um ein Auge auf seine Mutter zu haben, die von dem Geld, das er ihr schickte, zwar ganz gut leben konnte, aber die natürlich auch nicht mehr die Jüngste war. Sein Plan war es anfangs lediglich gewesen, WATCH für diese harmlosen Dinge zu benutzen. Aber dann war mehrfach innerhalb weniger Wochen neunmal hintereinander Schwarz gekommen, und plötzlich war es mit dem Geld eng geworden. Dimitri hatte bei den Schulungen der Interpol-Mitarbeiter erfahren, dass sie diese Frau aus einem arabischen Clan in Berlin beobachten wollten. Er hatte gute Kontakte zu Arabern. Sie waren der Grund, warum er überhaupt in Holland war. Oleg, ein befreundeter Hacker aus Studienzeiten, hatte ihn nach Rotterdam geholt, weil dort eine Bande von Arabern Hilfe mit dem Containersystem im Hafen benötigt hatte. Sie hatten viel Geld dafür gezahlt, die mit Kokain beladenen Container unauffällig aussortieren und entladen zu können. Dimitri hatte dafür unter anderem die Gesichtsscanner der Reederei umgehen müssen. Kein leichter Job, fernab von der Heimat, aber es hatte sich gelohnt. Denn als sie den Erfolg der Unternehmung feierten, lernte er Femke kennen. Den Kontakt zu den Arabern hatte zwar stets Oleg gepflegt, aber es war kein Problem gewesen, über drei Ecken Kontakt zu den Taffas in Berlin herzustellen. Alles lief per Textnachricht über den Messenger Telegram, der vor neugierigen Polizisten sicher war. Dimitri hatte kein Bedürfnis, die Clan-Mitglieder persönlich zu treffen. Aber das wollten sie auch gar nicht. Sie waren schnell davon überzeugt gewesen, dass sie seine Hilfe brauchten. Er hatte ihnen einfach die ersten Überwachungsbilder von Alia gesendet. Die junge Frau in der Gucci-Abteilung des KaDeWe. Keine Stunde später hatte man ihn gefragt, wie er ihnen helfen könnte und was es kosten würde.

Die Sache mit den Doppelgängern beschäftigte Dimitri schon seit Jahren. Im Internet kursierte eine Theorie, dass es für jeden Menschen auf der Welt sieben Ebenbilder gab, die aber nicht mit ihm verwandt waren. Dimitri hatte das sofort geglaubt. Im Fall der Araber war nun der Zeitpunkt gekommen, diese Theorie zu testen. Ohne Probleme hatte er in kürzester Zeit über eine Internetsuche vier Frauen gefunden, die Alia zumindest stark ähnelten. Die Gesichtserkennungssoftware von WATCH würde die Unterschiede vielleicht noch bemerken, aber das ließe sich lösen. Eine der passenden Frauen lebte sogar in Deutschland und offenbarte auf den ersten Blick instabile Lebensumstände. Dimitri setzte seinen Plan in Gang. Ihn reizte nicht nur die Bezahlung. Es ging ihm auch darum, ob es überhaupt möglich war. Er wollte wissen, ob er damit durchkommen würde. So wie immer, seitdem er mit zwanzig die ersten Kreditkartendaten gestohlen hatte. Die Frau aus Köln hatte zunächst abgelehnt. Dimitri war kurz davor gewesen, als Ersatz eine Frau aus Istanbul anzuheuern, aber dann hatte die Deutsche doch zugesagt. Noch in der Nacht ihrer Ankunft in London hatten die Araber ihm Fotos der falschen Alia gesendet. Für das bloße Auge war sie nicht mehr von der echten zu unterscheiden. Nachdem Dimitri diese neuen Fotos als Grundlage für die Suche von WATCH im System hinterlegt hatte, schaute die Polizei nur noch auf Christina Sieger aus Köln. Ohne es zu wissen. Dimitri hatte es einmal mehr geschafft.

Auf dem Monitor rechts von ihm gab es plötzlich Bewegung. Dimitri starrte noch auf den leeren Hotelflur in Amsterdam, wo Kim mit ihrem Kunden in einer Suite verschwunden war. Aber nun wurde aus London eine Sichtung von Tina und Adem gemeldet. Die beiden verließen die Lobby des Apartmenthauses in Wapping. Dimitri holte sie auf den mittleren Monitor. Nachts waren sie eigentlich nie unterwegs, schon gar nicht um halb zwei. Sofort erkannte er, dass sie betrunken waren. Die zerzausten Haare, die schnell übergeworfenen Klamotten, das alberne Fangenspielen auf dem Weg zum nahe gelegenen Imbiss sprachen eine deutliche Sprache: Ein Pärchen hatte vom Sex Heißhunger bekommen und nichts zu Hause. Wenn Bruck die beiden am nächsten Morgen so sähe, würde auch er kapieren, was zwischen ihnen lief. Allmählich war Dimitri sich nicht mehr so sicher, ob er das amüsant fand. Natürlich konnte Adem theoretisch auch seine Cousine vögeln, so etwas machten die Araber ja gerne. Aber vielleicht kam es dem arabischstämmigen Polizisten dann doch komisch vor, dass die Frau sich so freimütig hingab. Sie versuchte in diesem Moment, Adems Hand zu nehmen. Er zog seine weg. Lachend. Dimitri sah sich das eine Weile lang an. Als die beiden mit Sandwiches am Tisch saßen, wurde es noch schlimmer: Die Kamera nahm Tina im hellen Neonlicht von vorne auf. Ihre Lippenbewegungen waren gut zu erkennen. Und sie redete. Dimitri lud die Bilder in die neue Software, an der seine Firma arbeitete. Eine Komponente, die dem System das automatische Ablesen von Lippen ermöglichen sollte. Sozusagen das LISTEN-Pendant zu WATCH. Es war noch lange nicht so weit, dass sie Europol mit dieser Erweiterung ausstatten konnten. Die Fehlerquellen bei widrigen Bedingungen waren einfach zu zahlreich. Doch unter den gegebenen Lichtverhältnissen und mit der frontalen Perspektive konnte es klappen. Die ersten Sprachfetzen von Tina kamen als Kauderwelsch aus den Boxen neben Dimitris Monitoren. Sie sprach mit vollem Mund. Zwischen zwei Bissen kamen ein paar sinnvolle Sätze heraus, bei denen es aber nur darum ging, wie gut das Essen tat. Dann wieder Kauderwelsch. Schließlich hatte sie alles aufgegessen. Tina wischte sich die Finger mit einer Serviette ab und schaute Adem lange an. Ein bedeutungsvoller Blick. Dann »übersetzte« die blecherne Stimme der Software: »Sieht du m Ficken immer no deine Ku-sine? Oder nuno mich?«

Dimitri fluchte innerlich. Das war ein Satz, den die Polizei niemals hören durfte. Adem sah man nur von hinten, aber seine Antwort ließ Tina grinsen. Sie reichte ihre Hand über den Tisch und ergriff die von Adem. Er ließ es einen Moment geschehen, löste sich dann aber schnell. Tina sagte etwas, das die Software so wiedergab: »Is do egal, ob die Pullen das sehn.«

Dimitri wurde es mulmig zumute. Adem offenbar auch. Er ging auf Distanz zu Tina und schaute sich suchend um. Als er die Kamera entdeckte, welche Dimitri mit Nahaufnahmen versorgte, zischte er etwas in Tinas Richtung und eilte aus dem Imbiss. Tina zuckte mit den Schultern und folgte ihm. Noch während sie zurück in das Apartmenthaus stolperten, kam Dimitri zu dem Schluss, dass die Leute bei Europol dieses nächtliche Ereignis auf keinen Fall sehen durften. Das ganze Projekt konnte auffliegen, und damit würde auch Dimitri in Gefahr geraten.

Ihm blieb nichts anderes übrig, als sich auf einen riskanten Pfad zu begeben. Bis auf die Nacht, in der er Alias Foto ausgetauscht hatte, hatte er sich von der Arbeitsebene innerhalb von Europol ferngehalten. Doch jetzt ging es nicht anders. Er loggte sich ein und betete, dass niemand bei WATCH eine Nachtschicht eingelegt hatte. Ein Blick auf die Log-in-Daten beruhigte ihn: Die letzte Mitarbeiterin – Camille Mertens – hatte sich vor zwei Stunden ausgeloggt. Dimitri machte sich an die Arbeit.

Der Kick, den er in letzter Zeit nur noch selten spürte, setzte ein. Der Rausch, wenn er auf verbotenen Pfaden im Internet unterwegs war. Seine Finger zitterten, aber sie lieferten. Er funktionierte nie besser als in solchen Situationen. Nach zehn Minuten hatte Dimitri den nächtlichen Auftritt von Tina und Adem von den Europol-Servern gelöscht. Für die Ermittler sah es nun so aus, als ob Alia und ihr Bodyguard die ganze Nacht lang das Haus nicht verlassen hatten. Dimitri atmete tief durch. Es war gut gegangen. Aber er wusste, dass sich so etwas nicht wiederholen durfte. Noch mit Schweißperlen auf der Stirn griff er zu seinem Handy. Er schrieb eine Nachricht an Hassan, seinen Kontaktmann bei den Arabern in Berlin: Ist es eigentlich vorgesehen, dass euer Babysitter das Baby fickt?

11

London
Mittwoch, 22. September

»Bist du sauer?«

Adem antwortete nicht auf Tinas Frage. Er schloss die Tür des Apartments und ging in den Wohnbereich mit der offenen Küche. Tina blieb im Türrahmen stehen und beobachtete ihn. Er nahm sich eine Wasserflasche aus dem Kühlschrank und trank. Ein klares Signal: Er wollte wieder nüchtern werden. Die zwei Flaschen Weißwein am Abend hatten sie übermütig gemacht. Tina fühlte sich immer noch übermütig. Vor allem war sie erregt. Wie Adem sie schweigend anblickte, Zorn in den Augen, mit angespanntem Kiefer: Das alles entfachte dieses ganz besondere Verlangen in ihr. Sie zog sich aus. Genau dort, wo sie stand. Er blickte schweigend zu ihr herüber, die Wasserflasche in der Hand. Sie ging zu ihm.

»Lass uns da weitermachen, wo wir aufgehört haben«, sagte Tina, als sie schließlich nackt vor ihm stand.

Sie nahm ihm die Flasche aus der Hand und trank daraus, legte sich das kühle Glas an ihre heiße Wange.

»Du checkst es nicht, hm?«, stieß Adem hervor.

Er schloss den Kühlschrank und ließ sie stehen. Sie spürte einen Stich. Zum ersten Mal war er nicht über sie hergefallen, sobald sie Interesse signalisiert hatte. Zum ersten Mal fühlte sie sich wie eine notgeile Tussi, die den Ernst der Lage verdrängte. Zum ersten Mal empfand sie sich in ihrer Nacktheit als schutzlos.

»Die bringen dich um.«

Adem stand nun im Türrahmen, an der Stelle, wo Tinas Kleid auf dem Boden lag.

»Wenn der ganze Kack hier auffliegt«, sagte er. »Dann sind wir schuld. Du und ich. Ich bin Familie, aber du … Die benutzen dich nur. Wenn sie dich nicht mehr brauchen, werfen sie dich weg wie Abfall.«

Er war nicht nur wütend, er hatte auch Angst. Um sie.

»Dann darf's nicht auffliegen«, entgegnete Tina.

Sie hatte das Wasser abgestellt und eilte zu ihm, um ihr Kleid aufzuheben. Doch er packte sie am Handgelenk, zog sie zu sich.

»Was war das für 'ne verfickte Scheiße eben? Vor der Kamera? Ich hab dir tausendmal gesagt, draußen darfst du dich nicht verquatschen.«

»Die Bullen sitzen doch nicht pausenlos am Monitor und …«

»Die zeichnen das auf. Die gucken sich alles an. Jeden Furz, den wir da draußen lassen. Jede Bewegung. Jede Lippenbewegung. Bist du echt so naiv?«

Nein, Tina war nicht naiv. Allerdings war sie eine Meisterin der Verdrängung. Ihr fehlte zudem die Vorstellungskraft dafür, dass man sie pausenlos überwachte. Die Objektive überall in der Stadt waren für sie bisher nicht relevanter gewesen als Ampeln oder Antennen. Sie hatte der ganzen Sache keine Beachtung geschenkt. Noch weniger, seitdem sie die ganze Welt ausblendete. Mit Adems Hilfe. Seit sie mit ihm in eine Welt aus Lust und Leidenschaft abgetaucht war. Aufpassen, dass die Kameras sie nicht beim Fummeln sahen. Das war alles. Ein Spiel.

»Wenn die Bullen kapieren, dass ich nicht Alia bin, was passiert dann?«, fragte sie.

»Ich weiß es nicht.«

Er ließ ihr Handgelenk los. Seine Finger hinterließen Abdrücke auf ihrer Haut.

»Es ist kein Verbrechen, so auszusehen wie jemand anders«, spekulierte Tina. »Vielleicht ist es ja auch illegal, dass sie uns überwachen. Ich mein, es gibt doch Datenschutz und so.«

»Die Cops sind nicht das Problem.«

Er bückte sich und hob ihr Kleid auf, reichte es ihr. Tina suchte das Funkeln in seinen Augen, fand es aber nicht. Das schmerzte. Es war längst mehr als Sex. Sie wollte, dass sie einander verstanden. Sie wollte, dass es Adem gut ging. Nachdem sie sich das Kleid übergestreift hatte, nahm sie seine Hand und zog ihn zum Sofa am Fenster. Er ließ es geschehen. Sie platzierte ihn, setzte sich neben ihn.

»Kommen wir irgendwie aus der Sache raus?«, fragte sie.

»Wir können beten, dass die Taffas ihren Scheiß durchziehen. Das, wovon wir ablenken sollen. Dann sind wir vielleicht aus der Sache raus. Inshallah.«

»Was haben die gegen dich in der Hand?«

»Weißt du doch.«

Er blickte sie verärgert an. Wie immer, wenn er dichtmachte. Tina kannte ihn mittlerweile. Natürlich hatten sie in den Nächten unglaublich viel Sex gehabt. Aber die Stunden dazwischen, nackt nebeneinander auf dem Bett, dem Sofa oder auf dem Boden, waren zu Lebensbeichten geworden. Adem wusste alles über Tina. Tina wusste alles über ihn. Über den Clan. Über seine Sehnsucht, ihn zu verlassen. Doch an einem Punkt hatten seine Erzählungen stets ein jähes Ende gefunden. Wenn es darum ging, weswegen er dem Clan gehorchte.

»Sie machen deinen Eltern Stress«, referierte Tina. »Ja, ja. Aber das ist doch nicht alles. Das nehme ich dir nicht ab.«

»Weil du nicht checkst, welche Bedeutung Familie bei uns hat.«

»Jetzt komm mir nicht mit so einem Folklorekram. Meine Oma hat auch so geredet, und meine Mutter hat trotzdem die ganze Tradition zum Teufel gejagt. Natürlich geht das.«

»Und jetzt ist deine Mutter allein.«

Er sagte das viel zu bissig. Er wollte Tina treffen. Und er wusste, dass das ihr Schwachpunkt war. Doch Tina sprang nicht darauf an. Sie wurde ganz ruhig.

»Du lenkst ab. Was haben sie gegen dich in der Hand?«

Er hielt ihrem Blick stand. Genau wie sie seinem. Aus Adems Wut wurde plötzlich Zuneigung. Er schüttelte den Kopf, ehrfurchtsvoll.

»Wie kannst du mir so nah sein?«, flüsterte er.

Tina lächelte und zuckte gleichzeitig mit den Schultern.

»Mein Vater«, sagte Adem schließlich, und Tina wusste sofort, dass er jetzt ehrlich zu ihr war. »Wenn ich ihnen nicht helfe, ficken sie meinen Vater.«

Dann erzählte Adem. Es brach aus ihm heraus. Ein Redeschwall, bei dem er kein einziges Mal den Blick von Tinas Augen nahm. Er berichtete von einer Nacht, in der er zugekokst auf dem Ku'damm einen Ferrari geklaut hatte. Erzählte ihr, wie er damit durch Neukölln gerast war. Dass er den Jungen nicht gesehen hatte, der plötzlich auf der Straße gestanden hatte. Dass er vor seinen Füßen gestorben war.

»Ich hab viel Mist gebaut. Gewalt, ja. Drohungen, auch mit Waffen, ja. Aber ich habe nie jemanden getötet. Ich hab nie jemanden verrecken sehen. Der Kerl lag da, ein Arabboy, sechzehn höchstens. So einer, wie ich mal gewesen war. Er guckte mich an. Dann nicht mehr.«

Adem schluckte. Sein Kinn bebte, während er weitersprach.

»Mein Vater war ein Idiot. Ich mach Raubzüge, lutsche Drogen wie Bonbons, ficke alles, was nicht bei drei aufm Baum ist, und er immer so: ›Ich liebe dich, mein Sohn. Du kannst immer zu mir kommen.‹ Ich hab ihn dafür verachtet. Für seinen ganzen Islam-Scheiß. Er war ein Hanswurst für mich. Ich hab mich geschämt für ihn, meine Eltern nie besucht. In der Nacht, als ich dastand, vor dem Arabboy in seinem Blut, da habe ich Baba angerufen. Da wusste ich plötzlich seine Nummer. Da hat sich gezeigt, wer der wahre Hanswurst war und wer verdammt noch mal ein Held.«

Ihm brach die Stimme weg. Zum ersten Mal konnte er Tina nicht mehr ansehen. Sie küsste ihn. Nicht als Trost, sondern weil sie sich ihm jetzt noch näher fühlte als in allen Nächten zuvor.

»Er hat alles für mich geregelt. Wie so ein Gangster. Tony Montana ist ein Dreck gegen ihn. Er hat mich von der Straße geholt. Mich unter die Dusche gestellt. Mich in meinem alten Kinderzimmer ins Bett gelegt. Dann ist er zu Mohammed Taffa. Mein Vater hatte nie etwas mit seinem Schwager zu tun. Nie. Wollte es nicht. Aber in dieser verfickten Nacht ist er zu Mohammed gegangen und hat ihn um Hilfe gebeten. Er hat ihm erzählt, ich hätte den Wagen geklaut. Dass er ihn zurückbringen wollte und dabei den Jungen überfahren hätte. Klar haben die die Lüge gecheckt, aber für die war das ein Geschenk. Weißt du, die haben meinen Vater gehasst. Weil er korrekt war. Nach dem Koran lebte. Der hat nie auch nur ein Stück Zucker in 'nem Café geklaut. Jetzt hatten sie ihn. Sie haben alles gemacht: den Wagen verschwinden lassen, ein paar Zeugen bestochen, die Familie von dem armen Kerl ›entschädigt‹. Für die Taffas ein Kinderspiel. Alles, was mein Vater dafür tun musste, war, seine verfickte Beichte in Hassans Handy zu sprechen. Zugeben, dass er einer von ihnen war. Ein Verbrecher. Ein Mörder.«

Natürlich hatte Adem keine Angst vor den Taffas. Er hatte auch keine Angst, in den Knast zu wandern. Er hatte Angst um seinen Vater. Von diesem Moment an teilte Tina Adems Angst. Sie war eins mit ihm. Er malte ihr die möglichen Konsequenzen aus. Was es bedeuten würde, wenn sein Vater in den Knast gehen müsste. Die depressive Mutter, die das nicht überleben würde. Adems jüngere Brüder, die sich gerade noch durch das Vorbild ihres Vaters leiten ließen, aber ohne ihn zu Soldaten der Taffas werden würden.

»Wie lange ist das her?«, fragte Tina.

»Ein paar Jahre. Vier, fast fünf.«

»Kann man das dann überhaupt noch nachweisen? Was dein Vater getan hat? Verjährt das nicht auch irgendwann?«

Adem lachte. Er drückte Tinas Hand, als ob sie etwas Niedliches gesagt hätte.

»Es geht nicht um das deutsche Rechtssystem. Das zählt nicht bei uns. Selbst wenn ich die Wahrheit über die Nacht an die Wände sprühe: Baba hat mit den Taffas paktiert. Er hat Schuld auf sich geladen, und er ist in ihrer Schuld. Das gilt, solange es diesen verdammten Clan gibt.«

»Kann man den Clan zerstören?«

Adem lachte wieder.

»Große Klappe hast du ja.«

»Weißt du doch.«

Sie grinsten sich an. Doch Tina meinte es ernst.

»Die eine Hälfte sitzt doch schon im Knast. Und die Bullen sind der anderen Hälfte auf der Spur, sonst würden wir das hier ja nicht machen. Vielleicht fliegt ihnen das alles um die Ohren, und dann ist es vorbei.«

Adem schüttelte einfach nur den Kopf.

»Die Cops haben keine Chance. Die Taffas sind wie diese Schlange. Schlägt man einen Kopf ab, wachsen zwei neue.«

Tina spürte die Ohnmacht, die von Adems Beschreibungen ausgelöst wurde. Sie hasste es, wehrlos zu sein. Und sie hasste sich dafür, dass sie dieser Mörderbande half.

»Was wäre ...«, sagte Tina und entwickelte den Gedanken, während sie redete. »... was wäre, wenn ich über sie schreiben würde. Eine Reportage, ein Buch. Du und ich zusammen. Wir legen alles offen.«

»Hörst du mir nicht zu?«

»Doch. Sehr genau sogar. Aber du irrst dich: Die Taffas leben nicht in einer eigenen Welt. Sie leben in unserer. Die ganze Sache mit den Geheimnissen, Erpressungen und Parallelwelten muss aufhören. Man kann die kriegen. Natürlich kann man die kriegen. Und als Erstes muss man sie entzaubern.«

Adem streichelte Tinas Wange. Er war voller Zärtlichkeit und Zuneigung. Aber er ging nicht auf das ein, was sie sagte.

»Vielleicht war die Kamera in dem Imbiss überhaupt nicht an«, sagte er schließlich. »Vielleicht haben die Cops keinen Zugriff drauf. Ist doch 'ne private Kamera.«

»Adem!«

»Lass uns schlafen gehen. War 'n langer Tag.«

Er stand auf und zog sie mit nach oben. Tina ließ es geschehen. An seiner Hand folgte sie ihm, wohin auch immer er ging.

12

Den Haag
Mittwoch, 22. September

»Hassan fliegt nach London.«

Mit mindestens drei Ausrufezeichen in der Stimme kam Xalvador zu Nael gestürmt. Die erste Stunde an diesem Morgen hatte man ihn in seiner Ecke in Ruhe gelassen, aber dieses Ereignis scheuchte alle auf.

»Zusammen mit einem anderen Mann. Kennst du den?«

Xalvador signalisierte Nael, dass er ihm folgen sollte. Er benahm sich wie ein Sechsjähriger, der seinem Vater unbedingt sein neuestes Lego-Bauwerk zeigen wollte. Wieder schwang Hoffnung in Xalvadors Stimme mit. Konnte der unbekannte Mann der Unsichtbare sein?

Nael stand auf und ging zu den anderen, die sich vor dem großen Monitor versammelt hatten. Wie bereits sechs Tage zuvor sah man darauf den Abflugbereich des Berliner Flughafens. Dieses Mal kam Hassan Darzi, gefolgt von einem anderen Mann, aus der Sicherheitskontrolle. Beide trugen Anzüge, die an den reichlich vorhandenen Muskeln spannten. Nael kannte den zweiten

Mann nicht. Doch sein Bauchgefühl sagte ihm, dass es nicht der Unsichtbare war. Der Mann dackelte hinter Hassan her und setzte sich erst, als dieser auf einer Bank Platz nahm.

»Ich kenne ihn nicht, aber …«

»Dann könnte er es sein«, ging Xalvador dazwischen. »Er will seine Frau besuchen.«

Nael glaubte das nicht. Für ihn sah es eher so aus, als ob Alia sich emotional neu orientierte. Dass sie mit Adem flirtete, war mittlerweile offensichtlich. Da Nael nicht sehen konnte, was nachts im Apartment geschah, war auch nicht auszuschließen, dass schon mehr passiert war. Theoretisch konnte das natürlich ein Grund sein, warum ihr Mann nach London kam. Aber das hier war garantiert nicht ihr Mann.

»Das ist nicht der Anführer, der die Taffas stark gemacht hat«, stellte Nael fest.

»Woran siehst du das?«

Die Frage klang herausfordernd. Xalvador hatte am Vortag bereits Missfallen darüber geäußert, dass Nael stets alles kleinredete. Dabei hatte es tatsächlich ungewöhnliche Entwicklungen gegeben. Nicht durch die Beobachtung von Hassan. Die hatte bisher gar nichts gebracht, außer der Erkenntnis, dass er beim Tavla schummelte, wenn er mit Untergebenen in seinem Neuköllner Lieblingslokal spielte. Über einen Informanten von Eva hatten sie allerdings erfahren, dass eine Gruppe Araber – ob es die Taffas waren, wusste man nicht – größere Mengen Sprengstoff gekauft hatte. Von einer rechtsextremen Rockergang aus Brandenburg. Nael fand das abenteuerlich. Araber, die von Nazis Sprengstoff kauften, um es an islamistische Terroristen weiterzugeben. Aber Xalvador schrieb ein Memo nach dem anderen, sodass mittlerweile alle Sicherheitsbehörden in Europa den Fall verfolgten.

»Das ist ein Soldat«, erklärte Nael. »Kein Anführer.«

»Das weißt du, wenn du ihn da sitzen siehst?«

Nael musste allmählich aufpassen. Er blieb zwar stets ruhig und höflich, aber im Grunde untergrub er permanent die Autorität von Xalvador. Camille rettete ihn.

»Omar Barabah, in Bremen geboren. Vater aus dem Libanon, Mutter Türkin.«

Sie hatte den zweiten Mann mit einer einfachen Suche im Polizeicomputer gefunden. Sein Vorstrafenregister bestätigte Naels Annahme: Die zahlreichen Fälle von Körperverletzung deuteten darauf hin, dass er ein Mann fürs Grobe war. Xalvador sagte nichts dazu, sondern drehte sich einfach weg. Nael wunderte sich darüber, dass die Taffas Leute aus Bremen hinzuzogen. Leute, die nicht mit ihnen verwandt waren. Und dann auch noch zur Hälfte mit türkischen Wurzeln. Selbst wenn die ganze Führungsriege im Knast saß, hatten sie eigentlich immer genügend Leute aus dem eigenen Umfeld rekrutieren können.

Während Hassan und Omar nach London flogen, rief Nael Eva an. Er brauchte mehr Argumente als nur sein Bauchgefühl. Sie freute sich, seine Stimme zu hören. Kleine Zärtlichkeiten in einem Dienstgespräch unterzubringen überforderte Nael. Er blieb sachlich. So erfuhr er, dass in Sachen Sprengstoff ein alter Bekannter der entscheidende Informant gewesen war: der fünfzigjährige Heiko, dessen jüngerer Bruder eine wichtige Rolle in der rechten Szene spielte. Heiko plagte ab und zu das schlechte Gewissen, und dann gab er Informationen an das LKA weiter. Nael war eine Zeit lang sein Ansprechpartner gewesen. Keine einfache Quelle, weil man ihn zu nichts drängen konnte. Manchmal hörte man jahrelang nichts von ihm. Doch wenn er etwas berichtete, war es bisher immer zutreffend gewesen. Nun hatte Heiko mitbekommen, dass sein Bruder bei einem Treffen zwischen Rockern und Arabern dabei gewesen war. Die in Brandenburg kriminell immer aktiver werdende Rockergruppe hatte dem vermeintlichen Erzfeind Sprengstoff verkauft, den sie selbst aus Osteuropa bekommen hatte. Es musste um eine große Menge gegangen sein. Heikos Bruder hatte damit geprahlt, dass ein fetter Koffer mit Geld an die rechtsextreme Gruppe übergeben worden war. Da Heiko nicht mit vor Ort gewesen war, konnte er nichts über die Identität der Araber sagen.

»Sie kamen aus Berlin, das wusste er. Aber nicht, um wen es sich handelt. Oder um wie viele.«

Eva klang unzufrieden. Auch sie glaubte nach wie vor, dass sich etwas zusammenbraute.

»Kann er nicht bei seinem Bruder nachhaken?«, fragte Nael.

»Du weißt doch, wie Heiko ist. Der nimmt keine Anweisungen an.«

»Vielleicht muss ich mit ihm reden, wenn ich in Berlin bin.«

In einer Woche würde er wegen seiner Aussage in der

Stadt sein. Er hatte immer einen guten Draht zu Heiko gehabt.

»Wo übernachtest du?«

Berechtigte Frage. Seine Wohnung hatte er untervermietet. Um ein Hotel hatte er sich noch nicht gekümmert.

»Ich weiß noch nicht, ob ich über Nacht bleibe«, wich Nael aus.

»Nael.«

»Der erste Flug geht um sieben. Vom Flughafen ist es nicht weit zum Gericht.«

»Okay.«

Sie war genervt. Nael wusste selbst nicht, warum er die unausgesprochene Einladung nicht annahm. Eine Nacht mit Eva war nichts Unangenehmes. Doch er wollte nur so kurz wie nötig in Berlin bleiben.

»Du, ich muss jetzt mal hier …«

»Jaja«, ging Eva dazwischen.

Dann legte sie auf.

Eigentlich musste er gar nichts. Alle warteten darauf, dass Hassan und Omar in London ankamen. Von Alia und Adem hatte man an diesem Tag noch nichts gesehen. Auch wenn es schon nach zehn Uhr war, verließen sie das Apartmenthaus nicht. Es konnte gut sein, dass sie auf die Besucher warteten. Nael wandte sich seiner normalen Arbeit zu. Das Joint Investigation Team um die Geldautomatenräuber hatte er sträflich vernachlässigt. Doch kaum war er in den Fall vertieft, kam schon wieder eine Nachricht mit drei Ausrufezeichen.

Also saß Nael einmal mehr vor dem großen Monitor, umgeben von fast allen Kollegen aus dem WATCH-Team. Auch Achim war mit dabei. Sie beobachteten erneut, wie sich ein Auto durch den Londoner Verkehr schob. Dieses Mal war es ein Taxi, das vom City Airport zu dem Apartmenthaus in Wapping fuhr. Hassan hatte nur Handgepäck dabei, Omar einen Koffer mit Anzügen. Der Hüne schien eine Weile lang bleiben zu wollen. Dass Adem die beiden nicht am Flughafen abholte und auch nicht am Apartmenthaus in Empfang nahm, irritierte nur Nael. Die Gepflogenheiten hätten dies eigentlich erfordert. Wusste das Paar nicht, wer wann zu ihm kam?

Nachdem die Neuankömmlinge im Haus verschwunden waren, konnte man wieder nur warten. Xalvador ließ noch einmal alle über alles referieren. Jede auch noch so nebensächliche Information wurde wiedergekäut. Auch Nael musste für das Team erneut zusammenfassen, was er in den sechs Tagen seit Alias Ankunft beobachtet hatte. Der Aspekt einer möglichen Affäre zwischen Clan-Tochter und Bodyguard führte bei den Kollegen allenfalls zu einem Schmunzeln. Zum x-ten Mal musste Nael einem Kollegen erklären, dass Beziehungen zwischen Cousin und Cousine in der arabischen Welt durchaus vorkamen, bei den Berliner Clans wie den Taffas sogar die Regel waren. Der pikierte Blick blieb nicht aus.

»Sie kommen raus«, rief Camille in diesem Moment.

Hassan verließ zusammen mit Adem das Apartmentgebäude. Alia und Omar blieben offenbar zurück, als die beiden Männer mit dem SUV aus der Tiefgarage kamen. Adem fuhr. Hassan saß stumm neben ihm. Soweit man das sehen konnte, sprachen die Männer auf der gesamten Fahrt kein Wort. Der SUV fuhr an der Themse entlang, dann über die Blackfriars Bridge. Erst sah es so aus, als wollten die beiden zur Waterloo Station. Doch sie nutzten dort nur eine öffentliche Tiefgarage, verließen diese dann zu Fuß und gingen zurück Richtung Themse. Nael erkannte ihr Ziel als Erster.

»Sie wollen zum Eye«, stellte er irritiert fest.

»Sightseeing?«, blökte Achim.

Kein Sightseeing. Zum ersten Mal seit Aufkommen der kruden Anschlagtheorie wurde Nael unsicher. Etwas, dem er bisher keine große Bedeutung zugeschrieben hatte, wurde nun relevant. Alia und Adem hatten an jedem Tag in London Sehenswürdigkeiten besucht. Alle bekannten Orte waren dabei gewesen. Vom Buckingham Palace bis hin zur Tower Bridge. Und jede Tour hatte damit geendet, dass sie eine Runde im London Eye, dem großen Riesenrad direkt an der Themse, gedreht hatten. Insgesamt waren sie schon viermal damit unterwegs gewesen. Nael hatte bisher gedacht, dass es Alia einfach besonders gut gefiel.

»Nein«, sagte Nael.

Alle schauten zu ihm, während auf dem Monitor die beiden Männer am Eingang der Touristen-Attraktion ihr Fast-Track-Ticket zeigten und so die lange Warteschlange direkt passieren konnten. Genau wie Alia und Adem es an den Tagen zuvor immer gemacht hatten.

»Das London Eye ist die einzige Attraktion in London, die Alia und Adem jeden Tag besucht haben«, erklärte Nael fast widerwillig.

Es dauerte nicht lange, bis das Unvermeidbare geschah: Xalvador sprang auf und starrte mit offenem Mund auf den großen Monitor, auf dem Hassan und Adem gerade von den Sicherheitskräften mit einer Handsonde durchsucht wurden. Sie hoben brav die Arme. Es gab nichts zu beanstanden.

»Das sagst du erst jetzt?«, fuhr Achim Nael auf Deutsch an.

Er hatte es also auch kapiert.

»Es erschien mir bisher nicht relevant«, sagte Nael auf Englisch in die Runde. »Und ich habe auch meine Zweifel, dass es wirklich ein Anschlagsziel sein könnte.«

Dafür erntete er von Xalvador nur Kopfschütteln. Dann ging es los. Der Spanier rief sofort den Leiter des britischen Desk nach unten. Er wies Camille – nicht Nael – an, die vergangenen Sightseeing-Touren von Alia und Adem auf einen weiteren Bildschirm zu holen. Ein anderer Mitarbeiter musste einen Bericht über die aktuellen Sicherheitsvorkehrungen des London Eye zusammenstellen. Das ECTC – die Abteilung für Terrorismusabwehr – erhielt die Anweisung, den Begriff »London Eye« in allen überwachten Kommunikationen der letzten Wochen herauszufiltern. Derweil bestiegen in London Hassan und Adem mit einer Gruppe von Touristen die nächste Kabine.

»Müssen wir die stoppen?«, fragte Achim Xalvador.

Naels direkter Vorgesetzter war nervös geworden. Doch in diesem Fall schüttelte sogar Xalvador den Kopf.

»Die kundschaften aus. Wenn wir jetzt aktiv werden, finden wir niemals die Hintermänner. Die richtigen Terroristen.«

Trotzdem schauten alle mit einer gewissen Anspannung zum Monitor, als sich die Kabine mit den beiden Männern in Bewegung setzte. Für einen Moment war es erstaunlich still im Raum von WATCH. Doch dann kam der Brite dazu, und Xalvador legte ihm das Szenario dar, dass islamistische Terroristen mit Unterstützung der Taffas einen Anschlag auf das London Eye planten. Den Sprengstoff hatten sie bereits. Es war nur eine Frage der Zeit, bis dieser nach London kommen und an dem Wahrzeichen angebracht werden würde, so Xalvador.

»Das London Eye zu sprengen, es in die Themse kippen zu lassen, das ist doch ein feuchter Traum für Terroristen.«

Wie zum Beweis zeigte er auf die beiden Männer, die von der Kabine aus wahllos Fotos mit ihren Handys schossen. Nicht in Richtung der Stadt, sondern nach unten in die Konstruktion des Riesenrads hinein. Camille stellte fest, dass Adem dies an den vergangenen Tagen ebenfalls getan hatte. Mehrfach nahm Nael vorwurfsvolle Blicke aus der Runde wahr. Doch je länger das Schauspiel anhielt, desto ruhiger wurde er. Ihn interessierte das aufgescheuchte Geplapper der anderen nicht. Er hatte nur Augen für Adem und Hassan.

Nachdem sie schweigend die Fotos gemacht hatten, stellten sich die Männer an die Glasfront. Mit den Rücken zur Mitte der Kabine und damit auch zu der Kamera, die die Bilder nach Den Haag lieferte. Zum ersten Mal an diesem Tag sprachen sie miteinander. Erst redete nur Hassan, den Blick zumeist nach draußen gerichtet. Währenddessen bewegte sich ab und zu Adems Kopf ruckartig in Hassans Richtung. Er wollte unterbrechen, protestieren, etwas klarstellen, kam aber nicht dazwischen. Offenbar erhielt der nur wenige Jahre jüngere Adem gerade eine Moralpredigt. Hassan war sauer. Als er fertig war, redete Adem betroffen auf ihn ein. Er wandte sich seinem Chef dabei zu, doch dieser drehte ruppig seinen Kopf wieder zum Fenster. Spätestens jetzt war klar, dass die beiden darauf achteten, ihre Lippenbewegungen nicht zu offenbaren. Sie wussten, dass sie gefilmt wurden. Sie wussten genau, wo die CCTV-Kameras hingen. Und trotzdem hatten sie sich mit dem Fotografieren der Stahlkonstruktion verdächtig gemacht. Konnte es sein, dass die ganze Aktion ein bewusstes Ablenkungsmanöver war? Das London Eye war ein feuchter Traum für Terroristen, ja. Aber genau aus diesem Grund war es auch eins der am besten gesicherten Objekte der Welt. Nicht nur lag es direkt gegenüber von Scotland Yard. Zahllose Sicherheitsbeamte, Kameras, Wärmesensoren und vieles mehr überwachten außerdem das Riesenrad. Anzunehmen, dass man am London Eye Sprengstoff positionieren konnte, war selbst für die oft größenwahnsinnigen Taffas zu viel des Guten. Und wenn sie trotzdem so taten, als ob sie genau das planten, dann hatten sie etwas anderes vor. Etwas, von dem sie seit Tagen mit großem Aufwand ablenkten.

13

London
Mittwoch, 22. September

Kampfgeschrei erfüllte das Wohnzimmer des Apartments in Wapping. Eine weitere Horde Fabelwesen stürmte auf einen der Türme zu. Entweder war Omar taub oder einfach nur ignorant. Eher Letzteres. Seit sie sich auf das Sofa gesetzt hatten, hallten die Geräusche seines Handyspiels in voller Lautstärke durch den Raum. Soweit Tina erkennen konnte, musste man mit Rittern, Kobolden und Skeletten die Abwehrtürme des Gegners einnehmen. Jedes Wesen brachte seinen eigenen Kampflaut mit sich, Explosionen kamen genauso hinzu wie Musik. Die Kakofonie zerrte an Tinas Nerven. Ein Spiel dauerte zwar nur ein paar Minuten. Omar startete jedoch sofort wieder ein neues. Es war nicht erkennbar, ob er gewann oder verlor. In seinem Gesicht war so gut wie keine Regung zu sehen. Immerhin war er beschäftigt und ließ Tina in Ruhe. Das war deutlich besser als die ersten Minuten, nachdem Adem und Hassan gegangen waren.

»Lass sie nicht aus den Augen«, hatte Hassan geraunt,

und für eine Weile hatte Tina befürchtet, dass der Araber mit dem Stiernacken diesen Befehl wörtlich nehmen würde.

Sie hatten schweigend auf dem Sofa gesessen, und Omar hatte sie angestarrt. Irgendwann hatte er sein Handy gezückt und sich an die Eroberung von Türmen gemacht. Wenige Minuten später hatte auch Tina ihr Handy herausgeholt. Ein kurzer Blick von Omar war die Reaktion. Dann hatte er weitergespielt. Erlaubnis erteilt.

Seitdem surfte Tina sinnlos im Internet. Am Anfang hatte sie Adem heimlich eine Nachricht gesendet, ihn gefragt, ob alles okay war. Bisher war noch keine Antwort gekommen. Dabei waren die beiden Männer schon seit mehr als zwei Stunden weg. Also las Tina nun die Schlagzeilen des Tages. Genauer gesagt starrte sie auf die Meldungen, ohne die Worte wirklich wahrzunehmen. Denn sie wunderte sich über alles, was sich gerade in ihrem Leben ereignete: die SMS für Adem am Morgen mit der Aufforderung, im Apartment zu bleiben. Das plötzliche Auftauchen der beiden Männer. Schlechte Laune, böse Blicke. Hassans Hand auf Adems Rücken, als er ihn aus der Wohnung schob. »Lass sie nicht aus den Augen.« Es gab Ärger, aber Tina konnte nicht einordnen, wieso und vor allem mit welcher Konsequenz. Hatte es wirklich mit ihrem nächtlichen Ausflug zum Imbiss zu tun? Hatten die Bullen etwas gecheckt? War die ganze Scharade aufgeflogen?

Ihr Handy vibrierte. Eine SMS. Sie schaute zu Omar, der ungerührt seine Kobolde in die Schlacht sendete.

Tina öffnete die Nachricht. Die Telefonnummer des Absenders kannte sie nicht.

Ruf sofort diese Nummer an. Ohne Zuhörer. Adem.

Tina versuchte genauso teilnahmslos zu wirken wie ihr Aufpasser. Dabei hatte sich die Frequenz ihres Herzschlags umgehend verdoppelt. Sie klickte die Nachricht weg, blickte aus dem Fenster auf die Großstadt, dann zu Omar. Sie wartete, bis dessen Gegner zu einem neuen Angriff ansetzte, murmelte dann, dass sie auf die Toilette müsste, und stand auf. Omar blickte kurz irritiert hoch, nickte und huschte sofort wieder mit dem Finger über sein Display. Gegenangriff.

Tina schlüpfte ins Bad und verschloss die Tür hinter sich. Dann rief sie Adems Nachricht erneut auf und drückte Verbinden.

»Tina?«, hörte sie Adems vertraute Stimme. Er stand offenbar unter Strom.

»Was ist denn …«

»Hör zu!«, unterbrach er sie. »Kann nur kurz. Hab mir von 'ner Frau das Handy geliehen. Ich bin am Flughafen und flieg gleich zurück nach Berlin.«

»Was? Aber …«

»Hör zu! Hassan weiß alles. Was zwischen uns war. Dass du Bescheid weißt über Alia und die Kameras und so. Sie sind extrem angepisst. Du darfst dir keinen Fehler mehr erlauben. Hör auf Hassan.«

»Was heißt denn das? Keinen Fehler? Was …«

»Hassan hat mich zum Flughafen gebracht und mir mein Handy abgenommen. Aber ich hab deine Nummer vorher noch gecheckt. Ich hab sie in mein Gehirn gebrannt. Ich ruf dich an, wenn ich in Berlin bin. Okay? Ich muss jetzt …«

»Adem«, unterbrach Tina ihn energisch. »Was heißt das? Keinen Fehler? Wollen die mich umbringen?«

Er antwortete nicht. Die Stille schmerzte. Was hatte er ihr in der Nacht gesagt? »Wenn sie dich nicht mehr brauchen, werfen sie dich weg wie Abfall.«

»Nein«, erwiderte er dann. »Sie brauchen dich noch. Hör auf sie.«

»Du kannst mich hier nicht allein lassen.«

»Ich muss. Sonst muss mein Vater es ausbaden. Ich melde mich.«

Tina wollte so viel fragen, so viel sagen. Doch im Hintergrund hörte sie eine mahnende Frauenstimme.

»Muss Schluss machen«, sagte Adem.

Die Verbindung wurde beendet.

Tina stand für eine gefühlte Ewigkeit in dem prunkvollen Badezimmer. Erst die Stimme von Omar riss sie aus ihrer Apathie.

»Ey, wo steckst du?«

Dann rüttelte es an der Tür.

»Moment«, rief sie.

Schnell löschte sie die SMS und das Telefonat in der Anrufliste. Ihr Finger zitterte. Die Tür rappelte erneut. Sie steckte das Handy ein, rieb sich das blasse Gesicht rot und betätigte die Wasserspülung. Dann schloss sie die Tür auf. Omar stand direkt vor ihr. Böser Blick.

»Was machst du hier?«

»Was denkst du denn?«

»Werd nicht frech.«

Mit dem Kopf zeigte er ihr an, zurück ins Wohnzimmer zu gehen. Das war seiner Ansicht nach frech? Tina rollte mit den Augen, aber sie gehorchte.

Für den Rest der Zeit verzichtete Omar auf seine Turmschlachten. Er starrte sie nur noch an. Tina wünschte sich das Kampfgeschrei der Kobolde zurück. Es klingelte. Ihr Aufpasser ging zur Tür und öffnete. Hassan kam herein. Tina gab sich überrascht, als sie von Adems Abreise erfuhr. Dann sagte Hassan ihr, dass von nun an Omar bei ihr bleiben würde.

»Du hörst auf ihn. Wenn ihr draußen seid, spielst du Alia. Aber du redest nicht über sie. Kein Wort. Quatsch übers Wetter, über Fußball, über deine Tage. Mir egal, aber du bist Alia. Verstanden?«

Tina nickte. Keinen Fehler mehr machen. Sie brauchten sie wirklich noch. Das Ablenkungsmanöver der Taffas war bisher nicht aufgeflogen.

»Dein Handy.«

Hassan streckte die Hand aus.

»Was?«, entfuhr es Tina.

»Gib mir dein Handy.«

Auch Omar schaute sie bedrohlich an, also zog sie das Gerät aus der Hosentasche. Dabei umklammerte sie es wie ein Rettungsseil.

»Ist es nicht auffällig, wenn Alia kein Handy hat? Keine Frau in dem Alter …«

Sie verstummte, denn Hassan hatte ihr das Telefon bereits aus der Hand gerissen. Er zögerte jedoch, blickte sie forschend an. Dann gab er Omar das Gerät.

»Nimm die Karte raus. Alles löschen. Und gib's ihr dann zurück.«

Er fixierte Tina mit seinem Blick.

»Nur im WLAN surfen. Sonst nix. Kein Kontakt. Zu niemand! Sonst gibt's Stress.«

Tina nickte. Keinen Fehler mehr machen. Sie musste das jetzt aushalten. Nur noch eine, maximal zwei Wochen. So schwer konnte das nicht sein.

Es war schwer. Mehr als das. Es fing schon zehn Minuten nach Hassans Abgang zum Flughafen an. Omar verlangte, dass Tina sein Zimmer aufräumte und putzte. Adems ehemaliges Zimmer. Tina erklärte, dass für den nächsten Tag der Besuch einer Putzfrau vorgesehen war. Omar gab ihr zu verstehen, dass sie seine Putzfrau war und »die Wichse« wegmachen sollte.

Tina gehorchte. Während sie das Bett frisch überzog, klingelte es. Ein Pizzalieferant. Tina hatte nicht mitbekommen, dass Omar etwas bestellt hatte, aber tatsächlich war sie hungrig. Nur brachte der Mann, mit dem Omar auf Arabisch sprach, keine Pizza. Er überreichte vielsagend einen Karton von Piccadilly Pizza, wofür er ein viel zu großes Bündel Geld erhielt. Dann ging er wieder. Omar hatte kein Problem damit, den Karton unter den Blicken von Tina zu öffnen. Es kam eine Pistole zum Vorschein. Ein Schalldämpfer. Munition. Zum ersten Mal sah Tina so etwas wie Freude in Omars Gesicht. Echte Freude. Er grinste sie provozierend an und ging dann ins Wohnzimmer, wo er die Waffe lud. Tina beeilte sich, den Staubsauger zu suchen. Sie wischte die Möbel ab. Sie schrubbte und wienerte. So sauber waren ihre diversen WG-Zimmer nie gewesen.

Am späten Nachmittag gingen sie endlich nach draußen. Die Stadt tat ihr gut. Die Stadt, die sie in den letzten Tagen lieb gewonnen hatte. Die Stadt, die sie für immer mit Adem verbinden würde. Sie vermisste ihn. Nicht nur, weil sein Nachfolger ein Arschloch war. Sondern auch, weil die Zeit mit Adem wie ein Traum gewesen war. Unwirklich, aus einer anderen Welt. Doch das war vorbei. Tina empfand den Spaziergang an der Themse, die kleine Shoppingrunde in Covent Garden und das Abendessen in einem italienischen Restaurant zwar als wohltuend. Entspannung konnte sich dennoch nicht einstellen. Omars Schritte hinter ihr waren unüberhörbar. Sein Blick ruhte permanent auf ihr. Er hielt sich in der Öffentlichkeit im Hintergrund, aber die leichte Ausbeulung an seinem Hosenbund konnte Tina nicht ausblenden. Er wollte, dass sie Angst hatte. Und es gelang ihm.

Abends gab er das auch unumwunden zu. Tina hatte das Abendessen im Restaurant so weit wie möglich hinausgezögert. Sie hatte immer weiter bestellt. Käse, Dessert, Digestif, einen Kaffee. Das ärgerte ihn. Tina konnte das genau sehen, auch wenn er zehn Meter entfernt an der Bar saß, wo er einen alkoholfreien Cocktail nach dem anderen trank, nachdem er ein riesiges Steak verputzt hatte. Sie ignorierte seine Gesten. Tina fühlte sich sicher.

Als die Tür zum Apartment ins Schloss fiel, war es vorbei mit der Sicherheit.

»Du hältst dich für so 'ne ganz Clevere, was?«

Noch im Flur baute Omar sich vor Tina auf. Sie hatte

getrunken, fühlte sich souveräner, als die Situation es hergab.

»Was habe ich denn falsch gemacht?«, fragte sie gespielt naiv und klimperte mit den Wimpern.

»Übertreib's nicht«, zischte er voller Verachtung.

Tina spielte weiter die Dumme. Omar ließ von ihr ab.

»Ich geh dann mal ins Bett«, flötete Tina.

Sie beeilte sich, in ihr Zimmer zu kommen. Sie wollte diesen ungehobelten Klotz nicht mehr sehen, seinen Schweiß nicht mehr riechen, sein Schnaufen nicht mehr hören. Sie ging direkt ins Bad. Als sie die Tür schließen wollte, blockierte Omar sie mit seinem Fuß. Tina erschrak, weil sie nicht mitbekommen hatte, dass er ihr gefolgt war.

»Immer 'ne Handbreit offen«, raunte er. »Alle Türen.«

»Nicht dein Ernst«, entfuhr es Tina.

Blitzschnell hatte sie seine Hand im Gesicht. Er schlug sie, ohne zu zögern. Ohne darüber nachzudenken. Reflexartig. Maßregelung für eine Frau, die Widerworte gab.

»Bei mir muckst du nicht auf, Bitch! Das ist vorbei.«

Damit ließ er sie stehen. Noch nie hatte ein Mann sie geschlagen. Es schmerzte weniger, als sie gedacht hatte. Dafür tat es weit länger weh, als die Rötung anhielt. Omar hatte sie mit der flachen Hand auf die Wange geschlagen, sodass keine Spuren zurückbleiben würden. Er kannte sich mit Schlägen aus. Tina ließ die Tür offen. Natürlich ging sie nicht auf die Toilette, sondern schminkte sich nur ab. So schnell es eben möglich war.

Es war längst nach Mitternacht, als Tina sich noch einmal zu Omar traute. Sie hatte sich eine Jogginghose und ein weites T-Shirt angezogen. Nackt wie in den letzten Nächten würde sie ganz sicher nicht mehr schlafen. Er saß im Wohnzimmer und eroberte Türme. Ihr Körper wollte nicht, dass sie den Raum betrat. Eine Lähmung erfasste sie im Türrahmen. Ihr Hals war wie zugeschnürt, die Wangen glühten. Doch er hatte sie schon bemerkt, schaute sie an. Dann betrachtete er wieder sein Handy. Tina wartete, bis sein Spiel beendet war. Hoffentlich gewann er.

»Was?«, bellte er schließlich.

»Hm, sag mal«, begann sie in freundschaftlichem Tonfall. »Wäre es vielleicht möglich, dass ich mit Hassan rede?«

»Warum?«

Er stand auf. Tina zuckte zusammen. Sie hatte sonst nie Angst vor Männern, vertraute auf ihre Instinkte und vor allem ihre Fähigkeit, sich überall herauszureden. Was so ein Schlag doch verändern konnte. Sie antwortete stockend.

»Ich weiß nicht, ob ich noch die Richtige für … für die Sache hier bin. Ich würde auch das Geld … zurückzahlen und natürlich auf alles verzichten und …«

»Willst du dich über mich beschweren?«

Er stand vor ihr. Sie roch wieder seinen Schweiß. Seine dunklen Augen waren hinter engen Sehschlitzen fast verschwunden.

»Nein«, erwiderte sie schnell. »Nein. *Ich* bin das Problem. Ich mache Fehler. Und vielleicht …«

»Pass mal auf, du Nutte. Wir haben dich bezahlt, also wirst du jetzt auch gefickt.«

Tina bekam keine Luft mehr. Sie spürte die Hitze in ihrem Gesicht. Doch plötzlich lachte Omar.

»Wobei, das hat Adem schon erledigt, was?«

Tina betete, dass er den Ausspruch nur im übertragenen Sinne gemeint hatte.

»Also: Du bist ab jetzt lieb. Machst, was ich sage. Stresst mich nicht. Dann hast du ein paar schöne Tage in London. Geht das in deinen Schädel?«

Er tippte mit seinem Zeigefinger an ihre Stirn. Wahrscheinlich war das jetzt seine einfühlsame Seite. Er zeigte sogar so etwas wie ein Lächeln. Tina nickte.

»Was bist du ab jetzt?«, fragte er sie wie ein Kindergartenkind.

»Lieb«, sagte sie.

Omar nickte.

»Geh schlafen!«

Tina nickte noch einmal. Dann drehte sie sich um. Sie spürte ihn in ihrem Rücken. Es war eine der unangenehmsten Empfindungen, die sie je gehabt hatte. Sie wurde nur noch übertroffen von ihrer Angst, als sie im Bett lag, während durch die handbreite Öffnung das Licht aus dem Flur auf sie fiel.

Irgendwann schlief Tina ein. Lange nachdem alle Lichter ausgeschaltet worden und alle Geräusche aus Omars Zimmer verstummt waren. Einmal war er noch zu ihr gekommen. Sofort hatte ihr Körper unter Strom gestanden. Doch er hatte nur im Türrahmen gestanden und zu ihr geblickt. Wie ein Vater, der sich vergewisserte, dass das Kind schlief. Danach war er ebenfalls ins Bett gegangen. Tina hatte noch mindestens eine Stunde regungslos dagelegen. Ihre Gedanken rasten. Auf der Suche nach einem Ausweg. Wie hoch standen ihre Chancen, noch einigermaßen heil aus der Sache herauszukommen? Wie konnte sie Adem erreichen? Sie dachte über eine Flucht nach. Auf dem Weg zur Wohnungstür würde sie an Omars Zimmer vorbeimüssen. Sie hatte gehört, wie er die Tür abgeschlossen hatte. Zwar hatte Adem ihr einen eigenen Schlüssel gegeben – wovon Omar nichts wusste. Doch was, wenn sie zu lange brauchte, um aufzuschließen und loszurennen? Wenn ihre Flucht misslang, würde es nicht bei einer Ohrfeige bleiben.

Als sie am nächsten Morgen die Augen aufriss, verspürte sie den großen Drang, die Wohnung zu verlassen. Draußen fühlte sie sich deutlich sicherer. Schnell zog sie sich an. Sie hörte Omar im großen Wohnraum. Sie musste sich zwingen, zu ihm zu gehen. Er stand in der Küche vor dem geöffneten Kühlschrank, der so gut wie leer war. Adem hatte vor ihrer Ankunft eingekauft, aber das meiste davon war aufgebraucht. In ihren wilden Tagen hatten sie den Kühlschrank nicht wieder aufgefüllt. Außer Wein und überteuerten Süßigkeiten hatten sie nichts besorgt.

»Wir müssen einkaufen«, war das Erste, was Tina von Omar hörte.

Sie nickte. Ihre neue Standardgeste. Er schloss den Kühlschrank und blickte zu ihr, musterte sie kurz. Auch er hatte sich etwas anderes angezogen. Wobei der Anzug sich kaum von dem des Vortages unterschied.

»Fertig?«, fragte Omar.

Sie nickte.

Er ging los. Tinas Puls beschleunigte sich. Omar ging an ihr vorbei, hinterließ eine Duftwolke seines strengen Aftershaves und öffnete die Wohnungstür. Tina sah den Flur des Apartmenthauses. Er kam ihr vor wie das Paradies.

Doch draußen stellte sich an diesem Tag nicht dasselbe Freiheitsgefühl ein wie am Tag zuvor. Tina spürte den Abdruck auf ihrer Wange immer noch. Sie ließ sich führen. Sie machte, was ihr gesagt wurde. Frühstück in einem kleinen Café, mit dem SUV herumfahren, ein neues Kleid kaufen. Mittagessen bei Harrods, nachmittags der obligatorische Besuch am London Eye. Da erst wurde Tina wach.

Das lag zum einen daran, dass sie sich an die Zeit mit Adem erinnerte. Sie waren jeden Tag einmal mit dem Riesenrad gefahren. Adem hatte sinnlos Fotos von der Konstruktion machen müssen. Er hatte selbst nicht gewusst, was das sollte. Niemand wollte die Fotos haben. Sie sollten einfach nur gemacht werden. Natürlich hatten Tina und er ein weiteres Ablenkungsmanöver vermutet, aber was es bringen sollte, war völlig unklar. Auch nach dem Wechsel des Aufpassers ging es damit also weiter.

Tina wurde aber auch deswegen wach, weil Omar seine Pistole ins Handschuhfach des SUV legte, bevor er ausstieg. Natürlich, am London Eye wurden sie durchsucht. Er konnte keine Waffe mitnehmen. Das machte ihn zwar nicht wirklich ungefährlich, aber zumindest schränkte es ihn ein.

Als sie auf den Fast-Track-Eingang zusteuerten, hatte

Tina ihren Beschluss gefasst. Das hier war ihre Chance. Vielleicht ihre einzige. Sie folgte Omar brav. Sie war lieb. Tickets zeigen. Sicherheitskontrolle. Warten. Ihre Kabine kam. Als Fast-Track-Kunden stiegen sie zuerst ein. Tina kannte das Prozedere. Omar nicht. Wie immer trieb das Personal sie zur Eile an. Die Kabinen fuhren während des Einsteigens langsam weiter. Tina ging vor bis zur gegenüberliegenden Fensterfront. Omar folgte ihr. Fast zwanzig Touristen kamen nach ihnen, das London Eye war an diesem Tag gut besucht. Omar sah sich bereits konzentriert um, das Handy hielt er in der Hand. Er musste eine Show für die Überwachungskameras abliefern. Deswegen bekam er nicht mit, dass Tina die Kabine einmal umrundet hatte und schon wieder an der Tür stand. Als sie geschlossen werden sollte, huschte sie im letzten Moment nach draußen, vorbei an den irritierten Mitarbeiterinnen. Sie ging zum Ausgang und drehte sich nicht um, bis sie das Geräusch der verschlossenen Tür gehört hatte. Erst dann warf sie einen Blick zurück. Sie sah noch, wie sich Omar immer hektischer suchend in der vollen Kabine umblickte, während diese ihre dreißig Minuten dauernde Runde antrat. Dreißig Minuten Vorsprung. Sie rannte die Rampe hinunter und an der Themse entlang. Ein letzter Blick. Omar stand ans Fenster gepresst in der Kabine des London Eye und schaute ihr hinterher. Sie erkannte aus der Ferne seine Gesichtszüge nicht. Aber sie wusste auch so, dass sie puren Hass offenbarten.

14

Den Haag
Donnerstag, 23. September

Unten im Atrium eskalierte die Situation zum ersten Mal. Direkt vor der In-House-Bar, in der an diesem Abend ein informelles Meeting stattfand. Die Bar inklusive Tischkicker hatte Europol eingerichtet, um es den Mitarbeitern aus unterschiedlichen Ländern zu ermöglichen, sich gegenseitig besser kennenzulernen. Heute feierte dort eine Arbeitsgruppe zu Markenfälschungen, die Besuch aus den USA hatte. Nael hatte sich in den gut gefüllten Raum geschlichen, um sich für den langen Abend Antipasti und Wein zu stibitzen. Als er mit den Sachen aus der Bar kam, stand sein Chef Achim plötzlich vor ihm. Er polterte unvermittelt los: »Dir ist es physisch unmöglich, auch nur einmal zuzugeben, dass du unrecht hast, was?«

Er sprach so laut, dass die Kollegen von den Sitzgruppen im Atrium herüberschauten, auch wenn sie wahrscheinlich kein Deutsch verstanden. Achims Glatze war so rot wie der Rest seines Kopfes.

»Darum geht es doch nicht«, antwortete Nael geduldig.

Er hatte keine Lust auf diese Diskussion. Xalvador und Achim waren sich mittlerweile sicher, dass ein Terroranschlag auf das London Eye bevorstand. Als am Nachmittag der neue Bodyguard in London zusammen mit Alia das Riesenrad besucht hatte, war der Raum von WATCH so voll gewesen wie nie zuvor, denn mittlerweile wurden alle mit der Terrortheorie verrückt gemacht. Der ganze britische Desk, die Direktorin und sogar der MI5 waren über Videolink zugeschaltet worden. Als dann Alia abgehauen war, fühlte sich Xalvador einmal mehr bestätigt. Seiner Meinung nach hatte Alia Bedenken wegen des Terroranschlags – genau wie zuvor schon ihr Aufpasser Adem. Deswegen hatten sich die beiden gewehrt, deswegen war Adem ausgetauscht worden, deswegen rannte die Taffa-Tochter weg. Naels Anmerkung, dass dies alles möglicherweise ein Ablenkungsmanöver war, hatte man schon am Vortag verworfen. Schließlich hatten die Europol-Experten zur Terrorabwehr einige der Fotos, die Adem vom London Eye gemacht hatte, in einem arabischen Forum gefunden, in dem auch IS-Kämpfer Nachrichten austauschten. Nael hatte sich das Forum angeschaut: Die Fotos waren ohne Text und Sinnzusammenhang gepostet worden.

»Ich sage doch nur, es ist alles viel zu dilettantisch«, wiederholte Nael jetzt, was er seit dem Vortag mehrfach erläutert hatte. »Viel zu offensichtlich.«

»Du erklärst uns doch immer, dass die Taffas nicht die Hellsten sind.«

»Sie sind aber klüger geworden in den letzten Monaten. Das hier passt hinten und vorne nicht.«

»Okay, das ist deine Meinung. Behalt sie für dich. Keiner will sie hören.«

»Na ja … Xalvador rennt mir seit Wochen hinterher, damit ich meine Einschätzung abgebe.«

»Damit ist jetzt Schluss. Ich rede mit ihm.«

»Ach komm, Achim!«

Auf keinen Fall wollte Nael, dass Xalvador ihn rauswarf. Er steckte längst tiefer in den Ermittlungen, als er sich hatte eingestehen wollen. Er fühlte sich hilflos.

»Nee«, blaffte Achim. »Hab keinen Bock mehr auf deine Besserwisserei. Du bremst alle.«

Es wurmte seinen Chef, dass Nael am Nachmittag Gehör bei den Briten gefunden hatte. Dort hatte man Zweifel daran, dass ein Anschlag auf das London Eye überhaupt möglich war. Naels Argumente waren auf fruchtbaren Boden gefallen. Xalvador und besonders Achim hatten das als Verrat empfunden.

»Okay, ich halte mich zurück. Lasst mich wenigstens Alia beobachten. Ich will wissen, was bei ihr los ist.«

Achim schüttelte den Kopf. Es sah mehr nach Unverständnis als nach Ablehnung aus, aber Nael wollte sichergehen.

»Wir müssen nach allen Seiten die Augen offen halten«, zitierte er fast wörtlich einen der Lieblingssätze von Achim.

Das Kopfschütteln stoppte.

»Wir reden morgen«, blaffte Achim ihn an.

Dann ging er ohne weitere Worte davon.

Als Nael mit seiner Beute aus der Bar im WATCH-Raum ankam, stellte er erleichtert fest, dass Achim nach Hause gegangen war. Auch Xalvador hatte pünktlich um sieben Uhr das Haus verlassen. Die vermeintliche Terrorbedrohung hatte ihn nicht davon abgehalten. Camille war natürlich noch da, außerdem zwei weitere Mitarbeiter. Einer von ihnen – der junge Pole mit dem schwer zu merkenden Namen – war dafür abgestellt, WATCH nachts im Auge zu behalten. In der britischen Hauptstadt hatte die Metropolitan Police zudem die Bewachung des London Eye verdoppelt. Diskret, mit Zivilbeamten.

»Nichts passiert«, berichtete die Belgierin.

Nael setzte sich zu ihr und reichte ihr eins der Weingläser. Seit Alia überraschend aus der Kabine des Riesenrads gesprungen war, verfolgten Camille und Nael das Katz-und-Maus-Spiel der jungen Frau und ihres Bodyguards. Alia war zunächst kopflos herumgelaufen. Die Flucht schien nicht geplant gewesen zu sein. Dann hatte sie sich mit der U-Bahn auf den Weg zum Apartmenthaus gemacht. Derweil hatte Omar das London Eye nach einer Komplettumdrehung verlassen können. Er hatte in der Kabine viel telefoniert, mit dem Rücken zur Kamera. Danach war er zielstrebig nach Wapping gefahren. So war er sogar noch vor Alia dort angekommen. Sie war wenig später aufgetaucht, hatte kurz mit dem Concierge in der Lobby geredet und war dann wieder davongeeilt. Sie hatte wahrscheinlich erfahren, dass Omar schon im Haus war. Wiederum zwanzig Minuten später war Omar in seinem SUV aus der Tiefgarage gekommen und hatte sich auf die Suche nach ihr gemacht. Beinahe mit Erfolg, denn sie hatte eine ganze Weile, in ihr Handy vertieft, an der Bar des Sushisamba hoch über der Stadt gesessen, wo sie und Adem zum ersten Mal länger miteinander geredet hatten. Noch während des ersten Glases Wein war sie nach einem Blick durch das Fenster aufgesprungen und hatte fluchtartig das Lokal verlassen. Sie hatte Omar vor dem Haus parken sehen, mitten auf dem Bürgersteig. Nael und Camille hatten die Luft angehalten. Alia war dann in einem der beiden gläsernen Aufzüge nach unten gefahren. Omar in dem anderen nach oben. Sie waren mit einem Meter Abstand aneinander vorbeigerauscht.

Danach hatte Alia sich klüger verhalten. Sie war mit der U-Bahn nach Covent Garden gefahren und dort in der einsetzenden Dunkelheit zwischen den Touristen verschwunden, welche die kleinen Gassen bevölkerten. Das Kamerasystem fand sie nicht mehr. Wahrscheinlich hatte sie sich in einer Bar oder gar einem Hotel versteckt. Omar hatte sie im Aufzug gesehen. Kaum oben im Restaurant angekommen, war er wieder umgekehrt. Aber ihr Vorsprung war zu groß gewesen. Er konnte die U-Bahn nicht erreichen, mit der sie davongefahren war. Er war der Strecke der Bahn mit dem Auto gefolgt, hatte aber irgendwann eingesehen, dass das nichts brachte. Schließlich war er nach Wapping zurückgekehrt, wo er nun schon seit mehreren Stunden das Apartmenthaus nicht mehr verlassen hatte.

»Ist sie das?«, fragte Camille verwundert.

Der Bildschirm hatte Alia gemeldet. WATCH zeigte eine U-Bahn-Station, in der soeben eine Person mit Jeans und Hoodie die Bahn verlassen hatte. Zuletzt war Alia mit Kleid und teurem Kaschmirmantel unterwegs gewesen.

»District Line«, stellte Camille mit Blick auf die Karte fest. »Das ist die Station Tower Hill.«

Die vom System markierte Person blickte stur zu Boden, eilte die Treppen hinauf und verließ die Station. Draußen war es längst dunkel. Zwischen einer Horde Touristen in einer Unterführung zum Tower of London verlor sich die Spur auch schon wieder. Nael und Camille ließen sich alle Kamerabilder rund um die Station anzeigen, doch von der Gestalt mit dem Hoodie war nichts mehr zu sehen.

»Ein Fehler?«, fragte Nael.

Camille holte das Bild zurück, das die Meldung ausgelöst hatte. Die Person beim Verlassen der Bahn. Sie blickte den Bahnsteig hinunter und war dabei kurz ins Visier einer Kamera geraten. Man konnte nicht das ganze Gesicht ausmachen, aber es gab durchaus eine Ähnlichkeit mit Alia.

»Zufall«, sagte Camille. »Sind ja auch ganz andere Klamotten.«

Das System machte ab und zu Fehler. Alia war ihnen in den vergangenen Wochen auch schon einmal in Lyon oder einem kleinen Ort in Griechenland gemeldet worden. Doch die Bilder hatten einer Überprüfung nicht standgehalten. In diesem Fall handelte es sich aber um London. Und nach der Flucht hatte Alia durchaus einen guten Grund gehabt, ihre Kleidung zu wechseln. Nael blickte auf die Umgebungskarte. Von der U-Bahn-Station war es nicht weit bis zum Apartmenthaus in Wapping.

»Lass uns die Kameras in der Umgebung durchschauen«, schlug Nael vor.

Camille seufzte. Dann stellte sie den Wein beiseite und machte sich an die Arbeit. Es konnte ein langer Abend werden.

15

London
Freitag, 24. September

Tina nickte beinahe ein. Sie riss die Augen auf und rieb sich in der Dunkelheit das Gesicht. Ein Blick auf ihr nutzloses Handy zeigte, dass es bereits kurz vor halb eins war. Sie durfte sich nicht länger etwas vormachen: Omar würde in dieser Nacht das Apartment nicht mehr verlassen. Also konnte sie genauso gut schlafen. Die letzten beiden Nächte waren kurz gewesen; eine davon aus schönen Gründen, eine aus eher unschönen. Tina wusste jedoch nicht, ob sie in dem Müllraum überhaupt Schlaf finden würde. Der Geruch war nicht das Problem, der harte Boden und die Enge dafür umso mehr. Sie konnte sich nicht einmal ausstrecken. Trotzdem war der Vorraum des Abfallschachts der beste Platz gewesen, um das Apartment im Blick zu behalten. Tina hatte in den letzten Tagen mitbekommen, dass sie derzeit die einzigen Bewohner auf dieser Etage waren. Zudem musste man an der kleinen Kammer mit dem Abfallschacht vorbei, wenn man vom Apartment zum Aufzug ging. Sie würde es hören, wenn Omar die Wohnung verließ.

Tina wollte in die Wohnung, um an ihren Pass zu gelangen. Möglichst auch an ihre anderen Sachen, vor allem an das Portemonnaie mit der Kreditkarte. Ohne all diese Dinge hätte sie keine Chance, zurück nach Deutschland zu kommen. Nach ihrer Flucht vom London Eye hatte sie für eine Weile mit dem Gedanken gespielt, zur Polizei zu gehen. Doch ihr war recht bald klar geworden, dass sie nichts in der Hand hatte. Überwachungskameras auszutricksen war kein wirkliches Verbrechen. Und was sich hinter diesen Aktionen verbarg, wusste Tina nicht. Im Zweifel machte sie selbst keine gute Figur dabei. Auch für die Ohrfeige würde man Omar wohl kaum ins Gefängnis sperren. Nein, Tina hätte alles nur schlimmer gemacht, wenn sie zur Polizei gegangen wäre. Adem hatte ihr eindrucksvoll erläutert, wie wenig sich die Taffas um Recht und Gesetz scherten. Sie würden sie jagen, wenn Tina dem Clan das Leben noch schwerer machte. Ihre einzige Chance bestand darin, Adem zu finden und mit ihm einen Plan zu erarbeiten. Um den Clan bloßzustellen oder – viel wahrscheinlicher – um ihn zu besänftigen. So oder so benötigte Tina ihren Reisepass. Sie wusste genau, wo er lag. Doch Omar war ihr im Weg. Und ihm wollte sie auf keinen Fall noch einmal begegnen.

Am frühen Abend wäre es beinahe passiert. Sie war so naiv gewesen, sich mit ihrem letzten Bargeld ausgerechnet in ein Restaurant zu setzen, in dem sie auch früher schon gewesen war. Ein Ort, den sie mit Adem verband. Natürlich wusste Omar vom Sushisamba. Hätte sie nicht rein zufällig den SUV unten auf der Straße erkannt, würde sie nun mit zwei blauen Augen oder noch schlimmeren Verletzungen im Apartment liegen. Der Schreck hatte dafür gesorgt, dass Tina endlich klar dachte. Keine weitere Suche nach Adem im Internet. Nein, sie musste einen Weg finden, um nach Berlin zu gelangen. Und sie musste aufhören, den Clan noch wütender zu machen. Runter von der Straße, raus aus dem Fokus der Kameras. Hassan war sauer gewesen, dass sie zu locker mit ihrer Affäre umgegangen waren. Dass sie für die Kameras nicht die richtige Show geliefert hatten. Eine flüchtende Alia sah in seinen Augen bestimmt ebenfalls nicht besonders gut aus.

Tina war in Covent Garden abgetaucht. Dort kannte sie sich nach den Shoppingtouren gut aus. Sie erinnerte sich an ein alternatives Klamottengeschäft, das auf Überwachungskameras verzichtete. Der Laden machte sogar Werbung damit. Adem und sie hatten das genutzt, um an einem Nachmittag in der Umkleide unanständige Sachen zu machen. In dem Geschäft war zu viel los gewesen, um auf einzelne Kunden zu achten. Heute Abend hatte Tina sich in der Umkleide ein komplett neues Outfit angezogen, unter anderem einen Hoodie mit großer Kapuze. Niemand hatte sie aufgehalten, als sie damit auf der Straße verschwunden war. Niemand hatte sie bemerkt, als sie in die Tiefgarage in Wapping gehuscht war. Sie hatte nicht die Einfahrt direkt unter ihrem Apartmenthaus benutzt, sondern die zweite Zufahrt, die in dem Bereich lag, in dem noch gebaut wurde. Und die sie bei Tinas Ankunft in London mit der Limousine benutzt hatten. Sie besaß neben dem Aufzugcode auch einen Schlüssel. Damit war sie problemlos bis zu ihrem Apartment gelangt. Sie hatte dort Licht gesehen. Omar telefonierte. Er irrte nicht mehr durch die Stadt, um sie zu suchen. Sie konnte nur hoffen, dass er seine Suche draußen am Morgen fortsetzen würde.

Gerade als Tina wieder müde wurde, hörte sie eine Tür ins Schloss fallen. Schritte. Sie war sofort hellwach. Die Schritte kamen auf sie zu. Für einen Moment wurde sie panisch, weil sie befürchtete, dass Omar ausgerechnet jetzt auf die Idee kam, den Müll wegzubringen. Doch die Schritte passierten die Tür zu ihrem Versteck. Sie stoppten. Tina öffnete die Tür einen winzigen Spalt weit. Vor dem Aufzug stand er: Omar. Er blickte auf die gefälschte Rolex an seinem Arm, dann wieder auf die Fahrstuhltür. Der Aufzug kam, er stieg ein, die Tür schloss sich hinter ihm. Tina atmete tief durch. Doch sie gönnte sich keine Pause. Vielleicht wollte er nur kurz Zigaretten oder etwas anderes holen. Als die Anzeige des Aufzugs zeigte, dass er in der Lobby angekommen war, huschte sie aus ihrem Versteck und lief zum Apartment. Während sie den Schlüssel zückte, zitterten ihre Finger erneut. Doch sie schaffte es, die Tür schnell zu öffnen. Überall im Apartment brannte Licht. Omar war wirklich nur kurz weggegangen. Schon stand sie in der Tür seines Zimmers. Ihr Rucksack lag in einer Ecke, der Reisepass befand sich in einer Schublade des Nachttischs, wie sie wusste. Sie wollte gerade dorthin stürmen, als sie hörte, wie die Tür am Ende des Apartment-Flurs geöffnet wurde. Die Tür zu ihrem Zimmer. Ihr Kopf flog herum. Die Luft blieb ihr weg. Denn dort stand … sie selbst.

Lange schwarze Haare, funkelnde braune Augen. Ihr Gesicht. Eins zu eins. Nur die Klamotten waren anders.

Tinas Spiegelbild trug Jeans und ein schwarzes T-Shirt, trocknete sich die nassen Haare mit einem der flauschigen Handtücher aus dem Bad ab. Beim Anblick von Tina hielt sie perplex inne und starrte ihre Doppelgängerin an. Das musste sie sein: Alia. Natürlich. Die Kopie war abgehauen, also holten sie das Original zurück.

»Du bist sie«, entfuhr es Tina.

Sie orientierte sich zur Wohnungstür. Mit Alia würde sie es eher aufnehmen können als mit Omar, aber dennoch war eine schnelle Flucht angesagt.

»Sorry, ich verstehe nicht«, kam es auf Englisch mit einem deutlichen Akzent zurück. »Wer bist du?«

»Du bist nicht Alia?«, fragte Tina perplex zurück. Sie blieb bei Englisch.

»Du auch nicht?«

So kamen sie nicht weiter. Es war absurd. Hier standen zwei Alias, die beide nicht Alia waren. Der Clan hatte eine weitere Doppelgängerin gefunden. Die beiden konnten den Blick nicht voneinander nehmen. Langsam ging sie auf ihr Ebenbild zu.

»Sie haben dich als Doppelgängerin engagiert?«

Die andere Frau nickte. Auch sie wusste nicht, was sie aus der Situation machen sollte, wich einen Schritt zurück. Hinter ihr sah Tina im Badezimmer das schmutzige Waschbecken, die Reste vom Färbemittel, Haare auf dem Boden. Die andere Frau hatte dasselbe Prozedere über sich ergehen lassen wie Tina. Wahrscheinlich hatte sie das Färben selbst in die Hand nehmen müssen.

»Ich war deine Vorgängerin«, sagte sie zu der Fremden. »Tina.«

Sie streckte ihre Hand aus. Ihre Doppelgängerin zögerte. Dann ergriff sie Tinas Hand.

»Yildiz.«

Die Frau verlor ihre Scheu, kam etwas näher und legte ihre Finger auf Tinas Gesicht. Vorsichtig, fast zärtlich strich sie über ihre Wangen.

»Alles echt«, stellte sie fest. »Unglaublich.«

Tina musste lachen. Yildiz ebenfalls. Sie lachte sogar wie sie.

»Wohin ist Omar gegangen?«, fragte Tina.

»Essen holen. Ich habe den ganzen Tag kaum etwas gegessen. Es ging ja plötzlich alles so schnell.«

Weil ihnen die erste Doppelgängerin abhandengekommen war. Mit Yildiz hatten sie noch eine weitere in der Hinterhand gehabt. Aber da sie kein Deutsch sprach, war sie nur zweite Wahl gewesen. Das ergab Sinn.

»Woher kommst du?«, fragte Tina.

»Istanbul. Beinahe hätte ich den Flug verpasst. Ihr habt mir nur eine halbe Stunde zum Flughafen gelassen. Und das bei dem Istanbuler Verkehr!«

Sie lachte. Sie ging davon aus, dass Tina die Umstände kannte.

»Unglaublich, ich war heute Morgen noch bei der Arbeit«, plapperte Yildiz weiter. »Aber dann kam der Anruf.«

Sie strahlte, als ob das ein Lottogewinn gewesen wäre.

»Wir müssen hier weg«, platzte es aus Tina heraus.

Yildiz stutzte. Sie schüttelte den Kopf.

»Doch. Was auch immer sie dir gesagt haben: Das sind gefährliche Kriminelle. Brutale Kriminelle.«

»Ist mir egal«, kam es trotzig von Yildiz zurück. »Ich bekomme zwanzigtausend Pfund für den Job. Und ich brauche das Geld.«

Wenn Tina den Wechselkurs richtig im Kopf hatte, war das nicht mal halb so viel, wie sie selbst bekommen hätte. Aber Yildiz war ja auch nur zweite Wahl.

»Das ist kein Ferienjob, Yildiz. Du kannst froh sein, wenn du am Leben bleibst.«

»Quatsch.«

»Omar hat mich geschlagen. Er hat eine Waffe. Ich bin geflohen, sonst hätte er mich umgebracht.«

Mit Yildiz als möglichem Ersatz war Tina nicht so wichtig gewesen, wie Adem und sie gedacht hatten. Das wurde ihr jetzt klar. Tinas deutliche Worte nahmen Yildiz den Wind aus den Segeln. Sie blickte Tina nach wie vor ungläubig an.

»Wir müssen unsere Pässe holen und abhauen«, wiederholte Tina.

Sie deutete zu Omars Zimmer. In dem Moment hörte sie Schritte auf der anderen Seite der Wohnungstür. Dann den Schlüssel, der sich im Schloss drehte.

»Scheiße«, zischte Tina.

Sie packte ihre Doppelgängerin an der Hand und zog sie in ihr Zimmer. Schnell schloss sie die Tür hinter sich. Yildiz schien mit der Situation überfordert zu sein. Tina hörte draußen Omar etwas auf Türkisch rufen. Sie blickte Yildiz flehend an.

»Verrat mich nicht«, flüsterte sie.

Dann huschte sie ins Bad und verbarg sich hinter der Tür. Keine Sekunde zu spät, denn schon öffnete sich die

Zimmertür. Durch einen Spalt konnte Tina Omar sehen, mit einer Plastiktüte vom Imbiss gegenüber. Dem Imbiss, den Tina nur zu gut kannte und der sich leider sehr nah an dem Apartmenthaus befand. Wieder sagte Omar etwas auf Türkisch, deutete hinter sich. Tina erkannte einige Wörter wieder: »Essen« und »Wohnzimmer« waren in der Frage vorgekommen. Yildiz war sprachlos. Immerhin blickte ihre Doppelgängerin nicht in Tinas Richtung, sondern nahm die Tüte. Doch sie musste nun auch etwas sagen. Omar runzelte die Stirn. Er spürte offenbar, dass etwas nicht stimmte. Fragte, ob alles in Ordnung sei. Die Frage kannte Tina noch von ihrer türkischen Großmutter. Sie war die Einzige in der Familie gewesen, die mit Tina türkisch gesprochen hatte. Ihrer Mutter war ihre Herkunft zeit ihres Lebens unangenehm gewesen. Sie hatte nicht einmal versucht, Tina die Sprache beizubringen, auch wenn sie selbst noch recht gut Türkisch sprach.

Tina verstand jedoch nicht, was Yildiz antwortete. Kurz herrschte Stille. Omar zögerte. Hatte Yildiz sie verraten? Tina hielt die Luft an. Doch schließlich nickte Omar. Er lächelte sogar und wünschte eine gute Nacht. Er war deutlich netter zu Yildiz als zu Tina. Irgendwann würden ihnen dann doch die Doppelgängerinnen ausgehen. Er schloss die Tür. Tina atmete tief durch. Dann kam Yildiz zu ihr ins Bad. Sie wirkte nicht begeistert über die Entwicklung, rang sich dennoch ein Lächeln ab und öffnete die Tüte vom Imbiss.

»Hast du Hunger?«, flüsterte sie.

Tina hatte Heißhunger. Ihr letztes Geld war für ein Glas Wein im Sushisamba draufgegangen. Seit dem Mittag hatte sie nichts mehr gegessen. Die Chicken-Sandwiches waren wieder einmal die Rettung. Dass Yildiz sie mit ihr teilte, war eine verdammt nette Geste. Omar hatte auf Yildiz' Wunsch hin auch eine kleine Flasche Rotwein mitgebracht. Yildiz teilte sie schwesterlich mit Tina. Doch auch nachdem Tina Yildiz flüsternd alles erzählt hatte, was sie über den Clan und seine Machenschaften wusste, blieb die Türkin eisern: Sie wollte die Sache durchziehen. Sie brauchte das Geld. Tina verstand das sogar. Yildiz hatte Lehrerin werden wollen. Aber nachdem sie 2013 an den Gezi-Park-Protesten teilgenommen hatte, war sie von der Uni geworfen worden. Danach war ihr Leben den Bach runtergegangen. Sie hoffte, mit dem Geld einen Neuanfang außerhalb der Türkei starten zu können. Man hatte sie schon vor zehn Tagen angefragt – wahrscheinlich als Reaktion auf Tinas ursprüngliche Absage. Yildiz hatte das Visum besorgt und alle Vorbereitungen erledigt. Als Tina dann doch zusagte, hatte sie das hart getroffen. Umso mehr hatte sie sich gefreut, als dann am Vortag die Frage kam, ob sie immer noch bereit wäre.

»Ich lass mir das nicht noch einmal kaputtmachen«, zischte sie leise, während sie das letzte Sandwich aß.

Tina respektierte ihre Entschlossenheit. Aber das änderte nichts daran, dass sie selbst verschwinden musste.

Während des Essens hatten die Frauen die Bewegungen im Flur sehr genau registriert. Sie konnten gut hören, wenn Omar sich mit festen Schritten durch die Wohnung bewegte. Er war in dem anderen Bad gewesen, dann in seinem Zimmer, und befand sich nun schon seit einer Weile im Wohnzimmer. Wahrscheinlich spielte er wieder mit seinem Handy. Tina durfte nicht länger zögern. Denn wenn er ins Bett ging, würde es nicht leichter werden, an den Nachttisch und ihren Rucksack zu kommen. Sie fragte Yildiz ein letztes Mal, ob sie wirklich bleiben wolle. Die Türkin hatte ihre Meinung nicht geändert. Also verabschiedete Tina sich.

Im Flur war es ruhig. Vorsichtig öffnete sie die Zimmertür. Nach wie vor brannte überall Licht. Im Wohnzimmer hörte Tina Geräusche. Jetzt oder nie. Sie huschte schnell aus dem Schlafzimmer. Die Tür schloss sich lautlos hinter ihr. Mit wenigen Schritten gelangte sie in Omars Zimmer. Sie blickte in die Ecke, in der sie zuvor ihren Rucksack gesehen hatte. Er war nicht mehr da. Verdammt. Omar hatte ihn. Wahrscheinlich durchsuchte er ihn nach Hinweisen auf ihren Aufenthaltsort. Sie konnte nur hoffen, dass er ihr Handy nicht knacken konnte. Denn dann würden sehr schnell Mitglieder der Taffas bei ihren Freunden oder gar ihrer Mutter auflaufen. Tina hatte keine Zeit, sich darüber Gedanken zu machen. Sie schlich schnell zum Nachttisch. Schublade auf. Da lag ihr Reisepass. Auch ein türkischer von Yildiz, doch ihre Doppelgängerin hatte ihr Schicksal selbst gewählt. Tina steckte den Pass in ihre Hosentasche, schloss die Schublade wieder und huschte zurück in den Flur. Es waren nur noch wenige Meter bis zur Wohnungstür. Sie spürte es zuerst, dann hörte sie es: Omar trat hinter sie.

»Kann ich dir helfen?«, fragte er auf Türkisch.

Tina wirbelte erschrocken herum. Omar stand in der Tür zum Wohnzimmer und blickte sie freundlich an. Ihr Gehirn benötigte einen Moment, um zu verstehen, warum er nicht mit Gebrüll auf sie losging oder gleich seine Waffe zog. Er hielt sie für Yildiz.

»Ich möchte Wasser«, antwortete Tina auf Türkisch.

Auch wenn ihr Wortschatz eingeschränkt war, beherrschte sie einige Standardsätze, die ihre Großmutter ihr als kleines Kind beigebracht hatte. Sie konnte sie akzentfrei aussprechen.

Omar sagte etwas und ging in die Küche. Er blieb noch einmal stehen und schaute sie erwartungsvoll an. Sie sollte ihm folgen. Tina blieb nichts anderes übrig, als ihre weich gewordenen Beine in Bewegung zu setzen. In den Wohnbereich und in die Küche. Sie sah auf dem Couchtisch ihren Rucksack, ihr Portemonnaie, das Handy. Zu weit entfernt, auch wenn Omar in die andere Richtung zum Kühlschrank gegangen war. Außerdem brauchte Tina ihre ganze Kraft für den Auftritt als Yildiz. Omar nahm eine von den schicken Wasserflaschen, die Adem und sie sich geleistet hatten, aus dem Kühlschrank und reichte sie Tina. Dabei lächelte er. Er sah wirklich keinen Unterschied zwischen den Frauen, obwohl Tina einen Hoodie trug. Doch Männer wie er waren nicht gerade berühmt dafür, sich das Outfit von Frauen einzuprägen. Vielleicht dachte er auch einfach, es handele sich um Yildiz' Schlafdress.

Tina dankte ihm auf Türkisch und ging mit der Flasche davon.

Da er stehen blieb, konnte sie nicht zur Wohnungstür.

Sie steuerte gezwungenermaßen das Zimmer am Ende des Flurs an. Sie öffnete die Tür, blickte zurück. Omar stand im Flur, beobachtete sie, winkte sogar noch einmal. Hatte er etwas gemerkt? Tina schloss schnell die Tür, lehnte sich dagegen. Ihr Herz raste. Yildiz war gerade dabei gewesen, ihr Bett abzudecken, blickte Tina irritiert an.

»Er hat mich gesehen«, flüsterte Tina auf Englisch. »Er hat gedacht, ich bin du. Ich muss hier warten.«

Yildiz nickte. Als sie gerade etwas sagen wollte, klopfte es an der Tür. Yildiz riss die Augen auf, rief etwas auf Türkisch. Tina spürte, wie die Tür gegen ihren Rücken drückte. Es blieb ihr nichts anderes übrig, als nachzugeben und sich hinter der Tür zu verstecken. Omar betrat das Zimmer. Er hatte eine Wolldecke aus dem Wohnzimmer in der Hand. Yildiz stand mit geöffnetem Mund da, reagierte nicht, als er sie etwas auf Türkisch fragte. Es ging um die Decke, die er ihr geben wollte. Der Mann wurde plötzlich geradezu fürsorglich. Doch Yildiz schaute nur erschrocken zu Tina. Omar folgte dem Blick. Tina direkt ins Gesicht. Er brauchte einen Moment, um zu verstehen, wieso es Yildiz nun gleich zweimal gab. Einen Moment, der lang genug dauerte, damit Tina ausholen und ihm die Wasserflasche gegen den Kopf schlagen konnte. Mit der ganzen Kraft ihrer Angst und Wut. Mit der Erinnerung an seinen Schlag. Mit so viel Wucht, dass die Glasflasche an seinem Kopf zersprang und er auf der Stelle zusammensackte.

»Lauf!«, schrie Tina und rannte selbst los.

Diesmal zögerte Yildiz nicht. Sie stieß einen türkischen Fluch aus und folgte Tina. Schon im Flur hörten sie das Geschrei von Omar. Aus dem Augenwinkel sah Tina, wie er sich wankend aufrappelte, dabei hinten an seinen Hosenbund griff. Blut lief über seine Stirn. Tina riss die Wohnungstür auf und rannte auf den Hausflur. Mit Yildiz dicht hinter ihr kam sie zum Aufzug, der Gott sei Dank noch auf ihrer Etage wartete. Die Tür schob sich viel zu langsam auf. Tina sprang hinein, Yildiz ebenfalls. Sie drückten gleichzeitig den Knopf für die Lobby. Immer wieder. Omars massige Schritte erfüllten den langen Flur.

»Du Nutte!«, schrie er. »Ich mach dich fertig!«

Die Aufzugtür brauchte unendlich lange, um sich zu schließen. Ein Knall hallte durch den Flur. An der Wand neben dem Aufzug splitterte der Putz ab. Die Tür war zu. Yildiz blickte Tina fassungslos an.

»Hat er geschossen?«, fragte sie atemlos auf Englisch.

»Wir müssen rennen«, war Tinas Antwort. »So weit weg, wie es geht.«

Yildiz folgte Tina wie in Trance durch das nächtliche London. Nur widerwillig gab sie die zwanzigtausend Pfund auf. Doch der Schuss hatte Eindruck hinterlassen. Sie verstand nun, dass es um Leben und Tod ging. Also rannte sie hinter Tina die Straße entlang, die Tina vor wenigen Stunden in entgegengesetzter Richtung genommen hatte. Die lange, fast gerade Hauptverkehrsstraße war nicht optimal für ihre Flucht, denn ein guter Schütze konnte sie hier problemlos ins Visier nehmen. Tina wollte jedoch keine Zeit mit der Suche nach verschlungenen Pfaden verlieren. Sie wollte so schnell wie möglich zur nächsten Bahnstation. Bald kamen sie zu dem großen Platz am Tower, ohne dass ein Schuss gefallen war, ohne dass man Omars Schritte oder Rufe gehört hatte. Tina entdeckte das vertraute Zeichen für die Londoner U-Bahn. Die beiden rannten quer über die stark befahrenen Straßen. Der Eingang zum Underground. Sicherheit. Der Vorsprung reichte. Zum dritten Mal an diesem Tag. Noch ein weiteres Mal wollte Tina ihr Glück nicht strapazieren.

»Wir müssen zur Polizei«, rief sie Yildiz zu, während sie die Treppen hinuntereilten.

»Lass uns erst mal weg von hier«, kam es zurück.

Yildiz war offenbar immer noch nicht ängstlich genug. Sie hatte auch kein Ticket für die U-Bahn, aber um diese Zeit würden sie kaum kontrolliert werden. Tina gab ihr die eigene Oystercard und sprang über die Absperrung, denn sie hörte einen Zug nahen. Ein letzter Sprint, Treppe runter, und sie hatten es geschafft. Kaum saßen sie in dem Waggon, als die U-Bahn auch schon anfuhr. Tina suchte mit ihrem Blick den Bahnsteig ab. Von Omar keine Spur. Erschöpft ließ sie sich neben Yildiz fallen, die sich bereits auf eine Bank gesetzt hatte.

»Keine Polizei«, sagte Yildiz. »Ich hätte nicht mitkommen sollen.«

»Er hat auf uns geschossen«, wucherte Tina mit ihrem stärksten Pfund.

»Er hat auf *dich* geschossen«, entgegnete Yildiz.

Tina stöhnte. Natürlich würde sich auch das der Polizei gegenüber nicht so leicht belegen lassen. Sie selbst war die Einzige, die bisher nachweislich Gewalt angewandt hatte. Mit der Wasserflasche. Doch sie war müde. Sie wollte nicht mehr rennen.

Ihr Blick fiel auf einen betrunkenen Mann, der ihnen gegenübersaß. Er grinste, starrte unverhohlen auf Yildiz' Brüste, die sich unter ihrem verschwitzten T-Shirt abzeichneten.

»Zwillinge«, lallte er auf Englisch. »Immer noch auf meiner To-do-Liste.«

»Fuck you«, zischte Yildiz und verschränkte die Arme vor der Brust.

»Ich wünschte es«, rief er lachend.

Yildiz schickte einen türkischen Fluch in seine Richtung. Sie war sauer. Dummerweise nicht so sehr auf Omar. Vielleicht noch auf die Situation. Vor allem aber auf Tina. Doch bevor die einen vernünftigen Vorschlag machen konnte, hörte sie einen Klingelton. Es war Yildiz' Handy. Sie zog es aus der Hosentasche, schaute auf das Display und runzelte die Stirn.

»Omar?«, fragte Tina alarmiert. »Geh nicht ran.«

»Nee, kenn die Nummer nicht. Ist nicht England, auch nicht die Türkei.«

Tina blickte auf die angezeigte Nummer. Die internationale Vorwahl kam ihr bekannt vor, aber sie konnte sie nicht zuordnen. Yildiz zuckte mit den Schultern und drückte auf die Taste mit dem grünen Hörer. Tina wollte sie aufhalten, denn die Sache roch nach einer Falle, doch Yildiz hatte das Handy bereits am Ohr.

»Ja?«

Sie hörte einen Moment zu, riss dann die Augen auf. Reflexartig beendete sie den Anruf.

»Polizei«, erklärte sie.

»Was? Wie ... Wie kann das sein?«

Das Handy klingelte erneut. Tina verstand. Die Überwachungskameras in dem Waggon hatten sie schnell ausgemacht. An den Kästen mit den digitalen Stationsanzeigen befanden sich schwarze Löcher mit Objektiven dahinter.

»Die beobachten uns«, erklärte sie Yildiz. »Wir müssen mit denen reden.«

Yildiz wirkte verzweifelt und widerwillig. Sie reichte das Handy an Tina weiter, die das Gespräch annahm.

»Hi«, sagte eine freundliche Männerstimme. »Inspektor Kowalczyk hier, von Europol in Den Haag. Bitte hören Sie mir zu.«

Der Mann sprach gutes Englisch mit osteuropäischem Akzent. Die Stimme strahlte Ruhe aus. Genau das, was Tina nun brauchte. Yildiz hatte ihr Ohr von der anderen Seite an das Handy gepresst, hörte mit tiefer Stirnfalte zu.

»Okay«, sagte Tina.

»Wir beobachten Sie. Wir wissen, dass Sie in Gefahr sind, und wir möchten Ihnen helfen. Sie sind auf der Flucht vor einem Mitarbeiter des Taffa-Clans, und Sie sind in Lebensgefahr.«

Yildiz war beeindruckt. Tina hatte sich das schon gedacht.

»Wissen Sie, wer ich bin?«, hakte sie nach.

»Ja, Frau Sieger. Wir beobachten Sie schon eine ganze Weile.«

Er kannte ihren richtigen Namen. Und er konnte sie

von Yildiz unterscheiden. Das hinterließ Eindruck. Und machte Hoffnung. Die Polizei wusste weit mehr, als die Taffas dachten. Die beiden Doppelgängerinnen hatten es jetzt mit einem Profi zu tun. Der sie retten konnte.

»Was sollen wir tun?«

»An der nächsten Haltestelle steigen Sie bitte aus. Ich schicke Ihnen eine Adresse auf das Handy von Frau Öztürk. Gehen Sie zu dem Park, warten Sie am Eingang. Unsere Operation läuft verdeckt, weil wir die Hintermänner der Taffas suchen. Es geht um internationalen Terrorismus. Deswegen müssen wir diskret vorgehen. Beamte von Scotland Yard werden Sie am Park abholen. Haben Sie das verstanden?«

Tina spürte, wie das Handy vibrierte. Der Polizist hatte ihnen eine Adresse gesendet.

»Okay. Ja, habe ich.«

»Gut, Sie müssen nämlich jetzt aussteigen.«

Tatsächlich fuhr die Bahn in diesem Moment in die nächste Station ein.

»Das machen wir«, sagte Tina und stand entschlossen auf.

Bald würde der Albtraum ein Ende haben.

16

Den Haag
Freitag, 24. September

»Und haben Sie keine Angst. Wir können Sie die ganze Zeit mit den Kameras sehen. Sie sind in Sicherheit. Ich melde mich wieder, wenn Sie bei den Kollegen sind. Bis gleich.«

Mit diesen Worten beendete Dimitri das Telefonat. Er zog das Headset vom Kopf. Die deutsche Doppelgängerin hatte ihm sogar noch für seine vermeintliche Hilfe gedankt. Auf dem Monitor konnte er beobachten, wie die beiden Frauen diskutierten. Die Deutsche war bereits aufgestanden, die Türkin noch unschlüssig. Doch als die Bahn hielt, gab sie sich ebenfalls einen Ruck und verließ mit ihrem Zwilling den Waggon. Dimitri kramte im Chaos seines Schreibtischs das passende Handy hervor und rief Hassan an. Ohne das Geschehen in London aus dem Auge zu lassen. Er telefonierte nicht gerne mit dem Kerl. Es wurmte ihn, dass er ihm überhaupt eine Handynummer hatte geben müssen. Aber in den letzten zwei Tagen hatten sich die Ereignisse so beschleunigt, dass es nicht anders gegangen war. Jetzt brannte es an allen Fronten lichterloh. Dimitri blieb dennoch ruhig. Er bekam das hin.

»Ja?«, hörte er die beißende Stimme aus Berlin.

»Sie machen es. Ist Ihr Mann unterwegs?«

»Ja, aber er braucht noch.«

»Die Frauen werden warten.«

»Sicher?«

»Sicher. Was haben Sie mit ihnen vor?«

Er bekam nicht sofort eine Antwort. Dimitri war klar, dass die Frauen nicht unbeschadet davonkommen würden. Er wollte das eigentlich nicht. Er verabscheute Gewalt. Auf eine seltsame Art sah er die beiden sogar als seine Geschöpfe an.

»Na ja, mindestens eine brauchen wir ja schon mal nicht mehr«, kam es aus dem Handy.

Dimitri schoss eine Hitzewelle durch den Körper. Wie wenn einmal zu oft Schwarz kam.

»Was heißt das?«, hakte er nach.

»Mach deine Sachen korrekt und halt dich sonst raus.«

Dimitri machte seine Sachen korrekt. Mehr als das. An ihm lag es nicht, dass in London Chaos herrschte. Er war der Einzige, der noch den Überblick hatte. Dafür ging er hohe Risiken ein. Als die beiden Frauen plötzlich auf der Bildfläche erschienen waren, hatte er sofort den Stream für Europol unterbrochen, die Bilder gelöscht. Obwohl im Gebäude der Polizei jemand vor dem Computer saß. Bisher hatte der Ermittler mit dem polnischen Namen, den Dimitri sich für das Telefonat geliehen hatte, anscheinend nichts gemerkt. Doch die ganze Sache konnte jeden Moment auffliegen.

Der Polizist musste sich nur die Aufnahmen genauer anschauen.

»Es muss schnell gehen«, zischte Dimitri in den Hörer.

»Wird's. Wär' noch schneller, wenn wir hier nicht Telefonkette spielen würden.«

Dimitri seufzte. Er wusste, was der Araber wollte. In den letzten Tagen hatte er immer öfter verlangt, zusammen mit Dimitri vor den Bildschirmen zu sitzen. Doch das war unmöglich. Er wollte diese Kerle nicht in seiner Welt haben. Wie zum Beweis der Unvereinbarkeit ihrer Sphären öffnete sich plötzlich die Tür zu seinem Arbeitszimmer. Dimitri drückte auf Escape und raunte »Ich melde mich« ins Handy. Dann beendete er das Gespräch und lächelte Femke an. Sie stand, nur mit Unterwäsche bekleidet, in der Tür. Ihr Höschen war unter dem dicken Bauch kaum zu sehen. Die Brüste brachten den BH, den sie noch vor der Schwangerschaft gekauft hatte, fast zum Platzen.

»Mit wem telefonierst du so spät noch?«

»Arbeit«, sagte Dimitri. »Ich brauche noch ein wenig.«

Anstatt ins Bett zu gehen, kam Femke zu ihm.

»Du redest aber nicht mit einer Sex-Hotline?«

»Nein.«

»Und du guckst auch nicht wieder Pornos?«

Sie blickte auf die Monitore, die Code zeigten.

»Nein.«

Sie musterte den Monitor mit eifersüchtigem Blick, bewegte sich nicht.

»Sweetie, ich muss wirklich noch etwas arbeiten. Die haben ein technisches Problem und …«

»Europol hat mitten in der Nacht ein Problem?«

»Verbrecher schlafen nicht.«

In der Tat.

»Ganz sicher, dass es mit Europol zu tun hat? Und nicht mit deinen Freunden von früher?«

»Femke. Bitte!«

Er schaute sie flehend an. Wenn er die Frauen aus den Augen verlor, hatten sie ein echtes Problem. Doch Femke bewegte sich nicht. Er nahm ihre Hand, schaute sie an.

»Wenn ich ins Bett komme, wecke ich dich. So wie du es liebst.«

Er versuchte so verführerisch zu klingen, wie er konnte. Endlich grinste Femke.

»Okay«, sagte sie.

Dann beugte sie sich vor und gab ihm einen Kuss, der durch seinen ganzen Körper schoss. Was für ein Glück hatte er mit dieser Frau. Das durfte er auf keinen Fall riskieren. Nach der Geschichte mit den Arabern war Schluss. Definitiv.

Femke verschwand aus dem Zimmer. Dimitri holte das Bild aus London zurück auf den Bildschirm. Er brauchte einen Moment, dann entdeckte er die beiden Frauen. Sie standen unter einer Laterne. Die Türkin fröstelte, hüpfte von einem Bein auf das andere. Die Deutsche schaute ungeduldig die Straße hoch und runter. Sie warteten wie abgemacht am Eingang des kleinen Parks mitten im Bankenviertel. Ein Viertel, das nachts ausgestorben war. Ein Park, durch den man sich anschleichen konnte. Dimitri war noch nie zuvor für den Tod eines Menschen verantwortlich gewesen.

17

London
Freitag, 24. September

Tinas Gedanken rasten. So viel war an diesem Tag passiert, dass sie es kaum verarbeiten konnte. Es gab zahlreiche lose Enden, zahlreiche Fragen. Es war, als ob sie zehn Folgen einer spannenden Serie am Stück geschaut hätte, aber dabei nicht immer ganz aufmerksam gewesen wäre. Irgendetwas passte nicht, aber sie konnte es nicht greifen. Die Todesangst hatte alles überstrahlt. Die Angst, die nun ausgestanden war. Alles lief jetzt auf ein Happy End hinaus. Aber war die Polizei wirklich ein Happy End? Oder konnte Tina ernsthaften Ärger bekommen? Wenn man die ganze Zeit gewusst hatte, dass sie den Kameras nur etwas vorspielte – wenn man sogar gewusst hatte, wer sie war –, dann war es ja sowieso egal, dass sie nun aufgab. Dass sie beide aufgaben. Yildiz war nach wie vor unglücklich deswegen. Sie fluchte immer wieder auf Türkisch. Ihr war kalt. Die Polizei ließ sich Zeit.

Zum x-ten Mal schaute Tina die Straße hoch und runter. Sie waren in einem Viertel gelandet, das so gut wie ausgestorben war. Die Polizei arbeitete verdeckt. Terrorismus. Allerdings würde es auch niemand mitbekommen, wenn Omar sie hier fand.

»Lass uns im Park warten«, sagte Tina zu Yildiz.

»Warum?«, kam es gereizt zurück.

»Ich will die sehen, bevor sie uns sehen.«

Der Park war nachts geschlossen, aber die Mauer neben dem gusseisernen Eingangstor war allenfalls hüfthoch. Kein Hindernis. Ein gepflegter Park, nicht größer als ein Fußballplatz. Es gab zahlreiche Mauern, Bäume, Büsche, Bänke unter Pergolen. Ein schöner Platz für Banker, die sich mittags einen Coffee-to-go gönnten. Eine Treppe im von der Straße entfernten Bereich führte drei Meter nach unten, wo es noch einmal eine große Wiese gab, die auf allen Seiten von Mauern oder Gebäuden begrenzt wurde. Von der tiefer gelegenen Ebene konnte man den Parkeingang und die Straße sehen, ohne selbst gesehen zu werden.

»Komm!«

Yildiz stand zögerlich am Tor. Sie bibberte in ihrem T-Shirt.

»Dann geb ich dir auch meinen Hoodie«, lockte Tina.

Yildiz lachte müde. Dann kletterte sie über die Mauer. Tina zog den Hoodie aus. Darunter trug sie ein Sweatshirt. Immer noch mehr als Yildiz. Die Türkin dankte ihr, streifte den Hoodie über und folgte ihr die Treppe hinab zu der Wiese. Tina gefiel der Rückzugsort mitten in der pulsierenden Stadt. Sie beruhigte sich endlich.

»Willst du doch nicht zur Polizei?«, fragte Yildiz und klang dabei hoffnungsvoll.

»Doch, aber … Ich hab da so ein Gefühl.«

Yildiz zuckte mit den Schultern, rieb sich die Arme

warm. Für einen Moment war es still. Nur die Geräusche der Großstadt waren in der Ferne zu hören. Dann ein Knacken. Holz brach. Rascheln. Es kam nicht von der Straße, sondern von einer Seite des Parks. Schritte. Tina hörte sie genau. Yildiz wollte etwas sagen, aber Tina legte den Finger auf den Mund. Sie zog Yildiz in eine dunkle Ecke. Wieso schlich jemand durch den Park? Würde die Polizei nicht mit einem Auto kommen? Die Schritte waren leiser geworden. Tina sah auf der Ebene über ihnen einen Schatten, der sich im Dunkeln bewegte. Ein Mann, der in Richtung Straße blickte. Er machte noch zwei weitere Schritte. Tina sah die Waffe. Die Silhouette passte zu Omar. Der Park war ein Falle.

»Omar«, formte Yildiz lautlos mit den Lippen.

Tina spürte Panik in sich aufsteigen. Wieder legte sie den Finger auf den Mund. Doch Yildiz wurde immer nervöser.

»Ich gehe zu ihm«, verkündete sie schließlich. »Du haust ab.«

Tina schüttelte heftig den Kopf, hielt Yildiz am Arm, um sie aufzuhalten. Doch Tina konnte nicht reden. Omar war zu nah. Er stand wenige Meter über ihnen, schaute suchend zur Straße. Der polnische Polizist hatte ihm gesagt, wo sie zu finden sein würden.

»Die brauchen mich«, zischte Yildiz. »Die werden mir nichts tun.«

Sie war zu laut. Omars Kopf flog herum. Er schaute zu ihnen nach unten. Tina hielt Yildiz noch fester, doch sie riss sich los. Sie stand auf und eilte nach vorne. Ins Licht, das von der Straße in den Park fiel.

»Omar«, rief sie und hob dabei die Hände.

Tina hörte den Schuss nicht. Sie sah nur, wie Yildiz auf der Stelle zusammenbrach. Keine fünf Meter von ihr entfernt. Die Türkin blieb auf dem Rücken liegen, der Kopf kippte zur Seite. Zu Tinas Seite. Auf der Stirn klaffte ein Loch, aus dem Blut austrat. Ein perfekter Treffer. Sie war sofort tot. Tina hielt sich die Hand vor den Mund, um nicht zu schreien. Für einen Moment glaubte sie, selbst gestorben zu sein. Ihr Geist hatte ihren Körper verlassen, schaute von oben auf ihren Leichnam herab. Denn dort auf dem Rasen lag sie selbst. Omar kam vorsichtig die Treppe herunter, mit der Pistole in der Hand. Tina war wie gelähmt. Doch selbst wenn sie sich hätte bewegen können, wäre eine Flucht unmöglich gewesen. Sie war buchstäblich in die Ecke gedrängt. Zwischen einer Wand und einem störrischen Busch, der keinen Schutz bot. Omar kam auf sie zu. Tina schloss die Augen. Doch nichts geschah. Ein Rascheln, lautes Atmen, sonst nichts. Sie öffnete die Augen wieder. Omar hockte vor der Leiche von Yildiz. Er betrachtete ihre Schuhe, tastete ihre Hose ab und zog ihr Handy heraus.

»Scheiße«, fluchte er.

Er stand auf und blickte sich um. Suchend. Er hatte verstanden, dass er die falsche Frau erschossen hatte. Dass Tina noch irgendwo im Park sein musste. Sein Blick huschte über sie hinweg, ging in alle Richtungen. Er sah sie nicht, obwohl sie fünf Meter von ihm entfernt auf dem Boden hockte. Die Dunkelheit schützte sie. Während Omars und Yildiz' Körper sich im Licht befanden, war es rund um Tina stockduster. Sie hielt die Luft an.

Omar zog sein Handy aus der Tasche.

»Nein«, rief er wütend ins Telefon. »Ich hab die Falsche erwischt. Die Türkin.«

Sein Gesprächspartner fragte etwas, auf das er patzig antwortete: »Keine Ahnung, Alter. Die sehen gleich aus. Ist doch der Witz bei der Sache.«

Dann sagte er einen Satz auf Arabisch, in dem die Worte »Den Haag« vorkamen. Weitere Flüche folgten.

»Im Park verschwunden. Das sehe ich auch.«

Wieder Arabisch. Wieder Flüche.

»Alter, ich kann hier nicht rumspazieren. Hier liegt 'ne Leiche. Ich muss weg.«

Noch ein arabischer Satz. Dann beendete er das Gespräch. Tina hielt erneut die Luft an. Omar ging missmutig mit der Waffe in der Hand los. Die Treppe hinauf. Tina blickte zu Yildiz. Ihr Kopf lag mittlerweile in einer Blutlache. Der Hoodie war an der Schulter rot getränkt. Der Hoodie, der Yildiz das Leben gekostet hatte. Auch wenn Omar sich immer weiter entfernte, wusste Tina, dass sie nirgendwo sicher war. Die Polizei half den Taffas. Die Kameras halfen den Taffas. Wenn sie rennen würde, würden sie Tina durch die ganze Stadt verfolgen. Sie hatte keine Chance.

18

Den Haag
Freitag, 24. September

Nael schoss mit einem Schrei aus dem Schlaf hoch. Er hatte wieder den Traum gehabt. Der Hauseingang in Kreuzberg. Der Altbau mit den Stuckverzierungen und den Balkonen aus gusseisernem Stahl. Das Haus, in dem Nael seit der Trennung lebte. Er öffnete die alte Flügeltür von innen, trat auf den Bürgersteig. Farid, der jüngste Taffa-Spross, stand direkt vor ihm. Überwältigt von der Situation. Überfordert vielleicht. Zögernd. Mit der Waffe in der Hand. Im Traum schoss er. Und er traf. Nael hatte die Hand im Bett sofort nach dem Aufwachen instinktiv auf die getroffene Brust gelegt. Doch er war unverletzt. Er befand sich auch nicht in Berlin, sondern in seinem Apartment in Den Haag. In der Wellness-Stadt. Wo er den Traum lange nicht mehr gehabt hatte, weil er ihn bisher jede Nacht mit Wein vertrieben hatte. Nael musste lachen. Er hatte am Abend vergessen, sich zu betrinken. Camille und er hatten mit nur einem Glas Wein fast bis Mitternacht an den Monitoren ausgeharrt und nach einer Frau mit Hoodie gesucht. Vergeblich.

Frustriert und müde war Nael zu Hause ins Bett gefallen und sofort eingeschlafen. Ohne Betäubung. Das hatte er nun davon.

Er blickte auf die Uhr. Halb drei. Eine Weile lang versuchte er, wieder einzuschlafen, aber seine Gedanken rasten. Er glaubte nicht an einen Fehler des Systems. Es musste Alia gewesen sein, die Camille und er an der U-Bahn-Station gesehen hatten. Alia, die alles dafür tat, nicht von den Kameras entdeckt zu werden. Das konnte nur bedeuten, dass sie wusste, dass sie überwacht wurde. Dass alle Taffas es wussten. Dass sie der Polizei etwas vormachten. Auch wenn das bei Europol niemand hören wollte. Bisher hatte er den Gedanken nicht konsequent weitergeführt, auch nicht im Gespräch mit Camille. Aber letztlich konnte es nur bedeuten, dass jemand bei der Polizei den Clan gewarnt hatte. Schon seit langer Zeit versuchten die Taffas, Polizisten zu bestechen, Informanten zu finden. Bisher waren ihre Versuche zu plump gewesen. Aber plump verhielt der Clan sich nun nicht mehr. Im Gegenteil: Seit der Ankunft des Unsichtbaren handelte der Clan geradezu raffiniert. Dieser Mann war wie eine Injektion von Intelligenz und Zielstrebigkeit. Manchmal kam er Nael wie eine Chimäre vor. Ein Clan-Mitglied, das nicht von Testosteron und niederen Instinkten getrieben wurde. Der Größenwahn passte, die Ignoranz staatlichen Stellen gegenüber, die Parallelwelt, in der nur die Regeln der Clans Gesetz waren. Doch bisher hatten Pläne, die komplexer waren als »Wir rennen schreiend und bewaffnet in den Laden und dann wieder raus«, regelmäßig zu Verhaftungen geführt. Weil die Taffas es nicht konnten. Bisher. Wer war dieser Mann? Und was war sein Schwachpunkt? Alia?

Nael stand auf. Schlaf würde er nicht mehr finden. Also konnte er genauso gut zurück zu Europol fahren. Zwar saß dort bereits der junge Pole an den Monitoren, aber der achtete nur auf Hinweise für einen Terroranschlag. Nael hatte einen anderen Fokus.

Als er mit dem Rad durch die menschenleere Stadt fuhr, wurde er endgültig wach. Wenn der Unsichtbare ihnen Alia vor die Nase gesetzt hatte, um von etwas anderem abzulenken, dann war dies schon eine Woche zuvor passiert. Zu einem Zeitpunkt, als nur ein überschaubarer Kreis von der Überwachung wusste. Europol-Mitarbeiter. Nael kannte sie alle persönlich. In Berlin hatte damals nur Eva davon gewusst. Erst im Zuge der Geschichte mit dem vermeintlichen Terroranschlag hatte die Information weitere Kreise gezogen. Für Eva würde er seine Hand ins Feuer legen. Hatte jemand von Europol gequatscht? Stand einer seiner Kollegen auf der Gehaltsliste der Taffas?

An der Pforte wunderte sich niemand über das nächtliche Auftauchen von Nael. Ein Beamter beobachtete ihn, als er die Schleuse passierte. Das vermittelte ihm ein Gefühl von Sicherheit. Vielleicht hatte auch das Bedürfnis danach Nael ins Hauptquartier getrieben. Die Ereignisse im Traum hatten vor einem knappen Jahr, bis auf den Schuss, exakt so stattgefunden. Nael durchschritt die Eingangshalle, in der vierundzwanzig Stunden am Tag Licht brannte. Dennoch war es sehr ruhig im Gebäude.

Irgendwo spielte leise Musik, in einem Raum, den er passierte, klackerte eine Computertastatur. Eine Handvoll Mitarbeiter war immer da. Laufende Operationen, Zeitverschiebung gegenüber den USA oder Australien. Das Verbrechen schlief nicht.

Anders als der Pole. Nael traute seinen Augen nicht, als er den jungen Mann in dem bequemen Stuhl vor dem großen Monitor sitzen sah. Sein Kopf war in den Nacken gekippt, und er schnarchte leise. Offenbar hatten die drei Dosen Red Bull und die Kaffeetasse auf dem Schreibtisch vor ihm nichts genützt. Nael räusperte sich. Der Pole zuckte, schaute Nael aus müden Augen an. Im nächsten Moment riss er sie weit auf.

»Oh, sorry, bin kurz eingenickt. Ich …«

Er stöhnte, rieb sich den verspannten Nacken.

»Aber es ist nichts los«, erklärte er schnell. »Nichts.«

Verstohlen blickte er auf seine Uhr. Nael hatte sich neben ihn gesetzt und ließ sich vom System die Aufnahmen seit Mitternacht zeigen. Alia war nicht gesichtet worden, aber um exakt 0:37 Uhr hatte Omar das Apartmenthaus in Wapping verlassen.

»Oh«, entfuhr es dem Polen. »Das … äh … da muss ich kurz auf dem Klo gewesen sein.«

Auf den Kamerabildern holte Omar Sandwiches in dem Imbiss auf der anderen Straßenseite. Da er der einzige Kunde war, dauerte es nicht lange. Die Aufnahme stoppte schon nach wenigen Minuten. Seitdem war er nicht mehr zu sehen gewesen.

»Ich habe nicht die ganze Zeit geschlafen«, verteidigte der Pole sich erneut, obwohl Nael nichts gesagt hatte.

»Okay«, entgegnete er höflich. »Aber halt jetzt die Augen offen.«

Der junge Mann nickte eifrig. Nael ging zu seinem eigenen Platz. Er konnte es kaum erwarten, noch einmal genauer hinzuschauen. Denn Omar hatte außer den Sandwiches auch eine kleine Flasche Rotwein mitgenommen. Bisher hatte Omar Alkohol gemieden. Auch wenn er mit der Flucht von Alia einen Grund gehabt hätte, an diesem Abend schwach zu werden, so war es wahrscheinlicher, dass das Getränk für jemand anderen bestimmt war. Nael nahm sich noch einmal die Kameras vor dem Haus vor, besonders in der Stunde, nachdem sie die Frau mit dem Hoodie in der nahe gelegenen U-Bahn-Station gesehen hatten. Er fand nichts, doch als er den Suchradius erweiterte, fiel ihm eine Tiefgarageneinfahrt auf. Sie befand sich dort, wo noch weitere Luxushäuser gebaut wurden, die zum selben Gebäudekomplex wie das beobachtete Haus mit der bisher vom Clan benutzten Einfahrt gehörten. Wahrscheinlich konnte man von dort unterirdisch zum ersten Haus am Platz fahren. Zu dem Haus mit dem Apartment im achten Stock. Bisher war Nael diese zweite Einfahrt entgangen. Als er sich die Aufzeichnungen der Straßenkamera neben dieser Einfahrt anschaute, hätte er beinahe laut gejubelt. Die Frau mit dem Hoodie tauchte aus der Dunkelheit der Straße auf und verschwand in der Tiefe. Es hatte keine fünf Sekunden gedauert, das Gesicht war nicht zu erkennen, aber Nael war sicher, dass es Alia war. Alia, die nach Hause zurückkehrte. So richtig wollte Nael jedoch nicht glauben, dass sie dort zur Versöhnung von Omar Sandwiches und Rotwein bekommen hatte. Was genau in dem Apartment geschah, war ihm ein Rätsel. Dafür hatte er in einer anderen Frage nun Gewissheit: Die Taffas spielten mit ihnen. Und das konnten sie nur, weil sie bei Europol einen Kontaktmann hatten. Nael blickte auf und musterte den jungen Polen an dem großen Monitor genauer. Er oder ein anderer aus der Gruppe. Nael würde es herausfinden.

19

London
Freitag, 24. September

Tina fühlte sich wie ein Eisblock. Die Temperatur war unter zehn Grad gesunken, und sie hatte sich seit mindestens einer Stunde nicht mehr bewegt. So lange hockte sie nun schon in der dunklen Ecke des Parks. Sie hatte Omars vergebliche Suche nach ihr beobachtet. Sie hatte gesehen, wie er verschwunden war, nur um kurz darauf den SUV in einer dunklen Gasse an der Seite des Parks abzustellen. Zwischen Büschen verborgen, gab es dort ein zweites Tor. Sie hatte zuschauen müssen, wie er mit Yildiz' Leiche über der Schulter die Treppe hoch und zu dem versteckten Tor gegangen war, sie über das Gitter geworfen hatte. Wie er hektisch Wasser über die Blutlache auf dem Rasen gegossen hatte. Ein Rinnsal war bis zu Tinas Schuh geflossen. Als er kurz darauf Blätter gesammelt hatte, um die letzten Spuren abzudecken, war er ihr so nah gekommen, dass sie ihn mit ausgestrecktem Arm hätte berühren können. Schnaufend und fluchend, war er dann zum Auto geeilt und davongerast.

Auch wenn Tina im Park selbst keine Kameras sehen

konnte, war es ihrer Meinung nach unmöglich, dass die Polizei nichts von dem Geschehen mitbekommen hatte. Während sie an der Straße gewartet hatte, hatte Tina sechs Kameras in der direkten Umgebung entdeckt. Die Polizei war ganz offensichtlich korrumpiert. Ein Verbündeter der Taffas hatte dort die Kontrolle über die Kameras und benutzte diesen Umstand gegen sie. Damit war die Polizei als Option endgültig gestorben. Schlimmer noch: Tinas Gesicht durfte auf keinen Fall von einer Kamera erfasst werden. Ausgerechnet in London. Neben ihrer Todesangst und ihren gefrorenen Gliedern war das ein weiterer Grund, sich keinen Schritt aus ihrer Ecke herauszuwagen. Sie hockte im Freien auf dem Boden eines öffentlichen Parks, saß aber in Wahrheit in einem Gefängnis.

Tina brauchte Hilfe. Ihr nutzloses Handy zeigte in dieser Ecke des Parks nicht einmal das WLAN eines benachbarten Hauses an; und selbst wenn, hätte sie das Passwort nicht gewusst. Doch auch mit einer SIM-Karte wäre das Telefon keine Hilfe, denn wen sollte sie schon anrufen? Ihr Instinkt hatte in dieser Nacht stets in eine Richtung ausgeschlagen: zu Papa. Doch da war nur ein leerer Abgrund. Und sie war sich zwar sicher, dass ihre Mutter ihr trotz ihres unrühmlichen Abgangs helfen würde. Trotzdem kam sie nicht infrage. Mama wäre im fernen Köln mit der Aufgabe überfordert und würde wahrscheinlich ausgerechnet genau den Polizisten anrufen, der Tina jagte. Adem wäre nicht überfordert, aber Tina hatte schon im Sushisamba vergeblich versucht, eine Kontaktmöglichkeit zu finden. Andere Freunde hatte sie nicht. Zumindest keine *wirklichen* Freunde, die alles für sie tun würden. Die sie aus dieser Todesfalle im Park holen würden. Im Londoner Bankenviertel. London. Banken. Ihre Gedanken kreisten schon längst um Lydia, bevor Tina das bewusst war. Lydia. Die Londoner Bankerin. Ihre beste Freundin von früher. Vielleicht die einzige wirkliche Freundin, die sie je gehabt hatte. Sie waren in denselben Kindergarten gegangen, in dieselbe Grundschule, auf dasselbe Gymnasium. Lydia hatte Tina die Haare aus dem Gesicht gehalten, als sie sich mit vierzehn zum ersten Mal stockbetrunken übergeben hatte. Lydia hatte mitten in der Nacht für Tina Kondome besorgt und hoch auf den Balkon des heißen Typen geworfen, bei dem sie sich gerade auf den ersehnten Verlust ihrer Jungfräulichkeit vorbereitete. Lydia hatte Tina so oft Geld geliehen, dass sie nicht einmal mehr wusste, wie viel sie ihr schuldete. Sie hatte unzählige Umzüge mitgemacht, diverse gescheiterte Beziehungen von Tina mit Caipis begossen. Und sie hatte auf Tina in der Klinik gewartet, als sie ihre Abtreibung hatte. Lydia war diese Freundin gewesen, die alles für sie tat. Und zum Dank dafür war Tina mit Lydias großer Liebe ins Bett gegangen.

Seit fünf Jahren hatten sie keinen Kontakt mehr. Tina hatte natürlich mitbekommen, dass Lydia nach London gegangen war. Alle Klassenkameraden hatten darüber gesprochen. Man hatte Lydia einen lukrativen Job bei einer Top-Bank angeboten. Ein Traum war in Erfüllung gegangen. Tina hatte sich nicht getraut, ihr zu gratulieren. Dafür war der Bruch zu brutal gewesen, Lydias Verletzung zu groß, nur noch übertroffen von Tinas Scham. Eigentlich hatte Tina sich kein Szenario vorstellen können, in dem sie noch einmal den Kontakt zu der alten Freundin gesucht hätte. An diesem Morgen um fünf Uhr, wenige Meter von der mit Blättern bedeckten Blutlache entfernt, konnte sie an nichts anderes mehr denken. Lydia war ihre einzige Hoffnung.

Wenn die Sonne aufgeht, verfärbt sich der Himmel, lange bevor man sie zu Gesicht bekommt. Tina liebte diesen tiefblauen Farbton. Abends gibt es sie auch, die blaue Stunde, angeblich mit derselben Färbung. Aber morgens hat das Blau eine ganz andere Kraft. Tina kannte diesen Effekt nicht nur von den Wanderungen in den Alpen, früh am Morgen, mit Papa hoch auf dem Berg. Sie kannte ihn auch von zahllosen Partynächten, die erst im Morgengrauen endeten. Es war ein Licht, das ihr immer Kraft gegeben hatte. Ein Blau, das »nichts bereuen« hieß. An diesem Morgen war das Licht ein zweischneidiges Schwert. Es versprach Sonnenwärme, aber es kündigte ebenfalls an, dass sie sich bald nicht mehr in ihrer dunklen Ecke verstecken könnte. Bald würde sie für jeden sichtbar werden. Sie musste sich bewegen. Die Zeit war gekommen.

Als Tina sich aufrichtete, fühlte es sich an, als würden ihre Knochen zerbrechen. Sie wollte bei jeder Bewegung aufschreien. Auch ihre Knöchel waren eingerostet. Ihr Glück, dass sie nicht spontan hatte loslaufen müssen. Nach fünf Minuten vorsichtiger Bewegungen bekam Tina die Kontrolle über ihre Gelenke langsam zurück. Geduckt huschte sie über die Wiese, wobei sie die Stelle, die mit Blättern bedeckt war, weiträumig umging. Sie stieg die Treppe hinauf, schlich sich weiter nach vorne.

Dorthin, wo eine lang gezogene Pergola ein paar Bänke überdachte. Eine Reihe direkt an der Straße, abgetrennt vom Rest des Parks durch Bewuchs mit Sträuchern und Bäumen. Tina kämpfte sich durch die Bepflanzung. Im Halbdunkel peitschten ihr Zweige ins Gesicht. Zwischen den letzten Büschen blieb sie auf dem Boden hocken. Über das kleine Mäuerchen konnte sie die Straße sehen. Sie zählte sechs Überwachungskameras. Zwei davon an Laternenpfählen, die im Abstand von zweihundert Metern auf die Straße gerichtet waren. Zwei weitere oben auf einem Gebäude, die den Bürgersteig davor überwachten. Eine Kamera am Eingang eines Bankgebäudes, die aber vor allem die dortige Tür im Blick behielt. Und dann noch die Kamera am Geldautomaten daneben, die in Richtung Park gerichtet sein musste. Die Entfernung war groß. Trotzdem erschien Tina diese Kamera am gefährlichsten. Vor allem in ein oder zwei Stunden, wenn die Sonne den Park völlig ausleuchten würde.

Es wurde wärmer. Der Tagesanbruch rückte näher. Das geliebte Blau verwandelte sich erst in Gold und dann in Orange. Tina taute mehr und mehr auf. Was immer noch fehlte, war ein hilfreiches WLAN. Tinas Hoffnungen ruhten auf dem Café auf der anderen Straßenseite. Sie konnte sogar das »Free WiFi«-Zeichen an der Tür ausmachen. Doch ihr Handy zeigte nur verschlüsselte Netze. Wahrscheinlich aus den Gebäuden neben dem Park. Das Café war geschlossen. War der Router darin vielleicht noch gar nicht eingeschaltet?

Um sieben Uhr zerschlug sich diese Theorie. Mittlerweile war es hell. Auf der Straße hatte geschäftiges

Treiben eingesetzt. Die Autos fuhren mit immer weniger Abstand. Noch ging niemand in den Park, aber die ersten Anzugträger eilten bereits über den Gehsteig. Das Café öffnete, um die Frühaufsteher mit Heißgetränken zu versorgen. WLAN gab es nach wie vor nicht. Zumindest nicht dort, wo Tina sich verbarg. In einem verzweifelten Versuch streckte sie ihre Hand mit dem Telefon, so weit es ging, aus dem Gebüsch heraus. Und siehe da: Für einen Moment wurde ein schwaches Netz angezeigt. Wenn sie das Handy wieder näher an sich hielt, verschwand es. Sie musste lachen. Das Schicksal zwang sie aus ihrem Versteck heraus.

Am frühen Morgen waren die meisten Menschen müde, mürrisch, ordneten in Gedanken den anstehenden Tag. Wären sie aufmerksamer gewesen, hätten sie sich wahrscheinlich über die bibbernde Frau in Jeans und Sweater gewundert, die rückwärts aus den Büschen des Parks erschien. Die den Kopf gesenkt hielt und den Blick starr auf das Handy in ihrer Hand richtete. Die umständlich rückwärts über das Mäuerchen neben dem Tor stieg. Mit einem tiefen Seufzer. Erst als Tina auf dem Bürgersteig in der Nähe einer Ampel stand, leuchtete einer der Balken ihres WLAN-Zeichens dauerhaft. Sie hatte die Positionen aller Kameras in ihr Gehirn eingebrannt. Solange sie stur in Richtung Park schaute, war ihr Gesicht nicht erkennbar. Ihr Gesicht, das laut Adem von einem Computer in allen Kameraaufzeichnungen automatisch erkannt werden konnte. Mit ihrem Rücken hingegen konnte der Computer nichts anfangen. Allerdings war sie leicht auszumachen, falls der gekaufte Polizist selbst den

Park über die Kameras im Auge behielt. Deswegen fühlte Tina sich in diesem Moment wie eine lebendige Zielscheibe. Ihr gesamter Körper war stocksteif, dieses Mal nicht vor Kälte. Eine schmerzhafte Anspannung. Nur mühsam konnte sie die Tasten auf dem Display bedienen. Dreimal gab sie das falsche Passwort bei Instagram ein, dann war sie endlich in ihrem Account. Sie hatte vierunddreißig neue Herzchen an ihren Fotos. Gar nicht mal so wenige dafür, dass sie seit ihrem Flug nach London nichts mehr gepostet hatte. Und auf Anweisung der Taffas auch nicht mehr eingeloggt gewesen war. Dann ging das Scrollen los. Sie suchte die Unterhaltung mit einem Schulfreund, der ihr vor einigen Jahren Lydias englische Handynummer gegeben hatte. »Falls du dich mal bei ihr melden willst.« Damals hatte sie mit dem Gedanken gespielt, aber letztlich den Mut nicht aufgebracht. Sie zuckte zusammen, als sie eine Männerstimme hinter sich hörte. Die Worte hatte sie nicht verstanden. War es ein Polizist? Sie schloss die Augen, drehte sich aber nicht um. Nur nicht ins Visier der Kameras geraten. Doch es war lediglich jemand, der im Vorbeigehen telefonierte. Tina atmete durch. Dann fand sie die Unterhaltung mit Daniel. Sie sah die Nummer. Und dieses Mal zögerte sie keine Sekunde, bevor sie daraufklickte.

»Hello?«, hörte sie nach einigen Augenblicken die vertraute Stimme.

Es verschlug Tina die Sprache. Sie hatte sich nicht überlegt, was sie sagen wollte. In diesem Moment begriff sie erst, wie absurd die Situation war. Sie wusste überhaupt nicht, wo sie anfangen sollte.

»Hello?«, kam es noch einmal aus dem Hörer.

Offen, zugewandt, Lydia.

»Hi«, hauchte Tina. »Ich bin's.«

»Tina?«

Lydia erkannte Tinas Stimme sofort, auch wenn es nicht viel mehr als ein Flüstern gewesen war.

»Lydia«, entfuhr es Tina mit einem sehr tiefen Seufzer. »Ich hab keine Ahnung, wie ich dir das erklären soll. Ich bin in London und brauche deine Hilfe.«

Stille.

»Ich weiß, dass …«, setzte Tina an.

»Du hast Nerven«, unterbrach Lydia sie.

Jetzt klang sie nicht mehr offen und zugewandt. Sie klang wütend.

»Ich weiß«, antwortete Tina schnell. »Es gibt nichts, womit ich entschuldigen kann, was ich … Und es entspricht allem, was du mir völlig zu Recht an den Kopf geknallt hast, dass ich ausgerechnet jetzt anrufe, aber ich hab nicht nur eins meiner üblichen Probleme. Ich … ich bin tot, wenn du mir nicht hilfst.«

»Drunter machst du's nicht.«

»Lydia, ich mach keinen Quatsch. Ich hätte dich im Leben nicht angerufen. Aber ich … Heute Nacht ist jemand vor meinen Augen erschossen worden …«

»Dann geh zur Polizei.«

So kalt hatte Lydia früher nie reagiert.

»Die Polizei steckt mit drin.«

»Das soll ich dir glauben?«

Genau in dem Moment sah Tina aus dem Augenwinkel einen Polizeiwagen, der sich ihr hinter ihrem Rücken näherte. Er fuhr zügig vorbei, und dennoch hatte ihr Herzschlag kurz ausgesetzt. Dafür raste es nun umso schneller. Ihr Sprechtempo passte sich ihrem Puls an: »Pass auf, ich bin verzweifelt, am Ende, halb erfroren, übermüdet, ausgehungert. Und ich kann nicht mehr lange reden, ich muss in mein Versteck, da habe ich dummerweise kein Netz …«

»Tina!«, unterbrach Lydia sie. »Was redest du da?«

Mischte sich Sorge unter die Wut? Tina konnte es nicht mit Sicherheit sagen. Sie trippelte von einem Bein aufs andere. Der Boden war Lava. Die Augen der Kameras. Die Schritte der Passanten, die Autos hinter ihr. Alles wurde zur Bedrohung.

»Ich bin in einem kleinen Park in der Queen Victoria Street. Clearly Garden. Ich bin in den Büschen oben. Wenn du herkommst, sehe ich …«

»Tina! Ich werde da nicht hinkommen. Ich muss zur Arbeit und …«

»Es ist im Bankenviertel.«

»Es liegt nicht an der Lage des Parks, dass ich nicht komme.«

Da war keine Sorge. Nur Wut. Tina konnte dem nichts entgegensetzen. Nicht nur, weil ihr die Argumente fehlten. Sondern auch, weil sie keine Kraft mehr hatte. Sie hielt es keine Sekunde länger hier draußen aus.

»Ich brauche dich«, hauchte Tina.

Noch während sie den Anruf verzweifelt beendete, eilte sie los. Über den Bürgersteig, das Mäuerchen, durch den Park, ins Gebüsch. Erst nachdem sie dort ein paarmal kräftig durchgeatmet hatte, riskierte Tina einen Blick zurück zur Straße. Die Menschen hasteten vorbei. Die Autos stauten sich im Berufsverkehr. Niemand sah sie. Für den Moment war sie sicher. Es sei denn, man hatte Omar längst auf den Weg geschickt, um sein Werk der letzten Nacht zu vollenden.

Um kurz vor acht kam zum ersten Mal jemand in den Park. Es war nicht Omar, dennoch hatte Tina Angst. Ein Gärtner schloss das kleine Tor auf und sah nach dem Rechten. Ob das Durchforsten der Büsche zu seinen Aufgaben zählte, konnte Tina nicht sagen. Sie war nicht scharf darauf, erklären zu müssen, was sie dort trieb. Doch der dunkelhäutige ältere Mann drehte nur eine kleine Runde, öffnete auch den seitlichen Eingang. Die Wiese mit dem verräterischen Laubhaufen beachtete er nicht weiter. Schon bald machte er sich wieder auf den Weg, um irgendwo den nächsten Park aufzuschließen.

Eine junge Asiatin im Hosenanzug verirrte sich zu den Bänken vor Tina. Sie telefonierte auf Japanisch, ging bald weiter. Zwei Banker setzten sich mit ihrem Kaffee unter die Pergola und tauschten Neuigkeiten aus. Bruce konnte seiner Frau nichts recht machen, überhaupt nichts. Steve offenbarte überraschend viel Mitgefühl. Eine junge Frau in Joggingklamotten unterbrach ihren Lauf für Pilates-Übungen auf der großen Wiese. Zehn Meter neben der Stelle, an der Yildiz getötet worden war.

Bei jeder Regung im Park, bei jeder Bewegung am Tor, schaute Tina gebannt auf. Angst vor Omar. Hoffnung auf Lydia. Doch weder der eine noch die andere tauchten auf. Um kurz vor neun nahm Tina sich vor, über einen Plan B nachzudenken. Sie war immer gut darin gewesen, einen Ausweg zu finden. Auswege waren ihre Stärke. Oft genug hatte das in ihrem Leben weglaufen bedeutet. Und weglaufen war genau das, was sie nun tun musste. Aber sie wusste nicht wie. Es gab keinen Plan B. Sie konnte keinen klaren Gedanken fassen. Es funktionierte einfach nicht. Sie war hilflos wie ein Baby, saß dort zwischen Gebüschen im Dreck und wusste nicht, wie sie diesen Tag überleben sollte. Vielleicht musste sie doch zur Polizei gehen und hoffen, dass sie an die richtigen Beamten geriet.

»Tina?«

Für einen Moment hatte sie nicht aufgepasst. Der Klang der vertrauten Stimme riss sie hoch auf die Beine. Lydia stand im Park. Am Tor. Blickte ratlos umher. Sie trug die Uniform dieses Viertels: einen schicken dunkelblauen Hosenanzug über einer weißen Bluse. Die langen blonden Haare fielen über ihre Schultern. Sie trug eine riesige Handtasche, in der Laptop und Aktenordner Platz hatten. Sie sah so erwachsen aus.

Als Lydia das Rascheln hinter sich hörte, wirbelte sie herum. Tina brach aus dem Gebüsch wie ein Wildschwein aus dem Unterholz. Ungläubig blickte die Bankerin ihre ehemalige Freundin durch die Designer-Brille an.

»Lydia, ich …«

Weiter kam Tina nicht. Sie wollte reden. Sie versuchte es. Aber ihr Körper sendete nur ein Beben nach oben, durch den Hals direkt auf die Tränendrüsen. Ein wahrer Sturzbach ergoss sich. Ermattet fiel sie Lydia in die Arme, die gar nicht anders konnte, als Tina aufzufangen. Tina war mit den Nerven am Ende. Erst zögerlich, doch dann immer fester drückte die alte Freundin sie. Was gleichzeitig Erleichterung brachte und den Fluss der Tränen noch verstärkte. Lydia wollte Tina zu einer der Bänke unter der Pergola führen. Doch Tina hatte noch genug Kontrolle über sich, um Lydia zurückzuziehen. Auf keinen Fall Richtung Straße ins Blickfeld der Kameras. Sie trippelte in die andere Richtung. Zu einer Bank unter den Bäumen in der Mitte des Parks.

»Jetzt mal ganz langsam, Tina. Was ist hier los?«

Tina rang nach Luft. Schließlich konnte sie wieder reden, auch wenn sie zwischendurch schluchzen musste wie eine Fünfjährige nach einem Heulkrampf.

»Das mit … Marc tut mir so leid, Lydia. Ich war bescheuert. Ich war betrunken, ja, aber ich wusste genau, was … was ich tat. Das war purer Neid. Angst, dass ich nicht mehr die Wichtigste in deinem …«

»Langsam, langsam«, unterbrach Lydia sie mit harter Stimme. »Ich will das nicht hören. Ich will wissen, was hier los ist. Deswegen bin ich hier.«

»Okay, okay, okay. Aber ich … Danke! Du! … Wir müssen weg hier.«

»Warum?«

»Die wollen mich umbringen. Sie haben jemanden bei der Polizei, der die Überwachungskameras … Sie können alles sehen, was vor einer Kamera … Egal, welche. Deswegen kann ich hier nicht einfach rausgehen. Deswegen … Verdammt, ich kann das nicht alles erklären, während ich hier offen rumsitze und … Ich kann jeden Moment … Heute Nacht ist eine Frau … Direkt neben mir … Sie … «

Tina wurde wütend. Dieses Gestammel passte nicht

zu ihr. Doch ihre Gefühle waren außer Kontrolle. Ihre Gedanken nicht zu ordnen. Lydia sah das. So hart ihr Blick bei der Erwähnung von Marc auch gewesen war, jetzt war es der einer großen Schwester. Ein Blick, den Tina so lange vermisst hatte. Lydia zog ihr Jackett aus und legte es Tina um die Schultern. Dabei sagte sie ganz ruhig: »Was können wir tun? Ganz konkret?«

Das kam an. Tina atmete noch einmal durch. Lydia würde ihr helfen. Alles würde gut werden.

»Hast du ein Auto?«

Lydia schüttelte den Kopf.

»Wir brauchen ein Auto. Ich muss raus aus London. Ich muss nach Deutschland, aber ich kann nicht fliegen oder mit dem Zug …«

»Warte, warte. Eins nach dem anderen. Erst mal weg hier. Ich gucke, ob's irgendwo einen Carsharing-Wagen gibt.«

»Haben die Kameras?«

»Nein.«

»Sicher?«

»Ja. Aber ich kann dich nur zu mir bringen. Dann muss ich dich allein lassen. Ich muss arbeiten. Ich hab wichtige Termine heute. Bei mir zu Hause bist du sicher. Keine Kameras. Keine Mitbewohner. Kein Mann.«

Dafür ein vielsagender Blick. Tina lächelte verlegen. Ihr erstes Lächeln seit Stunden. Lydia rief mit ihrem Handy eine Carsharing-App auf.

»Wir können nicht auf direktem Weg zu dir fahren«, mahnte Tina. »Wir müssen … Ich will dich nicht in Gefahr bringen.«

Sie blickte zu den Blättern auf der Wiese.

»Okay, okay … Bringt es etwas, wenn wir den Wagen einen Block von meinem Haus entfernt stehen lassen?«, erwiderte Lydia. »Durch die Hintertür eines Ladens auf der anderen Seite vom Hof gehen?«

Sie sprach mit Tina wie mit einer geistig verwirrten Frau.

»Wenn es da keine Kameras gibt …«

»Ich denke nicht. Ich werde drauf achten. Funktioniert das für dich?«

»Ja.«

»Dann suche ich uns einen Wagen und hole ihn her.«

Tina nickte. »Du musst ihn da vorne parken.«

Sie zeigte auf die kleine Seitenstraße, in der Omar seinen Wagen abgestellt hatte, um die Leiche abzutransportieren. Zu dem Seiteneingang in der Mauer dort. Er hatte den umständlichen Weg über das hohe verschlossene Tor nicht gewählt, ohne einen triftigen Grund dafür zu haben. Omar wusste, wo die Kameras ihn sehen konnten. Selbst wenn er einen Polizisten auf seiner Seite hatte, wollte er nicht mit einer Leiche über der Schulter gefilmt werden. Dort in der Seitenstraße würde auch Tina sicher sein.

Auf Lydias Handy war eine Karte der Umgebung zu sehen. Sie wählte den nächstgelegenen Wagen aus und reservierte ihn. Dann starrte sie noch einen Moment lang auf ihr Handy. Schließlich blickte sie Tina forschend an.

»Und das ist wirklich alles wahr?«

»Ja«, antwortete Tina matt.

Lydia glaubte ihr. Auch wenn sie bis dahin nicht sicher

gewesen war, ob es vielleicht doch ein ziemlich missratener Versöhnungsversuch war, so verstand sie spätestens in diesem Moment, welche Gefahr drohte. Ihnen beiden.

»Das dauert eine Weile«, erklärte Lydia. »Ich muss den Wagen auf der anderen Seite der Themse holen. Aber ich komme zurück. Versprochen. Warte hier!«

Tina nickte. Sie würde Tage warten, wenn es sein musste. Denn nun war sie nicht mehr allein.

20

Den Haag
Freitag, 24. September

Nael war an diesem Tag so kooperativ wie seit Wochen nicht. Er fand es »nach reiflicher Überlegung« nun doch denkbar, dass die Taffas sich vom IS bezahlen ließen, um das London Eye in die Luft zu jagen. Und, ja, dass Omar schon am Vormittag wieder dort erschien und Fotos von der Umgebung schoss, konnte ja eigentlich gar nichts anderes bedeuten. Trotzdem würde er gerne versuchen herauszufinden, was es mit Alias Flucht auf sich hatte. Wie es ins Bild passte. Vielleicht führte sie Europol ja doch noch zu dem Unsichtbaren.

Xalvador nahm Nael diesen Sinneswandel ab. Er war erfreut, nahm sowieso nichts mehr wahr, was abseits seiner Terrorermittlung passierte. Achim hingegen musterte Nael nach seinen vermeintlich einsichtigen Worten mit großem Misstrauen. Er kannte seinen Mitarbeiter besser. Doch er hielt es auch für möglich, dass Nael seinen Sinneswandel nur vorspielte, denn Nael wollte natürlich nicht aus dem Team fliegen. Der Leiter des deutschen Desks beließ es bei einem bissigen Kommentar. Nael durfte zurück an seinen Platz und sich mit dem Rätsel Alia beschäftigen.

Achim war ein naheliegender Kandidat, wenn es um den Verräter in den eigenen Reihen ging. Allein schon deswegen, weil er aus Berlin kam. In seiner Zeit beim BKA war er dort mit arabischen Clans in Berührung gekommen. Andererseits war Achim ein Idealist. Trotz seiner Bissigkeit und der Unsicherheit wegen des Anschlags am Breitscheidplatz hatte Nael ihn immer als Kämpfer für gute und erfolgreiche Polizeiarbeit erlebt. Er hatte sich für die Stelle in Den Haag beworben, weil er schon lange vor Nael erkannt hatte, dass hier moderne Ermittlungen durchgeführt werden konnten. Effektive, zukunftsweisende Arbeit. Wenn man gemeinsam mit ihm im Café De Sien trank – wo sich die Mitarbeiter von Europol abends gern trafen –, dann hörte man ihn schon nach dem dritten Glas Bier von den neuen Möglichkeiten schwärmen, die eine internationale Vernetzung und der umfassende Datenaustausch brachten. Von den Möglichkeiten, den Verbrechern endlich einmal einen Schritt voraus zu sein. Würde so ein Mann das alles zunichtemachen, indem er diesen Vorsprung verkaufte?

Nael ging einen Mitarbeiter nach dem anderen im Geiste durch. Beobachtete sie, wenn es möglich war. Überprüfte Informationen, wenn er sie unauffällig im internen System oder gar im Internet finden konnte. Sein Fokus lag auf allen, die für WATCH arbeiteten. Aber auch die deutschen Liaison Officers kamen infrage. Sie arbeiteten zwar nicht direkt mit dem WATCH-System, aber sie waren frühzeitig über die Suche nach dem

Unsichtbaren informiert gewesen. Letztlich konnte Nael nicht sagen, was genau man den Taffas durchgestochen hatte.

Die Suche nach Auffälligkeiten blieb ergebnislos. Nael fand keinen Kollegen außer ihm selbst, der direkten Kontakt mit den Taffas gehabt hatte. Keinen, der plötzlich über Reichtümer verfügte. Keinen, der auf ungewöhnliche Weise mit Leuten außerhalb von Europol kommunizierte. Nael blieb nichts anderes übrig, als die Augen offen zu halten. Und den Mund geschlossen.

Für all das hatte Nael deswegen Zeit, weil in London nichts geschah. Von Alia gab es keine Spur. Omar hatte am Vormittag das Eye genauestens observiert, am Nachmittag war er erst ins Kino gegangen und dann wieder in der Wohnung verschwunden. Ungewöhnlich war lediglich das Pflaster an seiner Stirn, ansonsten verhielt er sich geradezu langweilig unauffällig. Offenbar suchte er Alia nicht mehr. War sie wirklich zurückgekehrt? Warum verließ sie dann die Wohnung nicht? Oder hatte Nael mehr übersehen als die zweite Einfahrt in die Tiefgarage?

Nach dem Mittagessen beschäftigte er sich nur noch mit dieser Einfahrt. Er nahm sich jedes einzelne Fahrzeug vor, das die Tiefgarage verließ, nachdem Alia sich hineingeschlichen hatte. Er beobachtete die einzelnen Wagen so lange, bis er erkennen konnte, wer darin saß. Manche Wagen mit verdunkelten Scheiben verfolgte er durch die ganze Stadt, bis die Insassen schließlich irgendwo ausstiegen. Alia war nie dabei. Dann nahm er sich die andere Ausfahrt vor, die der SUV normalerweise benutzte und die man von Anfang an gekannt hatte. Doch auch in keinem der Fahrzeuge, die hier herausfuhren, war Alia zu finden. Nael entdeckte jedoch etwas anderes. Er hätte es beinahe übersehen, weil er sich die nächtlichen Aufnahmen von der Ausfahrt im schnellen Vorlauf anschaute und nur stoppte, wenn ein Wagen aus der Einfahrt kam. Im Schnelldurchgang hüpfte schon mal ein vorbeifahrendes Auto durchs Bild oder ein Spaziergänger mit Hund düste vorbei. Dass jedoch ein auf der Straße geparkter Wagen plötzlich verschwand, erschien Nael ungewöhnlich. Das änderte sich auch nicht, als er sich den entsprechenden Ausschnitt der Aufnahmen noch einmal in normalem Tempo ansah. Das parkende Auto verschwand einfach. Und noch mehr war verschwunden, nämlich achtzehn Sekunden der Zeitanzeige. Von 4:28:44 sprang sie direkt auf 4:29:02. Nael sah zwar am Rand des Bildes, wie ein Mann zu dem abgestellten Wagen ging, aber nicht, wie er einstieg und losfuhr. War die Kamera defekt? Manipuliert?

Noch einmal ging Nael die Aufzeichnungen dieser Kamera durch. Dabei sah er nur auf die Zeitanzeige. Und tatsächlich: Schon früher in der Nacht hatte es einen Sprung gegeben. Von 1:32:16 auf 1:32:27. Dieses Mal fehlten elf Sekunden. Und das war noch längst nicht alles. Als Nael sich die Aufzeichnungen der Straßenkamera vor dem Hauseingang vornahm, auf denen man die Fahrzeuge sehen konnte, die aus der Tiefgarage kamen, stellte er dasselbe Phänomen fest. Kurz nach 1:32:27 fehlten acht Sekunden. Kurz vor 4:28:34 fehlten zehn Sekunden. Zusätzlich fehlten auf dieser Kamera gegen 1:23:11 ganze fünfunddreißig Sekunden. Für mehr als eine halbe Minute gab es keine Aufnahme davon, wer das Apartmenthaus betreten oder verlassen hatte. Bisher hatten sie einzelne Kameras nie überprüft, sondern darauf vertraut, dass das System die Zielpersonen jederzeit anzeigen würde. Aber wenn der Auftritt einer Zielperson in den Aufzeichnungen fehlte, konnte das System ihn natürlich auch nicht finden.

Nael schaute von seinem Platz auf. Außer Camille war niemand mehr in dem Raum von WATCH. Es war zwar erst kurz nach 19 Uhr, aber da es Freitag war, hatte niemand unnötig lange bei der Arbeit ausgeharrt. Auch Xalvador war schon gegangen. Nael hingegen hatte komplett die Zeit vergessen. Er musste mit Camille reden, auch wenn sie gerade auf der Liste der möglichen Verräter ganz weit nach oben gerückt war. Sie kannte sich mit WATCH am besten aus. Nur jemand, der die Technik beherrschte, konnte Aufnahmen löschen. Nael hätte nicht gewusst, wie er das anstellen sollte. Er stand auf, streckte sich und schlenderte zu ihr hinüber.

»Na, wird wieder ein langer Abend, hm?«, begann er mit dem Small Talk.

Sie klickte schnell das Kamerabild eines Hauseingangs weg, den sie auf ihrem Bildschirm betrachtet hatte. Dafür erschien eine Aufnahme von Omar. Sie hatte sich die dreißig Tage vor seiner Ankunft in London vorgenommen. Gerade sah man ihn in der Bremer Innenstadt, wie er Schuhe kaufte.

»Was machst du denn noch hier?«, fragte sie. »Alia ist nicht mehr aufgetaucht.«

Nael musterte Camille für einen Moment. Was hatte

sie weggeklickt? Hatte er sie bei etwas ertappt? Wahrscheinlich bildete er sich das nur ein. Seine Kollegin war unbefangen wie immer.

»Ich suche die Umgebung nach der anderen Frau ab«, antwortete er, ohne sich etwas anmerken zu lassen. »Die mit der Kapuze.«

»Und?«

»Nichts bisher. Hm, ich geh runter zur Bar und klaue Wein. Willst du auch einen?«

»Gerne. Soll ich Pizza bestellen? Ich mache heute die Nachtschicht.«

»Du Arme. Aber sehr gerne.«

Er lächelte Camille an, die ebenfalls grinste und auf dem Bildschirm zu einem Browser wechselte, um online bestellen zu können.

»Wie immer?«, fragte sie.

»Ja.«

Nael tat so, als wolle er sich auf den Weg ins Atrium machen, blieb aber noch mal stehen, um ganz nebenbei zu fragen: »Sag mal, kann man theoretisch eigentlich auch Aufzeichnungen löschen?«

»Hier bei uns?«, fragte sie, ohne aufzuschauen.

Sie konnte sich nicht zwischen Champignons und Anchovis entscheiden.

»Vielleicht aus Versehen oder so?«, fragte Nael.

»Nee, das ist ziemlich aufwendig. Das geht nicht über unsere Benutzeroberfläche.«

»Aber es geht?«

Camille schaute nun doch auf.

»Willst du was löschen?«

»Nein. Ich wundere mich nur, dass Alia den ganzen Tag nirgendwo aufgetaucht ist.«

Sie musterte ihn. Befürchtete sie, dass er ihr auf die Schliche kam?

»Es wurde nichts gelöscht. Wer sollte das machen? Und warum?«

»Okay.«

Nael winkte ab und wollte nun wirklich den Wein holen. Die wesentliche Information hatte er: Man konnte Aufnahmen löschen, musste sich dafür aber auf die Programmierebene begeben. Der Verräter musste Ahnung von Code haben oder zumindest eine gute Anleitung. Das engte den Kreis der Verdächtigen ein.

»Wäre sowieso überflüssig, weil die Originalaufnahmen ja nicht gelöscht werden können«, hörte er Camille hinter sich sagen.

»Bitte?«

Er blickte zurück zu ihr. Sie war wieder in ihre Bestellung vertieft. Anchovis sollten es heute sein.

»Wir können nicht von Den Haag auf die Aufzeichnungen in ganz Europa zugreifen. Die senden uns die Daten, wir speichern sie und arbeiten mit diesem Speicher. Aber natürlich hat die Met noch die Straßenbilder von London auf ihrem Server.«

»Na klar«, sagte Nael und war dabei vielleicht ein wenig zu sehr erfreut über die Erkenntnis, dass die fehlenden Sekunden nicht verloren waren.

21

London
Freitag, 24. September

Tina duschte zum dritten Mal an diesem Tag. Sie hatte es morgens nach ihrer Ankunft in Lydias Apartment in Southwark getan, um sich aufzuwärmen. Ein weiteres Mal dann nach fünf Stunden traumlosem Schlaf, um wach zu werden. Für das dritte Mal hatte sie keine rationale Begründung. Mit dem heißen Wasserstrahl auf ihrem Körper fühlte sie sich geborgen. Er war warm. Sie hörte nichts außer dem Rauschen des Wassers. Das half ihr, die Gedanken zu ordnen. Die Bilder vor ihrem inneren Auge, in denen sie die Nacht immer und immer wieder erlebte. Unter der Dusche kamen andere Erinnerungen. An Adem. Seinen Körper an ihrem. Seine Hände. Seinen Mund.

Ihre eigenen Hände waren mittlerweile schon ganz schrumpelig. Tina gab sich einen Ruck. Sie drehte das Wasser ab. In dem kostspielig eingerichteten Bad mit Dusche, Badewanne und Bidet stand der Wasserdampf in der Luft. Trotzdem fand sie ihr Handy. Es war fast acht Uhr. Sie hatte schon wieder eine Stunde lang geduscht. War Lydia vielleicht zurück?

Mit dem Handtuch um den Körper geschlungen, trat Tina in den Flur. Kälte schlug ihr entgegen.

»Lydia?«

Keine Antwort. Tina trippelte ins Wohnzimmer, wo ihre ehemals beste Freundin ihr auf dem Designersofa eine Schlafstätte zugewiesen hatte. Auf dem Boden daneben lagen die Sachen, die Lydia für sie rausgesucht hatte, bevor sie am Morgen viel zu spät zur Arbeit gerast war. Tina zog sich an. Lydias Sachen passten. Es war genau wie damals, als Tina sich im Schrank von Lydia bedient hatte, bevor sie ausgegangen waren.

Auch in dieser Wohnung hatte Tina die Schränke inspiziert. Aber sie hatte sich nichts genommen, was Lydia nicht explizit für sie vorsah. Die Wohnung war für Lydias Verhältnisse erstaunlich steril. Sie hatte sie möbliert gemietet, als sie nach London gezogen war. Der Job hatte ihr keine Zeit für einen persönlichen Touch gelassen. Die Wohnung erinnerte Tina an das Apartment in Wapping: Grau- und Brauntöne in allen Nuancen, schnörkellose Möbel aus edlem Holz. Immerhin zeugte das Bücherregal im Wohnzimmer von Lydias Handschrift. Es war bis oben hin vollgestopft. Thriller, Fantasy-Romane, Biografien. An Lydia waren Netflix und E-Books spurlos vorbeigegangen. Jede Minute ihrer Freizeit verbrachte sie mit einem Buch in der Hand. Sie war eine Romantikerin.

Hinweise auf einen Mann in Lydias Leben fand Tina nicht. Es gab keine Fotos, kein Extrafach im Bad, keine Kiste mit Liebesbriefen unter dem Bett, wie damals bei Marc. Im Schlafzimmer fanden sich im Nachttisch neben einem Vibrator auch fantasievoll gestaltete Penisringe, was annehmen ließ, dass Lydia nicht nur mit sich selbst Sex hatte. Für eine ernsthafte Beziehung schien sie jedoch keine Zeit zu haben. Zumindest redete Tina sich ein, dass Zeitmangel der Grund dafür war, dass Lydia nach Marc keinen Partner mehr gefunden hatte.

Tinas Magen rumorte. Lydias Einladung in Bezug auf den Kühlschrank hatte Tina so sparsam wie möglich in Anspruch genommen. Brot, Obst und Gemüse. Vom teuren Käse hatte sie die Finger gelassen. Natürlich hatte sie einen Riesenhunger, aber sie wollte Lydias Großzügigkeit nicht überstrapazieren. Sie würde noch genug Hilfe von ihrer alten Freundin benötigen. Dennoch ging Tina in die Küche, nachdem sie sich angezogen hatte. Gebrauchsspuren fanden sich dort nur am Kühlschrank und an der Mikrowelle. Der Herd wirkte wie neu. Der Esstisch war mit Zeitschriftenstapeln und weiteren Büchern belegt. Hier wurde weder gekocht noch gegessen. Tina öffnete den Kühlschrank. In diesem Moment kam ein Knall aus dem Flur, der Tina durch den ganzen Körper fuhr. Sie erstarrte auf der Stelle.

»Oh nein«, hörte sie Lydias Stimme. »Shit!«

Kurz darauf kam Lydia im Businessoutfit in die Küche gerauscht, die Handtasche über der Schulter und eine überquellende Papiertüte mit Einkäufen auf dem Arm.

»Das waren die Cornichons«, erklärte sie und stellte die Tüte mit letzter Kraft dahin, wo auf dem Tisch noch Platz war. »Du isst doch gerne Cornichons, oder?«

Tina liebte die kleinen Gürkchen.

»Alles okay mit dir?«, fragte Lydia. »Du bist ganz blass.«

Tina stand regungslos vor dem geöffneten Kühlschrank. Sie war wie gelähmt.

»Alles okay«, antwortete sie dennoch. »Hab mich nur erschrocken.«

»Sorry.«

In einer Hand hielt Lydia eine Rolle mit Küchenpapier, die andere legte sie auf Tinas Schulter. Die Wärme belebte Tina wieder. Sie schloss den Kühlschrank, setzte ein Lächeln auf.

»Früher war ich nicht so schreckhaft.«

»Du hast die Hölle hinter dir.«

Tina zuckte mit den Schultern. Aber sie widersprach nicht. Während der Autofahrt vom Park nach Southwark auf der anderen Seite der Themse hatte sie Lydia in knappen Worten einen Bericht über die letzten Tage gegeben.

»Du stehst unter Schock«, erklärte Lydia. »Völlig normal bei dem, was du erlebt hast. Bei mir bist du sicher. Ich hab genug für das ganze Wochenende eingekauft.«

Sie deutete auf die Tüte, stand immer noch mit dem Küchenpapier in der Hand da und redete weiter.

»Wir machen es uns hier gemütlich. Ich muss nur ein wenig arbeiten, sonst hab ich Zeit und ...«

»Ich muss hier weg, Lydia«, unterbrach Tina, obwohl sie das Angebot ihrer Freundin rührte. »Jede Sekunde in London riskiere ich mein Leben. Jede Sekunde bei dir riskiere ich dein Leben.«

»Willst du nach Köln? Zu deiner Mutter?«

»Nein«, schoss es aus Tina heraus.

Das kam für sie nicht infrage. Nicht nur, weil ihre Mutter überfordert gewesen wäre, sondern auch, weil

Tina jeglichen Kontakt mit ihr vermeiden wollte. Falls die Taffas sie ausfindig machten, war es besser, wenn Mama nichts von ihrer Tochter wusste. Gar nichts. Tina hatte ein anderes Ziel.

»Ich muss nach Berlin. Ich muss zu Adem.«

»Aber wie? Du kannst die Insel nicht verlassen, ohne deinen Pass zu zeigen und …«

»Es gibt einen Weg.«

Lydia verstummte, hörte zu.

»Adem hat mir erzählt, wie Alia, also die Frau, für die ich …«

»Ich weiß.«

»Sie ist von Hull mit einer Nachtfähre nach Rotterdam gefahren. Im Kofferraum eines Wagens. Die kontrollieren da nicht so genau. Und auf der Fähre gibt es angeblich nur wenige Kameras.«

»Okay, aber wie willst du das anstellen?«

»Drei Blocks weiter ist ein Autoverleih …«

Sie deutete auf Lydias Laptop im Wohnzimmer, mit dem Tina ihren Schlachtplan ausgearbeitet hatte.

»Wenn du … Ich weiß, ich verlange viel. Aber wenn du mir dort ein Auto holst … Die haben noch bis 22 Uhr auf. Und vielleicht hast du ja irgendwelche Klamotten mit Kapuze. Dann fahr ich heute Nacht nach Hull, und morgen Abend … schleiche ich mich zu einem Auto, das auf die Fähre …«

»Das kannst du vergessen.«

»Ich gebe dir das Geld für den Mietwagen wieder. Ich schwöre. Ich habe Geld. Ich hab nur meine Kreditkarten nicht, und …«

»Darum geht's nicht«, ging Lydia angestrengt dazwischen. »Du schaffst es nicht bis nach Hull, ohne dass die Kameras dich bemerken. Und du schaffst es schon gar nicht auf die Fähre.«

»Ich muss.«

»Du schaffst es nur, wenn dich jemand fährt.«

Es war nicht dieser Satz, der Tina innerlich zerriss. Es war Lydias Lächeln. Das Lächeln, das sagte: Ich bin für dich da. Ich rette dich.

»Aber du musst mich doch hassen«, hauchte Tina.

Lydia schaute Tina betroffen an. Sie holte tief Luft. Dann sagte sie nur: »Ich muss jetzt mal die Sauerei im Flur wegmachen.«

Dann ging sie davon.

22

Den Haag
Samstag, 25. September

Bis sieben Uhr morgens hatte Nael gewartet, dann hielt er es nicht mehr aus. Auch wenn es Samstag war und er jeden Menschen verflucht hätte, der ihn privat so früh angerufen hätte. Doch er hatte das Gefühl, dass sie Zeit verloren. Er wusste nach wie vor nicht, warum die Taffas ihr Ablenkungsmanöver gestartet hatten. Aber er wusste, dass Sprengstoff im Spiel war. Und ein gewiefter Clan-Chef mit sehr viel krimineller Energie. Dass sie Unterstützung bei Europol hatten. Eine Gemengelage, die keine Zeit zum Ausschlafen ließ.

Bereits vollständig angezogen, saß Nael auf dem Sofa in seinem Apartment. Er war seit einer Stunde wach, obwohl er nach einem weiteren Abend vor WATCH erst um ein Uhr ins Bett gekommen war. Die aufgehende Sonne schien herein, draußen auf der Straße war noch nichts los. Nael hatte sein Telefon in der Hand. Damit rief er nun endlich Stuart Harrison von der Metropolitan Police auf dessen Handy an. Den britischen Polizisten hatte er kennengelernt, als sie gemeinsam im Rahmen eines Joint

Investigation Teams eine Schleuserbande hochgenommen hatten. Die Bande bestand aus Deutschen und Briten, die Flüchtlinge aus aller Herren Länder vom europäischen Festland mit Fischerbooten nach Großbritannien geschmuggelt hatten. Aus der Zusammenarbeit war eine zaghafte Freundschaft geworden. Der erfahrene und sehr bedächtige Brite teilte mit Nael die Leidenschaft für guten Wein. Sie hatten außerhalb der Arbeit Empfehlungen ausgetauscht, sich die eine oder andere Flasche zukommen lassen. Trotzdem hatten sie noch nie samstags um sieben Uhr morgens miteinander telefoniert.

Harrison war schon wach und äußerte sich mit typisch britischer Höflichkeit nicht über die ungewöhnliche Uhrzeit. Nach kurzem Small Talk kam Nael zur Sache.

»Ich brauche Bilder von Überwachungskameras in London. Das Problem ist, dass ich es nicht auf dem dienstlichen Weg regeln kann.«

Denn genau das hatte die Metropolitan Police von ihm verlangt, als er am Vorabend nach der Entdeckung der verschwundenen Sekunden dort angerufen hatte. Man hatte ihn angewiesen, das offizielle SIENA-System, über das Europol mit den Behörden in den Mitgliedstaaten kommunizierte, für seine Anfrage zu benutzen.

»Sagen wir es so: Mein Vorgehen bei diesen Ermittlungen ist im Haus nicht unumstritten.«

»Aber ihr habt doch WATCH«, erwiderte der Brite.

»Ich habe den Verdacht, dass mit WATCH etwas nicht stimmt. Doch ich bitte dich, das für dich zu behalten.«

Nael blieb nichts anderes übrig, als seinem britischen Kollegen in dieser Sache zu vertrauen.

»Bis wann brauchst du das?«

»So schnell wie möglich.«

Harrisons Seufzen war kaum zu vernehmen. Er zögerte mit einer Antwort.

»Ist mir eine Flasche Montrachet wert«, legte Nael nach. »Grand Cru.«

»Um welche Aufzeichnungen geht es?«

Nael musste lachen. Er hatte noch nie einen Kollegen bestochen. Das war nicht seine Art. Aber in diesem Fall fand er es verzeihbar. Zumal Harrison darauf bestand, dass sie die Flasche gemeinsam trinken würden. Nael gab ihm die Daten. Der britische Polizist versprach, sich noch am selben Tag darum zu kümmern. Er würde die entsprechenden Ausschnitte an Naels private E-Mail-Adresse senden.

In der Zwischenzeit radelte Nael zu Europol. Bei WATCH war an diesem Tag mehr los als an anderen Samstagen, sogar Xalvador hatte die heilige Freizeit mit der Familie reduziert. Dabei gab es in Sachen Terror keine Neuigkeiten, auch nicht aus Camilles Nachtschicht. Dennoch wirkte die Belgierin ungewöhnlich angegriffen. Nael war sich nicht sicher, ob ihre Augenränder von der Müdigkeit stammten oder daher rührten, dass sie geweint hatte. Sie verließ Europol, kurz nachdem Nael dort angekommen war. Weder Alia noch Omar waren in der Nacht vom System gemeldet worden.

Im Laufe des Vormittags beobachtete das WATCH-Team, wie Omar sich einmal mehr zum London Eye begab und dort erneut Fotos schoss. Die Taffas konnten mittlerweile problemlos einen Bildband über das Wahrzeichen gestalten. Was der türkisch-arabische Gesandte dort tat, war ganz offensichtlich sinnlos. Aber Nael war es nur recht, dass sich alle anderen auf dieses Geschehen konzentrierten und ihn in Ruhe ließen.

Denn obwohl er von Harrison noch keine Neuigkeiten bekam, hatte er genügend zu tun. In der Nacht hatte nur die Müdigkeit ihn gestoppt. Als er, mit dem Kopf auf seine Hand gestützt, vor dem Monitor eingeschlafen und dann mit dem Kinn auf die Tastatur geknallt war, hatte er den Abend notgedrungen beendet. Bis dahin hatte er sich tief in die Welt der Londoner Kameras gegraben. Er war den Lücken gefolgt. Angefangen bei der Kreuzung vor dem Apartmenthaus in Wapping. Er hatte jeweils die Aufzeichnungen aus der direkten Umgebung einer »ausgefallenen« Kamera nach weiteren Ausfällen abgesucht. Tatsächlich gab es jedes Mal eine benachbarte Kamera, bei der ebenfalls Bilder fehlten. Durch die Nachverfolgung dieser Lücken waren Wege entstanden. Einmal ergab sich dadurch die Fahrtroute eines Autos, der Geschwindigkeit nach zu urteilen. Der unsichtbare Wagen war bis zur Queen Victoria Street im Bankenviertel gefahren. Dort gab es einen ersten Achtungserfolg: Am Straßenrand war für wenige Minuten ein geparkter SUV zu sehen, bei dem es sich offenbar um das gesuchte Fahrzeug handelte. Allerdings fehlten Aufnahmen vom Aus- und Einsteigen des Fahrers. Der Weg zurück zum Apartmenthaus war dann durch weitere Lücken wieder nachvollziehbar. Nael ging davon aus, dass Omar auf dem Hinweg den SUV allein gefahren hatte. Auf dem

Rückweg dann wieder in Begleitung von Alia. Denn das war die zweite Lückenkette, die sich aus den Aufzeichnungen ergab: Nach der fehlenden Minute vor dem Eingang des Apartmenthauses hatte er einen zunächst langsameren Weg verfolgen können, der dann zu einem massiven Kameraausfall in der U-Bahn-Station Tower Hill führte und letztlich eine Route offenlegte, die ebenfalls in der Queen Victoria Street endete. Dort befand sich unter anderem ein kleiner Park, der mit Kameras nicht einsehbar war. Nael hatte die Theorie, dass Omar Alia in diesem Park eingesammelt hatte, nachdem sie mit der Bahn dort hingefahren war. Ob gegen ihren Willen oder einer Verabredung folgend, blieb schleierhaft. Hier konnte nur Harrison helfen. Nael hatte ihn um die Aufzeichnungen der Kameras am Wohnhaus und rund um den Park gebeten. Das musste reichen, um zumindest die Beteiligten zu identifizieren.

Während Nael auf die Mail aus London wartete, widmete er sich der nächsten Sisyphusaufgabe: Er schaute sich die Aufnahmen aller Personen an, die in der letzten Woche das Apartmenthaus betreten oder verlassen hatten. Vielleicht hatte er noch mehr übersehen. Vielleicht gab es weitere Lücken, Auffälligkeiten, junge Frauen mit Hoodies. Wie bei den Fahrzeugen verfolgte er die Route jedes Besuchers, bis er sich ein Bild davon machen konnte, was dieser mit dem Apartmenthaus zu tun hatte. Die meisten Leute schienen normale Bewohner zu sein, die zur Arbeit oder zu anderen Aktivitäten fuhren und wieder zurückkehrten. Die Leute, die morgens kamen und abends gingen, waren in der Regel Mitarbeiter der

Verwaltung oder des hauseigenen Clubs, der mit Pool, Fitnessstudio und sogar einem privaten Kino einiges zu bieten hatte. Dann gab es noch Besucher und auch eine ganze Reihe von Handwerkern, Haushaltshilfen und Lieferanten. Insgesamt ergaben sich so allein in den zehn Tagen, seit Alia nach London gekommen war, mehrere Hundert Personen, die das Apartmenthaus bevölkerten. Detektivische Kleinarbeit, die Nael dennoch mit Befriedigung erfüllte. Ohne WATCH hätte man für eine solche Analyse Monate und zahllose Beamte benötigt. An diesem Tag jedoch konnte er das allein erledigen. Dass er dafür in die Privatsphäre von völlig unbeteiligten Personen eindrang, ohne deren Wissen, war die Kehrseite der Medaille. Nael wurde Zeuge dramatischer Situationen: ein älteres Ehepaar, das mehrfach nachts ins Krankenhaus musste, weil es dem Mann nicht gut ging. Bis er schließlich von einem Bestatter abgeholt wurde. Eine gut situierte Frau, die ihre Kinder zum Ballett und Cricket brachte, dort die Mustermutter gab, aber im Auto das Mädchen oder den Jungen schon bei den kleinsten Verfehlungen mit der Hand ins Gesicht schlug. Ein Banker, der manchmal einfach seinen Wagen in einer Seitenstraße stoppte, um am Steuer erbittert zu weinen. Die brutale Mutter zeigte Nael mit einer anonymen Mail beim Londoner Jugendamt an, mit den anderen konnte er sich nicht weiter aufhalten.

Gegen Mittag zweifelte Nael langsam daran, dass die mühsame Arbeit ihm half. Niemand benahm sich auffällig. Niemand offenbarte eine Verbindung zu dem Apartment in der achten Etage oder den Taffas. Doch

Flug von Berlin nach London natürlich nicht mitnehmen konnte.

»Wer ist das?«

Nael zuckte zusammen. Hinter ihm stand der junge Pole. Er war vom Mittagessen zurückgekehrt und hatte Nael in dem Moment über die Schulter geschaut, als er sich das Profil von Tarek Elbadwi ansah. Der Pole, der in der Nacht mit den Aufzeichnungslücken angeblich eingenickt war. Ein Grund dafür, dass er auf Naels Liste mit möglichen Verrätern direkt hinter Camille stand. Sollte er wirklich mit den Taffas zusammenarbeiten, wusste er genau, wer dieser Mann war.

»Das ist … Sorry, ich muss gestehen, ich hab deinen Namen vergessen.«

Das stimmte natürlich nicht, denn er hatte auch den Polen am Vortag genau unter die Lupe genommen. Mit der Bemerkung wollte Nael lediglich Zeit gewinnen, um sich eine Erklärung zurechtlegen zu können.

»Tomasz«, antwortete der Mann freundlich. »Tomasz Kowalczyk.«

»Entschuldige, Tomasz. Das hier ist … ein in London bekannter libanesischer Kleinkrimineller. Ich gehe diese Leute nach und nach durch, um zu schauen, ob es Verbindungen zu den Taffas gibt.«

»Ah. Gute Idee.«

»Bisher allerdings Fehlanzeige.«

»Okay. Von Alia nach wie vor nichts?«

Nael schüttelte den Kopf und blickte Tomasz abwartend an. Der junge Mann nickte noch einmal und ging dann zu seinem Platz. Wenn er Zweifel an Naels Erklärung hatte, dann ließ er sie sich nicht anmerken. Stattdessen vertiefte er sich in die Beobachtung von Omar, der in London eine Sportbar gefunden hatte, in der Fußballspiele der türkischen Süper Lig gezeigt wurden. Beşiktaş Istanbul spielte am frühen Nachmittag gegen den Lokalrivalen Fenerbahçe. Immer ein interessantes Spiel. Tomasz machte sich an die Identifikation der türkischen Männer, mit denen sich sein Zielobjekt in der Bar austauschte. Nael vermutete jedoch, dass es sich bei ihnen nur um Kneipenbekanntschaften handelte.

Dass Tomasz beschäftigt war, gab Nael die Möglichkeit, sich seine eigene neue Bekanntschaft genauer anzuschauen. Er speiste das Foto in WATCH ein. Für eine Weile passierte nichts, dann verkündete das System, dass es den aktuellen Aufenthaltsort der Zielperson nicht herausfinden konnte. Doch zwanzig Minuten zuvor hatte die Kamera an einer Tankstelle an der A14 nördlich von Cambridge Tareks Honda erfasst. Er hatte das fast lückenlos überwachte London verlassen. Die vierspurige Schnellstraße war nur an wenigen Stellen mit Kameras bestückt. Dennoch war WATCH sicher, dass Tarek mit seinem Wagen Richtung Norden unterwegs war. Wenn man den Tagesverlauf des jungen Libanesen zurückverfolgte, bestätigte sich das: Er war am Vormittag von seinem Zuhause in Paddington losgefahren, hatte London in Richtung Osten verlassen, war dann über die M11 gefahren, vorbei am Flughafen Stansted bis nach Cambridge, wo er einen Zwischenstopp eingelegt hatte.

Dieser Stopp brachte Nael den Durchbruch. Der Honda fuhr mit viel zu hoher Geschwindigkeit in eine

Nebenstraße der kleinen Universitätsstadt und hielt dort abrupt am Straßenrand. Tarek stieg aus und sah sich um. Dabei blickte er schließlich direkt in die Überwachungskamera, mit der Nael das Geschehen verfolgte. Der junge Mann wusste um die Bedeutung der Kameras. Und er war ganz sicher nicht in Cambridge, um sich nach Studienmöglichkeiten zu erkundigen. Er suchte jemanden. Wen? Nael musste die Bilder der besagten Kamera keine halbe Stunde zurückverfolgen, bis er es wusste: Alia.

Für einen Moment saß Nael mit offenem Mund vor dem Monitor. Ein kurzer Blick zu Tomasz, doch der war immer noch bei Omar in der Sportbar. Dann sah Nael wieder zu Alia, deren Gesicht hinter der Scheibe eines Autos deutlich zu erkennen war. Vor nicht einmal einer Stunde in Cambridge. WATCH hatte sie »übersehen«.

An diesem früheren Zeitpunkt stand ein dunkelblauer Audi dort am Straßenrand, wo später Tarek auftauchte. Ein parkendes Auto. Mit Alia auf dem Rücksitz. Ihr Gesicht war trotz der Kapuze, die sie trug, für etwa drei Sekunden gut zu sehen. Sie blickte aus dem Fenster des Wagens und suchte offenbar etwas. Als sie die Kamera entdeckte, verschwand ihr Kopf ruckartig nach unten. Nur wenn man genau hinschaute, sah man, dass sie ausgestreckt auf der Rückbank des Audis lag. Es dauerte weitere fünf Minuten, dann kam eine blonde Frau mit Brille ins Bild und ging zu dem Audi. Sie stieg auf der Fahrerseite ein und blickte auf den Rücksitz, nur um sofort wieder den Kopf nach vorn zu drehen. Alia hatte sie angewiesen, sie nicht anzuschauen. Der Wagen startete und fuhr mit hoher Geschwindigkeit davon. Innerhalb von Cambridge konnte man ihn mit den Kameras verfolgen, dann bog er in einen Feldweg ab und entzog sich weiteren Aufnahmen. Alia wusste, dass die Kamera sie eingefangen hatte. Jetzt sorgte sie dafür, dass sie wieder vom Radar verschwand.

Nun widmete Nael sich wieder Tarek in Cambridge. Der Mann telefonierte mit seinem Handy, dann stieg er in sein Auto und fuhr mit dem Telefon am Ohr dieselbe Strecke wie der Audi. Auch er verschwand auf dem Feldweg, nur um zwanzig Minuten später an derselben Stelle wieder aufzutauchen und zurück auf die Autobahn zu fahren, wo er wahrscheinlich immer noch unterwegs war. Er hatte den Audi nicht gefunden, genauso wenig wie das System. Trotz identifizierbaren Kennzeichens.

Die nächsten Schritte waren Routine. Nael fand heraus, dass der Audi gemietet war. Über die Mietwagenfirma bekam er den Namen der Kundin: Lydia Bischof. Die Fotos im deutschen Melderegister belegten, dass Lydia die blonde Fahrerin des Wagens war. Eine Deutsche, geboren in Köln, nun wohnhaft in London. Keine Vorstrafen. Mithilfe von Google fand Nael heraus, dass sie im Risk Management einer Londoner Bank arbeitete. Er fand ihren Lebenslauf, der vor London verschiedene Stationen in Nordrhein-Westfalen enthielt. In Berlin hatte sie nie gelebt. Berührungspunkte mit den Taffas waren auf den ersten Blick nicht auszumachen. Woher kannte sie Alia? Warum half diese unbescholtene Frau der Tochter des brandgefährlichen Clans? Wohin wollte Alia?

Doch letztlich waren das nicht einmal die wichtigsten

Punkte. Es waren ganz andere Fragen, die Nael Bauchschmerzen bereiteten: Warum hatte das System die gut sichtbare Alia nicht erkannt? Warum war sie Nael nicht gemeldet worden? Und vor allem: Warum hatte das System Alia der Person gemeldet, mit der Tarek telefoniert hatte?

23

**Cambridgeshire
Samstag, 25. September**

»Hier kommen wir auch nicht weiter«, verkündete Lydia mit genervtem Unterton vom Fahrersitz aus.

Tina musste es einsehen: Der Weg führte in ein Waldstück. Er wurde schmaler, Äste lagen auf dem Weg. Hier kam man nur mit einem Geländewagen durch. Nicht mit dem Audi, dem schon der Feldweg mit den Brombeersträuchern alles andere als gut getan hatte. Sträucher, die Eindruck bei dem dunkelblauen Lack des geräumigen Fahrzeugs hinterlassen hatten. Der Wagen war ein Upgrade, das Lydia über ihren Firmen-Account bekommen hatte.

»Dann hast du mehr Platz hinten«, hatte ihre Freundin verkündet, als sie den Wagen am Morgen präsentiert hatte.

Den Platz hätte Tina liebend gerne gegen ein unauffälligeres Gefährt eingetauscht. Wenn sie mit dem neuen, schicken Wagen über die Nebenstraßen fuhren, vorbei an Bauernhöfen, kleinen Dörfern oder Gaststätten, blickten die Leute ihnen hinterher. Das war in der momentanen Lage zwar besser, als von Kameras eingefangen zu werden. Aber sollte jemand nach ihnen fragen, würde man sich garantiert an den Audi mit Londoner Kennzeichen erinnern.

Tina blickte auf Lydias Smartphone in ihrer Hand. Sie beschrieb mithilfe von Google Maps den Weg zurück zu der Straße, die sie weiter südlich verlassen hatten. Dann mussten sie eben doch durch das Dorf an der Landstraße und hoffen, dass die moderne Kameratechnik dort noch nicht Einzug gehalten hatte. Tina rutschte auf dem Rücksitz herunter, auch wenn es nicht gerade leicht war, ohne vernünftigen Blick nach draußen den Weg zu beschreiben.

»Wenn du eine Bank oder einen Geldautomaten siehst, nicht da langfahren«, erklärte Tina nicht zum ersten Mal.

Lydia seufzte.

»Sorry, dass ich so umständlich bin«, schob Tina schnell hinterher.

»Nein, ich ärgere mich über mich selbst. Ich hätte den Stopp in Cambridge nicht verlangen sollen.«

Tina sagte nichts dazu. Lydia hatte noch am Vorabend angeboten, Tina nicht nur zur Fähre zu bringen, sondern sie sogar bis nach Rotterdam zu begleiten. Damit sie ein Auto hatte, in dem sie sich verstecken konnte. Lydia wollte am selben Tag über Frankreich und den Tunnel zurück nach London fahren. Alles nur für Tina. Natürlich konnte Tina sich nicht darüber beschweren, dass Lydia einen Zwischenstopp in Cambridge hatte machen wollen, um einer ehemaligen Kollegin einen Stapel geliehener Bücher zurückzugeben. Auch nicht darüber, dass

Lydia die Kamera an einem Schulgebäude nicht gesehen hatte. Auch nicht darüber, dass Lydia nicht fünf, sondern zwanzig Minuten weg gewesen war, weswegen Tina ungeduldig wurde.

Als Tina direkt in die Kamera schaute, fühlte es sich an wie der Schlag von Omar. Mitten ins Gesicht. Sie war sicher, dass sie erfasst worden war. Sie wusste es. Auch wenn sie sofort abgehauen waren und seitdem nur Nebenstraßen nutzten, war der Audi jetzt keine Hilfe mehr, sondern eine Belastung.

»Wir bräuchten einen anderen Wagen«, sagte Lydia in diesem Moment.

»Wie soll das gehen?«, murmelte Tina auf dem Rücksitz, obwohl sie auch schon darüber nachgedacht hatte. »Wir schaffen das auch so. Wir haben noch sechs Stunden für zweihundert Kilometer.«

»Am Hafen sind Kameras. Die werden uns registrieren.«

»Wir fahren in letzter Sekunde auf die Fähre. Dann haben sie nicht genügend Zeit, jemanden zu uns zu schicken.«

»Und in Rotterdam? Du hast selbst gesagt, der Typ hat aus Holland angerufen. Die werden dich am Kai empfangen.«

»Keine Ahnung, dann … dann spring ich halt ins Wasser und schwimm die letzten Meter. Lydia, ich weiß es nicht. Ich fliehe zum ersten Mal vor kriminellen Clans und der Polizei.«

Tina war so laut geworden, dass Lydia sich irritiert umschaute.

»Guck nicht zu mir«, raunte Tina sie an.

Es ging nicht. Sie konnte sich nicht nicht über die Fehler aufregen, die Lydia gemacht hatte. Über die besserwisserischen Vorschläge, die Fragen, die alles noch komplizierter machten. Für eine Weile sagte Lydia nichts mehr. Tina tat es bald wieder leid, dass sie laut geworden war. Lydia rettete ihr buchstäblich das Leben, opferte eine Menge Geld und Zeit. Trotz allem, was Tina ihr angetan hatte.

»Sorry«, rief sie gequält.

»Wir fahren jetzt durch das Dorf«, erklärte Lydia, ohne den Blick von der Straße zu nehmen. »Keine Bank. Würde mich sehr wundern, wenn es hier eine Kamera gäbe.«

»Okay. Gleich hinter dem Ort die erste Straße rechts.«

Laut Google Maps konnten sie eine ganze Weile auf einer einspurigen Straße direkt Richtung Norden fahren. Ohne Bebauung am Straßenrand. Nur Felder und ein kleiner See. Lydia bog ab. Der Wagen rumpelte über den Kies. Auch wenn es Tina durchschüttelte, fühlte es sich gut an. Straßen mit Kies sprachen nicht gerade für moderne Kameraüberwachung. Tina richtete sich langsam auf. So weit das Auge reichte, gab es nur Weizen und Wälder. Am Horizont zogen Wolken auf. Der unsichtbare Griff um ihren Hals lockerte sich.

»Was wäre denn …«, setzte Lydia nach einer Weile an. »Ich könnte einen anderen Mietwagen leihen.«

»Mietwagenstationen haben Kameras. Wenn du unseren abgibst und einen neuen holst, kennen sie den auch.«

»Und wenn ich unseren nicht abgebe?«

»Vielleicht haben sie auch dich identifiziert.«

»Och Mann.«

Allmählich erkannte auch Lydia die Dimension der Überwachung. Schweigen.

»Wir könnten einen Wagen klauen.«

»Ernsthaft? Willst du mit einem gestohlenen Wagen auf die Fähre fahren?«

»Darf halt bis zum Abend keiner merken. Ich würde ihn morgen zurückbringen.«

Tina musste lachen. Auch wenn es nervte, irgendwie war es toll. Lydia, die Problemlöserin. Das war sie schon immer gewesen. Von Kindesbeinen an. Wenn Tina Hausaufgaben nicht lösen konnte, war die Aufgabe schuld gewesen, und sie hatte das Schulheft an die Wand geschmissen. Lydia dagegen hatte sich so lange in die Aufgabe verbissen, bis sie es schaffte. Selbst wenn sie dafür das Spielen auf dem Hof verpasste oder später auch so manche Party. Deswegen war aus ihr etwas geworden und aus Tina nicht.

»Ich wüsste nicht mal, wie man ein Auto aufbricht«, kommentierte Tina. »Ganz zu schweigen davon, wie man's ohne Schlüssel startet.«

Sie lugte aus dem Fenster. Die Augen nur wenige Zentimeter über dem Rahmen, die Nase gegen die Kunststoffverkleidung gepresst. Wie ein Kind.

»Kann man das nicht googeln?«, fragte Lydia.

Sie meinte den Vorschlag ernst. Sie meinte das alles ernst. Tina konnte es immer noch nicht fassen. Es war, als ob nie etwas geschehen war. Lydia war für sie da. Natürlich hatten sie das Thema Marc umschifft. Die ersten verzweifelten Entschuldigungen und Erklärungsversuche hatte Lydia abgeblockt. Danach hatte es höchstens ab und an einen spitzen Kommentar gegeben. Keine Vorwürfe. Nur bedingungslose Hilfe. Es war wie früher.

»Stopp!«, rief Tina.

Lydia trat auf die Bremse. Der Kies knirschte und ließ den Wagen ein paar Meter schlittern.

»Eine Kamera?«, fragte Lydia ungläubig.

»Nein! Fahr langsam zurück.«

Sie waren am Ufer eines kleines Sees vorbeigekommen. Am Straßenrand stand ein alter grauer R4. Tinas Tante hatte so eine Klapperkiste gefahren, als Tina noch ein Kind gewesen war. Das Exemplar im Gras neben der Straße musste mindestens genauso alt sein und mindestens genauso klapprig. Tina blickte an der Böschung vorbei direkt zum See. Zu dem jungen Mann, den sie im Vorbeifahren entdeckt hatte. Er war jünger als zwanzig, schlaksig, groß, mit einem alten Parka gekleidet, dazu Jeans und No-Name-Turnschuhe. Mit den störrischen roten Haaren und den großen Ohren war er keine Schönheit. Er stand am Ufer des Sees und warf flache Steine, damit sie über die Wasseroberfläche hüpften. Darin war er ausgesprochen gut. Tina zählte acht Sprünge. Alles an dem Jungen verkörperte für sie die Trostlosigkeit eines Lebens auf dem Land.

»Was ist mit dem?«, fragte Lydia.

»Vielleicht können wir den Wagen tauschen«, erklärte Tina.

Lydia blickte zu dem R4, dann zu dem jungen Mann.

»Das macht der doch nicht.«

Tina hatte sich mittlerweile aufgerichtet. Gemeinsam beobachteten sie, wie der Junge weitere Steine suchte. Dabei stolperte er linkisch am Ufer entlang.

»Weißt du noch, wie wir die Jungs früher dazu bekommen haben, alles für uns zu machen?«, fragte Tina. »Drinks, Partyeinladungen. Hat uns nicht sogar mal einer seinen Wagen übers Wochenende geliehen?«

Lydia nickte.

»Wir sind damit nach Maastricht gefahren.«

»Genau.«

»Mh.«

»Einen Versuch ist es wert«, verkündete Tina.

Sie griff nach vorne, um den obersten Knopf an Lydias weißer Bluse zu öffnen. Ihre Freundin war auch in ihrer Freizeit so gekleidet, dass sie jederzeit dem Vorstand der Deutschen Bank ein Geschäft präsentieren konnte. Jetzt musste sie grinsen.

»Du redest«, legte Lydia fest.

Tina nickte. Natürlich.

Der Junge blickte überrascht zu den beiden Frauen, als sie hinter der höher gelegenen Böschung hervortraten. Tina hatte Lydias Hand genommen. Das Paar schlenderte zum Ufer hinunter. Direkt zu dem Steinewerfer. Tina hatte den Hoodie ausgezogen, drückte den Rücken durch. Er schaute erst auf ihre verbundenen Hände, dann auf die Brüste. Dann auf den Boden. Er war bereits überfordert, dabei hatte Tina nicht einmal zu reden begonnen.

»Hey«, sagte sie mit einem offenen Lächeln. »Wie geht's?«

»Mh, gut.«

Er nickte linkisch, schaute auf den See, als ob er dort etwas gehört hätte. Tina bemühte sich um ein akzentfreies Englisch.

»Wie heißt du?«

»Ma… Matthew.«

»Ich bin Tina. Das ist meine Freundin Lydia.«

Matthew nickte Lydia zu. Er blickte wieder auf die Hände. Tina war sicher, dass er kein Problem damit hatte. Er war so aufgeregt wie die meisten jungen Typen, wenn ein attraktives lesbisches Pärchen auftauchte. Durch Zufall hatten Tina und Lydia als Teenager herausgefunden, dass sie mit diesem Auftritt alles erreichen konnten. Weit mehr, als wenn man einen Typen einfach nur anbaggerte. So doof waren die meisten dann doch nicht. Wenn eine gut aussehende Frau flirtete und gleichzeitig etwas von einem haben wollte, rochen sie den Braten. Und wenn sie ihn nicht rochen, versuchten sie garantiert, hinterher bei ihr zu landen. Was unangenehme Folgen haben konnte. Ein lesbisches Pärchen sendete hingegen ein klares Signal: vergeben und eher nicht so scharf auf einen Mann. Dennoch löste es Fantasien aus, und vielleicht sogar Hoffnungen auf deren Umsetzung. Zudem verunsicherte es viele Männer, denn sie hatten für diese Situation kein Programm. Man konnte ziemlich viel von ihnen verlangen.

»Ist das da oben dein Wagen?«, fragte Tina.

Sie zeigte zum R4. Er schaute hoch, dachte nach, als ob er sich selbst nicht sicher wäre. Nickte dann aber.

»Das ist unserer«, sagte Tina und zeigte zu dem Audi.

»Cool.«

»Wir haben ein kleines Problem, Matthew«, erklärte Tina. »Wir sind gerade auf dem Weg zu meinen Eltern. Ich will ihnen die Liebe meines Lebens vorstellen. Aufregend!«

Sie schaute verzückt zu Lydia.

»Ist sie nicht der Knaller?«

Sie legte Lydia die Hand auf den Po und zog sie zu sich. Lydia kicherte. Matthew machte große Augen.

»Na ja, auf jeden Fall … Meine Eltern sind mehr so Hippies. Und Lydia, sieht man ja, Bankerin, böses Kapital, dann auch noch Deutsche. Uiui. Das wollen wir so ein bisschen abfedern, aber wenn wir mit dem Audi da ankommen …«

Sie schüttelte den Kopf. Nicht gut. Matthew hörte mit offenem Mund zu. Sein Blick ging zwischen dem Audi und der Hand auf Lydias Po hin und her.

»Verstehst du?«, fragte Tina, weil sie nicht sicher war, ob er wirklich zuhörte.

Er nickte jedoch.

»Okay, und wir haben deinen Wagen gesehen. Sehr cool. R4. Oldschool! Stehe ich ja drauf. Meine Mama hatte früher genau so einen. Deswegen dachten wir: Willst du vielleicht bis morgen Autos tauschen?«

Matthews Mund öffnete sich noch weiter. Er schaute wieder zu dem Audi. Dann zu dem R4. Und natürlich auch noch einmal auf die Hand, den Po.

»Wie?«, fragte Matthew. »Ihr wollt meinen Wagen, und … und ich bekomme dafür euren?«

»Ja. So bis morgen Abend. Dann bringen wir deinen wieder hier hin. Oder wohin du willst.«

Sie lächelte einnehmend. Matthew kratzte sich am Hals. Seine Unsicherheit war nicht zu übersehen. Er wollte, aber seine Vernunft sagte ihm, dass da etwas nicht stimmen konnte. Zwei scharfe Frauen quatschten ihn mitten im Nirgendwo an und wollten seine Klapperkiste gegen einen schicken Wagen tauschen. So etwas passierte einfach nicht. Seine Stirn legte sich in Falten.

»Vielleicht können wir morgen dann noch ein bisschen zusammen feiern«, zog Tina den letzten Trumpf.

Falten weg. Augen groß. Fantasie angeworfen.

»Mh«, erwiderte er. »Ich … ich kann mir euren Wagen ja mal anschauen.«

Tina grinste breit.

24

Den Haag
Samstag, 24. September

»Was in aller Welt …«

Nael verstummte sofort, denn Tomasz blickte von seinem Platz zu ihm herüber.

»Was ist denn?«, fragte der junge Pole.

»Ach, du … Ich bin ein Technikidiot. Wieder ein Fenster geschlossen, das ich noch brauchte. Ich schaffe das.«

Er winkte schnell ab, denn Tomasz wollte sich von seinem Platz erheben, hilfsbereit, wie er war. Nun blieb er aber sitzen und wandte sich wieder seinem Monitor zu. Nael rief dafür das Fenster auf, das er schnell und in voller Absicht weggeklickt hatte. Damit Tomasz es nicht sehen konnte. Das Fenster, das den gesuchten Audi zeigte. Wenn er es wirklich war. Denn am Steuer saß nicht mehr die deutsche Blondine, sondern ein schlaksiger Rotschopf, der damit durch die Ortschaft Watlington fuhr, als würde er über den Sunset Strip cruisen. Das Fenster unten, Ellbogen raus, zwanzig Kilometer die Stunde. Nael konnte die laute Musik aus dem Autoradio fast hören. Der Wagen machte an einem Platz mit Pub, kleiner Post und einer Sitzbank, auf der drei junge Frauen saßen, einen Bogen. Die Dorfschönheiten schauten zu ihm herüber, sodass er sich aufgefordert fühlte, bei ihnen anzuhalten. Nael bekam dadurch eine gute Aufnahme des Kennzeichens. Es war tatsächlich das Fahrzeug, das Lydia Bischof gemietet hatte.

Nael konnte nicht weiter darüber rätseln, wie der Möchtegern-Casanova an den Audi gelangt war, denn er spürte die Vibration seines Handys in der Hosentasche. Das Display meldete einen Anruf von Harrison. Nael stand auf, während er das Gespräch annahm.

»Hey! Hallo!«, sagte er auf Englisch in den Hörer. »Du, ich gehe kurz raus. Bin noch bei der Arbeit.«

Er ließ es so beiläufig wie möglich klingen, nickte Tomasz zu und begab sich auf den Flur.

»Kollegen in der Nähe?«, fragte Harrison.

»Jetzt nicht mehr«, erklärte Nael mit gedämpfter Stimme.

Er ging den Flur entlang, vermied es, vor offenen Türen zu sprechen. Samstags gab es Gott sei Dank genügend Ecken bei Europol, in denen nichts los war.

»Ich hab dir die Aufnahmen gemailt.«

»Vielen Dank!«

»Hat das irgendwas mit dieser Geschichte vom London Eye zu tun? Ein möglicher Terroranschlag? Die reden hier alle davon. Araber, die das Riesenrad in die Themse rollen wollen?«

Nael musste lachen. Harrisons Tonfall verriet, dass er solch eine Theorie für abwegig hielt. Wie jeder, der sich in London auskannte.

»Diese … Theorie ist einer der Gründe, warum ich meine eigenen Ermittlungen anstelle.«

»Beruhigend. Kann ich dich sonst noch irgendwie unterstützen? Hier macht eine ganze Reihe von guten Kollegen Überstunden, um ein Objekt besser zu bewachen, was nicht noch besser bewacht werden kann.«

Nael freute sich über das Angebot. Er hatte zum ersten Mal seit Tagen das Gefühl, nicht allein zu kämpfen.

»Wie gut sind eure Verbindungen zu Kreditkartenunternehmen?«, fragte er Harrison.

»Wenn's um akute Fälle geht, kann ich dir zeitnah Daten von fast allen Unternehmen besorgen. Aber es sollte schon wichtig sein.«

»Ich glaube, ich habe auch noch einen Château Batailley in meinem Weinregal.«

Harrison lachte. Nael gab ihm alle Angaben zu Lydia Bischof, in der Hoffnung, dass sich durch die Nutzungsdaten ihrer Kreditkarte ihre Aufenthaltsorte ermitteln ließen. Dann verabschiedete er sich zügig, denn er wollte endlich die fehlenden Aufnahmen aus der vorletzten Nacht sehen.

Während er auf dem Handy seinen Mail-Eingang öffnete, lief er weiter den Flur entlang. Bis zum Ende, wo es in ein Treppenhaus ging, das so gut wie nie jemand benutzte. Er schloss die Brandschutztür hinter sich. Am Fuß der Treppen öffnete er die Anhänge der Mail von Harrison. Einmal durchatmen. Abspielen. Der erste Clip bestätigte Naels Theorie: Man sah, dass es tatsächlich Omar gewesen war, der um 1:32 Uhr die Tiefgarage in Wapping mit dem SUV verlassen hatte. Mit blutender

Stirn. Darum also das Pflaster. Hatte es einen Kampf gegeben? Im zweiten Clip sah man ihn um 4:28 Uhr zurückkehren. Allein. Wo war Alia? Nael öffnete den dritten Clip. Den Clip, der den Hauseingang um 1:23 Uhr zeigte. Auf dem Platz vor dem Apartmenthaus geschah nichts. Durch die große Fensterfront konnte man jedoch erkennen, dass in der Lobby ein Aufzug ankam. Die Tür öffnete sich. Alia trat heraus. In der Kleidung, in der Nael sie durch die Nacht hatte huschen sehen. Jeans und Hoodie. Die junge Frau blickte zum Empfang, der um diese Uhrzeit nicht mehr besetzt war. Sie drehte sich zur noch offen stehenden Aufzugtür und winkte jemanden heraus. Dass sie nicht allein gewesen war, überraschte Nael. Für das, was als Nächstes passierte, reichte das Wort »überraschend« allerdings nicht aus. Es war schlichtweg unglaublich. Denn zu Alia trat aus dem Aufzug ... Alia. Eine zweite Alia. Es war keine optische Täuschung, kein Computerfehler. Es waren zwei Frauen. Unterschiedliche Kleidung, identisches Gesicht. Die Zwillinge rannten los. Aus dem Gebäude, über den Platz, aus dem Blickfeld der Kamera. Nael sehnte sich nach einem Glas Wein, auch wenn es noch früher Nachmittag war.

Alia hatte keine Zwillingsschwester. Nael kannte die Familienstruktur der Taffas wie kein Zweiter. Eine weitere Tochter hätte der Clan niemals im Verborgenen gehalten. Wieso auch? Die Taffas hatten also jemanden gesucht und gefunden, der Alia wie ein Ei dem anderen glich. Einmal mehr war Nael beeindruckt. Der gekaufte Europol-Kollege und das Ablenkungsmanöver mit dem London Eye waren für Clan-Verhältnisse ungewöhnlich geschickte Maßnahmen gewesen. Dass sie aber sogar mit Doppelgängerinnen arbeiteten, haute Nael schlichtweg um. Der Unsichtbare hatte den Clan ins 21. Jahrhundert geführt. Sie waren dem modernen Polizeiapparat von Europol längst einen Schritt voraus. Denn was nützte eine noch so lückenlose Überwachung, wenn die andere Seite das System einfach manipulierte? Genial. Wenn man einmal davon absah, dass irgendetwas schiefgegangen war. Sonst würden die zwei identischen Frauen nicht mitten in der Nacht vor Omar durch London fliehen. Sonst würde Tarek nicht eine von ihnen durch das halbe Land verfolgen.

Als Naels Handy in seiner Hand vibrierte, hätte er es vor Schreck beinahe fallen gelassen. Es war Harrison. Wie angekündigt, war nur ein Telefonat mit der Sicherheitsabteilung von Visa nötig gewesen, um die gewünschten Informationen zu bekommen. Man hatte Harrison geglaubt, dass eine gefährliche Kriminelle auf der Flucht war. Nael hoffte, dass die Anfrage sich nicht negativ auf die künftige Kreditwürdigkeit von Frau Bischof auswirkte, denn allem Anschein nach half sie nur einer Freundin in Not.

»Außer bei der Anmietung des Wagens hat sie die Karte heute für exakt eine Sache benutzt«, verkündete Harrison und machte dann eine kunstvolle Pause.

»Nämlich?«

»Um ein One-Way-Ticket für die Fähre von Hull nach Rotterdam zu buchen. Ein Auto. Eine Person. Heute Abend.«

Nael zögerte nicht lange. Er konnte nicht sagen, ob

eine der beiden Frauen die echte Alia war oder ob es gar zwei Kopien gab. Er wusste nicht, wie sie Omar entkommen waren und warum eine von ihnen allein unterwegs war. Aber er wusste, dass diese Frau auf dem Weg zur Fähre der Schlüssel zu dem Mysterium war, das sie seit Tagen beschäftigte.

»Ich muss auf die Fähre«, sagte er mehr zu sich selbst als zu Harrison.

25

Den Haag
Samstag, 25. September

Der heimelige Duft von frisch gebackenem Schokoladenkuchen durchzog das Arbeitszimmer. Dimitri bekam Heißhunger, dabei war Femke die Schwangere. Trotzdem hatte sie mehr Disziplin und würde Dimitri kein Stück zugestehen, bevor die Dekkers aus dem Erdgeschoss nicht bei ihnen waren. Er blickte auf die Uhr. Kurz vor vier. Sie mussten bald klingeln.

Dimitri konnte nur hoffen, dass während des Nachmittags mit Kaffee und Kuchen nichts Wichtiges in England passierte. Zumindest für eine Weile musste Dimitri dabeibleiben, wenn sich Femke mit den Nachbarn an den mit dem guten Porzellan gedeckten Tisch am Fenster setzte. Femke war die Anwesenheit ihres Mannes wichtig. Und es war ihr ebenso wichtig, die Nachbarn so oft wie möglich einzuladen. Gerade die von ganz unten, die keine Chance hatten, das Meer zu sehen. Seit sie in der Dachgeschosswohnung eingezogen waren, hatte Femke Partys und Abendessen mit Aussicht veranstaltet, als ob sie damit den Frust ihrer Kindheit ausgleichen könnte.

In der Schwangerschaft waren es weniger Abende und mehr beschauliche Nachmittage geworden, besonders mit den Dekkers. Sie waren nur wenig älter als Femke und »arbeiteten« am ersten Kind, sodass die Aussicht auf eine künftige Sandkastenfreundschaft bestand. Dimitri fand den Busfahrer und die Verkäuferin langweilig, aber wenn sie Femke glücklich machten, machten sie auch ihn glücklich. Er würde für den Plausch selbst in der kritischen Phase seine Monitore verlassen.

Auf einem davon sah er gerade den rothaarigen Idioten mit den drei Mädchen durch Peterborough rasen. Der Kerl benahm sich immer noch, als hätte er im Lotto gewonnen. Und das alles nur, weil die deutschen Frauen ihm ihren Mietwagen überlassen hatten. Am Anfang hatte Dimitri noch vermutet, dass er ihn geklaut hatte, aber dafür war er zu ungeschickt. Die Mädchen schienen sich eher über ihn zu amüsieren, nicht mit ihm. Er war nun schon dreimal zu schnell durch eine Radarkontrolle gefahren. Beim letzten Mal hatte die Dunkelhaarige sich auf dem Beifahrersitz umgedreht und ihre Jeans runtergezogen, sodass die Polizei nun ein Foto von ihrem blanken Hintern erhielt. Natürlich hatte der Rothaarige nicht auf die Straße, sondern zwischen ihre Beine geschaut, weswegen er von Glück reden konnte, dass es keinen Gegenverkehr gegeben hatte. Den hätte er locker abgeräumt.

Dimitri hatte versucht, mehr über den Jungen herauszufinden. Aber die ländliche Gegend war der natürliche Feind von WATCH. Bevor der Kerl mit dem Audi auf dem Dorfplatz aufgetaucht war, hatte es den ganzen Tag keine Aufzeichnungen von ihm gegeben. Wenn man weiter in der Zeit zurückging, sah man ihn lediglich an einer Bushaltestelle in Peterborough, wo er frühmorgens mit Malerklamotten ankam und nachmittags mit ein paar Flecken mehr auf der Latzhose wieder davonfuhr. Mehr Kameras schien es in der Gegend nicht zu geben. Dimitri war sich dennoch sicher, dass der Junge mit der ganzen Geschichte rund um Christina Sieger und ihre Freundin nichts zu tun hatte. Wahrscheinlich kannte er die beiden nicht einmal. Deswegen hatte Dimitri den Araber auch nicht auf seinem Weg Richtung Norden gestoppt. Was nützte es, wenn Tarek im englischen Hinterland die Dorfjugend jagte? Dimitri wusste auch so, wohin die Frauen wollten. Die unauffällige Route runter von der Insel hatte er selbst erstellt und den Taffas für Alia vorgeschlagen. Die Fähre von Hull nach Rotterdam war bekannt dafür, dass sie nur über wenige Überwachungskameras verfügte. Angehörige eines verschwundenen Passagiers hatten vor Jahren sogar eine Petition gestartet, um eine bessere Ausstattung der Schiffe zu erreichen. Vergeblich. Der Babysitter Adem hatte all das gewusst, weil Alia mit genau dieser Fähre England verlassen hatte. Er hatte Tina davon erzählt. Und sie versuchte ihr Glück nun auf derselben Route.

Dimitri würde auch Hassan in Berlin nichts von dem Rothaarigen erzählen. Das würde nur wieder Stress geben. Die Araber gingen ihm heftig auf die Nerven. Dabei war es nicht Dimitri gewesen, der in dem Londoner Park die falsche Frau erschossen hatte. Dimitri war der Einzige, der bei diesem Desaster nicht Mist gebaut hatte: Er hatte alle Bilder der Frauen auf dem Server von Europol gelöscht. Er hatte im System für Europol das Bild von Tina durch das der Toten ersetzt, sodass die Polizisten nichts mehr mitbekommen konnten. Er hatte für sich selbst eine Suche nach Tina gestartet. Er hatte all diese Manipulationen an WATCH vorgenommen, während der Pole vor einem Monitor saß und dann auch noch Nael Bruck mitten in der Nacht dazugestoßen war. Dimitri hatte seinen Arsch riskiert. Dennoch hatte Hassan ihn am Vorabend am Telefon angeschrien und darauf bestanden, dass irgendein dämlicher Cousin, der »sich auch mit Computern auskennt« in Den Haag neben Dimitri sitzen sollte. Selbst wenn Dimitri das gewollt hätte, hätte er Femke niemals kriminelle Araber in ihrer Wohnung zugemutet. Er bereute es längst, dass er mit diesen Menschen zusammenarbeitete. Deswegen sehnte er sich danach, dass sie endlich die Deutsche fanden. Er wollte nur noch seine Ruhe haben. Danach wollte Dimitri nie wieder etwas mit den Taffas zu tun haben. Sie konnten liebend gerne ihre letzte Rate Bitcoins behalten. Er hasste dieses Pack.

Aber noch war Tina nicht gefunden. Bis 19 Uhr konnte man auf der Fähre einchecken. Dimitri vermutete, dass es erst dann interessant werden würde. Zeit genug, sich dem Schokoladenkuchen zu widmen, dessen Duft ihm buchstäblich das Wasser im Mund zusammenlaufen ließ. Sollte er vielleicht doch versuchen, ein Stück vorab zu ergattern? Bevor er in die Küche ging, checkte er seine anderen Schäfchen. Tarek war zehn Minuten zuvor einer Kamera hinter Lincoln ins Netz gegangen. Der alte Honda war im leichten Nieselregen auf der A15 unterwegs. Trotz eines Staus war er auf Kurs und gut in der Zeit. Mit dem jungen Araber konnte Dimitri direkt telefonieren. Man hatte aus dem Desaster in dem Londoner Park gelernt. Auf diese Weise wurden auch die Telefonate mit Hassan limitiert, was Dimitri mehr als recht war. An diesem Tag hatte er mit dem Berliner Araber nur kurz am Vormittag telefoniert, als Tina ins Visier einer Gebäudekamera in East London geraten war. Echtes Pech. Die Kamera hatte an einer Ampel von schräg oben in das Auto hineingefilmt und dabei die Frau erfasst, die auf dem Rücksitz lag. Seitdem folgte Dimitri dem Fahrzeug, das durch einen Barcode auf der Windschutzscheibe als Mietwagen identifiziert werden konnte. Die Freundin von Tina hatte Dimitri mithilfe von Google ebenfalls identifiziert. Sie war auf dasselbe Kölner Gymnasium wie Tina gegangen, also war die Situation klar: Eine alte Freundin half Tina, aus dem Land zu kommen. Dimitri hatte Hassan informiert. Der hatte keine Freude erkennen lassen, dafür aber die Verbindung zu Tarek hergestellt. Omar, der Mörder von Yildiz, kam als Verfolger nicht infrage. Die Polizei behielt ihn zu genau im Auge. Aber Tarek schien sowieso fitter zu sein. Er war sofort losgerast. Bei einem Zwischenstopp in Cambridge hatten sie die Flüchtigen fast gekriegt. Der Mietwagen hatte dort eine halbe Stunde lang am Straßenrand gestanden. Tina hatte sich sogar noch einmal einer Kamera gezeigt. Leider hatte sie es dieses Mal mitbekommen und war umgehend vorsichtiger geworden. Seitdem waren die Frauen von der Bildfläche verschwunden.

Der letzte Blick vor dem Schokokuchen ging zu dem

deutsch-arabischen Polizisten von Europol. Er war den Vormittag über bei der Arbeit gewesen, dann vor einer halben Stunde in ein Taxi gestiegen, das Den Haag verlassen hatte. Er schien nach Amsterdam zu fahren. Auch dort gab es gute Weinbars. Vielleicht gönnte er sich endlich mal wieder etwas, nachdem er an den letzten Abenden lange gearbeitet hatte. Dimitri war bereits aufgestanden, um dem Kuchenduft zu folgen. Doch als er sah, dass das Taxi sich mittlerweile am Flughafen in Schiphol befand, zögerte er. Der Mann hatte kein Gepäck dabei, nicht mal eine kleine Tasche. Was wollte er am Flughafen? Jemanden abholen? Dimitri setzte sich wieder.

Der Flughafen war ein Traum in Sachen Überwachung. Man konnte jede Bewegung von Bruck verfolgen. Auch wenn er jetzt rannte, direkt zu den Gates im Abflugbereich eins. Die Security überwand er zügig mithilfe seines Dienstausweises. Zudem zeigte er auf seinem Handy eine Bordkarte vor. Wohin wollte er fliegen? Auch an der Schlange vor der Passkontrolle konnte Bruck vorbei. Der Ausweis wurde nur kurz überprüft. Der holländische Beamte beeilte sich sogar, um dem Kollegen zu helfen. Dann rannte Bruck weiter zu den Gates, bereits Nummer sechs war seins. Dort hatten die meisten Passagiere schon geboardet. Die freundliche KLM-Dame machte eine beruhigende Geste: Man würde nicht ohne ihn fliegen. Er war sichtlich erleichtert und zeigte seine Bordkarte. Derweil suchte Dimitri eine Kamera, die das Ziel des Fluges auf dem Bildschirm über dem Ausgang erfassen konnte. Humberside. War das nicht …? Dimitri schluckte. Humberside war der Flugplatz, der Hull am nächsten lag. Von dort war es nur eine halbe Stunde bis zum Hafen, in dem an diesem Abend die Fähre mit der Deutschen und Tarek losfahren würde. Das konnte kein Zufall sein. Bruck war ihnen auf der Spur. Es klingelte. Ausgerechnet jetzt kamen die Nachbarn.

»Dimi, kommst du?«, hörte er Femke auf dem Weg zur Wohnungstür rufen.

»Moment«, rief er.

Er suchte den Flugplan von Brucks Flug heraus. Die Maschine brauchte nur eine Stunde über den Kanal, durch den Zeitunterschied war sie um 16:30 britischer Zeit vor Ort. Bruck konnte die Fähre locker erreichen. Vielleicht sogar noch vor allen anderen. Hatte der Mann kapiert, was los war? Tina war von Dimitri im System versteckt worden, WATCH zeigte sie Europol nicht mehr an. Was lief hier? Dimitri konnte nicht so schnell denken, besonders mit dem Stimmengewirr, das nun auch noch im Flur entstand. Waren sie längst aufgeflogen? Oder folgte der Polizist nur vagen Hinweisen? Einem Bauchgefühl?

»Dimitri!«, rief Femke.

Irgendetwas lief falsch. Dimitri brauchte einen Moment, bis er erkannte, dass dies auch für Femkes Stimme galt. Sie klang aufgebracht. Die Dekkers würden sie nicht derart aufregen. Kam das Kind? Bitte nicht jetzt auch das noch. Dimitri sprang auf, öffnete die Zimmertür und eilte in den Flur. Als er sah, was dort los war, fühlte er sich, als würde er gegen eine Wand laufen. Femke stand nicht mit geplatzter Fruchtblase im Flur, sondern mit einer Mischung aus Angst und Wut in ihrem Gesicht. Wut auf

Dimitri. Denn bei ihr waren nicht die Dekkers, sondern zwei arabische Männer.

»Was soll das, Dimi?«, fragte Femke ihn vorwurfsvoll auf Holländisch. »Was hast du getan?«

Dimitri schluckte. In seiner Hosentasche klingelte das Handy. Der größere und kräftigere der beiden Araber deutete mit dem Kinn auf Dimitris Hose.

»Geh ran!«, befahl er auf Deutsch.

Widerwillig zog Dimitri das Telefon heraus. Er konnte Femke nicht anschauen. Mit dem Blick ins Nichts gerichtet, drückte er auf Verbinden und hielt sich das Gerät ans Ohr. Er sagte nichts.

»Wenn du uns finden kannst …«, hörte er die triumphierende Stimme von Hassan, »… dann können wir auch dich finden.«

»Das war nicht abgemacht«, antwortete Dimitri mit brüchiger Stimme.

Femke schüttelte enttäuscht den Kopf.

»War vieles nicht abgemacht«, blaffte Hassan. »Hör mir zu! Der dicke Typ vor dir heißt Ali. Er ist beweglicher, als er aussieht. Und er hat eine Knarre unter seinem Jackett. Er löscht deine kleine Familie mit einem Fingerschnipsen aus, wenn du nicht machst, was der andere Typ dir sagt. Der Kleine heißt Harun und ist der Checker, wenn's um Computer und den ganzen Kram geht. Er ist jetzt dein Boss. Wenn wir diese Nutte heute Abend finden, gehen die beiden wieder. Wenn nicht, gehören sie für ganz, ganz lange zu deiner Familie. Verstanden?«

Dimitri hatte nach wie vor Mühe, die Wut in sich zu bändigen. Er konnte nichts sagen.

»Hast du das verstanden?«, zischte Hassan.

»Ja«, sagte Dimitri.

»Gut.«

Die Verbindung wurde beendet. Ali und Harun sahen Dimitri erwartungsvoll an. Er stand unbeweglich da. Fieberhaft überlegte er, wie er aus dieser Geschichte herauskommen konnte. Femke stand mit verschränkten Armen über ihrem dicken Bauch noch immer am Übergang vom Flur ins Wohnzimmer.

»Wo ist dein Computer?«, fragte Harun.

»Kann meine Frau bitte gehen?«

Ali lachte nur.

»Wo ist dein Computer?«, wiederholte Harun.

Es klingelte erneut an der Wohnungstür. Die beiden Männer schauten von Femke zu Dimitri und zurück. Alis Hand fuhr reflexartig unter sein Jackett.

»Alter, wer ist das?«, wollte er wissen.

»Nachbarn«, sagte Dimitri. »Sie kommen für Kaffee und Kuchen.«

Er zeigte auf den gedeckten Tisch am Fenster. Natürlich hatte Femke frische Blumen daraufgestellt. Das Arrangement sah an diesem Tag besonders schön aus.

»Heute kein Kaffeekränzchen«, zischte Ali zu Dimitri. »Sag ihnen ab. Yalla!«

Er gestikulierte zur Tür. Dimitri ging los.

Vorbei an Femke, die leise, aber bestimmt auf Holländisch zu ihm sagte: »Das werde ich dir nie verzeihen.«

Vorbei an Harun, der Femke anfuhr: »Halt's Maul.«

Vorbei an Ali, der Dimitri anzischte: »Ein falsches Wort, und du bist tot, Alter.«

Weiter durch den Flur zur Wohnungstür, um die Dekkers wegzuschicken. Es war besser für die verdammten Araber, wenn sie ihn wirklich töteten. Denn wenn das hier vorbei war, würden sie ihr Leben lang nicht mehr glücklich werden, solange ein WLAN in ihrer Nähe war. Sie hatten keine Ahnung, mit wem sie sich anlegten.

26

Hull
Samstag, 25. September

»Drei … zwei … eins.«

Sie stürmten gleichzeitig aus dem Auto. Lydia vom Fahrersitz, Tina von der Rückbank. Denn es regnete in Strömen. Tina durfte für das, was sie plante, nicht durchnässt sein. Als ob sie es unzählige Male trainiert hätten, riss Lydia die Kofferraumklappe des R4 auf, sodass Tina mit nahezu trockener Kleidung hineinspringen konnte.

»Bist du drin?«, schrie Lydia gegen den Regen an.

»Ja.«

Mit einem Knall schloss sich die Klappe. Lydia eilte zurück, stieg hinten ein. Sie war ziemlich nass geworden, aber bei ihr war es egal. Sie würde ihre Sachen in der Kabine auf der Fähre trocknen können. Tina dagegen musste dort ausharren, wo sie nun kauerte. In dem Kofferraum des R4. Sie hockte mit angezogenen Beinen und dem Rücken gegen die Karosserie gelehnt auf dem kalten Metall. Ihr Kopf drückte gegen die Ablage über ihr. Vorsichtig hob Lydia diese vom Rücksitz aus hoch. Ihre Brille war beschlagen, ihre Haare waren tropfnass.

Dennoch lächelte sie. Sie reichte Tina die Decke und das Kissen, das sie aus Lydias Apartment mitgenommen hatten. Langsam wurde es ernst. Es waren noch dreißig Minuten bis 19 Uhr – dem Check-in-Schluss.

»Ist das okay?«, fragte Lydia mit gequältem Gesichtsausdruck.

Tina machte es sich so bequem, wie es eben ging.

»Bequemer als bei vier Grad stundenlang in einem Park zu hocken.«

Lydia lächelte mitfühlend, dabei hatte Tina gar nicht um Mitleid gebeten. Sie hatte aber tatsächlich schon mehrere aufwühlende Nächte hinter sich. Auf einer Fähre in einem Kofferraum versteckt zu schlafen erschien ihr vergleichsweise komfortabel. Solange sie nur ihre Verfolger abgeschüttelt hatten. Lydia seufzte noch einmal, schaute Tina lange an. Tina nickte einfach nur. Lydia schloss die Ablage wieder. Sie überprüfte, ob sie richtig saß, ob man an der Seite vorbei hineinschauen konnte. Konnte man nicht. Tina war froh, dass sie den R4 hatten. Auch wenn es deutlich beengter im Kofferraum war als im Audi, hatte sie sich davor gegraut, in einem hermetisch abgeschlossenen Kasten zu liegen. Der R4 hatte einen mit dem Fahrerraum verbundenen Kofferraum unter der beweglichen Ablage. Tina konnte das Geschehen im Auto hören, die Luft daraus atmen. Sie lag nicht in vollkommener Dunkelheit, und sie konnte zur Not nach vorne klettern.

Lydia kletterte ihrerseits auf den Fahrersitz. Für einen Moment hörte Tina nur den Regen auf dem Dach des Autos. Auch das Wetter war eine glückliche Fügung.

Ebenso wie die einsetzende Dunkelheit. Alles, was es den Kameras schwerer machte, verräterische Bilder zu übertragen.

»Lass uns noch fünf Minuten warten«, rief Tina nach vorne.

Von der Nebenstraße auf der anderen Seite des Humber waren es laut Google Maps zwanzig Minuten bis zum Check-in-Schalter der Fähre. Auf der imposanten Humber Bridge gab es eine Mautstation. Spätestens dort würden sie von einer Kamera erfasst. Und das sollte so spät wie möglich geschehen. Lydia widersprach nicht. Erneut war nur noch der Regen zu hören.

»Glaubst du eigentlich, dass Matthew mir morgen den Mietwagen zurückgibt?«, fragte Lydia mit amüsiertem Unterton.

»Wenn du mit ihm noch in den Pub gehst …«

»Er war mehr an dir interessiert.«

»Nee, nee, nee. Er hat die ganze Zeit auf deinen Arsch gestarrt.«

»Weil deine Hand darauflag.«

»Unterschätz dich nicht, Lydia.«

»Die Kerle wollen immer dich«, sagte sie mit einem Lachen.

Tina hätte gerne Lydias Gesicht gesehen, während sie das sagte. Steckte ein Vorwurf in ihren Worten? Oder amüsierte es sie wirklich? Auch wenn sie nun schon einige Stunden miteinander verbracht hatten, konnte Tina ihre Freundin längst noch nicht wieder so lesen wie früher.

»Wird das gut gehen?«, fragte Lydia plötzlich sehr viel ernster.

»Wir haben doch immer alles geschafft«, antwortete Tina.

»Selbst wenn wir nach Holland kommen, selbst wenn du es nach Berlin schaffst … Wird dir dieser Adem helfen? Kann er dir helfen?«

»Er ist meine einzige Chance.«

»Aber du kennst ihn kaum. Vier, fünf Tage.«

»Glaub mir, ich kenne ihn.«

»Du bist richtig verknallt, ja?«

Tina hatte zu kämpfen. Nicht weil ihr die Antwort schwerfiel. Natürlich war sie verknallt. Nein, was sie stocken ließ, war der Ton in Lydias Stimme. Lydia freute sich für sie.

»Tina?«, hörte sie Lydia nachhaken.

»Sag mal«, entfuhr es Tina. »Was stimmt mit dir nicht? Du weißt schon noch, was ich dir angetan habe? Dass ich mit Marc gevögelt habe?«

Es war das erste Mal, dass sie von ihrer Untat ganz offen sprach. Ausgerechnet jetzt, als es ihr unmöglich war, Lydia ins Gesicht zu schauen. Es kam keine Antwort.

»Ich mein, du reißt dir den Arsch für mich auf. Du riskierst hier dein Leben, Lydia. Für mich. Ich kapier's nicht. Ich kapier's einfach nicht. Er war die Liebe deines Lebens, und ich …«

»Das war er nicht«, erwiderte Lydia.

»Was?«

»Ein Typ, der über dich herfällt, wenn du einmal mit dem Hintern wackelst. Bitte, Tina, ich war froh, dass ich ihn los war. Egal, was … Das war nicht das Problem.«

»Sondern?«

»Ach, Tina ... Wirklich? Ich habe dich verloren. Du hast unsere Freundschaft kaputtgemacht. Du warst das Einzige, was ... Muss ich dir das wirklich erklären?«

»Nein«, hauchte Tina.

Der Regen wurde wieder stärker. Es prasselte so laut auf das Dach, dass sie nicht sicher war, ob Lydia noch etwas gesagt hatte.

»Es tut mir leid«, sagte Tina mit fester Stimme.

»Lass!«

»Ich war neidisch«, offenbarte Tina. »Ihr wart so ... verliebt, verlobt, verheiratet. Ich konnte schon eure Kinder auf dem Rasen vorm Haus herumtoben sehen. Ich habe es gehasst! Weil ich es auch wollte und wusste, dass ich das nie, nie haben würde. Ich funktioniere einfach nicht so wie du. Ich halte nichts durch. Ich hätte das nie hinbekommen. Deswegen solltest du es auch nicht haben. Denn sonst ... sonst ... Mensch, ich hatte Angst, dich zu verlieren. Und hab genau das damit erreicht.«

Es platzte geradezu aus Tina heraus. Die Enge, in der sie hockte, war kaum zu ertragen. Die Stille noch weniger.

»Bist du noch da?«, fragte sie verunsichert.

»Wo soll ich denn hin?«, kam es empört von Lydia zurück.

Tina musste lachen. Lydia ebenfalls. Dann Stille.

»Ich war auch neidisch auf dich«, rief Lydia plötzlich. »Immer!«

»Was? Wieso? Du hast dein Leben auf die Reihe gekriegt. Du hast deinen Traumjob, du verdienst endlos Kohle ...«

»Quatsch! Ich bin ein Hamster. Renne, renne, renne. Tina, ich wollte immer so sein wie du. Die Leichtigkeit. Dieses … dieses Unbesiegbare. Als das mit Marc war … Ich hätte es dir verzeihen können. Der Typ war eine Randnotiz. Aber ich wollte, dass du einmal so leidest und zweifelst wie ich. Einmal nur.«

»Dein Ernst?«

»Ja. Deswegen bin ich es, die ein schlechtes Gewissen hat. Ich war tausendmal kurz davor, dich anzurufen. Ich hab dich so vermisst. Aber ich wollte, dass du angekrochen kommst. Und irgendwann, als du nicht kamst, da war es mir einfach nur noch peinlich. Gestern … Ich habe mich gefreut. Wahnsinnig gefreut. Ich wusste, es wird etwas anderes von mir erwartet, aber … Tina, ich bin so froh, dass du wieder da bist. Und ich passe jetzt auf dich auf. Ich passe auf uns auf.«

Ihre Stimme brach weg. Tina hielt es nicht mehr in ihrem Versteck aus. Sie stieß die Ablage über sich weg und quetschte ihren Körper durch den schmalen Spalt hinter der Rückbank nach vorne. Sie wollte zu Lydia.

»Was machst du?«, rief diese entsetzt.

Doch Tina plumpste schon von der Lehne herab, krabbelte nach vorne, quetschte sich zwischen den Sitzen hindurch und nahm Lydia in den Arm. Lydia lachte. Erleichtert. Sie drückten sich und das Lenkrad gleich mit. Dann lösten sie sich wieder voneinander und blickten sich in die Augen.

»Danke«, hauchte Tina.

Lydia lächelte. Sie war glücklich. Tina war es auch. Doch dann wurde Lydia ernster.

»Wir müssen los.«

Tina konnte nichts sagen, kämpfte noch mit den Tränen. Sie nickte einfach nur. Ja, sie mussten los.

27

Hull
Samstag, 25. September

Es waren noch drei Minuten bis zum Check-in-Schluss. Doch die Autos stauten sich vor den Kontrollhäuschen. Auch jemand mit leichter Verspätung würde noch mitgenommen werden. Nael blickte hinaus in den Regen und die Dunkelheit. Er konnte gerade mal die ersten Autos in den zwei Schlangen ausmachen. Wer am Steuer der Fahrzeuge saß, war von seinem Platz aus nicht zu erkennen. Hinter der Zufahrt sah man das gut beleuchtete Schiff, das in eineinhalb Stunden in See stechen sollte. Die *Pride of Hull*. Ein weißer Riese, zwölf Decks hoch, mit Zufahrten für Lastwagen und Pkw. Während über dem Bug ein enormer Kasten mit zahllosen Kabinen thronte, waren am Heck die Decks in Stufenform angeordnet. Die *Pride of Hull* war eine der größten Fähren der Welt, die eintausenddreihundertsechzig Passagiere und sechshundertfünfzig Fahrzeuge aufnehmen konnte. An diesem Tag würde sie nicht besonders voll sein.

Nael befand sich im Büro des Sicherheitspersonals. Ein karg eingerichteter Raum im mehrstöckigen Abfertigungsgebäude der Reederei. An einem großen Pult mit Monitoren liefen die Kamerabilder von den Kontrollhäuschen zusammen. Ein Monitor pro Kamera. Alte Schule im Vergleich zu WATCH. Vor den Monitoren saß ein gelangweilter Sicherheitsbeamter, der gelegentlich skeptisch zu Nael hinüberblickte. Anscheinend verstand er den Grund für den ganzen Aufwand nicht.

Der »Aufwand« bestand zum einen darin, dass Nael dem Mann über die Schulter schauen durfte. Er bestand aber vor allem darin, dass man die Thermalkamera zum Einsatz gebracht hatte, die nur bei offiziellen Fahndungen verwendet wurde. An einer dem Check-in vorgeschalteten schmalen Stelle, durch die alle Pkw einzeln fahren mussten, filmte das Gerät jedes Auto von der Seite. Man konnte dadurch sehen, ob es neben den sichtbaren Fahrgästen noch weitere gab. Blinde Passagiere.

Es hatte einiger Überzeugungskraft bedurft, bis der Sicherheitschef der Reederei Nael Unterstützung zugesagt hatte. Schließlich hatte der Deutsche von Europol in Großbritannien keine Kompetenzen als Ermittler. Ein Anruf von Harrison hatte geholfen, aber auch Naels Höflichkeit und Geduld. Und natürlich die Versicherung, dass keine Gefahr für die Passagiere und die Fähre bestand. Man suchte nur eine wichtige Zeugin in einem europaweit relevanten Kriminalfall. Beziehungsweise zwei Zeugen, denn neben dem Bild von Alia hatte Nael dem Sicherheitspersonal der Reederei auch eins von Tarek weitergegeben. Auch wenn er nicht sicher war, ob der Verfolger von der Buchung der Fähre wusste. Nun hielten alle Sicherheitsbeamten die Augen offen, sowohl an der Einfahrt für die Autos als auch auf der Fußgängerbrücke zwei Etagen höher. Bisher hatte es weder von dem Verfolger noch von der Verfolgten eine Spur gegeben.

Nael ließ sich seine Unruhe nicht anmerken. Zum hundertsten Mal überlegte er, ob er zu spät gekommen war. Als er am Nachmittag vom Flughafen Humberside aus den Hafen erreicht hatte, war die Fähre schon fast zwei Stunden lang geöffnet. Die Passagiere konnten sich bereits in den Restaurants, Shops oder dem Casino an Bord vergnügen. Es war zwar schwer vorstellbar, dass die beiden Frauen den Weg von Cambridge nach Hull in der kurzen Zeit geschafft hatten, und Lydia Bischof hatte auch noch nicht als Passagierin eingecheckt. Aber was, wenn sie einen anderen Weg auf das Schiff gefunden hatten? Oder hatten sie es sich vielleicht anders überlegt, nachdem die Kamera die vermeintliche Alia in Cambridge erfasst hatte?

Nael blickte auf einen der Monitore, der einen neu ankommenden Wagen unter der Überdachung neben dem Kontrollhäuschen erfasste. Ein gepflegter Mercedes aus den Achtzigern mit zwei Personen auf den Vordersitzen. Die Wärmesensoren hatten zuvor auch nur diese beiden Mitfahrer angezeigt. Doch es waren nicht die gesuchten Frauen, sondern ein älteres Ehepaar. Nael vermisste es, die Monitore selbst bedienen zu können. Er vermisste WATCH. Die Degradierung zum Beobachter und Bittsteller war der Preis für seine spontane Entscheidung, nun doch den Bullen vor Ort zu machen. Er bereute es nicht. Noch nicht. Er musste mit der Frau reden, die aussah wie Alia. Herausfinden, ob es die Clan-

Tochter selbst oder ihre Doppelgängerin war. Und ob das Double in diesem Fall dem Clan gegenüber loyal war oder angesichts ihrer Flucht selbst so sehr unter Druck stand, dass sie Geheimnisse verraten würde. Das wahre Ziel des Taffa-Clans offenbaren würde. Die zwölf Stunden auf der Fähre waren eine einmalige Gelegenheit, das alles herauszufinden.

»Und wenn die Frau nicht kommt?«

Die Frage kam von Elizabeth, der jungen Mitarbeiterin der Sicherheitsfirma, die man Nael zur Seite gestellt hatte. In der Stimme der brünetten Schottin klang Hoffnung durch. Kurz zuvor hatte sie ihm noch erzählt, dass sie in dieser Nacht erst die fünfte Überfahrt mit der Fähre absolvieren würde. Man hatte Nael also die Neue überlassen. Sie nestelte permanent an ihrer blauen Uniform herum, die ihr zu klein war und dadurch die kräftigen Oberschenkel unvorteilhaft betonte. Darüber trug sie eine orangefarbene Sicherheitsweste, am Gürtel baumelten ein Funkgerät und Pfefferspray.

»Warten wir ab«, antwortete Nael mit einem gezwungenen Lächeln.

»Fahren Sie dann trotzdem mit?«, hakte sie beharrlich mit ihrem schottischen Akzent nach.

Das war eine Frage, mit der Nael sich auseinandersetzen musste. Niemand wusste von seiner Fahrt nach England. Tomasz hatte er erzählt, dass er nach Hause gehen würde, als er das Büro verließ. Schließlich war Samstag. Doch am nächsten Vormittag stand eine Lagebesprechung an. Wenn selbst Xalvador das Wochenende dafür abkürzte, würde man sich schon fragen, wo Nael steckte.

Die Überfahrt konnte ihn fast zurück nach Den Haag bringen. Und ihm die Möglichkeit geben, auf dem Schiff die Augen aufzuhalten, falls sich die Frauen unbemerkt an Bord geschlichen hatten. Er nickte in Richtung von Elizabeth. Sie schien sich nicht zu freuen.

»Seht ihr das?«, sagte der Mann an den Monitoren.

Nael hatte für einen Moment nicht aufgepasst, aber sah es nun auch auf dem Bildschirm des Wärmescanners. Ein kleiner Wagen passierte die Kamera. Man erkannte deutlich die Person auf dem Fahrersitz. Und zusätzlich eine zusammengestauchte Gestalt im Kofferraum. Elizabeth riss ihr Funkgerät hoch.

»Moment«, rief Nael und legte ihr behutsam die Hand auf den Arm. »Lassen Sie uns bitte erst nachsehen, ob sie das sind.«

Elizabeth zögerte, nickte dann und ging näher zu den Monitoren. Nael hingegen blickte durch die halb geschlossenen Jalousien nach draußen. Das verdächtige Fahrzeug kam um die Ecke gebogen. Erst sah er im Dunkeln nur die Scheinwerfer, doch als sich der Wagen in die erste Schlange einreihte, erkannte Nael die Umrisse. Seiner Einschätzung nach musste es ein R4 sein. Es stand noch ein Fahrzeug davor, das aber bald an der Reihe war und zum Kontrollhäuschen fuhr. Der R4 schloss auf, fuhr ins Licht der Hafenbeleuchtung. Die blonden Haare, die Reflexion ihrer Brille. Es war Lydia Bischof.

»Das sind sie«, sagte er zu den anderen beiden.

»Den nächsten Wagen auf Spur 1 stoppen«, rief Elizabeth ansatzlos in ihr Funkgerät.

»Bitte nicht!«, ging Nael entsetzt dazwischen.

»Die Frau im Kofferraum erschleicht sich die Beförderung«, erklärte Elizabeth mit großer Empörung in der Stimme.

»Das ist genau mein Punkt. Erst wenn sie an Bord fahren, habe ich etwas gegen sie in der Hand. Erst dann kann ich mit ihr reden. Bitte lassen Sie sie reinfahren, und helfen Sie mir dann, den Wagen zu finden.«

»Sie hat kein Ticket.«

»Ich weiß. Das kann man ja dann immer noch anzeigen. Oder was auch immer Sie dann machen.«

»Wir lassen solche Leute gar nicht erst mitfahren.«

Warum musste die Frau jetzt plötzlich so beharrlich sein? In den zwei Stunden, die sie nun schon Wagen für Wagen betrachteten, hatte Nael mehr als einmal erläutert, worum es ihm ging. Hatte sie ihm überhaupt zugehört?

»Wenn ich nicht hier wäre, hätten Sie den Wärmescanner nicht eingesetzt und wüssten gar nicht, dass sich jemand im Kofferraum befindet.«

Das gab ihr zu denken. Der Wagen vor dem R4 hatte die Kontrolle gerade hinter sich. Er verließ seinen Platz am Häuschen.

»Ich muss meinen Chef fragen«, sagte Elizabeth.

»Was ist mit dem Wagen?«, kam es aus dem Funkgerät.

»Moment«, antwortete sie.

Dann kramte sie ihr Handy aus der Hosentasche. Der R4 fuhr zu dem Häuschen. Er erschien dadurch auch auf einem der Monitore. Lydia am Steuer. Der Mann am Schalter öffnete sein Fenster. Man konnte die Unterhaltung über sein Mikrofon mithören. Lydia grüßte den Kontrolleur in perfektem Englisch, reichte ihm ihren Ausweis und einen Zettel mit der Buchungsbestätigung. Dazu wollte sie ihm offenbar etwas erklären, doch der Mann bat sie, zu warten. Auch Nael wartete. Endlich hatte Elizabeth ihren Chef erreicht. Sie referierte umständlich, was los war, sprach dabei wiederholt von der frevelhaften Beförderungserschleichung. Derweil wurde Lydia ungeduldig. Immer wieder ging ihr Blick zwischen dem Häuschen, der wartenden Fähre und auch der Kamera, die sie filmte, hin und her. Man sah ihr an, dass besonders die Kamera ihr Sorgen bereitete. Nael ebenfalls. Denn diese Kamera wurde in das System von WATCH eingespeist. Der Verräter bei Europol wusste spätestens jetzt, wo sich die Fluchthelferin befand. Vorausgesetzt, dass er sie nach dem Vorfall in Cambridge oder sogar schon früher in das System eingespeist hatte. Wovon Nael ausging. Wer auch immer WATCH für die Taffas missbrauchte, wusste, was er tat. Sollte Tarek Elbadwi noch nicht vor Ort sein, würde er sich spätestens in diesem Moment auf den Weg nach Hull machen. Lydia nahm die Hand vor den Mund, wie es Starfußballer manchmal auf dem Spielfeld taten, damit man ihre Lippen nicht lesen konnte. Auch wenn man nichts hörte, war Nael sicher, dass sie mit der Frau im Kofferraum sprach.

»Darf ich mal?«, fragte Nael.

Er wartete die Antwort nicht ab, sondern nahm Elizabeth das Handy aus der Hand.

»Ich bitte Sie im Namen von Europol, diesen Wagen schnellstmöglich durchfahren zu lassen«, rief Nael in das

Telefon. »Es geht hier um einen Fall von internationalem Interesse, um eine Bedrohungslage in London. Wir reden von einem möglichen Terroranschlag. Diese Frau kann dazu aussagen. Bitte setzen Sie das nicht aufs Spiel.«

Nael nutzte den albernen Terrorverdacht jetzt für seine Zwecke. Bisher hatte er in Hull zu den Hintergründen der Operation geschwiegen, aber das Stichwort half tatsächlich.

»Okay«, kam es aus dem Hörer. »Geben Sie mir meine Angestellte zurück.«

Nael tat es. Elizabeth hörte zu. Lydia hatte immer noch die Hand vor dem Mund. Ihrem ernsten Blick nach zu urteilen, war eine Diskussion entstanden. Lydia blickte immer öfter in den Rückspiegel. Hinter ihr stand kein Fahrzeug mehr. Wollten die Frauen fliehen? Nael blickte Elizabeth eindringlich an. Endlich nahm sie das Funkgerät hoch.

»Lasst sie durch!«

Nael wollte durchatmen, doch dann kam es aus dem Funkgerät zurück: »Die Frau ist nicht mit dem angemeldeten Fahrzeug hier.«

Elizabeth stutzte, wusste nicht, was sie tun sollte. Auf dem Monitor sah Nael, wie Lydia mit der Krückstockschaltung des R4 einen Gang einlegte. Den Rückwärtsgang?

»Egal«, rief Nael. »Sie wird irgendeine Erklärung dafür haben. Nehmen Sie sie ihr ab.«

Elizabeth zögerte erneut. Nael hätte ihr am liebsten eine geklatscht.

»Lasst sie trotzdem durch«, sagte sie in das Funkgerät.

Nael schaffte es, dankbar zu lächeln. Der Mann am Schalter reichte Lydia ihren Pass und die Unterlagen zurück. Außerdem gab er ihr eine Schlüsselkarte und verriet ihr die Nummer ihrer Kabine. Dann wünschte er ihr eine gute Überfahrt. Lydia nahm die Gegenstände und atmete dabei tief durch. Nael tat es ihr gleich.

Der R4 ließ sich von weiteren Sicherheitskräften, die mit reflektierenden Westen im Regen standen, zu der Auffahrt zum Pkw-Deck der Fähre leiten. Er verschwand schon bald auf einer Rampe, die in den Bauch des Schiffes führte. Als letzter Wagen an diesem Tag. Der Check-in-Vorgang war abgeschlossen.

»Er hat das Schiff nicht betreten?«, fragte Nael Elizabeth, als er mit ihr an den Kontrollen für die Fußgänger stand.

Im Abfertigungsgebäude gab es für Passagiere, die ohne Fahrzeug auf die Fähre wollten, eine große Halle wie in einem Flughafen. Dort fanden Check-in und Sicherheitskontrollen statt. Letztere erfolgten eher nachlässig und konzentrierten sich darauf, dass die Passagiere keinen Alkohol an Bord brachten. Immerhin hatten Elizabeths Kollegen die Ausweise aufmerksam überprüft und nach Tarek Ausschau gehalten. Doch er war nicht aufgetaucht. Zumindest auf dem Schiff konnte Nael also in Ruhe agieren. Dass sie am Morgen in Rotterdam von Abgesandten der Taffas empfangen werden würden, war zwar wahrscheinlich, aber bis dahin wusste Nael vielleicht genug, um Verstärkung anfordern zu können. Das Problem würde er so oder so im Morgengrauen lösen müssen.

»Wenn alle Leute das Parkdeck verlassen haben, würde ich gerne zu dem R4 gehen«, erklärte Nael Elizabeth.

»Folgen Sie mir«, antwortete sie.

Das Telefonat mit ihrem Chef hatte einiges bewirkt. Elizabeth agierte schneller und deutlich kooperativer. Schnurstracks führte sie ihn über die Gangway zum Haupteingang des Schiffs. An Bord flanierten bereits Passagiere auf dem Weg zu den Restaurants und Bars. Eine Familie kam ihnen mit leichtem Gepäck entgegen und verschwand in den Gängen zu den Kabinen. Sie war mit einem der Aufzüge vom Parkdeck nach oben gebracht worden. Ein Schild wies darauf hin, dass Passagiere nun nicht mehr zu ihren Autos zurückkehren durften, sondern erst wieder, wenn sie kurz vor der Ankunft dazu aufgefordert wurden. Die entsprechenden Etagen waren jetzt für den Aufzug blockiert. Elizabeth hatte natürlich einen Schlüssel und die Befugnis, diese Anweisung zu ignorieren.

Sie fuhren hinab zum Parkdeck sieben, wo ausschließlich Pkws standen. Als die Türen des Aufzugs sich öffneten, sah Nael die langen Reihen mit Fahrzeugen, die Stoßstange an Stoßstange hintereinanderstanden. Wie ein Stau ohne Fahrer. Es war niemand mehr auf dieser Ebene unterwegs. Die Beleuchtung war auf das Nötigste heruntergefahren, die einzigen Geräusche stammten von der Schiffsmaschine. Elizabeth winkte Nael hinter sich her. Sie gingen in eine zweite Halle, wo das Licht noch schummriger war. Dort kamen die Fahrzeuge an, wenn sie an Bord fuhren, und mussten am Ende einmal um hundertachtzig Grad wenden, um in die erste Halle zu gelangen, sodass sie durch dasselbe Tor aus- wie einfahren konnten. Am Ende der Reihe an der hinteren Außenwand entdeckte Nael schon aus der Ferne den R4. Woher hatten die Frauen die alte Klapperkiste? Die Antwort auf diese Frage hatte mit Sicherheit mit dem rothaarigen Dorfjungen zu tun, der mit ihrem Mietwagen unterwegs war. Nael bat Elizabeth mit einer Geste, vorgehen zu dürfen. Sie nickte stumm, folgte ihm zu dem Wagen.

Nael ging nicht davon aus, dass die blinde Passagierin eine ernsthafte Bedrohung darstellte. Dennoch spannten sich unweigerlich seine Muskeln an. Sie gehörte zu den Taffas. Auf Zehenspitzen näherte er sich von schräg hinten dem Wagen. Im Inneren sah er niemanden. Er ging leise auf den Kofferraum zu. Es erschien ihm wahrscheinlich, dass die Klappe unverschlossen war. Er selbst würde sich nicht einschließen lassen, wenn er sich über Nacht darin verstecken müsste. Er atmete noch einmal durch, umfasste den Griff der Klappe. Dann drehte er ihn ruckartig. Der Griff gab nach. Schnell zog Nael die Klappe hoch. Mit angehaltenem Atem starrte er in das Innere des Kofferraums. Unbewusst rechnete er damit, dass sich eine Waffe auf ihn richten würde. Doch stattdessen lagen da nur eine Decke und ein Kissen verwaist auf dem Stahlblech. Die blinde Passagierin hatte ihr Versteck aufgegeben.

28

Den Haag
Samstag, 25. September

Sechsmal hintereinander Rot. Natürlich passierte so etwas nur, wenn Dimitri nicht dabei war. Er hatte in der letzten Zeit einfach kein Glück. Vielleicht war es wirklich so: Glück in der Liebe, Pech im Spiel. Wobei er auf dem besten Weg war, sein Liebesglück zu zerstören. Missmutig blickte er auf den Bildschirm, wo Tarek zu sehen war, der lustlos vor einem digitalen Roulettespiel saß. Dimitri empfand dieses Gerät als unwürdig, so ganz ohne Croupier, ohne Jetons und ohne schick gekleidete Menschen, die einem über die Schulter blickten. In Kombination mit dem Araber, der ohne Sinn und Verstand kleinste Summen auf beliebige Zahlen setzte, war es kaum anzuschauen. Immerhin verlor Tarek. Eine kleine Genugtuung.

Für viel mehr als ein paar Automaten war in dem sogenannten Casino an Bord der *Pride of Hull* kein Platz. Dimitri war am Anfang des Jahres selbst mit der Fähre gefahren. Ein Wochenendtrip nach England mit Femke. Sie hatten die luxuriöse Kabine gebucht, mit Sitzecke und zwei Fenstern. Eine wundervolle Nacht. Gut möglich, dass dabei das Kind entstanden war, das Femke jetzt in ihrem Bauch trug. Auf der Fahrt war Dimitri nicht einmal auf die Idee gekommen, ins Casino zu gehen. Femke war unermüdlich gewesen, und Dimitri hatte zum ersten Mal in ihrer Beziehung das Gefühl gehabt, dass sie wirklich gerne mit ihm schlief. Nicht nur als Tauschgeschäft, sondern weil sie auf ihn stand. War das nun alles vorbei?

Er blickte bedrückt auf die beiden Teller neben der Tastatur seines Computers. Die Reste des Schokoladenkuchens. Ihm selbst war der Appetit vergangen, aber Ali und Harun hatten gerne zugegriffen, als Femke ihnen Kuchen angeboten hatte. Die verdammten Araber hatten den ganzen Kuchen verputzt. Dimitri war schon beim Zusehen schlecht geworden. Doch Femke hatte lächelnd danebengestanden und Kaffee nachgeschenkt. Auch wenn sie es nie wieder hatte tun wollen: Sie wusste, wie man mit dieser Klientel umging. Schließlich war sie früher zu ganz anderen Diensten bei ähnlichen Kalibern gezwungen gewesen. Auf den Partys der Araber aus Rotterdam, denen Dimitri den Besuch von Hassans Männern zu verdanken hatte. Damals hatte Dimitri mitbekommen, wie die Kerle mit den Frauen umgesprungen waren, und Femke für ihr Durchhaltevermögen bewundert. Natürlich konnte man sich das Grauen mit Freundlichkeit angenehmer gestalten. Femke hatte ihre beiden ungewünschten Besucher immerhin dazu gebracht, dass sie sich ins Schlafzimmer zurückziehen durfte. Ohne Handy, die Wohnungstür war abgeschlossen, aber trotzdem: Sie hatte etwas erreicht. Dimitri hatte bisher nur ohnmächtig danebengesessen, während die Barbaren nicht nur über den Kuchen, sondern auch über seinen heiligen Arbeitsplatz hergefallen waren.

Harun war nicht der Computerexperte, als den Hassan ihn verkauft hatte. Aber der Junge hatte eine schnelle Auffassungsgabe und konnte eine Maus bedienen. Wahrscheinlich machte ihn das im Clan schon zu einem Genie. Er hatte die Funktionsweise von WATCH verstanden und die Beobachtung von Tarek übernommen. Bis zum Hafen in Hull war der britische Araber regelmäßig zu sehen gewesen. Bei Einbruch der Dunkelheit hatten sie ihn aus den Augen verloren. Planmäßig. Er hatte sich erst unter eine Gruppe von Lkw-Fahrern gemischt und war dann, mit einer Weste der Hafeneinweiser bekleidet, unbemerkt auf das Schiff gelangt. Mit einer Waffe im Hosenbund. Unbemerkt von allen Kameras. Natürlich standen sie mit ihm per Telegram in Kontakt.

Für das, was sie planten, war es besser für Tarek, ohne Auto auf der Fähre zu sein, ohne Registrierung. Und es war besser, eine Waffe dabeizuhaben. Die Frauen waren kurz vor Ende der Check-in-Zeit angekommen. Dimitri, Harun und Ali hatten am Monitor beobachtet, wie der schäbige R4 mit Lydia am Steuer die Kontrolle passiert hatte. Die Frauen folgten demselben Muster wie die echte Alia. Das bedeutete, dass Tina im Kofferraum an Bord gelangte und im Wagen übernachten würde. Sollte sie ruhig. Bis zum Morgen würde Tarek die beiden in Ruhe lassen. Deswegen vertrieb er sich die Zeit im Casino, auch wenn es Ali lieber gewesen wäre, wenn sein Handlanger sich versteckt hätte. Aber Tarek gehörte nicht zur

Familie; man konnte ihn nicht herumscheuchen. Er war Auftragnehmer. Und der Auftrag lautete, Tina für immer verschwinden zu lassen. Ohne Aufsehen. Das ging an Bord nicht. Deswegen hatten die Barbaren den Plan entwickelt, dass Tarek vor dem Anlegen in die Kabine der deutschen Freundin eindringen sollte. Er würde sie dazu zwingen, ihn in dem schäbigen R4 mitzunehmen. Zusammen mit Tina im Kofferraum.

Dimitri beobachtete, wie Tarek mitten im Spiel am Roulette-Automaten etwas auf seinem Handy tippte.

»Schiff fährt los«, verkündete Ali kurz darauf mit Blick auf das eigene Telefon.

Pünktlich um halb neun. Bisher lief alles nach Plan. Ali lachte bei der nächsten Nachricht von Tarek.

»Er fragt, wohin mit den beiden.«

Ali tippte etwas. Dimitri war an der Antwort auf diese Frage ebenfalls interessiert. Er blickte Ali fragend an. Der grinste breit.

»Ist doch klar: hierhin.«

»In unsere Wohnung?«, fragte Dimitri ungläubig.

»Wenn du willst, Alter. Ich dachte eher, wir verbuddeln sie irgendwo in den Dünen.«

Er zeigte in die falsche Richtung, aber Dimitri wusste auch so, was er meinte. Zwei Leichen vor seiner Haustür. Schweiß bildete sich auf seiner Stirn.

»Als kleines Andenken für dich.«

Beim Lachen bebte Alis gesamter Oberkörper. Er drückte seinen Daumen in die Schokoladenkrümel auf dem Teller vor sich und leckte ihn ab. Dimitri musste tief durchatmen, um ruhig zu bleiben. Er wollte diese Kerle nicht bei sich haben. Er wollte auch keine toten Frauen bei sich haben. Er fühlte sich so hilflos. Wieder brummte Alis Handy. Er las die Nachricht und grinste.

»Er fragt, ob er am Morgen noch mit den Mädels Spaß haben darf.«

Harun grinste ebenfalls.

»Die Doppelgängerin muss er dann aber im Kofferraum ficken. Wär mir ja zu eng.«

»Eng ist doch gut, Digga.«

Die beiden Männer lachten dreckig. Dimitri wurde endgültig schlecht. Er sah, wie Ali etwas tippte, was Tarek mit Sicherheit nicht davon abhielt, die Frauen zu vergewaltigen. Die ganze Sache war bereits ein Albtraum gewesen, als die beiden im Flur gestanden hatten, aber nun entgleiste sie vollends.

»Voll nett von ihm«, sagte Ali, während er tippte. »Tut er ihnen noch was Gutes, bevor sie den Abgang machen.«

Er schaute provozierend zu Dimitri. Der blickte auf die Monitore. Alle drei zeigten wechselnde Kameraperspektiven vom Inneren des Schiffs. Aus den Restaurants, Bars, Shops und dem Casino. Sonst gab es keine Kameras. Das war Dimitri damals an dem Wochenende mit Femke aufgefallen. Deswegen hatte er sich diese Route für Alia ausgedacht. Jetzt wurde das alles besudelt – sein perfekter Plan mit der Doppelgängerin, die Zeugungsnacht mit Femke, Kaffee und Kuchen mit den Dekkers. Seine Ehe. Dimitris Blick fiel auf die Bilder der Weinbar auf Deck neun. Nael Bruck setzte sich dort an den Tresen und bestellte etwas. Es war das erste Bild des Deutsch-Arabers auf dem Schiff. Dimitri atmete tief durch. Von der Anwesenheit des Polizisten hatte er den Barbaren nichts verraten. Er hatte ein iPad auf die Toilette geschmuggelt und dort mithilfe von WATCH Brucks Weg bis zum Hafen und auf die Fähre verfolgt. Nach wie vor war es Dimitri ein Rätsel, wie er Tina und Lydia hatte finden können. Der Mann war nicht dumm. Das war Dimitri schon bei den Schulungen aufgefallen. Deswegen war er der Trumpf in Dimitris Hand. Bruck bekam seinen Wein, Tarek verlor weiter im Casino sein Geld, und die Araber machten Witze über die deutschen Frauen.

Dann ging plötzlich alles ganz schnell. Tarek sprang mitten im Spiel von seinem Stuhl auf. Erst sah es so aus, als ob er sich hinter dem Automaten verstecken wollte, dann rannte er plötzlich aus dem Bild. Harun hatte es genauso wie Dimitri gesehen, während Ali mit seinem Handy beschäftigt war.

»Was 'n jetzt?«

Keine Spur mehr von Tarek. Dimitri spulte die Aufnahme zurück. Bei der Wiederholung sah man, dass Tarek von etwas aufgeschreckt worden war. Da Bruck noch mit einem fast leeren Glas Rotwein an der Bar ein Deck höher saß, konnte es eigentlich nur eine der Frauen gewesen sein. Schon bekam Ali eine Nachricht.

»Sie hat ihn erkannt«, sagte er perplex.

»Wer?«, fragte Harun.

»Diese Tina. Alter, will der mich verarschen? Kennt sie ihn? Ist die nicht im Auto?«

Er tippte wie wild auf sein Handy ein. Dimitri erinnerte sich an sein erstes Telefonat mit Tarek. Der Araber hatte erklärt, dass er über die ganze Geschichte Bescheid wusste, weil er den Taffas in London bereits geholfen hatte. Nicht erwähnt hatte er, dass Tina ihn dabei gesehen hatte. Wenn es so war, dann würde das auch erklären, warum Bruck sie gefunden hatte. Er hatte Tarek in den Aufzeichnungen rund um Tina gefunden und war ihm gefolgt.

»Sie rennt nach draußen«, las Ali aufgeregt eine neue Nachricht vor.

»Er soll sie sich schnappen«, rief Harun. »Nicht killen. Nicht auf dem Schiff. Fangen und in der Kabine verstecken.«

Die beiden Männer starrten aufgescheucht auf die Monitore, wo jedoch nichts von den wichtigen Ereignissen an Bord zu sehen war.

»Oder ins Meer werfen«, dachte Ali laut nach, während er tippte.

»Zu nah am Land. Das schafft sie.«

»Tot, Alter! Er muss sie tot runterwerfen.«

»Dann finden sie die Leiche.«

Weiter und weiter ging die absurde Diskussion der beiden Araber. Sie verhandelten den Tod von Tina, als ob es sich um eine Reifenpanne handelte. Dimitri dagegen wurde immer ruhiger. Er fixierte Bruck auf seinem Hocker an der Bar.

»Mir ist übel«, stieß er hervor.

Dann sprang er auf und eilte unter vorgetäuschtem Würgen in Richtung Bad. Ali und Harun stoppten ihn nicht.

29

Pride of Hull

Samstag, 25. September

Für die Bar auf einer Fähre war der Wein gar nicht so schlecht. Ein kräftiger Bordeaux, Zweitgewächs, guter Jahrgang. Nach dem ganzen Ärger brachte es Erleichterung, die Tannine am Gaumen zu spüren. Nael trank noch einen Schluck, ließ den Blick durch die Bar gleiten. Er erwartete nicht, dass er die gesuchten Frauen dort sehen würde, aber man konnte nichts ausschließen. Sie mussten auf dem Schiff sein. Die vermeintliche Alia war nicht im Auto gewesen. Lydia nicht in ihrer Kabine. Der beengte Raum ohne Fenster war unberührt gewesen, als Elizabeth und er ihn nach dem Parkdeck aufgesucht hatten. Im Moment war die Sicherheitskraft in den Kontrollraum des Schiffs unterwegs, wo die Bilder der wenigen Kameras an Bord zusammenliefen. Nael machte sich keine Hoffnung, dass sie dort etwas entdecken würde. Das Schiff war wegen der schlechten Kameraüberwachung als Fluchtfahrzeug gut gewählt.

Sein Handy vibrierte. Hatte Elizabeth doch etwas gefunden? Er blickte auf den Eingang seiner WhatsApp-

Nachrichten. Die neueste kam nicht von Elizabeth, sondern von einer unbekannten Nummer. Der englische Text ließ Nael staunen: Tarek Elbadwi ist auf dem Schiff und will Tina töten. Sie rennt hoch zum Oberdeck.

Sofort drückte Nael auf Verbinden, doch niemand nahm den Ruf an. Dafür kam die nächste Nachricht.

Sitz nicht da herum mit deinem Wein! Rette sie! Er schmeißt sie sonst ins Meer.

Reflexartig war Nael aufgesprungen. Er blickte sich um. Dann entdeckte er sie. Die kleine schwarze Halbkugel unter der Decke am anderen Ende der Bar. Er hatte sie vorher nicht wahrgenommen. Bisher war er gar nicht auf die Idee gekommen, dass auch er eine Person von Interesse für die Überwachung sein konnte. Wie naiv von ihm. Der Verräter hatte ihn gefunden. Aber er wollte ihm helfen. Ein Kollege, den das schlechte Gewissen gepackt hatte?

Wer bist du?, schrieb Nael zurück.

Noch so eine Frage, und die Unterhaltung ist beendet. Ich habe nicht viel Zeit.

Als Nächstes kam ein Foto. Es war eine Aufnahme von Tarek Elbadwi im Casino des Schiffs. Der Mann hatte es irgendwie geschafft, an den Sicherheitskontrollen vorbeizukommen.

Er befand sich nun auf dem Weg nach draußen. Nael hatte bei der Suche nach den Frauen mit Elizabeth auch die Außenbereiche überprüft, die sich über mehrere Decks zogen. In der Dunkelheit gab es Dutzende Orte zum Verstecken, auch wenn es dort kalt und nass war. Sie hatten niemanden gefunden. Nael eilte zu den Treppen nach oben. Er gelangte auf Deck zehn, wo sich ausschließlich Passagierkabinen befanden. Dabei begleitete ihn das unschöne Gefühl, dass dies eine Falle sein konnte. Er schüttelte die Angst ab, musste endlich aufhören, nur an sich zu denken. Das hier war sein Job. Die Gefahr gehörte dazu. Allerdings war es nun doch ein Nachteil, dass er keine Waffe bei sich trug. Tarek war Experte für Waffen. Und er war bestimmt nicht unbewaffnet auf das Schiff gekommen.

Nael eilte durch die langen Flure zum Ausgang, vorbei an einem jungen Paar, das fröstelnd und durchnässt von draußen hereinkam. Sie waren die Letzten einer kleinen Schar von Leuten, die das Ablegen des Schiffes von einem der Außendecks aus beobachtet und für Instagram fotografiert hatten. Ihre roten Gesichter und zitternden Körper sprachen nicht gerade für einen Besuch an Deck. Nael stand am Ausgang, versuchte, durch ein Fenster in der Tür im Licht der Außenbeleuchtung etwas zu erkennen. Der Wind ließ den Regen hin und her peitschen. Treppen führten auf beiden Seiten der Tür hoch und runter. Viele Möglichkeiten. Schließlich stieß er die Tür auf. Die Kälte packte ihn sofort, auch wenn es nicht so schlimm wie erwartet war. Schlimmer war der Regen, der ihm trotz Überdachung ins Gesicht und auf seinen Anzug klatschte. Die Pfützen taten ihr Übriges. Auf den Außendecks sah er niemanden. Er lief alle ab, auch die Treppen hinunter, an den Fenstern des Restaurants vorbei, in dem die Passagiere das Abendessen genossen. Im Warmen und Trockenen. Dann wieder hoch. Auf Deck zehn hörte er Schritte über sich. Jemand rannte auf dem

Deck über ihm. Er folgte dem Geräusch der Schritte bis zur nächsten Treppe. Dort sah er sie: die Doppelgängerin von Alia. Sein unbekannter Kollege hatte sie in der WhatsApp-Nachricht Tina genannt. Ihr Gesicht war selbst im Gegenlicht der Scheinwerfer hinter ihr gut zu erkennen. Das Gesicht, auf das Nael seit Wochen starrte. Das richtige Gesicht, die falsche Frau. Sie wollte die Treppe nach unten nehmen. Als sie ihn entdeckte, fror sie ein.

»Bleiben Sie bitte stehen. Ich …«

Weiter kam Nael nicht. Er hatte sie ruhig und freundlich auf Deutsch angesprochen, doch das Auftauchen eines weiteren Arabers schlug die Frau namens Tina in die Flucht. Nael nahm drei Stufen auf einmal, kam oben an und suchte das Sonnendeck mit seinen Blicken nach Tarek ab. Er musste hier irgendwo stecken. Die Doppelgängerin war mittlerweile zu einer Absperrung an der Seite des Decks gekommen. Ein verschlossenes Tor, das zu den Kabinen des Personals führte. *No entry – Crew only.* Tina stoppte das nicht. Sie kletterte außen auf der offenen Reling an der Absperrung vorbei. Für einen Moment frei schwebend über dem Meer. Nael rief sie, doch sie rannte davon. Ihm blieb nichts anderes übrig, als ihr auf dem waghalsigen Weg zu folgen. Schließlich konnte sie Tarek jederzeit direkt in die Arme laufen. Im peitschenden Regen mit dem falschen Schuhwerk auf einem glitschigen Geländer herumzuklettern, war nicht Naels Lieblingsübung. Er schaffte es dennoch. Als er wieder Boden unter den Füßen hatte, sah er Tina eine letzte Treppe nach oben nehmen. Auf das oberste Deck.

Nael folgte ihr auch dorthin. Oben lief sie schon wieder zurück in die Richtung, aus der sie gekommen waren. Nael zog das Tempo an. Das Wasser aus den Pfützen an Deck spritzte ihm bis ins Gesicht. Tina quetschte sich an den Fenstern der Skylounge vorbei. Doch dahinter ging es nicht weiter. Der Aufbau mit den Schornsteinen versperrte ihr den Weg. Tina stand mit dem Rücken zum Rand. Hinter ihr ging es drei Meter tief hinunter auf das Deck, von dem sie gekommen waren. Sie sprang nicht, starrte verunsichert zu Nael. Der blieb in sicherer Entfernung stehen und zeigte ihr seine Handflächen, um ihr zu signalisieren, dass er unbewaffnet war.

»Ich bin Polizist«, schrie er gegen den Wind an. »Ich kann Ihnen helfen.«

Sie lachte spöttisch. Polizei war kein gutes Stichwort. Sie ging näher an den Rand.

»Ich will nur mit Ihnen reden«, legte Nael mit einem freundlichen Lächeln nach. »Und Ihnen helfen, dem Mann zu entkommen, der sie gerade jagt.«

»Sie gehören zu ihm«, rief sie.

»Nein. Ich arbeite beim LKA in Berlin. Ich verfolge die Machenschaften der Taffas schon seit Jahren. Ich kann Sie vor denen schützen.«

Soweit Nael das im trüben Licht sehen konnte, verunsicherte sein Angebot die Frau. Sie blickte sich suchend um, hielt nach ihrem anderen Verfolger Ausschau. Mit einem Hechtsprung hätte Nael sie erreichen können, aber er wollte, dass sie ihm vertraute. Er wartete geduldig ab, während ihm der Regen in den Kragen lief. Tina fixierte ihn mit ihrem Blick. Sie wollte ihm vertrauen.

Nael spürte das. Doch sie konnte nicht. Etwas Fundamentales hatte sie verunsichert. Sie sprang nach unten. Nael stürmte nach vorne. Die Frau war eine Etage tiefer sicher gelandet, hatte sich dabei geschickt abgefedert und rannte weiter. Nael sprang ebenfalls. Er federte sich nicht ganz so geschickt ab. Ein höllischer Schmerz durchfuhr seinen Knöchel. Der Fuß war umgeknickt. Er humpelte ein paar Meter, doch die Frau eilte bereits die nächsten Treppen nach unten und verschwand aus seinem Blickfeld. Nael stand durchnässt, frierend und mit brennendem Schmerz im Knöchel auf dem Außendeck. Diesen Teil seines Jobs hasste er aufrichtig. Ohne seinen lädierten Fuß zu belasten, presste er sich an die Schiffswand und zog sein Handy heraus. Dann schrieb er eine Nachricht an den Unbekannten.

Ich brauche deine Hilfe.

30

Pride of Hull
Samstag, 25. September

Tina war auf dem untersten Passagier-Deck mit Außenbereich angekommen. Es war außerdem das unterste Deck, das man über die Treppen erreichen konnte. Fünf Meter tiefer befand sich das teilweise offene Deck, auf dem die Lastwagen im Regen standen. Tina blickte hinter sich. Der Polizist war nicht mehr zu sehen, nicht mehr zu hören. Wenn es überhaupt ein Polizist gewesen war. Auch in der Dunkelheit hatte Tina sein arabisches Erscheinungsbild gut ausmachen können. Er unterschied sich zwar in Auftreten und Kleidung von den Taffas, aber was hieß das schon? Selbst wenn er Polizist war: Das letzte Mal, als sie einem vertraut hatte, war Yildiz gestorben. Tina kletterte im Dunkeln über die Reling. Sie ließ sich langsam daran herunter, bis ihre Beine im Freien über dem Parkdeck baumelten. Bei der Landung rollte sie sich ab. Schnell suchte sie den Schutz eines Lastwagens, auch wenn sie über sich niemanden sah. Bei dem Scheißwetter blieben alle drinnen. Doch sie wusste, dass es außer dem angeblichen Polizisten noch jemanden gab, der sich vom Regen nicht abschrecken ließe. Sie hatte ihn sofort erkannt. Den Mann, der Omar die Pistole geliefert hatte. Den vermeintlichen Pizzaboten. Er hatte sie ebenfalls erkannt, aber sie hatte ihn erstaunlich schnell abhängen können. Wo war er?

Tina eilte zwischen den Lastwagen hindurch in die große Halle mit weiteren Lkw-Parkplätzen. Auch wenn es dort nicht so warm war wie in den Bars und Restaurants, tat es gut, den Wind und den Regen hinter sich zu lassen. Die nassen Klamotten klebten auf ihrer Haut, sie spürte die Kälte bis auf die Knochen. Für einen Moment atmete sie durch. Dieses verdammte Schiff war zu einer Falle geworden. Lydia und sie hätten mit dem Auto wieder wenden sollen, als man sie am Check-in so lange hatte warten lassen. Tina hatte sofort ein ungutes Gefühl gehabt, aber Lydia hatte ihr den Mangel an echten Alternativen vor Augen geführt. Sie hatte sich zudem nicht vorstellen können, dass die gesamte Hafen-Security mit den Taffas zusammenarbeitete. Die Frauen hatten ihr Glück auf dem Schiff versucht. Hauptsache, weg von der Insel. Natürlich war Tina nicht im Wagen geblieben, wie ursprünglich geplant. Sie waren auch nicht zu der gebuchten Kabine gegangen, sondern hatten sich über die Treppenhäuser in eine Ecke am Rand des Kabinendecks geschlichen. Als dort jedoch immer mehr Leute vorbeigekommen waren und sie skeptisch beäugt hatten, war ihnen die Flucht nach vorn als bessere Alternative erschienen. Bei mehreren Hundert Passagieren würde niemand Tina ansehen, dass sie kein Ticket besaß. Sie hatten sich von den wenigen Überwachungskameras an

Bord ferngehalten und sich auf den Decks orientiert. Und ausgerechnet als Lydia Tina allein ließ, um in einem der Restaurants etwas zu essen zu besorgen, hatte plötzlich der Pizzabote vor Tina gesessen. Er war genauso überrascht gewesen wie sie. Doch nun suchte er sie. Und der vermeintliche Polizist auch. Wo steckte Lydia?

Mit zitternden Fingern zog Tina das Handy aus ihrer Hosentasche. Sie wischte den Regen ab und rief Telegram auf. Bei der Ankunft auf dem Schiff hatten Lydia und sie sich sofort in das WLAN-Netz eingeloggt, damit sie trotz fehlender SIM-Karte kommunizieren konnten. Lydia hatte ihr bereits vor fünf Minuten geschrieben: wo bist du? komm zu mir in die kabine!

War Lydia verrückt geworden? Die Kabine war der Ort, an dem man zuerst nach ihnen suchen würde. Darüber waren sie sich doch einig gewesen. Tina tippte hastig eine Warnung, wollte Lydia zu sich auf das Lastwagendeck lotsen, doch sie vertippte sich mit den kalten Fingern mehrfach. Was ihr Glück war. Denn während sie ihre Hände warm rieb und noch einmal nachdachte, kam ihr eine andere Möglichkeit in den Sinn, wie Lydia in der Kabine gelandet sein konnte. Nämlich nicht freiwillig. Das würde auch erklären, warum der Pizzabote Tina nicht mehr jagte. Er hatte Lydia. In diesem Moment wurde Tina ruhig. Sehr ruhig. Sie musste jetzt funktionieren. Entschlossen tippte sie los.

Die Kabine ist nicht sicher. Komm du zu mir, schrieb sie.

wo bist du?, antwortete Lydia sofort.

Deck 5. Wo die Lkw sind. Hier können wir uns gut verstecken. Ich bin direkt am vorderen Treppenhaus.

Den Eingang zu besagtem Treppenhaus konnte Tina von ihrem Platz zwischen zwei Lastwagen aus gut sehen. Sollte der Kerl doch zu ihr kommen. Sie würde ihm das Herz herausreißen, wenn er Lydia etwas angetan hatte.

okay, kam es zurück. bleib an der treppe

Lydia hasste es, wenn jemand im Internet konsequent klein und ohne Satzzeichen schrieb. Es war nicht der Eile geschuldet, dass sie dies in ihrer Nachricht tat. Sie warnte Tina. Diese Nachrichten tippte sie nicht freiwillig.

Tina blieb nicht viel Zeit, um sich auf die Ankunft des Pizzaboten vorzubereiten. Als sie Schritte im Treppenhaus vernahm, hatte sie sich jedoch bereits mit einem großen Schraubenschlüssel bewaffnet. Ein Seil zum Fesseln lag neben ihr auf dem Boden. Beides stammte aus dem unverschlossenen Staukasten eines Lastwagens. Das Treppenhaus selbst befand sich nicht weit vom großen Tor entfernt, durch das der Wind Regen in den Innenbereich des Parkdecks wehte. Tina hatte eine trockene Position in der Nähe des Treppenhauses gefunden. Nicht sichtbar für jemanden, der die Stufen herabkam. Dennoch konnte sie mit wenigen Schritten den Ausgang des Treppenhauses erreichen.

Zuerst sah sie Lydias Stiefeletten. Ein Stein weniger auf dem Herzen. Sie lebte und konnte gehen. Die Schuhe kamen die Metallstufen herab. Bald sah Tina Lydias angespanntes Gesicht. Sie hatte keine Verletzungen. Keine erkennbaren zumindest. Sie trat auf das Parkdeck.

»Tina?«, rief sie.

Sie schien allein zu sein, doch als Tina nicht reagierte, blickte Lydia hinter sich nach oben, dann wieder nach vorne. Dort, wo sie hingeblickt hatte, erschien ein weiteres Paar Schuhe. Graue Sneaker. Jemand flüsterte.

»Tina?«, rief Lydia lauter in die Halle mit den Lastwagen hinein.

Mehr durfte sie wahrscheinlich nicht sagen. Sie folgte den Anweisungen ihres Peinigers. Weil er seine Pistole auf sie richtete. Diese war jetzt ebenfalls auf der Treppe erschienen, kurz nach den Beinen und den Hüften des Pizzaboten. Er trat nun auf das Deck, scannte seine Umgebung. Für einen Moment hörte man nur die Motoren aus der Tiefe des Schiffes. Von dem zweiten Mann sah und hörte Tina nichts. Vielleicht gehörte er wirklich nicht zu dem Pizzaboten. Der stieß Lydia in den Rücken, damit sie einen Schritt weiter ging. Wieder ein Flüstern.

»Wo bist du?«, rief Lydia.

Die beiden standen drei Meter von Tina entfernt. Lydia etwas näher als der Mann. Er schaute in die andere Richtung. Besser würde es nicht werden. Mit leisen, aber dennoch flinken Schritten eilte Tina mit erhobenem Schraubenschlüssel los. Lydia entdeckte sie zuerst, wandte sich ruckartig dem Pizzaboten zu. Als der sich umdrehte, sah er zwei Frauen auf ihn zustürmen. Tina stieß einen Schrei aus und schlug mit dem schweren Metallteil in Richtung seines Kopfes. Lydia trat nach der Pistole, die er hochreißen wollte. Die Waffe flog aus seiner Hand zwischen zwei Lastwagen hindurch in den Regen. Doch Tinas Hieb konnte er ausweichen. Er duckte sich weg und packte sie am Arm. Der Mann war wendig und kampferprobt. Er drückte ihren Arm auf den Rücken und rammte sie mit dem Kopf vor den nächsten

Lastwagenkühler. Fast gleichzeitig stellte er Lydia ein Bein, sodass sie nicht zur Pistole rennen konnte. Sie fiel der Länge nach auf den nassen Boden, wo sie mindestens einen Meter weit rutschte. Der Mann ließ Tina los und stellte seinen Fuß auf Lydias Rücken, um zu verhindern, dass sie sich aufrappelte. Dann hechtete er zur Pistole. Er griff die Waffe und drehte seinen Körper, um auf Tina zu zielen. Sie duckte sich im letzten Moment und hörte den schallgedämpften Schuss. Die Kugel zischte über sie hinweg. Sie musste fliehen, sonst war es vorbei mit ihr. Aber sie konnte Lydia nicht vor dem Kerl liegen lassen. Sie krabbelte schnell zu ihrer Freundin und schob sie zur Seite unter den Lastwagen.

»Hau ab!«, rief sie Lydia zu.

Lydia war überfordert, blickte von ihrer Position unter dem Wagen aus ängstlich zu Tina. Nein, hinter sie. Tina folgte ihrem Blick. Sie schaute direkt in den Pistolenlauf. Dahinter das höhnische Grinsen des Pizzaboten. Er stand keine zwei Meter von ihr entfernt im Regen.

»Leg das hin«, fuhr er sie auf Englisch an und deutete auf den Schraubenschlüssel, den sie nach wie vor fest umklammert in der Hand hielt.

»Hau ab!«, wiederholte Tina entschlossen, ohne Lydia anzublicken.

Ihre Freundin war unter dem Wagen geschützt. Sie konnte es schaffen, wenn sie auf der anderen Seite herauskroch und rannte. Tina würde den Kerl mit dem Schraubenschlüssel beschäftigen. Und wenn es das Letzte war, was sie tat.

»Los!«, blaffte Tina laut in Richtung von Lydia.

Dabei hob sie den Schraubenschlüssel, um die Aufmerksamkeit des Kerls weiter auf sich zu ziehen. Er hätte sie längst erschossen, wenn es ihm nur darum gegangen wäre. Seine Augen gingen zwischen Tina und Lydia hin und her. Lydia robbte los. Er rief: »Hey!« Nun schwenkte seine Waffe zwischen Tina und dem Schatten unter dem Lastwagen hin und her. Tina stürmte mit einem weiteren Schrei auf ihn zu. Die Waffe richtete sich wieder auf sie. Sie war sicher, dass er schießen würde. Es war ihr egal. Plötzlich schlug von der Seite ein Feuerlöscher mit voller Wucht gegen den Kopf des Pizzaboten. Keiner von ihnen hatte den zweiten Mann kommen sehen. Es war der Araber, der sich als Polizist ausgegeben hatte.

Die beiden Männer knallten gegen die Fahrertür des Lastwagens neben ihnen. Tina rutschte auf dem nassen Boden aus und stürzte. Ein weiterer Schuss löste sich aus der Waffe. Die Kugel verschwand im dunklen Himmel über dem Meer. Der Pizzabote erholte sich erstaunlich schnell von der Attacke mit dem Feuerlöscher. Trotz Blut an der Stirn kämpfte er mit dem anderen Mann um die Waffe. Warum der angebliche Polizist selbst keine trug, verstand Tina nicht. Sie war ihm jedoch unendlich dankbar. Ein Blick zu Lydia. Sie war in Ordnung. Aber sie war nicht geflohen. Tina krabbelte zu ihrer Freundin. Zusammen konnten sie es schaffen. Weg von hier. Lydia kam unter dem Laster hervor. Sie halfen sich gegenseitig auf die Beine. Die kämpfenden Männer waren hinter dem anderen Lastwagen verschwunden. Lydia zog Tina an ihrer Hand zurück zum Treppenhaus. Als sie dort ankamen, sah Tina die Männer. Sie waren an der Außenwand des Schiffs angekommen. Der Pizzabote hatte seine Waffe verloren, aber die Oberhand gewonnen. Er war stärker und beweglicher als der ältere Polizist, der zudem sein Bein nachzog. Tina hielt Ausschau nach der Pistole, die irgendwo zwischen den Lastwagen liegen musste. Doch es war zu dunkel unter den Fahrzeugen, um sie auszumachen.

»Komm!«, rief Lydia.

Der Pizzabote hatte dem Polizisten den Arm auf den Rücken gedreht und stieß ihn auf die Rückseite des Schiffs zu. In Richtung einer hüfthohen festen Reling, hinter der es ins Meer ging. Dort, wo die Schiffsschraube das Wasser durchpflügte.

»Tina!«

Lydia stand schon am Treppenhaus. Doch Tina war noch nicht fertig mit dem Arschloch. Mit den Taffas. Mit dem ganzen Mist der letzten Wochen. Sie hatte nach wie vor ihren Schraubenschlüssel. Sie rannte los und sah, wie der Pizzabote den zunehmend hilflos gewordenen Polizisten an die Reling schob. Von dort würde es nicht schwer sein, ihn über Bord zu werfen. Der Mann wehrte sich mit allen Kräften, die jedoch durch Kälte, Schmerz und den Kampf deutlich geschwächt waren. Auch Tina war nicht stärker als der Angreifer. Doch er konnte sie wegen des tosenden Meeres und Windes nicht kommen hören. Sie erreichte die beiden Männer unbemerkt. Der Pizzabote packte sein Opfer mit der anderen Hand am Kragen des durchnässten Anzugs, um ihn in die dunklen Fluten zu werfen. Tina holte aus und schlug in letzter Sekunde mit dem Schraubenschlüssel auf seinen Hinterkopf. Der Pizzabote wirbelte benommen herum, ließ den Polizisten los und torkelte direkt vor Tina hin und her. Selbst im Dunkeln sah sie seinen überraschten Blick. Sie zögerte keine Sekunde und schubste ihn mit beiden Händen und aller Kraft, die sie noch in sich hatte. Er kippte nach hinten über die Reling. Seine Hände griffen ins Leere. Im nächsten Moment war er verschwunden. Man hörte nicht einmal den Aufprall auf das Wasser. Dazu war es zu laut.

31

Den Haag
Samstag, 25. September

»Geht's wieder, Digga?«

Dimitri war von »Alter« zu »Digga« aufgestiegen. Tatsächlich freute ihn das. Auch Alis geradezu mitfühlende Frage. Denn es bedeutete, dass der Kerl ihm die Übelkeit abnahm und ihm glaubte, dass die Unterhaltung über die Ermordung der Frauen ihm den Magen umgedreht hatte. Ali hatte ihn zwar irgendwann ziemlich grob von der Toilette geholt, aber nicht das Tablet entdeckt, das Dimitri im Wäschekorb versteckt hatte. Jetzt saß Dimitri wieder bei den Barbaren in seinem Arbeitszimmer. Er spielte nach wie vor den Leidenden, hielt sich den Magen, stieß auf.

»Du musst was essen«, sagte Ali und klang wie seine Mutter.

Dimitri verzog das Gesicht und schüttelte den Kopf. Ali musterte ihn noch einmal. Dann blickte er wieder zu den Monitoren, die nun schon seit einer Stunde belanglose Bilder der Passagiere auf der *Pride of Hull* übertrugen. Der nächste Blick ging zum Handy.

»Tarek antwortet nicht«, murmelte Ali unzufrieden.

Die Kommunikation mit Tarek war bereits spärlicher geworden, nachdem er eine der Deutschen in seine Gewalt gebracht hatte. Als er mit ihr losgegangen war, um die andere zu fangen, war sie komplett eingestellt worden. Das war jetzt eine gute halbe Stunde her.

»Haben die getrickst?«, fragte Harun. »Hassan meinte doch, die Alte wär fitter, als man denkt.«

Er schaute Ali fragend an. Auch auf dessen Stirn wurden die Falten tiefer.

»Ich weiß es«, mischte sich Dimitri ein, ohne die Leidensmiene zu vernachlässigen. »Kein Netz.«

»Was?«

Ali war der Begriffsstutzigere.

»Das Schiff ist seit mehr als einer Stunde unterwegs. So weit weg vom Land gibt's keinen Empfang.«

»Haben die kein WLAN?«, fragte Harun.

»Doch, aber man muss sich anmelden. Vielleicht versteht Tarek es nicht.«

»Alter, meinst du, der ist blöd oder was?«, motzte Ali ihn plötzlich an, als ob er seinen Bruder beleidigt hätte.

»Vielleicht weiß er es nicht«, schob Dimitri nach. »Oder er hat Angst vor der Entdeckung. Die sehen, wer sich einloggt.«

Das taten sie nicht. Doch selbst Harun fand diese Erklärung plausibel und nickte.

»Und jetzt hockt er mit den beiden Nutten in der Kabine und nimmt sie ordentlich ran«, fantasierte Ali.

Das gefiel auch Harun.

»Dann werden wir 'ne Weile nix von ihm hören.«

Das gefiel beiden. Sie grinsten. Dimitri nickte nur. Er hatte von der Toilette aus gehört, wie seine beiden Aufpasser immer aufgeregter über Tarek diskutiert hatten. Sie sprachen darüber, dass ihm bei der Verfolgung von Tina die andere Frau in die Arme gelaufen war, beladen mit Essen. Dass er sie in die Kabine gebracht und Tina zu sich gelockt hatte. Dass sie ihm daraufhin ihr Versteck auf dem Parkdeck für die Lkws verraten hatte. All diese Informationen waren zeitgleich per WhatsApp an Nael Bruck gegangen. Der hatte nämlich noch eine Netzverbindung, wie garantiert alle Passagiere auf der Fähre. Die Funklöcher begannen erst eine Stunde später. Auch das wusste Dimitri von seiner eigenen Reise. Obwohl Nael sich nicht mehr gemeldet hatte und Dimitri allmählich die Ausreden für seinen Toilettenbesuch ausgingen, war er sicher, dass der Polizist Tarek gefangen hatte. Und dass er klug genug war, die Frauen von den Kameras fernzuhalten.

Ali rief in Berlin an. Er berichtete Hassan über den Stand der Dinge, als ob sie einen Riesenerfolg erzielt hätten. Dass Tarek sich nicht meldete, hieß nur Gutes. Man würde erst am Morgen wieder von ihm hören. Wenn er wieder Netz hatte. Ganz sicher. Bei dem Gespräch wechselten sie wild zwischen Deutsch und Arabisch hin und her, sodass Dimitri nicht sicher war, was Hassan antwortete. Am Ende stand die Anweisung, dass während der Nacht immer einer von den beiden Barbaren vor den Monitoren bleiben sollte. Den Rest würde man am Morgen besprechen.

»Darf ich mich ins Bett legen?«, fragte Dimitri vorsichtig und unterstrich mit einem weiteren Aufstoßen noch einmal, wie schlecht es ihm ging.

»Du willst zu deiner Alten, mh? Auch einen wegstecken, mh?«

Wieder das anzügliche Grinsen von Ali. Dimitri sagte nichts dazu.

»Macht ihr's noch, Digga? Meine war ja extrascharf in der Schwangerschaft.«

Auch wenn Dimitri kein Interesse an einer Verbrüderung hatte, nickte er mit einem wissenden Lächeln.

»Heute Nacht bestimmt nicht. Mit dem Magen.«

»Du musst was essen, Digga«, sagte Ali noch einmal mitfühlend und klopfte ihm auf die Schulter.

Dann deutete er gönnend mit dem Kopf zur Tür. Digga durfte gehen. Wie ein Teenager, der seine Hausaufgaben gemacht hatte. Es tat Dimitri in der Seele weh, die zwei Barbaren in seinem Arbeitszimmer allein zu lassen, aber er hatte keine Wahl. Er wollte zu Femke. Und er wollte an sein Tablet.

Im Schlafzimmer war es dunkel. Femke lag mit dem Rücken zur Tür im Bett und schlief. Zumindest dachte Dimitri das, bis er die Tür leise geschlossen hatte.

»Du musst nicht schleichen«, kam es auf Holländisch aus dem Bett.

Sie hörte sich an, als wäre seine Fürsorge eine Zumutung. Er ließ das Licht ausgeschaltet, hockte sich zu Femke auf das Bett.

»Es tut mir alles so leid«, sagte er.

Dabei schaltete er das Tablet ein, das er sich beim

Umweg über das Bad geholt hatte. Femke drehte sich ruckartig um, blickte ungläubig auf das Gerät in seiner Hand. Es war eine weitere Zumutung, dass er ins Internet ging, statt um Vergebung zu flehen.

»Was machst du?«

»Warte!«

Er hatte keine neue Nachricht von Bruck erhalten. Die letzte lautete Ich sehe sie. Wenige Minuten danach hatte Dimitri das Bad verlassen müssen.

Alles okay?, tippte er und schickte seine Nachricht ab.

Er behielt dabei die Schlafzimmertür im Blick. Femke hatte mittlerweile die Nachrichten auf dem Tablet gelesen.

»Wer ist das?«, zischte sie.

Dimitri amtete tief durch.

»Ich helfe einem Polizisten auf dem Schiff, damit die Frauen …«

»Bist du bescheuert?«, ging Femke dazwischen.

»Damit die Frauen nicht vergewaltigt, zerhackt und bei uns in den Dünen vergraben werden.«

Femke war verstummt. Von der *Pride of Hull* kam keine Antwort.

»Wie hilfst du?«, fragte Femke leise.

Nachdem Ali und Harun sich bei ihnen eingerichtet hatten, hatte er Femke in groben Zügen erklären müssen, worum es ging. Was WATCH war, und was die Eindringlinge von ihm wollten. Aus der Unterhaltung der beiden hatte sie sich weitere Informationen gezogen. Dennoch tappte sie bei den meisten Zusammenhängen noch im Dunkeln. Jetzt erzählte Dimitri ihr alles. Auch die schmerzhaften Dinge. Denn er wollte sie nie wieder anlügen. Er sagte ihr, dass er von selbst auf die Araber zugegangen war. Dass er sich und seine kleine Familie aus reiner Gier in diese Scheiße manövriert hatte. Dass es schiefgegangen war. Dass er unfreiwillig dabei geholfen hatte, eine der Doppelgängerinnen zu töten. Femkes Blick wurde zum ersten Mal weicher, als seine Stimme wegbrach. Erst in diesem Moment kam bei ihm richtig an, was er getan hatte.

»Du bist ein Idiot, Dimitri«, zischte sie. »Ich habe dir so oft gesagt, dass ich mit diesen Männern nie wieder etwas zu tun haben will. Du hast keine Ahnung, was die alles mit mir gemacht haben …«

Dimitri schluckte. Er hatte gedacht, er wüsste alles über Femkes Zeit als Escort. Doch der Hass in ihren Augen vermittelte ein anderes Bild.

»Was …«

»Lass mich ausreden!«, unterbrach sie ihn scharf.

Er verstummte. Sie zwang sich zur Selbstbeherrschung. Der Hass in ihrem Blick verwandelte sich in stille Verzweiflung.

»Ich weiß nicht, ob ich dir je wieder vertrauen kann, Dimitri. Aber das mit den Frauen … dass du ihnen hilfst … Das ist richtig.«

Dimitri konnte sich nicht über den Zuspruch freuen. Er spürte den Abgrund, der sich für Femke dahinter verbarg. Zudem kam nach wie vor keine Antwort von der Fähre. Vielleicht hatte er am Ende vergebens alles riskiert. Alles sogar noch schlimmer gemacht. Wenn das überhaupt möglich war. Er legte die Hand auf Femkes

Bauch. Sie ließ es zu. Dann rollte er sich ein, schob sich an seine Frau heran und hoffte, dass alles gut werden würde.

32

Pride of Hull
Samstag, 25. September

Als Nael die Rotoren vernahm, zeigte die Uhr in der Suite kurz vor Mitternacht. Der Sturm hatte sich gelegt, darum war der Hubschrauber schon von Weitem zu hören. Auch Tina hörte ihn. Sie stand auf und ging zu dem kleinen Fenster, durch das man nach vorn aus dem Schiff herausschauen konnte. Die große Eckkabine lag unter der Kommandobrücke. Von seinem Platz am Tisch konnte Nael draußen die suchenden Scheinwerfer des Hubschraubers sehen.

»Ihre Leute?«, fragte Tina.

»Der Abteilungsleiter von WATCH«, antwortete Nael. »Anstrengender Mann, aber ich vertraue ihm.«

Tina beobachtete den Hubschrauber, bis er aus ihrem Blickfeld verschwunden war. Er steuerte den Heliport auf dem Oberdeck an. Tina setzte sich zurück zu Nael. Ein müdes Lächeln, dann trank sie noch einen Schluck von ihrem Wein. Nael tat es ihr gleich. Der gute Bordeaux aus der Bar. »Ich weiß nicht mehr, wem ich vertrauen kann«, sagte sie.

Ihr Blick fiel auf Lydia, die auf dem großen Doppelbett lag. Sie hatte es sich während der Unterhaltung nur kurz gemütlich machen wollen, um die noch zitternden Beine zu beruhigen. Nach wenigen Minuten war sie in den Tiefschlaf gefallen.

»Außer ihr natürlich«, ergänzte Tina.

»Und Adem?«

Über ihn hatten sie zuletzt gesprochen. Ein Lächeln umspielte Tinas Lippen. Sie wollte sich dagegen wehren, aber sie konnte es nicht.

»Ich denke schon«, antwortete sie leise.

Nael und Tina hatten viel geredet an diesem Abend. Es war die angenehmste Zeugenbefragung in Naels gesamter Karriere gewesen. Bei einem reichhaltigen Abendessen mit gutem Wein in der größten Kabine der Fähre. Mit zwei Fenstern, einem Fernseher, einer kleinen Sitzecke und einem Schreibtisch, den sie in die Mitte geschoben hatten, um daran zu essen. Sie waren vom Kapitän mit neuer Kleidung ausgestattet worden. Wetterfeste blaue Hosen und Pullover. Partnerlook. Naels Wunden hatte man versorgt. Sein Fuß lag mit Kühlpack auf einem Hocker neben dem Tisch. Es war auch eine der einfachsten Befragungen gewesen. Tina hatte reden wollen. Sie brannte darauf, endlich herauszulassen, was sie in den letzten Wochen erlebt hatte. Nael wusste mittlerweile, wie man sie angeworben hatte. Und er wusste alles über ihre ersten Tage in London, wo Adem und sie einander verfallen waren. Auch wenn Tina bei ihrem Bericht manche Details ausgelassen hatte. Dafür hatte sie Omars Ankunft umso eindringlicher geschildert. Ihre Flucht, das Auftauchen einer zweiten Doppelgängerin. Yildiz' Ermordung. Tina machte sich Vorwürfe deswegen. Sie hatte viel über den Hoodie geredet, den sie der anderen Frau gegeben hatte. Tina hätte sterben sollen. Sie hätte die Frau mit dem Loch im Kopf sein sollen. Es saß tief.

Weniger tief saß der Tod von Tarek, obwohl sie für den tatsächlich verantwortlich war. Nael war der Letzte, der ihr deswegen Vorwürfe machen würde. Tina hatte ihm das Leben gerettet. In allerletzter Sekunde. Sie hatte es mit einem Schulterzucken abgetan. Denn wenige Minuten zuvor hatte er ihr ebenfalls das Leben gerettet. Eine gute Basis.

»Ihnen vertraue ich auch«, sagte Tina in diesem Moment. »Aber solange dieser Verräter nicht gefasst ist …«

Sie deutete auf Naels Handy, über das er mit dem Unbekannten kommuniziert hatte. Dann schüttelte sie den Kopf. Ihr Vertrauen erstreckte sich auf keinen weiteren Polizisten. Egal, von welcher Behörde er kam.

»Auch wenn er uns geholfen hat«, betonte Tina. »Er hat uns in London in eine Falle gelockt.«

»Ich bin da vollkommen bei Ihnen«, versicherte Nael.

Das war nicht gelogen. Solange er nicht wusste, warum der Verräter bei Europol ihnen half, wusste er auch nicht, ob er der Sache trauen konnte. Am Ende war Nael für eine Fehde innerhalb der Clans benutzt worden. Berliner gegen Londoner. So etwas hatte es alles schon gegeben. Deswegen hatte Nael sich nach dem Kampf mit Tarek bedeckt gehalten. Deswegen hatte er die Sicherheitskräfte und den Kapitän gebeten, kein Aufsehen zu erregen, insbesondere nicht vor den Kameras an Bord.

Elizabeth war zu spät auf das Parkdeck gekommen, weswegen sie ein schlechtes Gewissen hatte und nun half, wo sie konnte. Es war nicht ihre Schuld gewesen. Nael hatte nicht auf sie gewartet. Der Unbekannte hatte in seinen Nachrichten keinen Zweifel daran gelassen, dass die Zeit drängte. Als Nael den Mann sah, der die Pistole auf Tina richtete, hatte es sowieso keine Alternative zu einem Angriff gegeben. Und sei es mit einem Feuerlöscher.

Auch die Suche nach Tarek hatte so unauffällig wie möglich stattgefunden. Der gute Harrison hatte sich auf britischer Seite einschalten müssen, damit die *Pride of Hull* ohne Stopp weiterfahren durfte. Die Suchboote waren in dem betreffenden Gebiet aufgetaucht, als die Fähre schon einige Meilen weiter unterwegs war. Nael hatte keine Eile damit gehabt, darauf hinzuweisen, dass ein Mann über Bord gegangen war. Nael glaubte nicht, dass Tarek in dem eisigen Wasser auch nur wenige Minuten überleben konnte. Nach zwei Stunden war die Nachricht gekommen, dass man die Leiche gefunden hatte. Informationen an die Medien wurden »aus ermittlungstaktischen Gründen« bis auf Weiteres zurückgehalten.

Nael leerte sein Glas, konzentrierte sich noch einmal. Er wollte die Zeit nutzen, die ihnen noch bis zur Ankunft von Xalvador blieb. Er benötigte einen Wissensvorsprung. Als er seinen Vorgesetzten auf dessen privatem Handy angerufen hatte, war dieser alles andere als erfreut gewesen. Weder über die Störung noch über den Umstand, dass seine Terror-Theorie zerbröselt war. Tina hatte über die Fotos im London Eye nur gelacht. Es war alles Fake. Auch über Naels eigenmächtiges Handeln hatte Xalvador sich geärgert. Nur die Tatsache, dass er gerade mit seiner Familie in einem Den Haager Restaurant zu Abend aß, hatte ihn davon abgehalten, Nael wüst zu beschimpfen. Immerhin hatte der Spanier zugesagt, die Ereignisse intern nicht weiterzuverbreiten, solange die Angelegenheit mit dem Verräter nicht geklärt war. Noch während des Telefonats hatte er beschlossen, persönlich zu Nael zu kommen.

»Lassen Sie uns weiter über Adem reden«, sagte Nael zu Tina. »Glauben Sie, dass er uns helfen würde?«

»Wenn er noch lebt«, antwortete Tina und nickte dabei. »Er wollte da raus.«

»Ich weiß. Und ich bin mir sicher, dass er noch lebt. Der Clan tötet seine eigenen Leute nicht. Nicht für so etwas.«

»Warum haben Sie ihn dann nirgendwo gesehen?«

Nael hatte ihr berichtet, dass Adem seit seiner Rückkehr nach Berlin nicht mehr von WATCH erfasst worden war. Er hatte in den letzten Tagen mehrfach nach ihm gesucht.

»Wir wissen mittlerweile, wie unzuverlässig das System ist. Wenn der Clan nicht will, dass wir ihn sehen, haben sie gleich mehrere Möglichkeiten.«

Tina seufzte. Wenn sie über Adem sprach, wirkte sie sehr viel weicher als bei allen anderen Themen.

»Sie haben gesagt, er hat den neuen Anführer des Clans kennengelernt«, hakte Nael nach. »Der Mann hat ihn persönlich auf die Mission nach London entsendet?«

»Ja. Khan heißt er.«

Nael spürte, wie seine Augenbrauen nach oben schossen. Zum ersten Mal eine handfeste Information über den Unsichtbaren.

»Adem wurde in die Villa des Clans gebracht«, fuhr Tina fort. »Ein Treffen mit Hassan und Khan. Alia kam auch dazu. Hauptsächlich hat Hassan dabei geredet.«

»Und Khan?«

»Saß die ganze Zeit am Computer.«

»In der Villa in Zehlendorf?«

Tina nickte. Nael kannte die Villa nur zu gut. Von der Stürmung, bei der er Hamid erschossen hatte. Nach dem Chaos hatte das LKA die Räumlichkeiten gründlich durchsucht. Handys waren gefunden worden, Tablets, Spielekonsolen aller Art. Aber kein Rechner mit Daten über die Geschäfte des Clans. Der alte Taffa war Technologie gegenüber nicht gerade aufgeschlossen. Khan – wie der neue Mann sich also nannte – hatte das geändert.

»Khan hat am Computer gearbeitet?«

»Bei dem läuft alles online. Darknet und so. Adem war beeindruckt von dem ganzen technischen Kram. Und dann noch die Geschichte mit den Überwachungskameras. Das war nicht der Clan, den Adem von früher kannte.«

»Bei dem Treffen wurde nicht gesagt, warum sie die Kameras austricksen wollten? Warum der Zauber mit Alia? Irgendeine Andeutung?«

Er hatte das an diesem Abend schon mehrfach gefragt. Auch jetzt schüttelte Tina nur bedauernd den Kopf.

»Die Geheimhaltung innerhalb des Clans war auch neu. Adem meinte, dass noch nicht einmal jemand allein in den Raum mit dem Computer durfte. Nur Khan.«

»Wissen Sie noch mehr über diesen Raum?«, fragte Nael, der sich plötzlich hellwach fühlte.

Tina schüttelte den Kopf. Nael verstand natürlich, warum der Alte keine Computer genutzt hatte. Auf diesen hinterließ man Spuren, die man dann nicht mehr kontrollieren konnte. Das hatten sie mit WATCH gerade erst wieder erlebt. Die Technik richtete sich schnell gegen ihren Benutzer. Umso mehr spürte Nael das Kribbeln bei dieser Neuigkeit.

»Mit den Daten auf dem Computer könnte man den Clan fertigmachen?«, fragte Tina.

Nicht zum ersten Mal dachte die junge Frau erstaunlich schnell mit. Sie wäre eine gute Ermittlerin gewesen.

»Ich glaube nicht, dass sie Beweise offen darauf liegen lassen. Die Informationen über Gelder, Drogen, Kontakte befinden sich eher irgendwo online. Aber wenn man so einen Computer manipuliert, die Arbeit daran für eine Weile spiegelt, dann kriegt man sie. Dann kriegt man alles raus.«

»Dazu müsste man unbemerkt an das Gerät rankommen.«

»Ja, in der Höhle des Löwen.«

Er lächelte. Das war nicht vorstellbar. Dennoch wollte er mit Eva darüber reden. Sie hatte gute Computerleute in Berlin. Vielleicht fiel denen etwas ein. Mails mit Trojanern. Auch wenn dies ein politisch heikles Thema war. Nael sah, dass es in Tinas Gesicht arbeitete. Gerade als sie etwas sagen wollte, klopfte es. Sofort öffnete sich die Tür. Xalvadors Ungeduld eilte dem Mann voraus. Schon stand der Spanier mit dem markanten Kinn im Raum. Er trug einen Mantel über seinem teuren Anzug, den er zum Abendessen mit der Familie angezogen hatte. Er hatte keine Zeit zum Umziehen gehabt.

»Guten Abend«, grüßte Nael ihn auf Englisch. »Das ist Christina Sieger.« Dann sagte er, an Tina gewandt: »Xalvador Lopez, der zuständige Abteilungsleiter.«

Tina nickte ihm reserviert zu, reichte ihm die Hand. Sein Auftauchen hatte sie binnen Sekunden verstummen lassen. Dass er jetzt mit offenem Mund vor ihr stand und ebenfalls schwieg, auch nicht ihre Hand ergriff, machte die Situation nicht leichter.

»Xalvador?«

»Sorry, wie unhöflich«, stieß er hervor und nahm endlich Tinas Hand. »Ehrlich gesagt: Ich konnte das mit der Doppelgängerin nicht glauben, aber ... Wow!«

Diese Phase hatte Nael bereits hinter sich. Obwohl er durch die Bilder von WATCH vorbereitet gewesen war, hatte er Tina zu Beginn ihres Gesprächs immer wieder ungläubig angestarrt.

»Wenn sie ihr nicht wirklich ähnlich sähe, hätte der Clan uns nicht täuschen können«, erklärte Nael, auch um es Xalvador leichter zu machen, mit seiner Fehleinschätzung zu leben.

»In der Tat.«

Er sah Nael ernst an.

»Bevor wir ins Detail gehen, müssen wir etwas ausprobieren«, verkündete Xalvador. »Können wir kurz woandershin?«

»Wir haben noch eine zweite Kabine nebenan.«

Eine weitere Suite. Sie war für Nael gedacht. Der Kapitän hatte den beiden durchnässten und verletzten Passagieren so gut wie möglich helfen wollen. Xalvador nickte. Er entdeckte Lydia auf dem Bett. Da sie trotz der Unruhe in der Kabine weiterschlief, beachtete er sie jedoch nicht. Er folgte Nael auf den Flur. Tina versprach, zu warten. Sie war noch nicht müde.

Sobald sie in Naels Kabine die Tür hinter sich geschlossen hatten, legte Xalvador los. Allerdings ging es ihm nicht um Naels Alleingang oder andere Vorwürfe. Er arbeitete lösungsorientiert.

»Wann haben Sie zuletzt etwas von dem Verräter bei Europol gehört?«

»Das ist eine ganze Weile her. Ich wollte ihm nicht zu viel verraten.«

»Sehr gut. Kollegen der holländischen Polizei haben Tomasz vor wenigen Minuten in Gewahrsam genommen. Er sitzt in Untersuchungshaft in Den Haag. Niemand außer einem kleinen Kreis vertrauter Beamter weiß davon.«

Als Erstes hatte Nael Tina natürlich über den Verräter befragt. Der Mann hatte in der Londoner U-Bahn mit ihr telefoniert und dabei seinen Namen genannt. »Tomasz und irgendwas Polnisches.« Auf Nachfrage hatte Tina bestätigt, dass es Kowalczyk gewesen sein könnte. Auch wenn es zu Naels eigenem Verdacht passte, hatte die Nennung dieses Namens ihn erneut stutzig gemacht. Es war reichlich unvorsichtig, einer Frau auf der Flucht seinen richtigen Namen zu nennen. Ohne Not. Irgendein ausgedachter Name hätte es zu diesem Zeitpunkt auch getan. Dennoch hatte Nael die Information an Xalvador weitergegeben, und der hatte gehandelt.

»Ein Mitarbeiter, dem ich vertraue, beobachtet in diesem Moment Camille bei ihrer Nachtschicht«, erklärte Xalvador.

Dass sie wegen ihres Know-hows zu den Verdächtigen zählte, hatte Xalvador von allein erkannt. Nael verstand, worauf der Spanier hinauswollte.

»Ich soll dem Unbekannten schreiben?«, vergewisserte sich Nael. »Jetzt?«

»Tomasz hat keine technischen Geräte bei sich. Bei Camille würden wir sehen, wenn sie schreibt.«

Nael zückte sein Handy und rief WhatsApp auf. Die alte Unterhaltung mit dem Unbekannten war noch zu sehen. Nach dem Kampf auf dem Parkdeck hatte der Verräter ihn gefragt, ob alles in Ordnung war. Nael hatte mit einer Antwort gezögert, weil er die Zusammenhänge nicht verstand. Eine halbe Stunde später hatte der anonyme Schreiber nachgelegt: Die Taffas gehen davon aus, dass Tarek die Frauen hat und sich wegen eines Funklochs nicht melden kann. Das wird sich bis zum Morgen wahrscheinlich nicht ändern. Sind alle okay?

Alle okay. Danke für die Informationen. Kann jetzt nicht schreiben.

Gut. Melde dich, wenn nötig.

Das war der letzte Austausch gewesen. Er klang fast wie der Chat zweier alter Freunde.

Bist du noch wach?, nahm Nael den vertrauten Ton jetzt wieder auf.

Xalvador hatte das eigene Handy in der Hand und schrieb seinem Vertrauten bei Europol. Dann blickten sie beide gebannt auf das Display von Naels Handy. Es dauerte nur wenige Sekunden, bis man sah, dass auf der anderen Seite geschrieben wurde. Xalvadors Stirn legte sich in Falten.

Ja, erschien auf dem Display.

Der Spanier schien hin- und hergerissen, als aus Den Haag die Meldung kam, dass Camille in dieser Minute nicht einmal die Finger an der Computertastatur hatte. Er freute sich natürlich, dass die beiden geschätzten Mitarbeiter offenbar unschuldig waren. Aber so blieb die Ungewissheit. Nael wollte die Gelegenheit dennoch gleich nutzen.

Haben die Taffas etwas von den Ereignissen rund um die Fähre mitbekommen?, tippte er in sein Handy.

Auch wenn die Suche nach Tarek unter dem Radar gelaufen war, konnte man nicht sicher sein, wer etwas gesehen hatte. Es befanden sich fast tausend Personen auf der *Pride of Hull*. Zumindest unter den Mitarbeitern hatten die Nachrichten von dem Mann über Bord und die ungewöhnlichen Passagiere in den zwei Suiten die Runde gemacht.

Nein, kam es zurück. Die warten auf den Morgen.

Bist du bei ihnen?

Sie sind bei mir. Und das ist nicht gut.

Xalvador las schweigend mit, schaute Nael mit drei Fragezeichen im Gesicht an. Auch Nael wusste nicht genau, was das zu bedeuten hatte. Nur, dass ihr neu gewonnener Informant unter Druck zu stehen schien.

Können wir dir helfen?

Bevor er die Frage absendete, blickte er Xalvador an. Der nickte sofort. Nael spürte es deutlich: Xalvador überließ ihm die Führung. Ein leitender Beamter, der Fehler eingestehen und Kontrolle abgeben konnte, war nicht gerade Standard. Nael freute sich darüber. Er schickte die Nachricht ab.

Im Moment nicht, kam es zurück. Wird morgen früh der Wagen mit den Frauen das Schiff verlassen?

»Auf keinen Fall«, sagte Xalvador sofort. »Kannst du ihm ruhig schreiben.«

Nein, schrieb Nael.

Gut, lautete die Antwort. Damit kann ich arbeiten.

Die Nacht war für sie alle noch nicht vorbei.

33

Pride of Hull
Sonntag, 26. September

Tina war noch nie mit einem Hubschrauber geflogen. Dabei stand ein solcher Flug seit vielen Jahren auf ihrer Wunschliste. Dass es nun mitten in der Nacht von Bord einer Fähre geschehen würde, hatte sie sich nie ausgemalt. Richtig genießen konnte sie es nicht, denn sie hatte alle Hände voll damit zu tun, die schlaftrunkene Lydia unfallfrei zu dem Helikopter zu leiten. Die Rotoren drehten sich bereits, als sie auf das Oberdeck kamen. Tina hielt Lydias Hand und zog sie hinter Nael und dem leitenden Polizisten her. Man hatte ihnen nicht viel Zeit gelassen, um sich auf den Flug vorzubereiten. Der Spanier namens Xalvador hatte es eilig. Er eilte auch jetzt voran. Der Kapitän des Schiffs und zwei Sicherheitsbeamte, die zur Verabschiedung auf das Deck gekommen waren, bedachte er nur mit einem kurzen Winken. Dann hüpfte er auf den Sitz neben dem Piloten. Nael dagegen nahm sich Zeit, um den zwei Männern und der Frau die Hand zu schütteln und ihnen zu danken. Ein höflicher Polizist. Tatsächlich hatte die Crew sie geradezu liebevoll behandelt. Der Horror des frühen Abends war dadurch im Nachhinein etwas erträglicher geworden.

»Aber die Suite war echt schön«, murrte Lydia kaum hörbar neben ihnen.

Auch Tina hätte nichts dagegen gehabt, auf der *Pride of Hull* zu übernachten. Andererseits konnte sie gut darauf verzichten, am nächsten Morgen den Abgesandten der Taffas in die Arme zu laufen. Da die Leute von Europol nach wie vor nicht wussten, wer der Verräter in den eigenen Reihen war, konnte man die beiden Frauen auf der Fähre nicht ausreichend schützen. In Den Haag sah das angeblich anders aus. Xalvador hatte sie in einem Hotel unterbringen wollen, aber Naels spontaner Vorschlag, dass sie vorerst bei ihm übernachten konnten, hatte für Tina vertrauenswürdiger geklungen. Seine Wohnung war ihr Ziel. Dort würde Lydia weiterschlafen können.

Auch die beiden Frauen schüttelten dem Kapitän und seinen Leuten die Hand. Unter dem Lärm der Rotoren und dem ungeduldigen Winken von Xalvador blieb für mehr keine Zeit. Dann kletterten sie mithilfe von Nael auf die Rückbank des Hubschraubers. Jeder bekam ein Headset gereicht. Als Tina ihres aufgesetzt hatte, verstand sie, warum. Der Lärm wurde erträglicher, und über das kleine Mikrofon direkt vor ihrem Mund konnte sie mit den anderen kommunizieren. Sobald die Tür geschlossen und alle angeschnallt waren, hoben sie auch schon ab. Es war weniger wackelig, als Tina es sich ausgemalt hatte. Und es ging schneller in die Höhe. In wenigen Sekunden stiegen sie so weit auf, dass das riesige Schiff komplett unter ihnen zu sehen war. Tina konnte das offene

Parkdeck erkennen. Die Stelle, an der sie Tarek ins Meer gestoßen hatte. Sie fühlte nichts dabei. Der Helikopter drehte ab und flog in der Dunkelheit Richtung Holland.

Lydia kuschelte sich an Tinas Schulter. Trotz des sperrigen Headsets auf ihrem Kopf schloss sie sofort wieder die Augen. Die arme Frau hatte nach den aufreibenden letzten achtundvierzig Stunden eine tiefe Müdigkeit befallen. Tina konnte es verstehen. Sie selbst war jedoch hellwach. Genau genommen, war sie so wach, seitdem sie über die Villa der Taffas in Berlin geredet hatten. Ein Gedanke hatte sich in ihr festgesetzt, der sie nicht mehr losließ. Sie drehte und wendete ihn. Er klang verrückt, aber sie hatte das hartnäckige Gefühl, dass sie etwas tun konnte und auch tun musste. War sie der Schlüssel dazu, die Machenschaften der Taffas zu beenden? Ihre eigene Freiheit zurückzugewinnen? Adems Freiheit? War es nicht an der Zeit, zum ersten Mal in ihrem Leben etwas zu Ende zu bringen?

Nachdem sie für eine Weile der Unterhaltung zwischen den beiden Polizisten gelauscht hatte, in der Nael Xalvador über Tinas Bericht informierte, kam die entscheidende Stelle. Nael verkündete mit Freude in der Stimme, dass der neue Chef des Clans nun einen Namen hatte. Khan. Xalvador drehte sich auf dem Vordersitz zu Nael um. Das Ganze war für den spanischen Polizisten eine große Sache. Soweit Tina verstanden hatte, war es bei der ganzen Überwachungsgeschichte ursprünglich nur darum gegangen: Europol wollte durch die Beobachtung von Alia herausfinden, wer der neue starke Mann in Berlin war, den sie nur den Unsichtbaren nannten. Mittlerweile ging es jedoch um weit mehr, nämlich um die geheimnisvolle Aktion, die der Clan plante. Aber auch um den Computer in der Villa in Zehlendorf. Als Nael ihm davon berichtete, drehte sich Xalvador ein weiteres Mal um.

»Kann man an den ran?«, fragte er Nael.

»Schwierig«, antwortete dieser. »Bringt ja nichts, wenn wir ihn konfiszieren. Wir müssen ihn spiegeln. Ich weiß nicht, ob Khan so blöd ist, sich einen Trojaner einzufangen. Wir setzen unsere Leute beim LKA drauf an. Vielleicht finden die einen Dreh.«

»Wäre es nicht einfacher«, schaltete Tina sich ein, »wenn jemand in die Villa geht, den Trojaner aufspielt und dann wieder verschwindet?«

Die beiden Männer schienen überrascht, dass sie überhaupt zugehört hatte. Xalvador blickte sie mit einem väterlich-arroganten Blick an.

»Niemand kommt unbemerkt in diese Villa. Der Clan hat sich komplett abgeschottet.«

»Vielleicht jemand, der so aussieht wie ein Clan-Mitglied?«, entgegnete Tina und spürte, wie ihr Puls schneller wurde.

»Wer soll denn …«, setzte Xalvador an, doch dann verstummte er, denn er blickte der Kopie von Alia direkt ins Gesicht.

Tina sah zu Nael, der für einen Moment sprachlos war. Er dachte zumindest darüber nach.

»Das wirst du nicht tun!«

Lydia hatte doch nicht geschlafen. Auch sie hatte der Unterhaltung gelauscht, setzte sich nun aufrecht hin.

»Niemand könnte es besser als ich«, entgegnete Tina.

»Du kannst froh sein, dass du den Tag heute überlebt hast. Du kannst dich unmöglich …«

»Das ist der Punkt«, unterbrach Tina. »Ich lebe ein gestohlenes Leben. Ich hätte tot sein sollen. Zweimal schon.«

»Das ist doch kein Grund, Selbstmord zu begehen.«

Lydia war nun hellwach. Und sauer.

»Es ist kein Selbstmord. Im Gegenteil: Es rettet mich davor, wieder und wieder vor irgendwelchen bewaffneten Clan-Mitgliedern zu stehen.«

Lydia stieß einen wütenden Seufzer aus.

»Sprechen Sie Arabisch?«, fragte Xalvador Tina.

»Nein, aber die sprechen alle Deutsch.«

Er schüttelte den Kopf.

»Ich glaube nicht, dass Khan Deutsch spricht.«

»Dem darf ich eh nicht über den Weg laufen. Wir müssen sicherstellen, dass er nicht da ist. Und Alia natürlich auch nicht.«

»Das können wir nicht«, entgegnete Xalvador. »Wir haben nicht mal ein Bild von dem Mann. Und wie gut man Alia überwachen kann, haben wir gerade erlebt.«

Er schüttelte erneut den Kopf.

»Unmöglich. Und auch wirklich nicht Ihre Aufgabe.«

»Genau«, bestätigte Lydia.

Tina blickte fragend zu Nael, der die ganze Zeit stumm auf seinem Platz am Fenster gesessen hatte. Er zögerte mit einer Antwort. Schließlich schüttelte auch er den Kopf.

»Das kann ich nicht von Ihnen verlangen.«

Tina lächelte. Es war seine diplomatische Art, zu sagen, dass er die Idee gut fand.

»Sie verlangen es ja nicht. Ich biete es an.«

Er schüttelte noch einmal den Kopf.

»Wir sind alle sehr aufgewühlt, müssen erst einmal runterkommen. Wir haben noch eine Menge andere Probleme zu lösen.«

Das wiederum war seine diplomatische Art, zu sagen, dass sie später darüber reden würden. Mehr wollte Tina gar nicht. Sie lehnte sich in ihrem Sitz zurück und blickte nach draußen. Am Horizont konnte sie die Lichter des Festlands ausmachen.

34

Den Haag
Sonntag, 26. September

Exakt eine Stunde bevor die *Pride of Hull* im Europort bei Rotterdam anlegen sollte, startete Dimitri sein Manöver. Wie so oft setzte er alles auf eine Karte. Mit zwei Tellern, auf denen sich Rührei und Toast befanden, ging er in sein Arbeitszimmer. Der Geruch verbrauchter Luft schlug ihm entgegen. Ali döste auf dem Sessel, den er aus dem Wohnzimmer zum Schreibtisch geschoben hatte. Harun saß mit tiefen Augenrändern vor dem Monitor, auf dem nach wie vor die Shops und Bars auf dem Schiff zu sehen waren. Vereinzelt gingen Passagiere vorbei, auf dem Weg zum oder vom Frühstück. Der Computerexperte hatte kaum geschlafen. Er hatte die Zeit genutzt, um sich mit WATCH zu beschäftigen. Als Dimitri nachts einen Blick ins Arbeitszimmer geworfen hatte, hatte Harun die Kameras eines Gebäudes in Berlin aufgerufen. Dimitri wusste nicht, wo und warum. Außerdem hatte Harun sich mit dem Code der Programmierung beschäftigt. Vielleicht war er doch fitter, als Dimitri es vermutet hatte. Es machte ihm Sorgen. Es wurde Zeit, dass die Barbaren verschwanden.

»Ist schon komisch, dass Tarek sich nicht meldet«, sagte Dimitri, während er die Teller und das Besteck vor den Männern abstellte.

Ali rappelte sich auf, blickte ihn verunsichert hat.

»Er muss jetzt Netz haben, ja?«

»Schon seit einer Stunde.«

»Vielleicht kuschelt er noch mit den Frauen«, spekulierte Harun, bevor er sich etwas Rührei in den Mund steckte.

Selbst Ali fand diese Sprüche nicht mehr witzig. Er hatte sein Handy gezückt und schrieb eine Nachricht an Tarek. Nicht die erste an diesem Morgen.

»Wenn doch etwas schiefgegangen ist?«, sorgte Dimitri für weitere Unsicherheit.

»Was soll denn passiert sein?«, fragte Harun. »Das Schiff fährt nach Plan. Gibt keine Nachrichten über Verhaftungen an Bord oder so.«

Er hatte den Twitter-Account der Reederei gefunden, der in Echtzeit über den Verlauf der Fahrt berichtete. Zudem hatte er einen Google-Alarm mit dem Namen des Schiffs eingerichtet. Er war wirklich nicht dumm. Die Leute von Europol allerdings auch nicht. Was immer in der Nacht geschehen war, sie hielten es unter dem Deckel.

»Na ja, muss keine große Sache sein. Tarek ist blinder Passagier. Er hat eine Waffe. Vielleicht ist das aufgeflogen. Die haben Sicherheitspersonal auf dem Schiff. Sogar Arrestzellen.«

»Echt?«, fragte Ali.

Dimitri nickte und starrte interessiert auf den Monitor. Er sagte nichts mehr. Es durfte nicht sein Vorschlag sein.

Die beiden mussten von selbst daraufkommen. Ali stand auf, tigerte rastlos hin und her.

»Alter, dann rennen die Frauen da noch rum?«, überlegte er laut.

»Und fahren in einer Stunde mit dem R4 von der Fähre«, ergänzte Dimitri.

Ali blickte zu Harun, der das Essen in sich hineinschaufelte. Auch er wirkte nachdenklich. Dennoch kam keiner von den beiden auf das Naheliegende. Ali sah wieder auf sein Handy, wo sich nichts tat. Dann wählte er eine Nummer. Der erste Versuch, Tarek anzurufen. Eigentlich hatte Hassan das untersagt, weil er Angst davor hatte, dass die Polizei mithören könnte. Ali hielt das Handy ans Ohr, verzog das Gesicht.

»Ist aus«, erklärte er in Richtung Harun.

»Und wir haben keine Ahnung, wohin die Frauen wollen, wenn sie von der Fähre runterfahren«, sinnierte Dimitri, ohne einen der Männer anzuschauen.

Stille.

»Digga, wie weit ist es von hier zum Hafen?«, fragte Ali.

Na endlich. Dimitri ließ sich seine Aufregung nicht anmerken.

»Mh … am Sonntagmorgen? Vierzig Minuten. Maximal.«

Ali blickte auf das Handydisplay mit der Uhrzeit, dann fragend zu Harun. Idealerweise nahm er ihn mit. Aber auch wenn Ali die Wohnung allein verließ, hatte Dimitri eine Chance. Femke hatte ihm ihr Pfefferspray gegeben. Das Sortiment an Messern in der Küche war groß. Die Fluchtroute bereits geplant.

»Hassan will, dass wir den Scheiß von hier aus beobachten«, entgegnete Harun trocken. »Egal, was passiert. Hab vorhin mit ihm geredet.«

»Oh, okay.«

Ali nahm sich seinen Teller mit Rührei und setzte sich wieder auf den Sessel. Für ihn war die Sache damit erledigt. Dimitri hatte Mühe, seine Enttäuschung zu verbergen.

»Aber wenn du hinfährst, kannst du sie direkt abfangen«, versuchte er es.

»Alter, willst du uns loswerden?«, fragte Harun.

»Nein, ich … Ich denke nur, die Frauen sind weg, wenn ihr sie nicht am Hafen fangt.«

Er merkte selbst, dass er verzweifelt klang. Ali sah ihn kritisch an.

»Dann hoffe ich, ihr habt genug zu essen, Digga. Für uns alle. Für die nächsten Tage.«

Er grinste. Dimitri zog sich der Magen zusammen. Er traute sich nicht zurück zu Femke ins Schlafzimmer, wo sie so leise wie möglich ihre Sachen packte. Dimitri hatte keine weiteren Asse im Ärmel. Er wusste nicht, wie er die Barbaren je wieder loswerden konnte.

»Wir checken erst mal, ob Tarek nicht doch noch auftaucht«, sagte Harun. Er starrte übermüdet auf die Monitore und wartete darauf, dass sich dort noch etwas tat.

Natürlich tat sich nichts. Die ganze restliche Schifffahrt über sah man weder Tarek noch die beiden Frauen. Es gab auch keine neuen Nachrichten von Tarek. Als die Fähre anlegte, konnten sie die Kameras an den Einreisekontrollen in die Observierung einbeziehen. Doch auch auf deren Bildern erschien kein vertrautes Gesicht. Ganz gleich, ob sie auf dem Schiff geblieben waren oder ob man sie in der Nacht auf andere Art und Weise von Bord geholt hatte, das Ergebnis war dasselbe: Sie würden nicht kommen. Nicht einmal der R4 verließ die Fähre. Dimitri saß stumm neben Harun. Ratlos. Femke hatte zwischendurch frischen Obstsaft gebracht. Spätestens jetzt wusste auch sie, dass sich ihre Lage in absehbarer Zeit nicht verbessern würde. Mittlerweile war die Stimmung der Barbaren im Keller. Dass die Frauen das Schiff nicht verließen, konnten sie sich nicht erklären. Es ließ ihnen keinen Handlungsspielraum. Ein Telefonat mit Hassan, bei dem er die beiden als Versager beschimpft hatte, trug nicht zur Aufmunterung bei.

»Alter, die müssen durch die verfickten Kontrollen«, zischte Ali nicht zum ersten Mal. »Anders kommt man nicht vom Schiff.«

»Und wenn sie sich verstecken?«, spekulierte Harun. »In einem Laster?«

»Und Tarek? Den müssen wir sehen, Digga. Auch wenn er geschnappt wurde. Was'n das für 'ne Scheiße, ey?«

Das letzte Fahrzeug hatte den Hafen verlassen. Es würde niemand mehr kommen. Die Frauen würden WATCH nicht mehr ins Netz gehen. Nael würde darauf achten, dass niemand vor einer Kamera auftauchte. Dimitri konnte nur vor den Monitoren sitzen und abwarten. Darauf hoffen, dass die Barbaren irgendwann die Lust verloren und abzogen. Ohne ihren Frust an Dimitri und Femke auszulassen.

Haruns Handy klingelte. Es war Hassan. Harun sprach

auf Arabisch mit ihm. Konsequent. Als Dimitri schon aufgegeben hatte herauszufinden, worum es ging, gab Harun ihm plötzlich das Handy. Er sagte dabei etwas auf Arabisch zu Ali. Dimitri nahm das Gerät. Ali stand auf und ging aus dem Zimmer.

»Ja?«, sagte Dimitri ins Telefon.

»Guten Morgen«, hörte er die provozierende Stimme von Hassan. »Ein ganz schöner Fuck-up da bei euch.«

»Die Frauen haben Tarek gesehen«, versuchte es Dimitri mit einer Erklärung. »Er sollte besser nicht auf den Decks herumlaufen.«

»Ah, jetzt war's wieder Tarek. Immer schön die Schuld auf die anderen schieben, hm?«

Dabei war es Hassan, der ständig Schuld durch die Gegend schob. Bevorzugterweise in Richtung Dimitri. Dieses Mal lag er damit sogar richtig, aber das wusste er nicht. Oder? Wieso klang er so souverän?

»Pass mal auf, du Genie«, fauchte Hassan ihn an. »Mir ist das zu blöd mit diesem WATCH. Kann man das ganze Ding plattmachen?«

»Was?«

»Das Programm. Kann man das löschen?«

»Auf meinem Computer?«

»Bist du blöd oder was? Was soll das bringen? Bei Europol.«

»Dann seht ihr auch nichts mehr«, erklärte Dimitri.

»Ja, und das wäre ja tragisch, weil uns die Überwachung bisher so wahnsinnig viel gebracht hat. Dimitri, das Ganze war eine Scheißidee. Wir machen denen jetzt das Licht aus.«

Dimitri war angesichts der absurden Forderung für einen Moment sprachlos.

»Auch wenn man WATCH löscht: Es gibt Sicherungen. In ein paar Tagen läuft es wieder«, sagte er zu Hassan.

»In wie vielen Tagen?«

»Zwei oder drei.«

»Reicht. Lösch es!«

»Äh, Hassan. Das geht nicht. Ich komme an das Programm von hier nicht ran … Der Server steht bei Europol im Keller.«

»Okay, dann geh hin und mach es da.«

Dimitri fluchte innerlich. Diese Wendung hatte ihn zu sehr überrascht. Er hatte nicht souverän reagiert.

»Ich kann nicht bei Europol rein und an den Server gehen.«

»Klar kannst du das.«

»Nein. Die müssen mich einladen, anmelden und … Leute, das geht nicht.«

»Doch, Digga«, sagte Ali.

Er war zurückgekommen und stand hinter Dimitri. Als dieser sich umdrehte, sah er, dass Ali Femke geholt hatte. Er hielt ihren Körper mit einer Hand umklammert, mit der anderen drückte er seine Pistole an ihre Stirn. Dimitri sah die Hand auf ihrem Bauch, sah die Angst in ihren Augen.

»Denk dir was aus«, kam es aus dem Hörer. »Du bist doch Hacker.«

35

Den Haag
Sonntag, 26. September

Dienstausweis an den Scanner. Handfläche an den Venenscanner. Die Stahlstangen drehten sich. Unter den Blicken der schwer bewaffneten Sicherheitsbeamten. Nael betrat die Zentrale von Europol. Sicherheit. Die Anspannung fiel nicht ab. Sie wurde ihm aber bewusst. Seit Tarek die Hände an seinem Rücken und am Kragen seines Anzugs gehabt hatte, er kurz davor gewesen war, im Meer zu ertrinken, fühlte er sich genau wie damals, nachdem Farid Taffa versucht hatte, ihn zu töten. Naels Hals war so hart wie ein Baumstamm, seine Kiefer pressten die Zähne gegeneinander, die Fäuste waren geballt. Damals war er manchmal stundenlang so herumgelaufen, ohne es zu merken. Auch an diesem Morgen, auf dem Weg von seiner Wohnung zu Europol, hatte sich sein ganzer Körper angespannt. Jetzt spürte er es, sah es. Er atmete tief und gleichmäßig, sagte sich immer wieder, dass er in Sicherheit war. Bei Europol. Langsam ließ der Krampf nach.

Aber es war nicht wie in den ersten Monaten in Den Haag. Die Zentrale war kein Hort der Sicherheit mehr.

Und Den Haag war nicht mehr die Wellness-Stadt. Sie war verseucht, solange Nael nicht wusste, wer sie an die Taffas verraten hatte. Solange der Mann oder die Frau noch in ihrem Gebäude arbeitete.

Doch es gab noch einen weiteren Grund für seine Anspannung. In vierundzwanzig Stunden musste Nael am Landgericht in Moabit gegen die Taffas aussagen. Er musste schildern, wie er die Attacke von Farid erlebt hatte. Er musste ihn als Täter identifizieren. Er musste dem Blick von Farid und auch dem Blick von dessen Vater standhalten. Mohammed Taffa war als Auftraggeber mitangeklagt. Und dafür musste Nael sich nach Berlin begeben. In ihre Welt.

Nael humpelte in den Eingangsbereich. Er war unterwegs zur Zentrale von WATCH. Es war Vormittag, die Teambesprechung erst in einer Stunde angesetzt. Xalvador hatte daran nichts geändert. Er hatte weitere Kollegen eingeladen, damit möglichst alle Mitarbeiter anwesend waren, die theoretisch als Verräter in Betracht kamen. Noch war keiner davon im Haus. Es war Sonntag. Alle schliefen aus.

Nael hatte nur kurz geschlafen. Er hatte Tina und Lydia in seine Wohnung gebracht und ihnen das große Bett überlassen. Dann hatte er selbst ein paar Stunden auf der Couch gelegen, bis ihn die Unruhe aus dem Schlaf gerissen hatte. Früher als geplant, hatte er sich auf den Weg gemacht.

Bei dem nächtlichen Manöver mit den beiden Frauen hatte er einen Eindruck davon bekommen, wie sich Tina in den letzten Tagen gefühlt haben musste. Sie waren mit einem verdunkelten Fahrzeug vom Heliport eines nahe gelegenen Hospitals zu seinem Haus gefahren. Im Kopf immer die Angst vor der Entdeckung. Vor möglichen Kameras. Die Augen offen halten. Sich bedeckt halten, Blick zum Boden. WATCH hatte sich gegen sie gerichtet.

»Auf der Radfahrt hierher hat man dich jetzt aber gesehen«, begrüßte Camille Nael.

Nael schloss die Tür zum Flur und ging zu ihrem Schreibtisch.

»Ich arbeite hier. Das darf man ruhig sehen.«

»Okay.«

Sie musterte die Verletzungen in Naels Gesicht, dann stand sie auf und umarmte ihn. Nael war niemand, der sich gerne umarmen ließ. Doch an diesem Tag tat es gut. Camille löste sich wieder von ihm.

»Wenn es nicht so früh wäre, würde ich ja sagen, lass uns einen Wein aufmachen«, sagte sie.

Nael lachte. Er war froh, sie auf seiner Seite zu wissen. Nael und Xalvador hatten einander noch während des Fluges versichert, dass Camille als Verdächtige ausschied. Dann hatten sie die Belgierin während ihres WATCH-Dienstes angerufen. Sie musste Nael helfen, unbemerkt mit Tina und Lydia nach Hause zu kommen. Dafür suchte sie alle Kameras, die sie auf ihrem Weg zu Naels Wohnung theoretisch erfassen konnten, heraus und teilte ihnen die Positionen mit. Nael war erstaunt, dass man sogar den Eingang zu seinem Haus mittels eines Bankautomaten einsehen konnte. Die Frauen hatten darauf geachtet, den Kameras nur ihren Rücken zu zeigen. Darin hatten sie bereits Routine.

»Du hast gedacht, ich wäre die Verräterin«, stellte Camille plötzlich fest.

»Das tut mir leid. Ich …«

»Nein«, unterbrach sie ihn schnell. »Du hattest Gründe dafür. »Auch weil ich … Ich … Ich muss das loswerden.«

Sie holte tief Luft, knetete unsicher ihre Hände.

»Ich habe das System wirklich missbraucht«, stieß sie hervor.

Nael verstand die Welt nicht mehr.

»Aber nicht gegen Europol«, fügte sie schnell hinzu. »Ich habe … an zwei Abenden … meinen Freund in Lüttich beobachtet.«

Endlich war es raus. Sie wirkte ängstlich, aber auch erleichtert. Nael verstand immer noch nicht ganz.

»Was hat das mit unserem Fall zu tun?«

»Nichts. Ich habe trotzdem ein schlechtes Gewissen. Das sollten wir nicht tun. Dafür ist WATCH nicht da.«

Nael war geradezu gerührt davon, wie die sonst so patente und unbeugbare Frau sich selbst zermarterte.

»Warum hast du ihn beobachtet?«

»Er … Er hat mich vor ein paar Monaten betrogen. Er hat geschworen, es war eine einmalige Sache. Und ich hab ihm verziehen. Aber er ist so weit weg, und er war so komisch am Telefon. Da wurde ich unsicher und … bescheuert.«

»Und?«

»Nichts«, antwortete sie kleinlaut. »Aber es ist jetzt vorbei.«

»Du vertraust ihm wieder?«

»Nein, ich habe gestern Nacht Schluss gemacht. Das wurde zu toxisch. Auf beiden Seiten.«

Deswegen war sie so fertig gewesen, als Nael sie am Vortag abgelöst hatte.

»Wenn du das melden willst …«, setzte sie an, aber Nael ließ sie gar nicht erst aussprechen.

»Sei nicht albern. Andere Menschen zu überwachen bringt in keinem von uns das Beste hervor.«

Camille verstummte. Sie nickte einfach nur.

»Wir haben jetzt Wichtigeres zu tun«, schloss Nael.

Dieses Mal war er es, der sie in den Arm nahm. Sie dankte ihm gerührt, riss sich dann zusammen.

»Was machst du denn so früh schon hier?«, fragte Camille.

Sie war sichtlich erleichtert.

»Ich will mir genau ansehen, welche Kameras wir in Berlin haben.«

Mit diesen Worten setzte er sich an seinen Platz, den er am vorigen Nachmittag eilig in Richtung Flughafen verlassen hatte. Es kam ihm vor wie eine Ewigkeit. Er spürte Befriedigung, als er den Startbildschirm von WATCH sah. Er hatte das System vermisst. Schon nach wenigen Minuten ging Nael in der Arbeit auf. Er holte sich alle Kameras aus Zehlendorf auf den Monitor. Eine mobile Einheit stand nach wie vor an der Villa der Taffas. Derzeit hatte sie den Auftrag, Hassan Darzi im Auge zu behalten. Wenn man sie mit einer zweiten Einheit ergänzte, konnte man das Haus von allen Seiten observieren. Vielleicht gelang es, auf diese Weise herauszufinden, wie Khan und auch Alia das Haus unbemerkt verließen und betraten. Dass es einen geheimen Weg geben musste, war Nael klar, seit er von der Begegnung zwischen Khan und Adem in der Villa wusste. Er konnte sich nicht vorstellen, dass der Anführer der Taffas das Haus niemals verließ. Er hoffte – er wünschte sich –, dass er es zumindest gelegentlich tat. Dann wäre Tinas waghalsiger Vorschlag vielleicht doch eine mögliche Lösung. Dann könnten sie die Doppelgängerin gegen ihren eigenen Auftraggeber einsetzen.

Einen Moment bitte. System wird gewartet.

Die Kamerabilder auf dem Monitor waren plötzlich verschwunden. Es wurde nur noch die Wartungsmeldung angezeigt. Nael seufzte. Ausgerechnet jetzt. Das war der Nachteil, wenn man am Wochenende arbeitete. Es gab immer wieder Wartungen, die man bei vollem Betrieb unter der Woche nicht durchführen wollte.

»Siehst du das auch?«, rief Camille zu ihm herüber.

»Ja. Weißt du, wie lange das dauert?«

»Keine Ahnung. War nicht angekündigt.«

Es dauerte noch zwei Sekunden, dann durchzuckte es Nael. Eine unplanmäßige Wartung an diesem Tag … Eine Wartung, die nur WATCH betraf, wie er herausfand, als er auf das hausinterne System zugriff …

»Wer macht die Wartungen?«, fragte er Camille.

»Einer aus dem Admin-Team. Ich glaube, WATCH macht Francesco selbst.«

Francesco war der italienische Leiter des IT-Teams. Nael hatte den Hörer des Telefons auf seinem Schreibtisch schon in der Hand. Er rief an der Pforte an.

»Guten Morgen. Nael Bruck hier. Ist Francesco Batelli im Haus? Unser IT-Chef?«

»Moment«, kam es aus dem Hörer.

Er hörte das Klackern der Tasten. Camille war zu Nael herübergekommen, stand direkt vor ihm.

»Nein, der ist nicht da«, hörte Nael.

»Sonst jemand vom IT-Team? Können Sie das sehen?«

»Mh, nee, die müsste ich alle durchgehen, aber der Berater ist da. Vor einer halben Stunde gekommen.«

»Wer?«

»Der Berater von Devian Groupe. Dimitri Morosow.«

»Okay, danke.«

Nael war aufgesprungen. Camille schaute ihn erschrocken an.

»Was ist?«

»Wo genau ... Wie wird WATCH gewartet?«

»Das machen die Admins von ihrem Platz aus.«

»Mit ihrem eigenen Zugang? Mit Passwort?«

»Ja, oder sie gehen direkt an den Server. Da gibt's einen Anschluss, an dem ...«

Sie stockte, weil Nael plötzlich losrannte.

»Pass auf, was mit WATCH passiert!«, rief er noch, dann war er raus aus dem Raum.

Er lief, so schnell es das schmerzende Bein hergab. Den Flur entlang, zum Eingang in den Keller. Er war dort seit den Einführungsveranstaltungen zu WATCH nicht mehr gewesen. Dennoch konnte er sich noch erinnern, wo die beiden Türme standen, die ihnen die Observation von ganz Europa ermöglichten. Sie hatten anders ausgesehen als die restlichen Server. Bedrohlicher. Schwarze Monolithen. Die Kollegen hatten Witze darüber gemacht, dass man das Auge des *Der Herr der Ringe*-Bösewichts Sauron dazwischen an die Wand malen sollte.

Er bog am Ende der Treppe um die Ecke in einen endlosen Flur. Erinnerungen an die Fähre kamen hoch. Rannte er schon wieder sehenden Auges in die Gefahr? Seine Beine wurden weicher. Der Hals härter. Nael holte sich das Bild des Beraters vor Augen. Ein harmloser, schmächtiger Russe mit einer Lippenspalte. Freundlich, etwas arrogant, aber alles andere als ein Muskelpaket. Ein Schreibtischtäter. Er war keine Gefahr. Keine körperliche Gefahr. Nael musste sich dennoch überwinden, die Tür zum Serverraum zu öffnen. Er betrat ihn mit einem beherzten Schritt. Die Luft war dünn. Es roch nach Elektronik. Sofort sah Nael den jungen Mann. Er hockte auf dem Boden vor den Servertürmen von WATCH, ein Laptop auf seinem Schoss. Der Berater blickte entsetzt zu Nael hoch. Schweiß auf der Stirn.

»Nicht näher kommen, Nael!«, rief er auf Deutsch mit russischem Akzent.

Er hielt die Hand über die Tastatur, als wäre sie der Abzug eines Revolvers.

»Sonst?«, fragte Nael.

Er blieb in sicherer Entfernung stehen.

»Sonst lösche ich WATCH.«

»Was?«

»Das ganze System. Ich bin nur eine Taste entfernt.«

Er atmete flach, fixierte Nael mit seinem Blick. Dass er ertappt worden war, schien ihn unnatürlich ruhig zu machen.

»Bist du nicht«, sagte Nael und ging los.

Dimitris starre Miene zerbröselte.

»Bitte nicht! Bitte nicht!«, flehte er. »Bitte bleib stehen! Ich muss WATCH löschen. Ich will das nicht. Aber ich muss. Ich ... Sie töten meine Frau.«

Nael stand direkt vor dem Russen, der ihn vom Boden aus wie ein Kind anschaute. Auf dem Bildschirm konnte er mehrere Zeilen Programmiersprache sehen.

»Die Taffas haben deine Frau?«

»Sie ist schwanger. Wenn ich WATCH nicht lösche, töten sie sie. Und das Kind.«

Er hatte feuchte Augen, die Ruhe war verschwunden.

»Haben sie sie gefangen, weil du mir geholfen hast?«

»Ich habe dir geholfen, weil sie bei uns eingebrochen sind.«

»Bei euch zu Hause?«

Dimitri seufzte, antwortete jedoch nicht.

»Wir können dir helfen«, erklärte Nael.

Dimitri schüttelte den Kopf.

»Ich bin Mathematiker. Ein guter. Aber auch ich kann den Flug einer Kugel nicht berechnen. Wenn ihr mit einem SEK in unsere Wohnung geht ...«

Sein Kopfschütteln wurde heftiger. Der Gedanke bereitete ihm Angst.

»Ich kann nicht zulassen, dass du WATCH löschst.«

»Warum nicht?«

»Europol braucht WATCH.«

»Ich habe dir geholfen. Ich habe dich zu Tina geführt. Ich ...«

»Es geht trotzdem nicht«, unterbrach Nael.

»Dann musst du mich töten.«

Mit diesen Worten wandte er sich wieder seiner Tastatur zu und tippte in hohem Tempo los. Nael zog blitzschnell das Kabel aus dem Server, das zum Laptop führte. Dimitri schaute ihn flehend an.

»Sie werden sterben.«

»Kannst du nicht so tun, als ob du es löschst? Irgendwie dafür sorgen, dass es für den Clan so aussieht?«

»Durchschauen die. Die haben einen Computerfreak, der sich alles angeschaut hat. … Nael, du willst mir helfen. Ich weiß es.«

Damit hatte Dimitri nicht ganz unrecht. Nael erinnerte sich, wie er im Dunkeln auf der Fähre gestanden hatte. Nachdem Tina verschwunden war. Ohne Dimitris Hilfe würde sie nicht mehr leben.

»Kannst du mir etwas anbieten? Im Gegenzug?«

Dimitri wurde hellhörig. Er dachte fieberhaft nach.

»Was willst du wissen?«

»Was planen die Taffas? Warum machen sie das alles?«

»Das weiß ich nicht«, sagte Dimitri gequält. »Sie vertuschen etwas. London ist ein Ablenkungsmanöver für eine große Aktion an einem anderen Ort.«

»Wo?«

»Weiß ich nicht. Ich habe nur gesehen, dass sie letzte Nacht Kameras in Berlin für irgendetwas benutzt haben. Aber ich weiß nicht, wo. Das …«

Er verstummte. Und dachte nach. Er wurde ruhiger, souveräner. Nicken. Ihm war etwas eingefallen.

»Okay, pass auf: Ich musste in den letzten Wochen Aufnahmen löschen. Von Orten, wo Khan und die echte Alia waren. Einen Ort gab es immer wieder. Khan war sehr oft dort. Manchmal auch mit Alia. Die Kameras filmten nur eine Abzweigung, aber ist nicht schwer zu erraten, wo sie hinfuhren. Und …«

Er verstummte.

»Was? Wo waren sie?«

Dimitri richtete sich auf. Er war nicht mehr das Häufchen Elend, das noch vor wenigen Sekunden am Boden gehockt hatte.

»Wenn du mich WATCH löschen lässt, und ich kann gehen, dann schicke ich dir Koordinaten.«

Da war sie wieder. Die Zockermiene. Dimitri pokerte. War sein Einsatz echt? War er es wert? Nael stellte fest, dass ihm die temporäre Löschung von WATCH keine Sorgen bereitete. Ihre Zielpersonen fanden die Ermittler derzeit sowieso nicht, und in Berlin konnten sie auch auf die Überwachungszentrale des LKA zurückgreifen. Letztlich würde es Nael sogar etwas bringen, wenn WATCH ausfiel – nämlich die Gewissheit, dass der Clan Tina nicht mehr finden konnte. Selbst wenn Nael sie mit nach Berlin nahm. Einen Kriminellen laufen zu lassen, der an einem Mord beteiligt war, wog dagegen schwerer.

»Wann bekomme ich die Daten?«

»Sobald meine Frau und ich raus aus Europa sind.«

Nael lachte. Das war eine dreiste Forderung. Im Austausch für ein möglicherweise leeres Versprechen.

»Hoffentlich noch heute«, ergänzte Dimitri. »Noch bevor die Taffas ihr Ding machen.«

»Du weißt, wann es stattfinden soll?«

»In den nächsten Tagen.«

Sollte Nael ihm glauben? Oder dachte Dimitri sich das alles aus?

»Ganz sicher«, legte Dimitri nach. »Ich soll WATCH löschen, haben sie gesagt. Ich: ›Das Programm ist nur zwei, drei Tage down.‹ Hassan: ›Das reicht.‹ Glaub mir: In den nächsten zwei Tagen machen die ihr Ding. Du kannst es verhindern.«

Nael hatte weder die Befugnis, Dimitri laufen zu lassen, noch war es ermittlungstaktisch klug. Doch er sah Farid Taffa vor sich, mit der Waffe in der Hand. Er spürte Tarek in seinem Rücken, die Hand im Nacken. In den nächsten zwei Tagen würden die Taffas ihr Ding machen. Und in den nächsten zwei Tagen würde Nael nach Berlin fahren. Um gegen den Clan auszusagen. Was, wenn sein Besuch das Ziel der Taffas war? Wenn es um ihn persönlich ging? Was, wenn der ganze Zauber mit den identischen Frauen nur veranstaltet wurde, um den Mörder des ältesten Taffa-Sohns endlich zu bestrafen?

»Falls dich jemals jemand fragt …«, sagte Nael zu Dimitri. »Du hast WATCH schon gelöscht, bevor ich zu dir gekommen bin.«

Dimitri grinste erleichtert. Dann machte er sich ohne ein weiteres Wort an die Arbeit. Nael ging zurück zur Tür des Serverraums und schloss sie von innen.

36

Den Haag
Sonntag, 26. September

Dimitri nahm mit jedem Schritt zwei Stufen auf einmal. Auf den lahmen Aufzug zu warten war keine Option gewesen. Mit jedem Stockwerk wurde seine Luft knapper. Dimitri ging über seine Grenzen, denn Femke reagierte nicht auf seine Anrufe.

Sobald er Europol verlassen hatte, sendete er eine Nachricht an Ali.

WATCH ist gelöscht.

Haben wir gesehen, erhielt er als Antwort, während Dimitri bereits mit seinem Rad durch das sonntägliche Den Haag raste. Schönes Leben noch.

Dimitri hatte Femke angerufen. Er hätte mit dem Handy am Ohr beinahe einen Abflug in den Kanal gemacht, der Duindorp vom restlichen Den Haag trennte. Sie hatte nicht reagiert. Auch bei den Anrufen danach ging der Ruf zwar durch, landete aber nach jeweils dreimaligem Klingeln auf der Mailbox. Femkes lachende Stimme, die darum bat, eine Nachricht zu hinterlassen. Vor ihrem Haus am Deich hatte Dimitri das Rad zu Boden geworfen. Nur kurz ein Blick zum Straßenrand. Der BMW mit Berliner Kennzeichen stand nicht mehr dort. War das wirklich ein gutes Zeichen?

Keuchend sprang Dimitri die letzten Stufen hoch. Seine Oberschenkel brannten. Er konnte seine Hand kaum ruhig halten, als er den Schlüssel in das Schloss der Wohnungstür zwängte.

»Femke!«, schrie er, sobald die Tür einen Spalt weit geöffnet war.

»Im Wohnzimmer!«, hörte er ihre Stimme.

Klar und stark. Nicht lachend, aber dennoch wunderschön. So wunderschön wie damals, als sie auf der Party plötzlich vor ihm gestanden hatte, den Kopf leicht geneigt, ein Lächeln in den Augen. »Und wer bist du?«

Dimitri rannte durch den Flur, kam in den großen Wohnraum. Da saß die Liebe seines Lebens. Auf dem Boden vor dem Fenster. Die Barbaren hatten sie mit einem Strick an die Heizung gebunden.

»Bist du verletzt? Was haben sie getan?«

»Alles gut«, sagte sie müde.

Er schlitterte den letzten Meter über den Boden, nahm sie in den Arm, drückte sie, hielt sie. Er spürte die Tränen der Erleichterung. Keine Zeit dafür. Er löste sich, versuchte, den Strick mit bloßen Händen zu zerreißen, was natürlich nicht funktionierte.

»Wir müssen uns beeilen«, rief er.

Dann sprang er auf und eilte in die Küche, wo der Messerblock stand. Als er mit dem kleinsten, aber schärfsten Küchenmesser zurück zu Femke kam, sprudelte es aus ihm heraus: »Ich weiß nicht, wie viel Zeit wir haben. Der

Polizist hat mir einen Vorsprung gegeben, aber keinen besonders großen. Die Sachen sind gepackt? Wir schaffen das. Wir kommen aus dieser Scheiße raus. Wir hatten viel Glück heute.«

Das Seil war durchtrennt. Femke frei. Er strahlte sie an. Sie hatten wirklich Glück gehabt. Nach einer echten Pechsträhne war ihm Nael als personifiziertes Glück begegnet. Der Mann hatte sich auf einen vagen Deal eingelassen, den Dimitri selbst niemals akzeptiert hätte. Das rechnete er dem Polizisten hoch an.

»Komm!«

Er reichte Femke die Hand, um sie hochzuziehen. Sie hatte ihn die ganze Zeit wortlos angeblickt. Müde, sehr, sehr müde. Aber mit lächelnden Augen.

»Ich komme nicht mit«, sagte sie nun leise.

»Wir fahren mit dem Auto nach Polen«, erklärte Dimitri ihr. »Von da nach Wladiwostok. WATCH kann uns nicht sehen …«

»Ich komme nicht mit, Dimitri«, wiederholte Femke mit fester Stimme.

Er verstand immer noch nicht. Femke blieb einfach sitzen. Er stand hilflos vor ihr.

»Was?«

»Ich verlasse diese Wohnung nicht.«

»Die Polizei kommt.«

»Ich habe von denen nichts zu befürchten«, erklärte Femke. »Ich wusste von alldem nichts. Ich bin ein Opfer. Dein Opfer.«

Jetzt verstand er. Dimitri sackte auf die Knie.

»Femke, es tut mir so leid, aber …«

»Es ist beschlossen. Ich komme nicht mit.«

Sie war nicht wütend, allenfalls traurig. Es war auch kein Trotz. Sie wollte ihm nichts heimzahlen. Sie hatte schlicht und einfach beschlossen, dass sie nicht fliehen würde. Dimitri verstand sofort, dass er sie nicht umstimmen konnte. Er brauchte keine zwei Sekunden, um umzudenken.

»Okay«, sagte er mit tapferem Lächeln. »Dann gehe ich ins Gefängnis. Ich habe Europol geholfen, das werden sie mir anrechnen. Ich bin nicht vorbestraft, vielleicht muss ich nicht einmal …«

»Du kannst nicht hierbleiben«, unterbrach Femke ihn erneut.

Ihre Augen füllten sich mit Tränen. Auch das meinte sie ernst.

»Der Clan wird herausfinden, dass du ihn verraten hast. Er wird sich rächen wollen. Solange du bei mir und dem Kind bist, bin ich in Gefahr. Du musst gehen.«

Die Klarheit, mit der sie das alles sagte, machte Dimitri wahnsinnig. Er war in ihrer Beziehung immer derjenige mit den rationalen Argumenten gewesen. Mit der Klarheit.

»Du musst dich beeilen«, sagte sie.

»Okay, okay, warte … Das …«

Er hatte keine Argumente mehr. Er musste seine Familie zurücklassen. Sie hatte recht.

»Wenn alles klappt, nehmen sie den Clan hoch. Dieser Polizist, der ist gut. Und ich kann ihm helfen. Wenn der Clan zerschlagen ist, etwas Zeit vergangen ist … Ich komme wieder, Femke. Das verspreche ich dir. Das verspreche ich euch.«

Er legte seine Hand auf ihren Bauch, blickte ihr tief in die Augen. Eine Träne lief an ihrer Wange hinab. Sie lächelte. Er lächelte ebenfalls. Nie war sie ihm näher gewesen.

»Ich glaube nicht, dass ich das möchte«, hauchte sie. »Ich kann dir nicht mehr vertrauen.«

Dreimal hintereinander Schwarz. Am Roulettetisch hätte Dimitri das verkraftet. Er hätte noch viele Runden weiterspielen können. Doch dort auf dem Boden vor dem Fenster hatte er nichts mehr. Er war blank. Er hatte alles verloren.

Femke stand auf. Ohne seine Hilfe. Sie blickte durch das Fenster über die Dünen. Man konnte das Meer gut sehen, an diesem sonnigen, aber auch windigen Herbsttag. Die Wellen, die am Strand brachen. Die Schaumkronen, die der Wind auf den Sand wehte. Die Schiffe in der Ferne. Der Ausblick hatte denselben Zauber wie damals, als sie die Wohnung besichtigt hatten. Femkes Blick in die Ferne hatte denselben Zauber. Dimitri hatte nie zuvor in seinem Leben jemanden so sehr gewollt wie sie. Er würde nie wieder jemanden lieben wie Femke.

»Du musst gehen«, sagte sie noch einmal, ohne sich umzudrehen.

Schwarz. Immer wieder Schwarz.

37

Den Haag
Sonntag, 26. September

»Entkommen? Ernsthaft?«

Tina blickte Nael ungläubig an. Dieser russische Programmierer war in die Zentrale von Europol eingedrungen, hatte das gesamte Überwachungsprogramm gelöscht und war nicht nur aus dem Gebäude entkommen, sondern jetzt auch nicht mehr auffindbar?

»Die holländischen Kollegen haben ihn um wenige Minuten verpasst«, erklärte Nael mit einem Schulterzucken. »Seine Frau sagt, sie weiß nicht, wohin er will. Angeblich ist sie selbst sein Opfer.«

»Das glauben Sie?«

»Ich weiß es nicht. Sie wird jetzt von den Holländern befragt. Ich glaube aber schon, dass Dimitri den Mord an Yildiz nicht wollte. Dass er nicht wusste, wieso er Sie in eine Falle locken sollte.«

Tina konnte sich ein Kopfschütteln nicht verkneifen. Nael war ihr bisher nicht naiv vorgekommen. Er war nicht unbedingt eine Kampfmaschine, das hatte sie selbst erlebt. Aber dass er ohne Waffe in den Keller zu diesem Dimitri gegangen war, wo der Russe ihn überwältigt und in eine Abstellkammer gesperrt hatte, passte in ihren Augen auch nicht zu ihm. Machte er allen etwas vor? Hatte er einen Narren an diesem Dimitri gefressen? Der Mann hatte ihnen auf der *Pride of Hull* geholfen. Aber würde ein Polizist so weit gehen und ihn deswegen laufen lassen? Ohne seinen Kollegen etwas davon zu sagen?

»Wie dem auch sei«, ergänzte Nael. »Oben möchte man Sie kennenlernen.«

Er zeigte durch die Fensterfront zu den Treppen nach oben. Nachdem Nael Lydia und Tina aus seiner Wohnung geholt hatte, waren sie zunächst in den Presseraum von Europol geführt worden. Dort hatte man sie in einer bequemen Sitzecke mit Essen und Getränken versorgt. Da WATCH abgeschaltet und der Verräter enttarnt worden war, hatte das Hauptquartier für Nael sicherer gewirkt als seine kleine, karg eingerichtete Dachgeschosswohnung. Abgesehen davon, brauchte er Tina. Das spürte sie.

»Na klar«, sagte sie.

»Aber nicht wieder auf blöde Ideen kommen«, ermahnte Lydia sie.

»Du kennst mich doch«, antwortete Tina.

»Eben.«

Tina musste lachen. Sie sagte nichts, auch wenn sie Lydias tadelnden Blick wahrnahm. Ihre beste Freundin würde es sowieso nicht verstehen. Nicht nach allem, was sie durchgemacht hatten. Tina folgte Nael zu den Treppen. Es waren nur wenige Leute in dem großen Gebäude unterwegs – für einen Sonntag nicht verwunderlich. Dennoch waren die Kontrollen verstärkt worden. Bewaffnetes Sicherheitspersonal stand in jeder Etage. Im ersten Stock musste Tina sich einen neuen Ausweis geben lassen, mit dem sie auch in den Bereich von Europol gelangte, der für normale Besucher gesperrt war. Allerdings nur mit Nael an ihrer Seite, dessen Venen gescannt wurden, bevor sie durch die Drehtür aus Panzerglas gingen. Aber der Russe hatte mal soeben entkommen können?

Nael führte sie von dem großen Gang in einen kleineren Flur und dann in einen Operational Room. Dort standen dicht an dicht Schreibtische, die mit hochmodernen Hightech-Geräten ausgestattet waren: Telefone, Mikrofone, versenkbare Computerbildschirme mit kabellosen Tastaturen. An den meisten Tischen saß Personal. Tina kannte nur Xalvador, der ihr freundlich zunickte. An der Wand befanden sich drei große Bildschirme, auf denen weitere Personen zu sehen waren: eine blonde Frau, die laut Anzeige aus Berlin zugeschaltet war, und ein grauhaariger Mann, der sich in London befand. Niemand sprach. Denn alle starrten fasziniert auf Tina. Alle kannten sie von der Überwachung. Alle hatten sie tagelang für Alia Taffa gehalten. Bevor das Starren ihr unangenehm werden konnte, stellte Nael die Anwesenden auf Englisch vor. Neben dem Leiter von WATCH saßen noch vier seiner Mitarbeiter im Raum. Bei dem Namen Tomasz Kowalczyk schluckte Tina.

»Er hatte nichts mit dem Anruf zu tun«, versicherte Nael ihr schnell.

»Es tut mir leid, dass man Sie reingelegt hat«, sagte der Pole akzentfrei auf Englisch.

Nein, das war nicht die Stimme, die sie in den Park gelockt hatte. Nael hatte ihr berichtet, dass man den Polen kurzzeitig sogar inhaftiert hatte. Er war aber mittlerweile rehabilitiert und nahm den falschen Verdacht niemandem übel. Diese Leute waren Profis.

Als Nächstes stellte Nael ihr Achim Stegmann vor, den Leiter der deutschen Abteilung bei Europol. Er begrüßte sie mit lauter Stimme auf Deutsch. Ebenso wie zwei weitere anwesende Deutsche war er vom BKA zu Europol entsandt worden. Außerdem anwesend waren ein IT-Experte aus dem Haus und ein stellvertretender Direktor von Europol. Die Polizisten auf den Bildschirmen waren ihnen live zugeschaltet, also wurden auch sie vorgestellt. Der Mann in London hieß Stuart Harrison, arbeitete für die Londoner Polizei und war dafür verantwortlich, dass die Leiche von Tarek in England nicht für Aufmerksamkeit gesorgt hatte. Die Frau auf dem anderen Monitor stellte Nael mit Wärme in der Stimme vor.

»Eva Müller, LKA Berlin. Dort verantwortlich für den Bereich Organisierte Kriminalität.«

Eva grüßte freundlich. Tina bekam einen Schreibtisch ohne Computer, dafür aber mit einer Flasche Wasser zugewiesen. Auch dort stand ein Mikrofon, damit die aus dem Ausland zugeschalteten Beamten sie verstehen konnten.

»Ich habe von Ihrem Angebot berichtet, uns zu helfen«, setzte Nael nach einer Kunstpause an. »Es gibt eine gewisse Skepsis hier in der Runde. Natürlich arbeiten wir alle hin und wieder mit V-Leuten zusammen. Aber Ihr Fall wäre sehr ungewöhnlich, weil Sie nicht zu der anvisierten OK-Gruppe gehören, sondern nur so aussehen, als würden Sie das tun. Werden Sie entdeckt, ist Ihr Leben akut gefährdet.«

»Nach den Erfahrungen der letzten Tage muss man feststellen: Das ist es so oder so.«

Nael blickte lächelnd in die Runde.

»Zudem sprechen Sie kein Arabisch ...«

»Ich habe heute morgen mit einem Onlinekurs angefangen«, unterbrach Tina ihn.

Nael schmunzelte. Es stimmte. Sie hatte in seiner Wohnung bereits begonnen, sich mit der Sprache vertraut zu machen. Bei ihrer Arbeit als Animateurin in Mexiko hatte sie schon nach wenigen Tagen Übung den Eindruck vermitteln können, Spanisch zu sprechen. So viel schwerer konnten ein paar arabische Grundbegriffe auch nicht sein.

»Das wird kaum reichen«, warf Xalvador ein.

Er gehörte nach wie vor zu den Skeptikern. Auch der stellvertretende Direktor neben ihm nickte.

»Deswegen haben wir ja auch vorhin hier besprochen, dass Frau Sieger eine Schulung bekommen wird«, hakte Nael ein. »Nicht nur in der Sprache, sondern auch was die Umgangsformen im Clan angeht, die wichtigsten Personen und so weiter.«

Nael hatte Mühe, seine Höflichkeit Xalvador gegenüber beizubehalten. Offensichtlich war dies ein mühsam erarbeiteter Kompromiss in der Runde gewesen. Der deutsch-arabische Polizist wandte sich nun wieder an Tina.

»Dafür müssten Sie einige Tage hier in Den Haag ausharren. Ich würde die Schulung leiten, muss aber leider morgen kurz nach Berlin, um …«

»Ist nicht genau jetzt die heiße Phase?«, unterbrach ihn Tina. »Soll nicht in den nächsten Tagen etwas passieren?«

Das hatte Nael angedeutet, als er sie in seiner Wohnung abgeholt hatte. Er hatte ihr gesagt, dass der flüchtende Russe so etwas erwähnt habe.

»Schon«, begann Nael, doch er wurde abgelenkt, weil in Berlin etwas geschah.

Bei der Frau vom LKA war ein Mitarbeiter am Schreibtisch aufgetaucht, der ihr etwas auf ihrem Computerbildschirm zeigte. »Oh«, sagte die Frau. Weil sie damit Naels Aufmerksamkeit auf sich zog, übernahm der ungeduldige Xalvador die Antwort auf Tinas Frage. Ohne Punkt und Komma plapperte er los: »Es ist alles andere als sicher, dass der Clan in den nächsten Tagen aktiv wird. Und selbst wenn: In der jetzigen Phase käme Ihr Einsatz zu früh. Wir müssen Sie nicht nur schulen. Wir müssen Ihnen auch eine sichere Unterkunft in Berlin besorgen. Wir müssen die echte Alia finden. Entsprechende Kleidung anschaffen. Und vor allem müssen wir sicherstellen, dass Alia nicht im Haus ist, wenn Sie dort reingehen.«

»Gefunden haben wir sie schon mal«, kam es von dem Berliner Monitor.

Eva hatte sich eingeschaltet. Mit einem Tastendruck von ihr erschien auf den Bildschirmen in Den Haag ein Foto. Es zeigte Alia, oder zumindest eine weitere Frau, die ihr sehr ähnlich sah. Sie trug dunkle, teure Kleidung und befand sich auf einem Friedhof. Sie hatte sich bei einem arabisch aussehenden Mann eingehakt, der sie um mindestens einen Kopf überragte. Auch seine Schultern waren fast doppelt so breit wie die von der jungen Frau. Sein Designeranzug saß perfekt.

»Die beiden wurden vor einer halben Stunde von Kollegen auf dem muslimischen Friedhof in der Lilienthalstraße gesehen. Am Grab von Hamid Taffa.«

»Wer ist der Mann?«, rief Xalvador.

Ein weiteres Foto erschien. Eine mit Teleobjektiv gemachte Großaufnahme des Begleiters. Mit dem gepflegten Vollbart und den streng nach hinten gekämmten Haaren wirkte er durchaus attraktiv, aber auch Furcht einflößend. Er war offenbar wenige Jahre älter als Alia.

»Das wissen wir noch nicht«, antwortete Eva. »Wir haben sein Bild nicht in unserer Datei.«

»Das muss Khan sein«, sagte Tina.

Sie hatte ihn nie gesehen, aber dieser Mann passte zu Adems Beschreibung.

»Der Unsichtbare«, entfuhr es einem Teammitglied von Xalvador.

»Kann gut sein«, sagte Eva. »Die beiden sind danach zusammen nach Zehlendorf zur Villa des Clans gefahren. Sie haben sich nicht einmal ansatzweise bemüht, ihren Auftritt zu verbergen.«

»Sie wollen gesehen werden«, warf Camille ein, die ebenfalls anwesend war. »Sie wollen, dass wir Alia in Berlin sehen. Sie ist jetzt offiziell wieder dort.«

»Warum gerade heute?«, fragte der stellvertretende Direktor.

»Und wieso plötzlich mit dem Unsichtbaren?«,

ergänzte Xalvador, der mit der Nase direkt vor dem Foto auf dem Bildschirm hing.

»Um Stärke zu zeigen?«, spekulierte die Belgierin.

Alle redeten zunehmend durcheinander. Tina beobachtete Nael, der in Gedanken versunken war.

»Sie wissen, dass WATCH nicht mehr funktioniert«, warf der Chef der Deutschen lautstark ein. »Sie brauchen sich nicht mehr zu verstecken.«

»Aber die Überwachung in Berlin gibt's immer noch«, sagte Xalvador und zeigte auf das Foto der beiden an dem muslimischen Grab. »Die wissen doch, dass das LKA eigene Kameras hat. Dass sie observiert werden.«

»Die, die wir haben, können ihnen wahrscheinlich nicht mehr gefährlich werden«, kam es von Eva aus dem Monitor. »Und vielleicht haben sie es satt, sich zu verstecken.«

»Oder sie provozieren uns«, ergänzte Achim.

»Sie wollen zum Prozess.«

Nael hatte leiser und ruhiger gesprochen als die anderen. Dennoch verstummten nun alle. Die Blicke richteten sich auf ihn. Auch Tina hatte das Gefühl, dass er die Situation besser verstand als der Rest der Gruppe.

»Alia hat noch nie einen wichtigen Prozesstag verpasst. Wenn ich morgen aussage, wird sie dort sein. Der ganze Clan wird dort sein. Wahrscheinlich auch der neue Anführer.«

Er deutete auf das Foto des Arabers.

»Glaubst du, dass du ein Ziel bist?«, fragte Eva aus Berlin.

Nael zögerte. Tina wusste sofort, dass er genau das glaubte. Doch er zuckte mit den Schultern.

»Ich würde mich nicht so wichtig nehmen. Das Gericht ist eine Festung, da kann nichts passieren. Aber auf dem Weg dahin und zurück sollte ich vorsichtig sein. Ja.«

»Wir werden deinen Schutz verstärken«, verkündete Achim entschlossen.

Nael nickte ihm dankbar zu, doch dann wandte er sich wieder an die Runde.

»Das ist aber nicht der Punkt. Dass sie wieder auf der Bildfläche erschienen sind und dass sie morgen zu dem Prozess gehen werden, gibt uns ein Zeitfenster von mindestens drei Stunden, in dem so gut wie niemand in der Villa sein wird.«

Am Ende seines Satzes schaute er Tina an. Sie lächelte und nickte. Das war weit mehr nach ihrem Geschmack als eine wochenlange Schulung mit ungewissem Ausgang. Ihr Ziel Berlin und damit auch Adem rückten einen großen Schritt näher.

»Unmöglich«, ging Xalvador dazwischen. »Sie ist noch nicht so weit. Und sie wird auch morgen früh nicht so weit sein.«

Tina ignorierte ihn.

»Klingt gut«, sagte sie zu Nael.

»Nein«, rief Xalvador. »Das geht nicht. Das lasse ich nicht zu.«

Nael verbeugte sich kaum sichtbar vor Tina. Er wusste ihre Einsatzbereitschaft zu schätzen. Dann wandte er sich in aller Ruhe an den aufgebrachten WATCH-Chef.

»Europol hat keine Ermittlungskompetenz in den Mitgliedsländern. Diese Operation ist eine Sache des LKA in Berlin.«

Xalvador wollte erneut protestieren, doch Nael blickte bereits zu Eva.

»Wie schnell könnt ihr hier sein?«, fragte die blonde Frau auf dem Monitor.

38

Berlin-Zehlendorf
Montag, 27. September

Die Bäume warfen lange Schatten auf die große Wiese. Die Strahlen der aufgehenden Sonne suchten sich ihren Weg durch die Blätter. Nael sah das Glitzern der Tautropfen auf den Gräsern. Ein friedlicher Morgen.

Der Polizist hatte sich auf den Balkon der Dreizimmerwohnung im Süden von Zehlendorf gesetzt. Von dort konnte man in den Park hinter der Wohnsiedlung blicken. Fünf lang gezogene Bauten gab es, in jedem drei Treppenhäuser mit jeweils sechs Parteien. Die Wohnung im zweiten Stock von Haus Nummer vier hatte das LKA angemietet, schon vor Wochen. Von hier aus konnte man mit einem guten Teleobjektiv die Villa der Taffas beobachten. So gesehen, saß Nael auf der falschen Seite des Hauses. Die Fotoapparate und Ferngläser befanden sich in dem Zimmer mit Blick zur Straße. Doch dort schlief Tina. Die Taffas würden allerdings morgens um halb sieben sowieso noch nicht aktiv sein. Selbst an einem solch wichtigen Tag.

Der Clan hatte vor knapp acht Jahren ein verfallenes

Grundstück nah an der Siedlung gekauft und sich dort eine pompöse Villa mit zwölf Zimmern gebaut. Auch wenn diese Gegend von Zehlendorf sicher kein sozialer Brennpunkt war, passte der Neubau trotzdem nicht zu der Wohnsiedlung und zu den kleinen Einfamilienhäusern etwas weiter nördlich. Doch das hatte die Taffas genauso wenig gestört wie diverse Bauauflagen. Sie hatten sie im Zweifel einfach ignoriert und lieber Strafen gezahlt, als Kompromisse zu machen. Im Grunde waren sie mit so vielen Grenzüberschreitungen durchgekommen, dass die gesamte Nachbarschaft sie hasste. Berichte über Razzien, Zollkontrollen wegen Schwarzarbeit und diversen kleineren »Anschlägen« von wütenden Nachbarn – man hatte das Haus mit Hundekot beworfen – hatten in den ersten Jahren die Schlagzeilen bestimmt. Eine großzügige Spende der Taffas für das jährliche Stadtteilfest hatte nur kurzzeitig die Wogen geglättet. Ruhe war erst eingekehrt, nachdem das LKA das Haus gestürmt und die halbe Familie verhaftet hatte. Nachdem Nael den ältesten Sohn erschossen hatte. Von Tinas Zimmer aus konnte man mit dem Teleobjektiv den Ort im Garten sehen, wo es passiert war.

Tina und Nael waren nicht nur wegen der Nähe zur Villa in der LKA-Wohnung untergebracht worden. Sie lag nah an der Autobahn, über die sie aus Den Haag gekommen waren. Sie hatten am Vorabend nicht erst in die Stadt fahren müssen, konnten ungesehen bleiben. Das war für beide wichtig. Für die Doppelgängerin, aber auch den Zeugen, den das LKA an diesem Tag besonders schützte. Nael rührte es, wie Eva sich um ihn sorgte. Neben allem anderen, was sie durch die verdeckte Operation zu tun hatte. Sie war persönlich bei seiner Ankunft nach Zehlendorf gekommen, hatte ihm erklärt, wie man ihn zum Kriminalgericht nach Moabit und danach wieder von dort wegbringen würde. Die Route kannte nur ein enger Kreis. Danach würde er Berlin wieder verlassen. Er war ein Fremdkörper in der Stadt, die er einmal geliebt hatte.

Eva hatte ihm sogar unsittliche Vorschläge »zur Entspannung« gemacht, aber mit Tina und zwei Kollegen vom LKA in der Wohnung entsprach das nicht Naels Vorstellungen. Es gab tatsächlich nichts, das ihn nachhaltig entspannen konnte. Auch nicht die Aussicht darauf, Berlin bald wieder verlassen zu können. Ihm würde nur eins helfen: Tinas Erfolg.

»Guten Morgen.«

Nael zuckte zusammen, weil er sie nicht hatte kommen hören. Tina stand in der Balkontür. Sie hatte sich in eine Decke gehüllt. Darunter trug sie den Jogginganzug, in dem sie geschlafen hatte.

»Guten Morgen«, antwortete Nael.

»Darf ich mich zu Ihnen setzen?«

»Natürlich.«

Auch wenn es nicht nötig war, machte er etwas Platz auf der IKEA-Holzbank, die man für die Raucher auf den Balkon gestellt hatte. Die Wohnung bestach auch sonst durch ihre simple Einrichtung. Etwas Trostloseres hatte Nael selten gesehen. Als Tina sich neben ihn setzte, brachte sie Wärme mit. Sie sah auf die Wiese mit den Tautropfen. Sie blickte zur Sonne, deren Strahlen sie auf dem Balkon noch nicht ganz erreichten.

»Haben Sie überhaupt geschlafen?«, fragte Tina.

»Ein wenig.«

Drei Stunden vielleicht. Nur dank einer Flasche Rotwein, die Eva mitgebracht hatte. Sein Lieblings-Rioja, den Eva und er damals in den ersten gemeinsamen Nächten getrunken hatten.

Tina schwieg. Sie blickte hinaus in die Ferne. Nael hatte auf der achtstündigen Autofahrt bereits bemerkt, dass er mit der jungen Frau gut schweigen konnte. Sie hatten sich natürlich auch viel unterhalten. Tina war eine angenehme Gesprächspartnerin. Der kleine Crashkurs in Arabisch, mit dem sie kurz hinter Bielefeld angefangen hatten, war sogar ausgesprochen unterhaltsam gewesen. Aber als sie dann schwiegen, war es nicht unangenehm gewesen. Denn letztlich war alles gesagt, was wichtig war. Erst als Nael die Tränen auf Tinas Wangen entdeckte, durchbrach er die Stille.

»Kann ich irgendetwas tun?«, fragte er.

Tina wischte sich die Tränen weg. Dabei schüttelte sie den Kopf.

»Mir geht es gut. Auch wenn's vielleicht nicht so aussieht.«

Sie lächelte ihn an.

»Mein Vater hat Sonnenaufgänge geliebt. Wir … Das war unser Ding.«

Nael verstand. Der Tod ihres Vaters war der Auslöser gewesen, warum die Frau sich überhaupt auf das aberwitzige Angebot der Taffas eingelassen hatte. Nael legte ihr die Hand auf die Schulter. Sie nickte dankbar, blickte zum Park.

»Haben Sie Kinder?«, fragte Tina.

»Eine Tochter. Dana. Sie ist fünfzehn.«

»Wo ist sie?«

»Bei ihrer Mutter. Sie sind vor ein paar Jahren nach Freiburg gezogen.«

Er wollte nicht seufzen, aber das Thema ließ es nicht anders zu. Tina schaute ihn an.

»Sie sehen sie nicht oft?«

Nael schüttelte den Kopf.

»Warum? Will die Mutter es nicht?«

»Zu Recht«, antwortete Nael.

Tina verstand nicht, blickte ihn fragend an. Eigentlich war das viel zu persönlich. Eigentlich kannten sie sich nicht gut genug. Eigentlich hatte Nael es noch nie jemandem erzählt. Aber wer, wenn nicht diese Frau, würde verstehen, was es bedeutete, sich mit den Taffas anzulegen?

»Eines Tages bin ich nach Hause gekommen. Damals war Dana zwölf. Sie hat auf einem Platz vor unserem Haus Basketball gespielt. Wie so oft, wenn meine Frau und ich mal nicht da waren. Sie war ein reifes Kind. Man konnte ihr den Freiraum geben. Dachte ich. An dem Tag spielte sie mit einem jungen Mann. Eins gegen eins. Sie war gut. Er nicht besonders. Trotzdem verstand sie sich mit ihm, lachte mit ihm. Als ich dazukam, als Dana mich sah und freudig nach mir rief, drehte er sich um. Es war Hamid Taffa.«

Tina verzog das Gesicht.

»Er ist sofort gegangen. Hat nichts gesagt, nicht gedroht. Mich nur angelächelt. Der alte Trick: Wir wissen, wo du wohnst. Wir wissen, wo deine Familie ist. Wir kommen an dich ran. Es hat funktioniert. Ich war danach so paranoid, dass meine Ehe den Bach runtergegangen ist. Klar, es gab auch vorher schon andere Probleme bei uns, aber … Als meine Ex mir dann sagte, sie zieht mit Dana zurück nach Freiburg, habe ich mich nicht dagegen gewehrt. Natürlich war es besser für alle.«

Er zuckte mit den Schultern. Da war sie wieder. Die Ohnmacht. Die Angst. Die Wut.

»Haben Sie wirklich auf Hamid geschossen, weil Sie sein Handy für eine Waffe hielten?«

Nael empfand aufrichtige Bewunderung für diese junge Frau. Eine kluge, emphatische und mutige Frau.

»Sie werden es als Journalistin weit bringen«, stellte er fest. »Sie haben ein gutes Gespür. Sie haben keine Angst vor den richtigen Fragen.«

»Also ja?«

»Ich weiß es nicht.«

Das war die Wahrheit. Hamid hatte das Licht der Scheinwerfer im Rücken gehabt. Er hatte etwas in der Hand gehalten, das Nael nicht identifizieren konnte. Das waren die Fakten. Während der Untersuchung des Vorfalls waren sich schnell alle einig gewesen, dass Nael den Gegenstand für eine Waffe gehalten hatte. Selbstverteidigung. Dumm gelaufen. Keine Schuld. Er hatte nach wenigen Wochen seinen Dienst wieder aufnehmen dürfen. Ja, das waren die Fakten. Da war aber auch noch das tiefe Gefühl der Befriedigung, als er geschossen hatte. Die Befreiung. Trügerisch, nicht lange anhaltend, aber dennoch: Keine Sekunde lang hatte Nael ein schlechtes

Gewissen gehabt. Genau wie Tina, nachdem sie Tarek ins Meer gestoßen hatte. So weit hatte der Clan sie gebracht. Töten war zum Mittel der Wahl geworden.

»Wir sind solch zerbrechliche Wesen«, sagte Tina. »Wie können wir nur glauben, dass wir irgendwas unter Kontrolle haben in dieser Welt?«

»Wir haben nichts unter Kontrolle.«

»Sagt der Polizist.«

»Aber wir müssen es versuchen. Wenn jeder von uns sein Bestes gibt, dann … Dann wird alles vielleicht nicht so schlimm.«

Tina lächelte. Sie nickte. Gemeinsam schwiegen sie. Bis Nael die Vibration seines Handys in der Hosentasche spürte. Er entschuldigte sich. Erst ging er davon aus, dass Eva ihm einen guten Morgen wünschen wollte, aber er sah sofort, dass die WhatsApp-Nachricht von jemand anderem kam. Von jemandem, den er schon aufgegeben hatte.

»Dimitri schreibt«, entfuhr es ihm unweigerlich.

Tinas Aufmerksamkeit war jetzt ganz bei ihm und seinem Handy. Sie war die einzige Person, die wusste, dass er den Russen freiwillig hatte laufen lassen. Auch das hatte sie ihm auf den Kopf zugesagt. Im Auto auf der Fahrt von Den Haag nach Berlin. Er hatte versucht, es zu erklären. Und ihr gesagt, dass er auf diese Nachricht hoffte, die aber den ganzen Tag über und auch in der Nacht nicht gekommen war. Und die nun endlich auf seinem Display angezeigt wurde.

Bin an meinem Ziel angelangt, mein Freund. Ich hoffe, ihr seid gut zu meiner Frau. Hier der Standort der Kamera.

Es folgte ein Link zu Google Maps. Nael zögerte, ihn anzuklicken. Er wusste nicht, ob ihm die Antwort auf eine der wichtigsten Fragen der letzten Wochen gefallen würde.

»Dort planen die Taffas einen Anschlag?«, vergewisserte Tina sich.

»Oder was auch immer«, antwortete Nael. »Zumindest war Khan in den letzten Wochen regelmäßig dort. Und er wollte nicht, dass wir es sehen.«

Nael sprang in Gedanken zwischen den Orten hin und her, die ihm oder den Menschen, die ihm nahestanden, in Berlin wichtig waren. Orte, wo man ihnen auflauern konnte. Deswegen verstand er nicht sofort, was er nach dem Anklicken sah. Der markierte Ort war grün. Zumindest umgeben von viel Grün. Er lag mitten im Wald. Auf dem kleinen Display konnte man kaum etwas erkennen.

»Das ist nicht in Berlin«, sagte Tina.

Das kam noch dazu. Nael vergrößerte den Ausschnitt. Die Markierung befand sich auf einer Tankstelle an einer Bundesstraße gut fünfzig Kilometer südlich von Berlin. Mitten in einem Waldgebiet. Gut möglich, dass es an der Tankstelle eine Kamera gab. Ansonsten gab es allerdings so gut wie nichts. Eine Landstraße kreuzte an dieser Stelle die Bundesstraße; sie führte in beiden Richtungen erst nach mehreren Kilometern in Ortschaften. Was sollte das?

Die Taffas sind von Berlin kommend nach rechts abgebogen. Dann sah man die Wagen nach hundert Metern rechts in dem Waldweg verschwinden. Jedes Mal. Ich hoffe, das hilft.

Diese zweite Nachricht von Dimitri kam, während

Nael noch ratlos auf die Karte starrte. Er holte die Kreuzung auf dem Display ganz nah heran. Tatsächlich gab es nach einer kurzen Strecke eine Abzweigung. Es war weniger ein Waldweg als eine alte Straße. Sie führte zunächst einige Kilometer durch den Wald und dann zu einem umzäunten Tor. Auf den Satellitenbildern sah man bereits, dass sich dahinter einige verfallene Gebäude befanden. Nael zog das Bild etwas weiter auf und blickte auf eine alte Panzerkaserne. Mithilfe des Internets fand er schnell heraus, dass sie einst der russischen Armee gehört hatte und seit Jahren nicht mehr genutzt wurde.

»Hat der Clan dort ein Versteck?«, fragte Tina.

»Ich weiß es nicht«, antwortete Nael. »Wir müssen jemanden hinschicken.«

Er ärgerte sich über seinen mürrischen Tonfall. Tina konnte nichts für seine Unzufriedenheit. Er hatte sich von dieser Nachricht mehr Klarheit erhofft. Einen Ort, an dem man einbrechen konnte. Ein Anschlagsziel. Sein Haus. Irgendeine Antwort. Eine verfallene Kaserne in Brandenburg warf nur noch mehr Fragen auf. Ausgerechnet an diesem Tag.

39

Berlin-Zehlendorf
Montag, 27. September

Der Kies in der Auffahrt knirschte unter ihren Pumps. Die Schuhe waren der einzige Schwachpunkt an ihrem Outfit. Alias dunkelbraune Pradas hatte das LKA auf die Schnelle nicht auftreiben können. Man hoffte jedoch, dass die Bewacher der Villa nicht zu genau auf weibliches Schuhwerk achteten. Bei Kleid und Mantel war die Polizei erfolgreicher gewesen. Beide gehörten zur Standardkleidung von Alia Taffa und hatten schon am Vorabend in der Zehlendorfer Polizeiwohnung bereitgelegen. Eine Mitarbeiterin des LKA namens Alexandra hatte einen traumhaften Sonntagnachmittag erlebt, an dem das KaDeWe eigens für sie geöffnet wurde. Eine Shoppingtour, wie sie sonst nur Promis vorbehalten war, geheim natürlich. Alexandra hatte Tina davon vorgeschwärmt, während sie ihr die Haare frisierte. Auch das Make-up musste auf die Fotos abgestimmt werden, die man von Alia gemacht hatte, als sie morgens die Villa verließ. Tina sollte ihr gleichen wie ein Ei dem anderen. Mal wieder.

Tina kam an dem kleinen Parkplatz vorbei, auf dem

eine Stunde zuvor noch der Mercedes der Familie gestanden hatte. Damit waren Alia und Khan früher als erwartet Richtung Gericht aufgebrochen. Jetzt stand nur noch ein Jeep dort. Tina war mit dem Taxi vorgefahren. Der Fahrer war natürlich ein Polizist, genau wie so ziemlich jeder Fußgänger, der an diesem Morgen durch die Zehlendorfer Nachbarschaft spazierte. Hinter einer Baumreihe warf eine junge Frau Stöckchen für ihren Hund. Wahrscheinlich ein Hund, der auch kämpfen konnte.

Es waren nur noch zehn Meter bis zur Haustür. Durch die Fenster im Erdgeschoss war Tina von innen bereits sichtbar. Es gab also kein Zurück mehr. Ein letztes Mal nestelte sie an ihrem Mantel herum, an der Stelle oberhalb ihrer rechten Brust, wo das kleine Mikrofon in ihr Kleid eingenäht worden war. Der zugehörige Sender klebte an der Innenseite ihres Oberschenkels. Dadurch konnten die Beamten in der Wohnung und in dem Transporter am Straßenrand alles mithören, was geschah. Es war Tinas Lebensversicherung. Sobald es ein Problem gab, würde ein Sonderkommando das Haus stürmen. Aber weil dadurch auch der Plan zunichtegemacht wäre, hoffte Tina, dass es nicht dazu kam.

In einer ebenfalls eingenähten Innentasche ihres Kleids befand sich ein USB-Stick. Die Software darauf war eine neu entwickelte Geheimwaffe der Ermittlungsbehörden. Der Einsatz war noch in der Nacht von einem Richter angeordnet worden. Der beste IT-Experte des LKA – ein junger Mann namens Kemal – war eigens nach Zehlendorf gekommen, um ihr die Funktionsweise des kleinen Geräts zu erläutern. Sie hatten es sogar gemeinsam an einem Computer in der Wohnung »trainiert«. Dabei war es ein Kinderspiel: Der Stick musste in einen USB-Slot des Computers, von dem Adem berichtet hatte, gesteckt werden und eine Minute lang darin bleiben. Der Computer musste eingeschaltet sein, alles andere erledigte der Stick von allein. Nach einer Minute war der Trojaner installiert, und der Computer stand unter Überwachung des LKA. Rausziehen und raus aus der Villa. Möglichst wenig Aufmerksamkeit erregen, sodass sich niemand an den kleinen Besuch erinnern würde. Nicht mehr als fünf Minuten im Haus. Das war es schon.

Doch vorher galt es, noch einige Hürden zu überwinden. Die erste war die Haustür. Alia hatte dafür einen Schlüssel. Also kramte Tina in der kleinen Handtasche herum, um vermeintlich danach zu suchen. Vergebens natürlich. Die Tür wurde von innen aufgeschlossen. Man hatte sie tatsächlich gesehen. Und ihr damit das Märchen vom verlorenen Schlüssel erspart. Ein erster kleiner Erfolg. Die Frage war nun, wer vor ihr stehen würde. Mutter Taffa war zehn Minuten zuvor mit zwei Schwiegertöchtern zum Gericht gefahren. Die jüngste Schwester Sara, die Tina bereits kannte, befand sich bei ihrer Arbeit in einem Friseursalon. Aber es gab ja noch die unzähligen Cousins und sonstigen Verwandten, von denen stets jemand auf die Villa aufpasste. Tina hatte während der Autofahrt von Den Haag und am Abend zuvor mehr als zwanzig Namen, ihren Verwandtschaftsgrad sowie ihre dem LKA bekannte Geschichte auswendig gelernt. Natürlich hatte sie von allen Fotos gesehen. Doch von dem etwa vierzigjährigen Mann, der jetzt vor ihr stand und eine beeindrucke Narbe auf seiner Wange trug, hatte sie keins gesehen. Daran hätte sie sich erinnert.

»Alia?«, sagte er irritiert.

Dann folgte etwas auf Arabisch. Er nahm ihr die Rolle ab, stellte sie aber auch gleich vor die erste Herausforderung. Doch für »Was machst du hier?« reichte ihr neu erlerntes Arabisch noch.

»Ich hab was Wichtiges vergessen«, antwortete sie auf Deutsch und versuchte, dabei so übel gelaunt wie möglich zu wirken.

Das hatte sie sich von den Aufnahmen der echten Alia abgeschaut. Freundlichkeit war nicht ihr Ding. Entsprechend zielstrebig ging sie an dem Mann vorbei. Man hatte ihr einen Plan des Hauses gezeigt. Auch wenn Adem berichtet hatte, dass vieles nach der LKA-Stürmung renoviert und umgebaut worden war, wusste sie ungefähr, wo sich das Schlafzimmer und der Computerraum befanden. Sie steuerte auf die Treppe nach oben zu, ohne der kitschigen Einrichtung in der mächtigen Eingangshalle Beachtung zu schenken. Aus dem großen Wohn- und Essraum zu ihrer Linken dröhnte der Fernseher. Ein arabischer Sender. Der Geruch von Zigarettenrauch, der mit süßlichem Raumspray notdürftig kaschiert worden war, hing in der Luft. Der Türsteher sagte noch etwas auf Arabisch. Dieses Mal verstand Tina kein Wort. Sie ignorierte ihn.

»Alia!«, rief er geradezu streng.

Sie ging weiter, fixierte das Ende der Treppe zum ersten Stock, in dem sich ihr Ziel befand. Sie hörte Schritte hinter sich. Schon lag eine Hand auf ihrer Schulter. Sie drehte sich um. Der Mann sagte wieder etwas auf Arabisch und sah sie mit scharfem Blick an. Sie konnte kein einziges Wort zuordnen. Die ganze Sache war eine Schnapsidee gewesen. Maßlose Selbstüberschätzung. Aber sie konnte unmöglich jetzt schon aufgeben.

»Warum redest du eigentlich nie Deutsch mit mir?«, fauchte sie den Araber grantig an.

»Und warum bist du so asi?«, kam es zurück.

Er sprach Deutsch. Damit konnte sie arbeiten.

»Du weißt, wie wichtig es deiner Mutter ist«, fuhr er Tina an. »Hast du überhaupt keinen Respekt?«

Was war der Mutter von Alia wichtig? Was hatte sie verpasst?

»Das ist mir zu blöd«, sagte Tina und drehte sich um.

»Ey.«

Er packte sie wieder an der Schulter, war nun richtig sauer.

»Nimm deine Finger weg!«, zischte Tina.

Er nahm sie weg, zog dafür ein Handy aus der Hosentasche.

»Mal sehen, was dein Mann dazu sagt«, stieß er hervor.

Tina schluckte. Sie war für einen Moment sprachlos. Das schien den Idioten anzustacheln. Er suchte nach einer Nummer auf dem Handy. Ihr Auftritt war nun nicht mehr unauffällig. Sie blickte zur Wohnungstür. Er hatte sie bereits geschlossen. Sie musste raus aus der Villa. Sofort.

»Idris?«, hörte sie plötzlich eine vertraute Stimme hinter ihr. »Was ist los?«

Tina wirbelte herum. Ihr Herz setzte für einen Moment

aus. Adem stand keine drei Meter von ihr entfernt. Er war von rechts aus der Küche gekommen. Ihr Adem. Müde, bedrückt, aber gesund und unbeschadet. Er trug verwaschene Jeans und einen Sweater, hatte einen Kartoffelschäler in der schmutzigen Hand. Am liebsten wäre sie ihm in die Arme gefallen. Doch sie blieb wie angewurzelt stehen. Er blickte kurz verlegen zu ihr, dann zum Türsteher Idris. Dann schoss sein Blick zurück zu Tina. Seine Augen wurden zu Schlitzen. Er hatte sie sofort erkannt. Sie nickte kaum merklich.

»Sie will ihre Schuhe nicht ausziehen«, erklärte Idris grantig.

Tina konnte es nicht fassen. Daran wäre es also fast gescheitert. Weil sie nicht kapiert hatte, dass man in der Villa seine Schuhe auszog. Sie rollte mit den Augen. Adem musste schmunzeln. Seine Augen strahlten. Es gab Tina Kraft.

»Meine Güte«, sagte sie und schlüpfte aus ihren Pumps.

Sie hob sie hoch und wollte sie Idris geben, sah dann aber, dass gleich zwei Schuhschränke neben der Eingangstür standen. Tina hatte sie wegen ihres Tunnelblicks übersehen.

»Alter, du musst deswegen doch nicht Khan anrufen«, sagte Adem zu Idris. »Bist du hier der Blockwart oder was?«

Idris zögerte noch, steckte das Handy dann aber weg.

»Die war frech«, sagte er zu seiner Verteidigung.

»Ich muss nur kurz was holen«, sagte Tina zu Adem. »Kannst du mir helfen?«

»Na klar.«

Wieder das Strahlen. Sie wollte instinktiv Adems Hand nehmen und ihn mitziehen. Ihn berühren. Ihn küssen. Sich ihrer Liebe vergewissern. Doch sie riss sich zusammen. Tina drehte sich um und stieg die Treppe nach oben. Adem folgte ihr.

»Er darf nicht nach oben«, ermahnte Idris.

»Jetzt schon«, rief Tina, ohne sich umzudrehen.

Sie ging weiter. Adem hinter ihr her. Idris folgte ihnen ein paar Stufen weit und beobachtete sie. Tina ignorierte es. Oben gelangten sie in eine kleine Halle, von der Flure und Türen abgingen. Alles wie beschrieben. Tina ging zielstrebig auf eine der Türen zu, öffnete sie und betrat einen weiteren Flur. Adem folgte. Als sie hörte, dass er die Tür hinter ihnen schloss, drehte sie sich um. Da stand er. Kopfschüttelnd. Staunend. Sie fielen sich in die Arme. Ein brennender Kuss. Doch er schob sie schnell wieder weg. Auch wenn es ihm schwerfiel.

»Du musst hier raus«, flüsterte er.

Tina schüttelte den Kopf und zog ihn mit sich. Vorbei an geschlossenen Türen. Sie sah die drei Stufen am Ende des Flurs, die hoch zu einer weiteren Tür führten. Einer Tür aus Stahl.

»Khans Arbeitszimmer?«, hauchte sie.

Adem nickte. Sie eilte weiter.

Als sie in das Zimmer kam, war Tina zunächst irritiert. Die anderen Räume in der Villa hatten sehr hohe Zimmerdecken. Das Arbeitszimmer lag allerdings nicht nur einen Meter höher, sondern hatte auch eine abgehängte Decke. Die Fenster waren zudem kleiner als im Rest des Hauses. Alles wirkte geradezu klaustrophobisch. Dafür war das Zimmer deutlich moderner eingerichtet. Ein Konferenztisch, auf dem diverse Papierstapel lagen, ein Designerschrank mit ein paar Ordnern, kitschige Kunst an den Wänden und am Fenster ein Glasschreibtisch mit einem Computer. Mit *dem* Computer. Tina zögerte nicht. Sie kramte den Stick aus ihrem Kleid und ging zu dem Gerät. Adem schloss derweil die Tür zum Flur.

»Was machst du hier?«, zischte er sie an.

»Ich arbeite für das LKA. Sie haben mir das Leben gerettet.«

Sie blickte kurz zu Adem, den dieser Satz traf. Dabei wollte sie gar nicht vorwurfsvoll klingen.

»Tina, ich konnte dich nicht finden, wallah!«, stieß er hervor. »Dein Handy ging nicht mehr und …«

»Ich weiß«, unterbrach sie. »Alles gut.«

Der Computer befand sich nur im Ruhezustand. Sie steckte den Stick in einen freien USB-Slot auf der Rückseite.

»Sie haben gecheckt, dass ich dich anrufen will … Seitdem hocke ich hier in diesem beschissenen Haus. Ich bin 'ne bessere Putzfrau.«

Während der Stick sein Werk verrichtete, ging Tina zu Adem. Sie nahm seine Hände. Sie sahen einander strahlend an. Tina hatte diese Augen vermisst. Sich darin zu sehen. Doch sie hatte keine Zeit zu verlieren.

»Weißt du, was Khan heute vorhat?«, fragte sie.

Adem schüttelte den Kopf.

»Sie sagen mir nichts. Sie haben was vor. Ja. Viel Aufregung. Ständig hockt Khan hier drin mit Hassan oder anderen …«

Er deutete auf den Tisch. Sein Blick blieb an den Papierstapeln hängen. Er löste sich von Tina, ging zum Tisch.

»Du kommst mit mir«, sagte Tina entschlossen. »Ich sag dem Typen im Flur, dass du mir helfen musst. Mich fahren musst. Hast du Schlüssel für den Jeep draußen?«

Adem antwortete nicht. Er hatte einen Stapel Fotos gefunden. Sie zeigten die Front eines imposanten alten Gebäudes. Marmorsäulen, Ornamente, steinerne Figuren neben bodentiefen Fenstern im ersten Obergeschoss. Daneben lag ein großer Plan, den Adem nun betrachtete. Seine Stirn legte sich in Falten. Tina ging zu ihm. Sie blickten gemeinsam auf das ausgedruckte Satellitenbild, das mit zahlreichen handschriftlichen Markierungen versehen war. An verschiedenen Stellen rund um einen Gebäudekomplex mit rotem Dach. Kringel und Zahlen. Pfeile. Blitze.

»Die Anzahl der Männer, die hier postiert sind«, spekulierte Adem. »Und hier. Und hier … Sie wollen das Gebäude angreifen.«

Wenn er recht hatte, dann waren über dreißig Leute rund um das Ziel versteckt. Das Ziel, das der Polizei immer noch Rätsel aufgab.

»Was ist das für ein Gebäude?«

»Das Kriminalgericht in Moabit«, antwortete Adem.

Dabei war Nael der Meinung gewesen, dass dieser Ort sicher war.

»Hört ihr das?«, sprach Tina in das Mikrofon in ihrem Kleid. »Sie wollen das Gericht angreifen!«

40

Berlin-Moabit
Montag, 27. September

Der Wäschetransporter drosselte das Tempo und bog ab. Wenn Naels Gefühl ihn nicht täuschte, mussten sie an der JVA Moabit angekommen sein. Tatsächlich stoppte der Wagen. Nael hörte, wie sich das Tor an der Einfahrt öffnete. Gleich waren sie auf dem Gelände der JVA. Er musste lachen. Schon oft hatten Häftlinge versucht, mit einem Wäschetransporter aus einem Gefängnis zu entkommen. Er war wahrscheinlich der Erste, der den umgekehrten Weg nahm. Immerhin musste er sich nicht in einem Wäschesack verstecken. Die Kollegen hatten den Laderaum leer geräumt und ihm eine Bank hineingestellt.

Der Wagen fuhr wieder an. Vor seinem inneren Auge sah Nael den Weg, den er schon oft mit seinem Dienstwagen gefahren war. Zwischen den Gebäuden hindurch ging es nicht nur zum Gefängnis, sondern auch zum damit verbundenen Kriminalgericht. Gleich würde er sich in Sicherheit befinden. Er hörte, wie sich das Tor schloss, und atmete durch.

Noch fünfhundert Meter, dann stoppte der Wagen in

einem Innenhof des Gerichts. Die Ladetüren wurden von außen geöffnet. Nael stand auf. Das Sonnenlicht blendete ihn, dann sah er sie: Eva. Sie reichte ihm die Hand und half ihm aus dem Transporter.

»Geht doch«, sagte sie.

»Ich danke dir«, antwortete Nael mit einem Lächeln.

Hinter Eva standen zwei SEK-Männer in voller Montur, die Maschinengewehre im Anschlag. Dabei mussten sie im Kriminalgericht wirklich keine Angst haben. Es gehörte zu den am besten gesicherten Gebäuden der Stadt.

»Habt ihr was von Tina gehört?«, stellte Nael die Frage, die ihm unter den Nägeln brannte.

»Sie ist in der Villa und …«

Eva verstummte.

»Was?«, fragte Nael.

»Kemal kann sehen, dass sie den Stick installiert hat. Die Verbindung übers Internet steht.«

»Hervorragend. Aber?«

»Wir hören sie nicht mehr.«

»Dann müsst ihr stürmen.«

»Wir hören sie nicht, weil das Zimmer mit dem Computer abhörsicher ist. Kemal konnte sehen, wie das Signal verschwand. Typisch für einen Raum mit Abhörschutz.«

Es passte zu den »neuen« Taffas, dass für solche Sicherungen Geld ausgegeben wurde. Unter der Führung des Alten wäre das undenkbar gewesen. Nael stand unschlüssig im Hof, den der Wäschetransporter gerade rückwärts wieder verließ.

»Wie lange ist das her?«, fragte er Eva.

»Gerade erst. Aber sie ist nicht allein. Adem ist bei ihr. Er hilft ihr.«

Eine gute Nachricht. Am Anfang war Nael unsicher gewesen, ob es richtig war, dass Tina so sehr auf den jungen Mann setzte. Doch nach allem, was sie ihm in der Nacht auf der Fähre und während der Autofahrt berichtet hatte, bestand auch für ihn kein Zweifel mehr: Der Mann war auf ihrer Seite.

»Wir wollen abwarten«, stellte Eva fest.

Nael nickte. So wie er das Geschehen in London in Erinnerung hatte, konnte es auch sein, dass die beiden sich Zeit füreinander nahmen. Auch wenn es riskant war. Vielleicht sogar, weil es riskant war. Risiko hatte diese Beziehung angefacht.

»Wir haben nämlich ein ganz anderes Problem«, fuhr Eva fort.

Sie waren jetzt auf dem Weg zum Hintereingang des Gerichts. Durch die Poststelle und abgelegene Treppenhäuser konnte man ungesehen zum Verhandlungssaal gelangen.

»Alia und Khan sind nicht zum Gericht gefahren«, erläuterte Eva.

»Sondern?«

»Charlottenburg. Zum Europa-Center. Vorgefahren, ausgestiegen und mit einem Aufzug nach oben. Die Kollegen haben rausgefunden, dass eine Firma, die auf Alia läuft, Konferenzräume und Büros in der siebzehnten Etage gemietet hat. Leider können wir sie da oben nicht beobachten.«

Nael blieb stehen. Hatte er sich getäuscht? Nutzten sie den Prozess als eine Ablenkung für etwas anderes?

»Achim dreht in Den Haag schon am Rad«, berichtete Eva. »Vom Europa-Center blickt man auf die Gedächtniskirche, den Breitscheidplatz. Achim will, dass wir unsere Einheiten von hier da rüberschicken.«

In Den Haag saßen die Kollegen im Operational Room und verfolgten das Geschehen. Auch wenn sie offiziell keinen Einfluss auf die Ereignisse in Berlin hatten, konnte Achim natürlich das BKA verrückt machen. In diesem Fall vielleicht zum ersten Mal zu Recht. Niemand wusste, ob die Taffas wirklich Sprengstoff hatten. Wo er sich befand. Was sie damit planten. Für Nael waren die Indizien, die auf eine Zusammenarbeit mit dem IS hindeuteten, immer zu plump gewesen. Manchmal waren solche Verbindungen aber auch plump. Am Ende hatte Nael sich selbst zu wichtig genommen. Den Prozess zu wichtig genommen. Die Taffas nutzten genau das aus.

»Ist jemand bei dieser Kaserne in Brandenburg?«, fragte er.

Gab es nicht endlich einmal Antworten?

»Die Kollegen müssen jeden Moment dort ankommen.«

Eva suchte Naels Blick.

»Haben wir was übersehen?«, fragte sie verunsichert.

»Ich weiß es nicht. Aber vielleicht sollten wir wirklich Einheiten zum Breitscheidplatz schicken.«

Eva nickte.

»Das Gefühl habe ich auch.«

Sie zog ihr Handy aus der Tasche.

41

Berlin-Zehlendorf
Montag, 27. September

Das Ende des Taffa-Clans stand bevor. Seines Clans. Es störte Adem nicht im Geringsten. Eine Frau, die sich, vom LKA verkabelt, in ein Haus seiner Familie schlich, hätte ihn vor einigen Jahren noch zu einem Mord getrieben. Vor einigen Wochen wäre er nicht mehr gewaltsam geworden, hätte ihr aber auch ganz sicher nicht geholfen. Doch in diesem Moment war alles anders. Nicht nur, weil es Tina war. Sondern weil er den Clan abgrundtief hasste. Sie hatten sein neues Leben zerstört. Sie hatten ihn glauben lassen, dass Tina tot war. Sie hatten ihn zu einem Gefangenen gemacht. Nicht mal seinen Vater hatte er sehen dürfen. Alles nur, um ihre kranken Allmachtsfantasien durchsetzen zu können. Die Pläne auf dem Schreibtisch in Khans Arbeitszimmer bestätigten, was er in den letzten Tagen vermutet hatte: Die Taffas hatten eine Armee aufgestellt. Sie hatten sie ausgebildet und bewaffnet. Sie wollten nicht weniger, als den deutschen Staat angreifen. Sich dafür rächen, dass er es gewagt hatte, sie wie Verbrecher zu jagen, einzusperren und zu töten. Dabei waren sie genau das: Verbrecher. Sie hatten nichts anderes verdient, als gejagt, eingesperrt und getötet zu werden.

Tina zog den Stick aus dem Computer. Er hatte seinen Dienst verrichtet. Wenn die Taffas nicht sowieso heute alle auf frischer Tat ertappt oder gar erschossen wurden, dann würde der Computer die nötigen Beweise für ihre kriminellen Machenschaften liefern. Das LKA wusste bald alles.

»Lass uns verschwinden«, sagte Tina und reichte ihm die Hand.

Er ergriff sie. Spürte die Wärme. Spürte das Gefühl, das ihn mit Tina verband. Das Gefühl, das Alia genüsslich schockgefroren hatte, als sie nach seiner Ankunft in Zehlendorf zu ihm gekommen war. »Das wird sie nicht überleben, deine kleine Fotze.« Aber das Gefühl war nur auf Eis gelegt gewesen. Tinas Hände brachten das Eis mühelos zum Schmelzen.

Als sie sich auf den Weg zum Flur machen wollten, hörte Adem das Rumpeln. Er kannte dieses Geräusch. Sofort blieb er stehen. Der Schrank neben der Tür bewegte sich bereits.

»Scheiße«, zischte er.

Sie konnten es nicht mehr zur Tür schaffen. Er zog die überraschte Tina in die andere Richtung. Eine weitere Tür hinter dem Schreibtisch führte in das Schlafzimmer des Kronprinzenpaares. Adem war noch nie darin gewesen. Das Arbeitszimmer hatte er auch nur bei seiner Rekrutierung für London von innen gesehen, außerdem einmal nach seiner Rückkehr, als man ihn durch den unterirdischen Gang in die Villa gebracht hatte. Den Gang, der hier im Arbeitszimmer endete, kannten innerhalb des Clans nur wenige. Genutzt wurde er zumeist von Khan.

Der Schrank war fast komplett zur Seite gefahren. Sie hörten Schritte von unten, auf der hinter der Wand verborgenen Metalltreppe, die vom Keller direkt in den ersten Stock führte. Zwei Personen kamen herauf. Adem huschte mit Tina an der Hand ins Schlafzimmer. Sie ließen die Tür zum Arbeitszimmer einen Spalt weit geöffnet, denn im Schlafzimmer war es stockdunkel. Alle Rollläden waren heruntergelassen. Eine Flucht über den Balkon war unmöglich.

»Lass den Gang offen!«, rief eine Frau auf Deutsch.

Es war Alia. Sie war die Erste, die hinter der Schrankwand hervortrat. Adem blickte von seinem Versteck hinter der Schlafzimmertür aus zu ihr, während er ihr Ebenbild an seiner Hand hielt. Tina versuchte derweil, im dunklen Schlafzimmer etwas zu erkennen. Einen Ausweg zu finden.

Hinter Alia erschien Khan. Was machten die beiden hier?

»Zieh dich um und warte!«, sagte Alia.

Khan nickte. Alia öffnete die Tür zum Flur und eilte davon. Khan kam Richtung Schlafzimmer. Auf sie beide zu. Tina sah es, zog an Adem. Sie hatte etwas gefunden. Nicht weit von der Tür entfernt stand ein Paravent, der fast ein Viertel des Raums abteilte. Kaum war Adem ihr dahinter gefolgt, als auch schon das Licht anging. Khan hatte das Schlafzimmer betreten. Adem ging in die Hocke, hielt die Luft an. Tina spähte durch den Schlitz in einem Faltknick des Paravents. Adem blickte durch den nächsten Knick. Khan hatte sie nicht bemerkt. Er ging schnurstracks zum Bett, auf dem Kleidung bereitlag. Auf seinem Bett. Denn es gab zwei davon. Das Ehebett war geteilt worden. Es gab zwar einen Platz an der hinteren Wand, direkt am Balkon, wo ein Doppelbett Spuren auf dem Boden hinterlassen hatte, aber nun standen die Einzelteile an den beiden voneinander entfernten Wänden. Alias Hälfte direkt neben dem Paravent, hinter dem ihre Kleider und Mäntel an einer Stange hingen. Neben Tina stand ein antikes Schränkchen mit Schubladen, aus denen Unterwäsche herausschaute. Alia zog sich im Verborgenen um, nicht vor Khan. Das war Adem bereits aufgefallen: Es gab keine Nähe zwischen den beiden, keine Zärtlichkeiten, keine Blicke, wie er sie gerade erst wieder mit Tina ausgetauscht hatte. Natürlich konnte das auch an muslimischen Gepflogenheiten liegen, die Khan aus dem Libanon mitgebracht hatte. Zurückhaltung in der Öffentlichkeit. Die getrennten Betten sprachen jedoch eine andere Sprache. Diese Ehe war in jeder Hinsicht arrangiert.

Khan legte seinen Anzug, das Hemd und die schicken Lederschuhe ab. Dann zog er eine Cargohose und eine schwarze Weste an. Erst beim zweiten Blick erkannte Adem, dass es eine schusssichere Weste war. Darüber zog Khan einen militärisch anmutenden Pullover. Auch eine Pistole lag auf dem Bett. Er steckte sie hinten in die Hose, zog den Pullover darüber. Neben dem Bett stand ein Paar Stiefel. Kampfstiefel. Der Anführer war also zurückgekehrt, um sich aufzurüsten. Khan setzte sich auf das Bett und schlüpfte mit den Füßen in die Stiefel. Dabei wandte er ihnen den Rücken zu. Tina blickte immer wieder zur Zimmertür. Es war nicht weit. Sie könnten die Tür schneller erreichen als Khan. Aber er würde sie bemerken. Und wohin dann? Tina las Adem seine Frage von den Augen ab. Sie machte eine Geste, zeigte nach unten. Sie wollte zu dem geheimen Gang. Als sie die Geste wiederholte, stieß sie gegen das Schränkchen mit der Wäsche. Es war nur ein leises Klacken, aber in dem Moment klang es wie eine Bombenexplosion.

»Alia?«

Khan stand auf. Er kam näher. Der Fluchtweg war erneut abgeschnitten. Sie saßen in der Falle. Adem ballte seine Fäuste. Er würde einem Kampf nicht aus dem Weg gehen.

»Moment«, hörte er Tina neben sich rufen.

Khan blieb draußen vor dem Paravent stehen. Tina zog Adem zur Seite, legte den Zeigefinger auf ihre Lippen und deutete zur Kleiderstange. Adem war überfordert, überließ Tina die Führung. Er krabbelte hinter einen langen Mantel. Derweil stellte Tina sich vor ihn, entledigte sich ihres eigenen Mantels und machte einen Schritt aus ihrem Versteck heraus. Jetzt stand sie direkt vor Khan. Adem konnte sein Gesicht sehen. Der Clan-Chef war irritiert über Tinas Auftritt.

»Hast du die Sachen deines Vaters geholt?«, fragte er auf Arabisch.

Tina verstand ihn nicht. Adem hatte ihren Mut bewundert, sich in die Höhle des Löwen zu wagen. Aber das Sprachproblem hatten sie und die Polizei nicht durchdacht.

»Was?«, blaffte Tina.

Adem schluckte. Tina bot als Alia ihrem Ehemann die Stirn. Konnte das gut gehen?

»Sorry«, sagte Khan und wiederholte in gebrochenem Deutsch: »Hast du … Dinge von Vater?«

»Ja«, antwortete Tina. »Bist du fertig?«

Auch wenn ihre Stimme nicht exakt wie die von Alia klang, traf sie den schnippischen Tonfall genau. Sie hatte Nerven aus Stahl. Khan nickte.

»Dann geh runter und warte dort!«, befahl sie.

Adem war sicher, dass spätestens jetzt die Sache auffliegen würde. Der Clan-Chef konnte sich unmöglich von seiner Frau so herumkommandieren lassen. Mitten in einer wichtigen Offensive. Doch Khan wies Tina nicht zurecht. Er zögerte.

»Ich muss mich umziehen«, fuhr Tina ihn an.

Sie zeigte auf ihre Betthälfte, wo ebenfalls eine Cargohose, eine schusssichere Weste und ein Sweater bereitlagen. Stiefel standen auf dem Boden. Nicht nur Khan sollte Kampfmontur anziehen.

»Okay«, sagte Khan unsicher. »Soll ich tragen etwas?«

Er schaute an ihr vorbei, möglicherweise auf der Suche nach den besagten Sachen des Vaters.

»Geh!«

Sie begann, die Knöpfe an ihrem Kleid zu öffnen. Das irritierte Khan nun vollends. Er nickte ergeben und eilte aus dem Zimmer. Die schweren Stiefelschritte entfernten sich. Bald hörte man seine Schritte auf der Treppe nach unten. Tina drehte sich zu Adem, der sich hinter der Kleiderstange hervorschob.

»Wow«, flüsterte er. »Wie hast du das gemacht?«

»Der ist nur 'ne Marionette«, antwortete Tina leise.

»Was?«

»Ich hab in den letzten Wochen viele arabische Männer kennengelernt. Der hier ist kein Anführer. Er ist Alias Schoßhund. Sie hat das Sagen.«

Das war es! Wieso hatte Adem das nicht früher kapiert? Ihm war zwar aufgefallen, dass Khan gelegentlich unsicher zu Alia schaute, wenn er Befehle an Clan-Mitglieder gab. Aber Adem hatte vermutet, dass es mit seinen Sprachproblemen zu tun hatte. Khan lernte Deutsch, benutzte es bewusst, um sich zu verbessern. Doch das war nicht der Punkt: Alia war nicht nur sein Sprachcoach. Sie sagte ihm, was zu tun war.

»Man sollte Frauen niemals unterschätzen«, flüsterte Tina.

Adem grinste. Sie hörten erneut Schritte. Aus der Richtung des Flurs. Schritte auf Pumps. Auch die echte Alia hatte ihre Schuhe nicht ausgezogen.

»Ihr kann ich nichts vormachen«, zischte Tina bedauernd.

Entschlossen griff sie sich eine Nagelfeile vom Schminktisch neben dem Paravent. Doch Adem schob sie zurück.

»Mein Auftritt! Warte!«

Tina gefiel es nicht, aber sie widersprach auch nicht. Sie vertrauten einander. Er trat ins Arbeitszimmer. Tina verbarg sich hinter der Tür im Schlafzimmer. Adem drückte den Rücken durch. Alia sah ihn sofort, als sie das Zimmer betrat. Sie stellte den kleinen Koffer ab, den sie mitgebracht hatte. Darauf legte sie ihre Handtasche ab.

»Was machst du hier?«, motzte sie ihn an. »Du hast hier nichts zu suchen.«

Sie wollte an ihm vorbei ins Schlafzimmer, doch er hielt sie am Arm fest.

»Was passiert heute, Alia? Was habt ihr vor?«

Er deutete auf die Fotos und Pläne auf dem Tisch. Sie riss sich los, blieb aber stehen. Empört.

»Hast du geschnüffelt?«, fragte sie ihn provokant.

»Das ist Wahnsinn. Ihr könnt keinen Krieg in Berlin vom Zaun brechen.«

Gerade war sie noch sauer auf ihn gewesen, doch nun kam die selbstgefällige Clan-Prinzessin durch.

»Ach ja? Wirst es sehen, Adem. Die Kartoffeln haben gegen uns keine Chance. Weißt du, warum? Weil sie nicht so sind wie wir. Sie kämpfen für nichts. Ihnen ist nichts heilig. Sie haben keine Ehre. Ehre, die auch du verloren hast!«

Bei ihren Worten stieß sie ihn mit spitzem Finger gegen die Schulter.

»Was ist aus dir geworden? Da warst du mir ja sogar als Junkie lieber.«

»Was ist aus *dir* geworden, Alia? Du wolltest mit dem ganzen Gangster-Scheiß nichts zu tun haben. Und jetzt? Bist du hier die Chefin, ja?«

Sie grinste. Eitel war sie auch früher schon gewesen, als er sie noch geliebt hatte.

»Wollte? Durfte! Ich *durfte* mit dem Gangster-Scheiß nichts zu tun haben. Dabei habe ich schon immer den

Laden zusammengehalten«, erklärte sie triumphierend. »Die Kohle, die Kontakte, die Ablenkungen, wenn die Bullen kamen. Das hatten die doch überhaupt nicht drauf.«

»Und als alle in den Knast gewandert sind, musste dein Vater dich zum Babo machen.«

»Du warst ja in der Volkshochschule«, antwortete sie süffisant.

»Khan ist echt eine Marionette, ja? Weil eine Frau den Clan nicht führen darf. Weil die Kanaken nicht auf dich hören würden.«

»Okay, Glückwunsch. Du hast es durchschaut. Warst schon immer cleverer als der Rest der Bande. Wir hätten ein gutes Paar sein können, Adem.«

»Können wir immer noch«, stieß Adem hervor.

»Was?«

»Lass uns abhauen. Die ganze Sache ist Selbstmord.« Er zeigte auf den Tisch.

»Wenn du mit mir kommst, fangen wir neu an. Du brauchst diesen ganzen Scheiß hier nicht. Alia, du wolltest immer mit mir zusammen weglaufen.«

Alia schaute ihn ungläubig an. Sie dachte offenbar tatsächlich darüber nach. Es war ein verzweifelter Vorschlag, um sie aus dem Haus zu locken. Ein Vorschlag, an dessen Erfolg Adem nicht wirklich glaubte. Doch sie dachte darüber nach. Irgendwo hinter ihrer Verachtung befand es sich noch, das Gefühl von damals. Als sie wirklich miteinander hatten weglaufen wollen. Sie hatten so oft auf dem Spielplatz im Görli gesessen und sich ausgemalt, wie es wäre, wenn sie nicht zum Clan gehören würden. Wenn sie irgendwo in einer langweiligen Stadt mit langweiligen Eltern leben würden. Sie hatten die Vorstellung geliebt. Alia erinnerte sich daran. Er sah es in ihren Augen. Zum ersten Mal seit langer, langer Zeit sah er dort nicht nur Kälte und Wut. Sie schloss die Augen, senkte den Kopf. Als sie ihn wieder hob, war der Moment vorbei. Die Wut war zurückgekehrt.

»Du hast doch schon die bessere Variante von mir gefunden. Du hast dich in sie verknallt.«

Jetzt war es an Adem, sein Pokerface zu bewahren.

»Quatsch. Ich hab nur *dich* in ihr gesehen. Endlich bekommen, was ich schon immer wollte. Du weißt, wie scharf ich auf dich war. Und überhaupt: Sie ist tot. Sie war unwichtig.«

Noch ein Zögern. Ein Blick in seine Augen. Alia sah dort etwas. Etwas, das sie schmerzte. Sie lachte verächtlich.

»Erzähl mir nicht so eine Scheiße, Adem.«

Sie schob ihn grob zur Seite und ging ins Schlafzimmer. Es ging so schnell, dass Adem nicht reagieren konnte.

42

Berlin-Zehlendorf
Montag, 27. September

Nicht zum ersten Mal stand Tina vor sich selbst. Es war überraschend passiert. Gerade noch hatte Adem das Gespräch im Griff gehabt, Alia fast so weit gebracht, ihm zu glauben. Und schon im nächsten Moment stieß die Clan-Tochter die Schlafzimmertür auf und stand unmittelbar vor Tina. Nicht nur Tina war überrumpelt. Alia war es sogar noch mehr. Auch wenn sie seit Wochen mit Doppelgängerinnen operierte, war es etwas anderes, wenn plötzlich eine von ihnen vor ihr stand. Im identischen Outfit. An einem Ort, an dem sie niemals hätte auftauchen sollen. Alia stand einfach da und staunte. Genügend Zeit für Adem, ihren Arm zu packen, ihn auf den Rücken zu drehen und sie auf das Bett von Khan zu stoßen.

»Tür zu!«, zischte er dabei zu Tina.

Tina gehorchte. Auch Alia fand ihre Sprache wieder.

»Adem, du Wichser. Du bist tot. Du bist …«

»Halt die Fresse!«, fuhr er sie an und drückte ihren Kopf in die Bettdecke.

Dann wandte er sich an Tina: »Wann kommt dieses verdammte LKA?«

»Ich weiß es nicht … Leute! Wo bleibt ihr?«

Sie sprach nicht zum ersten Mal in das Mikrofon in ihrem Kleid. Alia lachte. Mit aller Kraft drehte sie ihren Kopf zur Seite.

»Ihr stoppt uns nicht«, zischte sie. »Wenn ich nicht komme, ziehen die's ohne mich durch. Berlin wird brennen. Euer Scheißbulle wird sterben.«

Sie sprach von Nael. Tina hockte sich zu ihr.

»Rache? Darum geht's, ja? Der ganze beschissene Aufwand für eure dämliche Blutrache?«

»Er hat meinen Bruder getötet.«

Tina musste nachdenken. Welche Optionen hatten sie? Mit Alia raus aus dem Haus? Sie schafften es vielleicht an Idris vorbei, aber wenn Khan aufmerksam wurde, war es vorbei. Er hatte eine Waffe.

»Alia?«, rief der ehemalige Unsichtbare.

Er stand vor der Schlafzimmertür. Die Klinke bewegte sich langsam nach unten. Die echte Alia wollte etwas rufen, doch Adem war schneller. Er presste ihr Gesicht so stark in die Bettdecke, dass Tina dachte, er wollte sie ersticken. Vielleicht wollte er das auch. Die falsche Alia hatte ganz andere Probleme. Sie hechtete zur Tür.

»Nicht reinkommen!«, rief sie. »Ich bin nackt.«

Die Klinke stoppte, federte nach oben.

»Wo bist du?«, kam es gereizt zurück. »Hassan ruft an. Prozess geht los. Wir fahren! Los! Los!«

»Eine Minute!«, rief Tina.

»Okay. Schnell!«

Die Klinke blieb, wo sie war. Khan allerdings auch. Tina dachte nicht mehr nach. Sie zog sich aus. Aus dem Augenwinkel sah sie, dass Adem eine von Khans Socken vom Boden gefischt hatte. Er hob Alias Kopf hoch. Sie konnte nicht schreien, weil sie fast erstickt war. Gierig schnappte sie nach Luft. Schnell stopfte Adem ihr die Socke in den Mund.

»Was machst du?«, flüsterte er dabei zu Tina.

Er musste sie für verrückt halten, denn sie stand in Unterwäsche und Socken vor ihm. Doch sie wusste genau, was sie tat. Sie riss sich den Sender und die Kabel ab. Sie konnte den Kram in den anderen Sachen nicht mitnehmen. Das Scheißteil funktionierte sowieso nicht. Oder wieso wurde die Villa nicht gestürmt? In Windeseile zog sie die Hose an, die auf Alias Bett lag. Dann die Weste, den Sweater. Die Stiefel waren etwas zu groß, aber das kannte Tina schon aus London. Der Rest der Sachen passte wie angegossen. Sie sah aus wie eine Kriegerin.

»Das klappt nicht«, flüsterte Adem.

Sie kniete sich zu ihm, roch den Schweiß von Alia, die er fest im Griff hielt.

»Wenn sie hier das Sagen hat, dann kann ich es stoppen. Dann kann ich das alles stoppen. Nur ich. Niemand sonst.«

Adem blickte Tina gequält an. Er widersprach ihr nicht. Er wusste, dass sie recht hatte.

»Warte auf die Polizei«, hauchte sie.

Dann küsste sie ihn. Unmittelbar vor Alias Augen. Das Original stöhnte und murrte mit der Socke im Mund. Das machte Tina nur noch entschlossener.

»Alia!«, rief Khan von draußen.

»Komme!«

Sie sprang auf, schaute noch einmal in Adems Augen. Sie strahlten. Er war bei ihr. Dann wandte Tina sich um und eilte aus dem Schlafzimmer. Dabei achtete sie darauf, dass die Tür sofort wieder hinter ihr zufiel. Khan stand mit den Händen in den Hüften vor ihr. Er war am Ende seiner Geduld angelangt.

»Was machst du?«, fragte er.

»Komm!«, zischte sie ihn an und rannte zu dem geheimen Durchgang hinter dem Schrank.

Unterwegs sah sie den Koffer und Alias Handtasche. Sie schnappte sich beides. Khan stand noch irritiert herum, blickte zum Schlafzimmer. Hatte er etwas gehört?

»Worauf wartest du?«, rief sie. »Yalla!«

Endlich setzte sich der Berg in Bewegung. Sie ließ ihn vorgehen. Dann folgte sie ihm die Treppe hinunter.

43

Berlin-Moabit
Montag, 27. September

Es war der achte Prozesstag im Verfahren gegen Farid und Mohammed Taffa. Ihnen wurde die versuchte Ermordung von Nael Bruck vorgeworfen. Die Staatsanwaltschaft war sicher, dass sie gemeinschaftlich gehandelt hatten. Der Vater hatte den Befehl gegeben. Der Sohn hatte ihn ausführen sollen. Der Mordversuch selbst war unstrittig. Mehrere Zeugen hatten Farid vor dem Haus von Nael gesehen. Mit der Waffe in der Hand. Er hatte sie auf der Flucht weggeworfen. Mit Spuren seiner DNA daran. Schwieriger war es, den Vater als Auftraggeber zu überführen. Dafür gab es allenfalls Indizien. Deswegen hatte die Staatsanwältin Nael gebeten, selbst in dem Verfahren auszusagen. Zu wiederholen, was Mohammed Taffa schrie, als Nael seinen ältesten Sohn erschossen hatte. Zu wiederholen, was Farid mit der Waffe in der Hand zu Nael gesagt hatte, bevor ihn der Mut verlassen hatte. »Grüße von meinem Vater.«

Die Verhandlung lief bereits seit mehr als einer halben Stunde. Es gab mehrere Anträge der Verteidigung zu beraten. Solange musste Nael als Zeuge vor dem großen Saal im ersten Stock warten. Er durfte nur für seine Aussage hinein. Das passte ihm gut. Er wollte keine Sekunde länger in der Nähe der Taffas sein als unbedingt notwendig. Normalerweise warteten die Zeugen direkt vor der großen Flügeltür von Saal fünfhundert, doch Nael saß zwanzig Meter entfernt an der zweiten Sicherheitskontrolle, die bei Prozessen dieser Art eingeführt worden war. Hinter ihm konnte man die riesige Halle mit den verschlungenen Steintreppen sehen, die Kronleuchter, die verzierten Fenster, die Steinfiguren. Doch dafür hatte Nael an diesem Tag keine Augen. Rechts und links neben ihm standen die SEK-Männer mit ihren Gewehren, zwei weitere patrouillierten in den Gängen. Vor dem Saal saßen die Clan-Mitglieder, die nicht mehr auf die Besucherplätze gepasst hatten. Wie immer an solchen Tagen waren die Taffas mit zahlreichen Leuten aufgelaufen. Es hatte Unruhen gegeben, als der Saal geöffnet worden war. Die zusätzlichen Gerichtsdiener hatten alle Hände voll zu tun. Jetzt hatte man die Leute einigermaßen sortiert. Entweder wussten sie nicht, wer Nael war, oder sie ignorierten ihn bewusst. Nael blickte in die andere Richtung. Eva ging mit dem Handy am Ohr in dem benachbarten Gang auf und ab. Sie war unzufrieden und angespannt. Er bereute es schon wieder, dass er die Einladung zu einer Nacht mit ihr nicht angenommen hatte. Sie mussten ja nicht in ihrer Wohnung übernachten. Ein Hotel. Die Wohnung in Zehlendorf. Eine Nacht mit ihr würde ihnen beiden guttun.

Eva kam zu ihm. Während sie das Handy sinken ließ, schüttelte sie bereits den Kopf.

»Immer noch nichts. Sie ist jetzt seit vierzig Minuten in der Villa.«

Es gab nach wie vor keine Meldung von Tina. Nael hatte dafür plädiert, ihr Zeit zu geben. Er baute auf Adem. Er baute aber auch auf die Stärke der jungen Frau. Vielleicht war sie an etwas dran. Vielleicht mussten sie sich verstecken. Sie war niemand, der einfach aufgab.

»Wir müssen jetzt stürmen«, verkündete Eva.

Auch sie bedauerte es. Denn sie hatten nach wie vor keine Ahnung, was die Taffas planten. Kemal hatte noch nichts auf dem Taffa-Computer gefunden, der von ihm gespiegelt wurde. Von Alia und Khan im Europa-Center hörte und sah man nichts.

»Was ist mit der Kaserne?«

Eva seufzte.

»Die Kollegen dort haben angerufen.«

»Und?«

»Nichts. Nichts Auffälliges. Eine alte verfallene Kaserne. Eingestürzte Gebäude. Auf den ersten Blick keine Menschen. Und jede Ecke zu durchsuchen, das dauert.«

»Sie sollen Fotos machen.«

Eva nickte.

»Ich lasse jetzt stürmen.«

Nael widersprach nicht, auch wenn es ihn wurmte. Sie waren so kurz davor gewesen, eine tödliche Falle für die Taffas einzurichten. Eva ging mit dem Handy davon.

44

Berlin-Moabit
Montag, 27. September

Seit einer gefühlten Ewigkeit starrte Tina auf den Boden. Im nicht mal anderthalb Meter hohen Gang war Khan vor ihr gegangen. Er hatte sie nicht sehen können. Als sie hundert Meter von der Villa entfernt in einer Garage wieder aus dem Gang geklettert waren, war es in dem Raum dunkel gewesen. Auch dort hatte er sie nicht sehen können. Aber in dem Transporter, den sie in der Garage bestiegen hatten, saß er ihr direkt gegenüber. Es brannte nur ein kleines Licht in dem Laderaum, doch das reichte. Auch wenn er nichts sagte, hatte Tina das Gefühl, dass der kräftige Libanese direkt in sie hineinblickte. Dass er wusste, dass etwas nicht stimmte. Je länger sie fuhren, desto mehr verließ Tina der Mut. Wie so oft in ihrem Leben hatte sie die Klappe ganz schön weit aufgerissen. Sie allein konnte das Desaster stoppen. Jaja. Aber jetzt wusste sie plötzlich nicht mehr, wie sie das tun sollte. Am liebsten wäre sie an einer Ampel aus dem Wagen gesprungen und davongerannt. Es war ihr erster Impuls, denn das war ihr Charakter. Große Töne spucken, sich ins Geschehen stürzen, egal wie verwegen, aber dann rennen, wenn es ernst wurde. Diese Eigenschaft hatte sie nach London gebracht. Hatte sie nach Berlin gebracht. Und sie hatte Tina auch in diesen Transporter gebracht.

Der Wagen stoppte. Der Motor wurde ausgeschaltet. Sie waren an ihrem Ziel angekommen. Khan bewegte sich nicht, also tat sie es auch nicht. Oder wurde von ihr erwartet, dass sie den Ton angab? Alia war die Chefin. Schon mehrfach hatte Tina darüber lachen müssen. Alle hatten sich darüber gewundert, wie geplant und zielstrebig der Clan plötzlich vorging. Wie klug. Aber auch wie skrupellos. Natürlich hatte man es dem großen Unbekannten aus dem Libanon zugeschrieben. Aber der Kerl war nicht einmal in der Lage, die Frau, mit der er das Schlafzimmer teilte, von einer Fremden zu unterscheiden. Alia hatte den Clan geführt. Dass keiner darauf gekommen war, hatte nur einen Grund: dass sie eine Frau war.

Die Ladetür öffnete sich von außen. Khan stand immer noch nicht auf, wartete ab. Kurz konnte Tina durch die geöffnete Tür die Straße sehen. In hundert Meter Entfernung lag das Gerichtsgebäude. Davor Polizeiwagen, zahlreiche Menschen. Ein Gesicht erschien in der Ladetür. Sein Anblick traf Tina wie ein Peitschenhieb. Hassan stieg zu ihnen in den Wagen.

»Wo bleibt ihr denn?«, motzte er Alia an.

Khan sagte etwas auf Arabisch. Hassan schloss die Tür hinter sich.

»Jetzt sind wir ja da«, erwiderte Tina.

Sie hatte Mühe, Hassan in die Augen zu schauen. Er

setzte sich neben Khan. Gott sei Dank war die Beleuchtung in dem Transporter nach wie vor schlecht.

»Der Bulle ist gleich dran. Wir müssen loslegen.«

Tina nickte. Beinahe hätte sie ihm zugestimmt, so eindringlich wirkte er. Doch deswegen war sie nicht hier.

»Ich geb jetzt den Befehl«, verkündete er ernst und zog sein Handy aus der Tasche.

»Warte!«, rief Tina.

Sie suchte in ihrem Inneren nach der Wut auf Alia, auf Hassan, Omar, den Clan. Sie sah die tote Yildiz vor sich. Die Wut wuchs, steigerte sich durch den verständnislosen Blick von Hassan noch.

»Sag's ab!«, befahl sie ihm.

»Was?«

Auch Khan sah sie ungläubig an, doch Tina behielt ihre Souveränität.

»Irgendwas stimmt nicht. Vor der Villa stehen Fahrzeuge, die da nicht hingehören. Die Bullen wissen, was wir planen.«

»Red keinen Scheiß! Die stehen immer da.«

»Es sind aber mehr als sonst.«

»Du fantasierst. Die sind auf die Ablenkung mit dem Europa-Center reingefallen. Die haben drei Wagen mit SEK-Leuten rübergeholt. Weg von hier. Die denken, *das hier* ist das Ablenkungsmanöver für drüben. Es ist alles genau, wie du's geplant hast.«

In seinen Worten klang widerwillige Bewunderung durch.

»Nicht alles«, widersprach Tina. »London war ein Desaster. Wir wissen immer noch nicht, wo diese Nutte ist.«

»Ist doch egal. Was kümmert uns die hier? Wir müssen jetzt angreifen.«

Beim Reden spukte Hassan, so aufgebracht war der massige Kerl.

»Nein!«, befahl Tina.

Hassan staunte sie einen Moment an. Brach er ein? Nein. Er grinste.

»Wie dein Vater gesagt hat.«

»Was?«

»›Am Ende werden ihr die Eier fehlen.‹ Hat er gesagt. ›Dann übernimmst du das Kommando, Hassan.‹«

Er hob das Handy hoch und wählte eine Nummer.

»Hassan! Ich verbiete dir …«

»Halt die Klappe!«, herrschte er sie an.

Sie sprang auf, doch Khan schob sie spielend leicht zurück auf ihren Platz. Seine Loyalität war damit geklärt. Am Ende interessierte es keinen, was die Frau wollte. Selbst wenn sie die geniale Architektin des Plans war. Hassan bellte etwas auf Arabisch in den Hörer. Dann sah Tina, wie er den Timer an seinem Handy startete.

»Reiß dich zusammen!«, ermahnte er Tina.

Dann stand er auf und ging zur Ladetür.

45

Berlin-Moabit
Montag, 27. September

»Nael Bruck.«

Die Stimme des Gerichtsdieners erfüllte die Halle des Gerichtsgebäudes. Nael blickte von seinem Handy auf. Er hatte soeben von Eva die Fotos bekommen, die die Kollegen an der russischen Kaserne in Brandenburg gemacht hatten. Bilder von eingestürzten Gebäuden. Sein Display zeigte das Bild von einem, bei dem ein Stück der Wand im ersten Stock fehlte. Etwas an dem Bild störte Nael, aber er konnte es nicht greifen. Es blieb keine Zeit mehr. Er stand auf. Eva kam mit ihrem Telefon in der Hand aus dem Nebengang. Er schaute sie fragend an, während er zu dem Gerichtsdiener ging.

»Stürmung in Zehlendorf läuft. Sie haben noch niemanden gefunden. Sollen wir deine Aussage verschieben?«

»Bloß nicht. Ich will das hinter mich bringen.«

Natürlich wollte Nael wissen, ob mit Tina alles in Ordnung war. Er wollte verstehen, was los war. Doch den Prozess unterbrechen, möglicherweise vertagen? Noch einmal warten? Nein.

»Ich sag Bescheid, wenn ich mehr weiß«, versicherte Eva ihm.

Sie legte ihm die Hand in den Nacken. Nähe, für die Nael nicht offen war. Er nickte mechanisch. Eva drehte ab. Das Gefühl, dass er etwas übersah, wurde stärker. Warum meldete Tina sich nicht? Was war mit dem Europa-Center? Was stimmte mit dem Foto nicht? Mit diesen Gedanken im Kopf betrat Nael den Gerichtssaal. Saal fünfhundert, ein Raum voller Geschichte. Holzvertäfelt, ein Kronleuchter thronte über der höher gelegenen Richterbank. Obwohl die Zuschauerränge am anderen Ende voll waren, herrschte eisige Stille. Nael sah die hasserfüllten Blicke der Clan-Mitglieder unter den Zuschauern. Man hatte nur einen kleinen Teil von ihnen zugelassen, gründlich nach Waffen durchsucht. Es waren mehr Gerichtsdiener da als sonst. Trotzdem war jetzt alles wieder da: der harte Hals, der gepresste Unterkiefer, die Faust. Nael richtete seinen Blick nach vorne. Dort saßen die Richter und Schöffen der Großen Strafkammer.

»Herr Bruck. Ich grüße Sie. Bitte kommen Sie in den Zeugenstand.«

Der vorsitzende Richter deutete auf das Podest mit Stuhl seitlich vor der Richterbank, auf dem die Zeugen befragt wurden. Nael steuerte es an. Sein Blick ging zur Fensterfront auf der anderen Seite. Hinter den Verteidigern in ihren schwarzen Roben befanden sich die Kabinen aus Panzerglas. In einer davon saß Farid Taffa. Der junge Mann vermied es, Nael anzublicken. Der Mann in der Kabine daneben tat das Gegenteil. Mohammed Taffa schaute Nael direkt in die Augen. Wie ein Vater den Mörder seines Sohnes anschaute. Der kräftige 53-Jährige war eine Erscheinung. Volles graues Haar, gepflegter Bart, fast schwarze Augen. Nael wich seinem Blick aus, sah sich um. Auch in dem Gerichtssaal stimmte etwas nicht. Beschimpften diese Leute ihn nicht sonst? Hatten sie ihm nicht bei jeder Gelegenheit Worte wie Verräter, Hurensohn oder Mörder an den Kopf geschleudert? Selbst wenn der Richter drohte, den Saal zu räumen? Nichts war an diesem Tag zu hören. Nur Naels Schritte auf dem Parkett.

Er setzte sich auf den Stuhl, der für ihn vorgesehen war. Von dort aus konnte er den ganzen Saal überblicken. Die Angeklagten befanden sich direkt in seinem Blickfeld. Mohammed starrte ihn nach wie vor an.

»Name?«, fragte der Richter.

Die Formalien. Nael hatte schon oft in Prozessen ausgesagt. Er beantwortete die Standardfragen, ohne seine eigenen Worte wirklich zu hören. Sein Blick war auf die Fensterfront hinter der Anklagebank gerichtet. Die Sonne schien herein. Die bodentiefen Kastenfenster belegten fast die ganze Fassade über dem Eingang des Gerichts. Nael wusste, wie sie von außen aussah. Er sah das Foto aus der Panzerkaserne vor sich. Es durchzuckte ihn. Denn er wusste jetzt, was mit dem Bild aus Brandenburg nicht stimmte. Die Außenwand des ersten Stocks in der Kaserne war nicht eingestürzt, dafür hätte die Mauer darunter fehlen müssen. Die Außenwand war weggesprengt worden. Die Taffas hatten das getan, was man in Kasernen nun einmal tat: den Ernstfall trainieren.

»Herr Bruck, wir wollen heute mit Ihnen über …«

Weiter kam der Richter nicht, weil plötzlich das Inferno losbrach. Eine gewaltige Explosion erschütterte den Saal. Zwei der Fenster zerbarsten, Teile der Außenmauer gleich mit. Glassplitter flogen umher, das Holz der Fensterrahmen, Steine aus der Wand. Löcher klafften an der Stelle, wo die Fenster gewesen waren. Dort erschienen die oberen Enden von stabilen Metallleitern. Außer einem lauten Fiepen konnte Nael nichts mehr hören. Er sah das Schreien der Menschen um ihn herum. Die Zuschauer am Fenster lagen blutend unter dem Geröll und den Scherben. Es waren keine Clan-Mitglieder. Die hatten sich auf die andere Seite des Saals gesetzt. Zur Tür hin. Dennoch hatten auch sie sich geduckt. Sie hatten gewusst, was kommen würde. Die Gerichtsdiener nicht. Sie hatten sich auf den Boden geworfen. Auch die Richter und die Staatsanwältin waren hinter ihren Bänken in Deckung gegangen. Nur einer saß aufrecht: Mohammed Taffa. Die Explosion hatte das Panzerglas hinter ihm aus der Verankerung gerissen. Er war am linken Oberarm verletzt, blutete, doch es störte ihn nicht. Er riss den Rest der Scheibe zur Seite. Sein Anwalt drehte sich zu ihm und reichte ihm etwas. Eine Waffe. Nicht größer als ein Handy, aber doch eindeutig eine Pistole. All dies geschah innerhalb weniger Sekunden. Für Nael stand die Zeit still. Er hatte endlich die Antwort auf alle Fragen. Er sah ihn vor sich, den Plan der Taffas, den raffinierten, skrupellosen und zielstrebigen Plan. Von dem sie mit Tina in London, mit den Fotos im London Eye abgelenkt hatten. Es war eine Kriegserklärung an den

Staat. Sie hatten Kämpfer rekrutiert. Sie hatten Waffen und Gerätschaften besorgt, Sprengstoff. Sie hatten in der Brandenburger Kaserne trainiert. Vor zwei Nächten hatten die Clan-Mitglieder bei Dimitri in Den Haag mittels WATCH die Kameras vor dem Kriminalgericht genutzt, um ihren Kumpanen das unbemerkte Anbringen des Sprengstoffs zu ermöglichen. Sie hatten auch an diesem Tag noch einmal mit dem Europa-Center abgelenkt. Und sie hatten des Anwaltsprivileg genutzt, um eine Waffe an den Sicherheitskontrollen vorbeizuschmuggeln. Der gesamte Plan hatte sich unbemerkt von WATCH entfaltet. Der Plan, der einem klaren Ziel diente.

Nael sah den Gerichtsdiener, der die Angeklagten durch die verborgenen Gänge in den Saal geführt hatte. Direkt von der Haftzelle in die Glaskästen. Der Mann war nach der Explosion schnell wieder auf den Beinen. Er rannte auf Mohammed Taffa zu, griff dabei nach dem Schlagstock an seinem Gürtel. Doch plötzlich brach er zusammen. Nael hörte den Schuss nur mit Verzögerung. Aber er sah, wie der Getroffene stürzte. Mohammed Taffa hatte ihm in den Kopf geschossen. Jetzt konnte Nael die Schreie hören. Auch Schüsse. Draußen von der Straße, von den Leitern. Schreie vom Flur vor dem Gerichtssaal. Dumpf, wie hinter Watte. Aber Nael hörte wieder alles. Und er sah, dass Mohammed sich ihm zuwandte. Nael stand auf, blickte sich um. Er war wortwörtlich in die Ecke gedrängt. Auf der einen Seite die hohe Richterbank, auf der anderen die Wand. Selbst der kleine Tisch vor ihm bot keinen Schutz. Mohammed hob die Waffe und zielte auf ihn.

Nael hatte es kommen sehen. In seinen Träumen. In seinen Gedanken. Mohammed schaute Nael direkt in die Augen. Es war so weit.

»Baba!«, rief jemand.

Mohammed riss den Kopf herum. In Richtung Eingangstür. Sie stand offen. Clan-Mitglieder kämpften mit Gerichtsdienern. Improvisierte Messer gegen Schlagstöcke. Mitten im Gewühl stand Alia als Einzige aufrecht. Sie war in einer martialischen Montur von draußen hereingekommen, blickte zu ihrem Vater. Sie schüttelte eindringlich den Kopf. Die Geste verwirrte den Patriarchen. Er rief der Tochter etwas auf Arabisch zu. Nael spürte eine Hand am Kragen seines Anzugs. Eva. Sie hatte den Saal vom Richterzimmer aus betreten, befand sich direkt über Nael. Gemeinsam nutzten sie, dass Mohammed abgelenkt war. Eva zog Nael hoch auf die Richterbank. Er kletterte.

»Baba!«

Ein Schuss fiel. Das Holz neben Nael zerbarst. Mohammed hatte ihn verfehlt. Nael rollte über die Richterbank, plumpste auf den Boden. Eva presste ihn an sich. Ein weiterer Schuss schlug in das Holz über ihnen ein. Dann ertönte eine Gewehrsalve aus der Richtung des Flurs. Das SEK hatte sich durch die Kämpfer vor dem Saal gearbeitet. Sie schossen scharf. Das Feuer wurde jedoch von der Fensterseite aus erwidert. Durch das frisch in die Richterbank geschossene Loch konnte Nael erkennen, dass an der aufgesprengten Fensterfront Clan-Mitglieder in Kampfmontur erschienen, die auf den Leitern nach oben geklettert waren. Erst zwei, dann vier.

Dann waren es sechs. Mit Gewehren in den Händen. Angeführt von einem laut schreienden Hassan Darzi, dem Unterchef des Clans. Sie kämpften mit dem SEK, das zahlenmäßig unterlegen war. Die SEK-Leute hatten jedoch beim Sturm vom Flur aus bereits einige Clan-Mitglieder niedergeschossen. Auf diese Weise hatten die Polizisten die aggressive Gruppe im Publikum von sich fernhalten können. Die Clan-Männer und auch -Frauen lauerten hinter den Zuschauerbänken oder krabbelten zu den von unten ankommenden Verwandten. Doch sie waren empfindlich geschwächt. Zu Alias Füßen lag der Mann, den sie seit nicht einmal vierundzwanzig Stunden als Khan kannten. Der einstige Unsichtbare. Nun hielt er sich eine blutende Wunde am Oberschenkel. Er war eins der ersten Ziele des SEK gewesen. Ein leichtes Ziel, denn Khan war durch den Versuch, Alia aus dem Schussfeld zu ziehen, abgelenkt. Eva zog ebenfalls an Nael, wollte ihn in Sicherheit bringen, in das Richterzimmer. Doch Nael fühlte sich sicher. Das war nicht der Tag, an dem er sterben würde. Er drückte Evas Hand weg, fixierte Mohammed.

Der Clan-Chef blickte trotz des Chaos um ihn herum suchend in Naels Richtung. Er entdeckte das Loch in der Holzwand, hob ein weiteres Mal die Waffe. Es war ein weiterer Beleg für den Größenwahnsinn dieses Mannes, dass er glaubte, genau durch das Loch schießen zu können. Sein letzter. Die Salve eines Polizisten traf ihn. Arm, Brust und Kopf. Er sank zu Boden. Nael blickte zu Alia. Sie stand inmitten von SEK-Leuten wie ein Monolith im Gefecht. Hassan schrie seine Clan-Armee an, dass sie nicht auf Alia schießen sollte. Das machte die Angreifer so gut wie wirkungslos. Durch das Geschrei zog Hassan die Aufmerksamkeit des SEK auf sich. Bald wurde auch er von einer Kugel getroffen. Die Kämpfer des Clans waren zahlreich, aber sie waren kopflos. Der Patriarch war gefallen, Khan und Hassan lagen verletzt auf dem Boden, die Kronprinzessin würdigte sie keines Blickes. Die Armee verlor mehr und mehr an Kraft und an Zahl. Langsam gewannen die Ordnungshüter die Oberhand. Alia wandte ihren Blick in Naels Richtung. Er sah direkt in ihre Augen. Der Tod des Vaters berührte sie nicht. Sie drehte sich um, stieg über Khan hinweg und ging aus dem Saal, unbeeindruckt von den Schüssen um sie herum. In diesem Moment verstand Nael: Die Doppelgängerin hatte ein letztes Mal alle getäuscht.

46

Transkript der Dankesrede von Christina Sieger anlässlich der Verleihung des Journalistenpreises für ihre Reportage »Ich war Alia Taffa«

Sehr verehrte Damen und Herren, liebe Kolleginnen und Kollegen, ich meine auch und explizit die hinter den Kameras. Selten habe ich mich im letzten Jahr über Kameras gefreut. Erst musste ich aufpassen, mich vor ihnen nicht zu verraten, dann drangen sie in mein Intimleben ein, schließlich bedeutete jedes einzelne Objektiv an einer Hauswand oder einem Geldautomaten Lebensgefahr. Doch in den letzten Monaten habe ich Kameras auch als positiv empfunden. Dann, wenn ich selbst bestimmen konnte, wann ich gefilmt wurde. Dann, wenn ich meine Sicht der Dinge mithilfe der Kameras verbreiten konnte. Freiwillig.

Ich habe viel über WATCH geschrieben. Das Überwachungssystem von Europol ist nach wie vor »under Review«, wie es in Brüssel und Den Haag heißt, doch wir wären naiv, wenn wir glauben, dass die Behörden dieses mächtige Instrument zur Verbrechensbekämpfung nicht wieder einsetzen werden. Dass weitere, vielleicht noch umfassendere Instrumente folgen. Die Technik ermöglicht es. Die Aufrüstung auf der Seite der Kriminellen verlangt es. Die Menschen in der Bevölkerung haben längst die Kontrolle über ihre eigenen Daten, ihr eigenes Bild verloren. Ob es gelingt, diese Kontrolle glaubwürdig und transparent in die Hände von Regierungen zu legen, wird darüber entscheiden, ob Überwachungen Fluch oder Segen sein werden. Und natürlich die Frage, ob man Kriminelle daran hindern kann, die Instrumente zu manipulieren.

Dem Taffa-Clan ist genau das gelungen. Diese Tatsache hat zu einem beispiellosen Angriff auf den Rechtsstaat geführt. Sechs Polizisten, vier Zivilisten und elf Clan-Mitglieder wurden bei der Attacke auf das Kriminalgericht in Berlin-Moabit getötet. Zahlreiche weitere wurden verletzt. Kameras konnten das nicht verhindern. Nur mit Glück kam es nicht zu einer noch größeren Katastrophe, zu einem Bürgerkrieg in der Innenstadt. Heute sitzen die überlebenden Angreifer und Drahtzieher in Haft. Höchstwahrscheinlich für den Rest ihres Lebens. Auch Alia Taffa. Die Frau, die hinter alldem stand. Die alle unterschätzt haben. Der ich mit meinem Aussehen geholfen habe. Für meine Reportage habe ich sie in der Haft besucht. Sie haben alle gelesen, wie bereitwillig sie von ihrer Sicht der Ereignisse erzählt hat. Sie hat sich dann auch noch einmal nach der Veröffentlichung des Textes gemeldet. Nachdem sie ihn gelesen hatte. Um mich zu beschimpfen. Nicht, weil ich ihre Familie als blutrünstige und kaltblütige Kriminelle beschrieben habe, sondern weil ich das Wort »feige« benutzt habe. Weil ich es gewagt habe, den Angriff einer ganzen Armee auf einen einzelnen Polizisten als feige zu bezeichnen. Auf einen Polizisten, der seine Arbeit gemacht hat. Klug und besonnen. Ja, auch mit Gewalt. Mit tödlicher Gewalt. Die aber dem Staat zusteht, wenn sich Kriminelle nicht nach den Gesetzen richten. Die dem Staat zusteht – und dem Clan nicht.

Diesem Polizisten möchte ich heute besonders danken. Nael Bruck hat mir nicht nur das Leben gerettet. Er hat mir Vertrauen zurückgegeben. In Institutionen, die nicht funktionierten und mich in eine Falle gelockt hatten. Und er hat mir Mut gegeben. Ohne seine Führung, seinen unerschütterlichen Glauben an unseren Plan, wäre ich davongelaufen. Mit Sicherheit. Er ist heute extra aus Den Haag zu uns gekommen, auch wenn er ein gespaltenes Verhältnis zu Berlin hat. Ich danke ihm und seinen Kolleginnen und Kollegen. *(Zeigt auf die Genannten)* Eva Müller, Kemal Bayramoğlu, aber auch Achim Stegmann und Xalvador Lopez von Europol und den vielen Polizistinnen und Polizisten, die ihr Leben riskiert haben.

Danken möchte ich aber auch meiner besten Freundin Lydia Bischof. Sie sitzt hier in der ersten Reihe. Da, wo sie hingehört. Ich weiß nicht, wie ich zulassen konnte, dass es jemals anders war. Sie war in meiner dunkelsten Stunde bei mir. Sie hat mich drei Wochen lang in ihrem Apartment in London ertragen und angetrieben, damit ich die Reportage endlich fertig schreibe. Sie hat sogar – wie ich gerade erfahren habe –, ohne mit der Wimper zu zucken, die Bußgeldbescheide für eine Mietwagenfirma bezahlt, die ein Teenager im englischen Hinterland verursacht hat. *(lacht)* Das Geld bekommst du noch zurück, Lydia. Ich liebe dich.

Damit kommen wir zu Adem El-Amin. Bei ihm muss ich mich zuerst einmal entschuldigen. Wir wussten, dass wir mit der Reportage Konsequenzen für ihn lostreten würden. Mit seiner Geschichte und der seines Vaters. Wir dachten dabei an strafrechtliche Konsequenzen. Auf die waren wir gefasst. Und sind natürlich umso glücklicher, dass es durch Verjährung und die Zusammenarbeit mit der Polizei heute nach Bewährungsstrafen aussieht. Aber womit wir – insbesondere ich – nicht gerechnet haben, ist die sogenannte Regenbogenpresse. Dabei hätte ich es als ehemalige Blaulichtreporterin besser wissen müssen. Adem, es tut mir leid, dass es in manchen Teilen der Presse nur noch um uns als Paar geht. Unsere Affäre. Unsere heutige Beziehung. Dass sich manche sogar nicht zu blöd waren, die Bilder der Londoner Überwachungskameras zu suchen und zu veröffentlichen. Auch das ist etwas, über das sich die Behörden Gedanken machen müssen, wenn sie einen ganzen Kontinent überwachen wollen. Aber ich muss auch sagen, Adem: Ich bereue nichts. Ich bereue nicht, was in London geschehen ist. Zwischen uns. Und ich bereue auch nicht, dass ich darüber geschrieben habe. Es war eine Befreiung von der Umklammerung, in der der Clan mich hielt. Und dich noch viel mehr. Es macht mich so glücklich, dich heute mit deinen Eltern und Brüdern hier zu sehen. Großherzige Menschen, die eine schwere Zeit hinter sich haben.

Die die Loslösung aus den Zwängen des Clans viel Mut und Kraft gekostet hat, auch Rückschläge. Aber die den Hatern da draußen zeigen, dass es nicht an der Hautfarbe oder Herkunft liegt, ob man ein guter Mensch wird. Ihr seid eine großartige Familie!

Meine Mutter ist meine Familie. Sie sitzt auch hier. Und das macht mich glücklich. Ich habe sie im Stich gelassen, als es darauf ankam. Ich bin weggerannt, als sie mich gebraucht hätte. Doch als ich zurückkam, hat sie mich in den Arm genommen und mich gefragt, ob es mir gut geht. Sie hat sofort gesehen und verstanden, was ich durchgemacht hatte. Und sie war für mich da. Dafür bin ich ihr unendlich dankbar. Sie ist auch jetzt für mich da. Wenn ich dich da sehe mit Tränen in den Augen, dem Stolz in deinem Blick, dann weiß ich, wo mein Platz ist. Wo zu Hause ist.

Zum Schluss bleibt mir nur noch ein Dank. Und der … und der geht an meinen … *(Stimme bricht weg)* Vater.

Danke, Papa.

DANK

Berlin
Mittwoch, 20. Januar

Für »Watch« habe ich ungemein viel recherchiert. Natürlich im Internet, tagelang, meine Suchbegriffe müssten mich auf die Warnlisten sämtlicher Ermittlungsbehörden katapultiert haben. Aber vor allem bin ich gereist. Zum Beispiel nach Den Haag, wo ich mir die Stadt angeschaut und vier Stunden im Hauptquartier von Europol verbracht habe. Ich habe das Berliner Kriminalgericht besucht, Pläne geschmiedet, wie man es überfallen kann, und einer Verhandlung beigewohnt, in der Mitglieder eines arabischen Clans angeklagt waren. Und ich bin nach England geflogen, um den gesamten Weg von Tina abzureisen: London, Cambridge, Hull und dann mit der Nachtfähre nach Rotterdam …

Diese Art zu recherchieren, in die Themen einzutauchen, macht so viel Spaß, dass ich hier zuerst einmal meinen Leserinnen und Lesern danken muss, die mir diesen tollen Beruf ermöglichen. Er ist ein Geschenk.

Mein erster konkreter Dank geht an Jan Op Gen Oorth, den Sprecher von Europol in Den Haag. Er hat sich per Mail, aber vor allem vor Ort viel Zeit genommen, um all meine Fragen zu beantworten. Er hat mich in dem riesigen Gebäude herumgeführt, mir alles gezeigt, was gerade noch erlaubt war. Und er ist auch gerne mit mir die Geschichte durchgegangen: Was wäre, wenn es WATCH wirklich geben würde? Das war ein grandioser Einstieg in meine Arbeit. Ihm und auch seinen Kollegen ein herzlicher Dank dafür.

Ebenfalls danken möchte ich meinem Lektor Oskar Rauch. Er hat die auf wenigen Seiten formulierte Idee für diesen Thriller mit Begeisterung aufgenommen und sofort grünes Licht gegeben, sodass ich äußerst motiviert an die Arbeit herangegangen bin. Die sanfte Begleitung, das Feedback an den richtigen Stellen, die Freude über das fertige Manuskript, das hat alles gutgetan. Ihm, aber auch dem gesamten Heyne-Verlag gilt sowieso mein Dank, dass sie in der Corona-Pandemie das Beste aus der Situation gemacht haben. Eine Verschiebung der Veröffentlichung freut niemanden, aber es war im Sinne des Romans genau das Richtige.

Ein weiterer Dank geht an meinen Redakteur Lars Zwickies, der aus dem Text wieder einmal eine runde Sache gemacht hat. Und natürlich an alle anderen Mitarbeiterinnen und Mitarbeiter bei Heyne, die sich um meine Werke und mich kümmern. Ich hatte tolle Lesungen und fühle mich gut umsorgt.

Erneut geht mein Dank auch an meinen Agenten Felix Rudloff, der mich in diesen auch für einen Autor nicht ganz einfachen Zeiten wunderbar betreut.

Mein besonderer Dank geht an Andrea Schnitt, die

mich bei dem ganzen Weg mit diesem Buch begleitet hat. Sie hat mit mir über meine Figuren gesprochen, sich endlose Geschichten über kriminelle Clans angehört, sie war die erste Leserin und hat mir sehr wertvolles Feedback gegeben, sie ist mit mir nach London gereist und auf der Fähre nach Rotterdam in See gestochen. Eins meiner Recherche-Highlights war unser Auftritt als Millionärspaar, das sich für den Kauf eines Penthouses im »London Dock by St. George« hat beraten lassen, damit ich mir in Ruhe eine Musterwohnung anschauen konnte. Vor allem aber war sie nach Fertigstellung des Romans der »Kontakt-Haushalt«, der das Jahr 2020 gerettet hat. Danke, Du Firestarter!

Zuletzt noch ein Dank an Sie, nachdem Sie dieses Buch und diese Danksagung gelesen haben. Danke für Ihre Zeit. Ich würde mich sehr freuen, wenn Sie mir ein paar Worte darüber schreiben, wie Ihnen »Watch« gefallen hat. Ich verspreche auch, ich antworte auf jede Mail. michael@michaelmeisheit.de